URS AUGSTBURGER

KLEINE FLUCHTEN

ROMAN

Klett-Cotta

Klett-Cotta
www.klett-cotta.de

Printed in Germany
Umschlag: ANZINGER | WÜSCHNER | RASP, München
Gesetzt in den Tropen Studios, Leipzig
Gedruckt und gebunden von CPI books GmbH, Leck
ISBN 978-3-608-98023-3

Für Anna und Mano

Sarebbe molto semplice
se almeno avessi un complice
con il quale condividere
questa avventura inutile

Il fatto più strano e illogico
è che nonostante che lo so
continuo a fare debiti con me
vivere non è facile

Sarebbe tutto semplice
se almeno avessi un complice
che mi facesse ridere
di tutte queste favole

Vivere non è facile, Vasco Rossi

SÜDWIND

1

Die Berührung des Lakens auf der nackten Haut erinnerte Rea an eine längst verlorene Leichtigkeit und erste Ferien am Mittelmeer. Der Südwind sirrte in den Stahljalousien des Hochhauses. Es war noch zu früh zum Aufstehen. Die diffuse Ahnung, der Tag würde nicht wie andere enden, hielt Rea wach. Oder weil sie nackt im Bett lag. Was sie sonst nie tat. Im Dunkeln tastete sie sich zur Kommode. Sie schlüpfte in Top und Slip, auf dem Rückweg stolperte sie über ihren Schlafanzug. Irgendwann in der Nacht war er auf dem Boden gelandet. Das bisschen Stoff half, Rea Richter schlief zusammengerollt wieder ein.

Draußen in der Morgendämmerung blinkten die Sturmlaternen, die Linienschiffe lagen vor Anker, die letzten verbliebenen Berufsfischer in den umliegenden Dörfern schliefen aus, als übten sie für später. Sogar der Doppelfischer, bekannt für seinen Starrsinn, zeigte sich nachgiebig. An diesem Morgen machte er bloß das Boot mit der Vogelscheuche klar und ließ es an einer Leine hinaustreiben. Die Winde fielen heftig in die fjordartigen Seearme ein, wühlten den schwarzen Wasserspiegel auf, zerrten der Vogelscheuche die Kleiderfetzen vom Gerippe. Über dem Seebecken erlangte der Föhnsturm neue Kraft und pfiff durch die staubigen Straßenschluchten der Stadt. Noch waren die Böen harmlos, sie rieben sich an den Hochhäusern, rissen die eine oder andere Plakattafel um und weckten jene mit leichtem Schlaf.

Im Dreispitz-Hochhaus wälzte sich Rea im Bett. Der Föhn hatte die Temperatur in die Höhe getrieben, jetzt klebte ihr der

Stoff am Leib. Noch halb gefangen in den Traumresten der unruhigen Nacht stützte sie sich auf. Die Decke neben ihr war unberührt, wie oft in den letzten Monaten. Peer war kurz nach Mitternacht ins Zimmer gekommen. Unschlüssig hatte er neben seiner schlafenden Frau gestanden und war nach einem Blick auf den schmalen Streifen nackter Haut, den die Decke preisgab, im anderen Zimmer verschwunden.

Die Espressomaschine, schon wieder. Heute nervte sie das Geräusch. Peer leerte die zweite Tasse wie immer in einem Zug, kurz danach fiel die Wohnungstür ins Schloss. Als sei dies das Signal, schob Rea ihre nackten Beine über die Bettkante. Der Anblick irritierte sie. Sekundenlang und fast zärtlich strich sie mit den Fingern an der Außenseite der Oberschenkel entlang. Sie erinnerte sich nicht an ihre Träume, doch etwas daran war diese Nacht anders gewesen.

Tageslicht fiel als gelblicher Schimmer ins Zimmer. Sie versuchte, das Windgeräusch zu ignorieren, und fragte sich dabei, ob akustische Baumängel einklagbar waren. Die Nähe der Berge und des Sees wogen solche Nachteile allerdings auf, die Wohnungen in den Türmen gehörten zu den begehrtesten der Stadt. Großzügig bemessen waren sie auch. Das würde helfen, wenn die Griechen tatsächlich einfallen sollten.

Rea verdrängte den Gedanken.

Auf dem Nachttisch schaltete sich der Radiowecker mit *Mirrors* von Justin Timberlake ein. Reas aktuellem Lieblingslied. Ausnahmsweise traf sich ihr Geschmack mit dem ihrer Tochter. Sie wagte einige Tanzschritte zum leicht schleppenden Rhythmus, ihr Spiegelbild ließ sie innehalten. Ohne die ausgebeulte Pyjamahose wirkte sie verführerisch schlank, wie sie erstaunt feststellte. Ihre Freundin Nyima behauptete ja auch immer, sie sei noch so unwiderstehlich wie einst. Nur merkte Rea im Alltag wenig davon. Übermütig drehte sie eine weitere Pirouette zum Fenster. Dreizehn Stockwerke unter sich im Park sah sie die üblichen Hundebesitzer. Einer klaubte beiläufig einen frischen Haufen von der Straße, als mache es ihm nichts aus. Frühe Jogger wichen geübt den Hundeleinen aus. So sportlich sie selbst war, Laufen zu dieser Tageszeit hatte für Rea etwas Manisches.

Der Dreispitz-Park war in diesem Stadtteil der einzige grüne Flecken. Die Hauptverkehrsadern der Stadt begrenzten ihn auf allen drei Seiten. Schon frühmorgens stauten sich die Autos. Die Ringautobahnen der Stadt wurden gerade erneuert, an den Baustellen kam der Nahverkehr den Lastwagenkolonnen in die Quere, die sich in Richtung Alpenpässe wälzten. Von den drei Wohntürmen aus zogen sich die Häuserschluchten den Fluss entlang und gingen am Seebecken in eine Postkartenkulisse über. Die verbliebenen Hotels aus der Belle Epoque lockten noch immer beträchtliche Touristenströme in die Stadt. Darin sah Reas Schwester Paula offenbar ihre Chance. Nach über zehn Jahren wollte sie zurückkehren. Rea brachte allein der Gedanke daran auf die Palme. Typisch Paula. Ohne Arbeitsplatz, einfach auf gut Glück! Die Krise vertrieb sie aus Griechenland, doch vernünftiger war Paula deswegen nicht. Ihre Gedankenlosigkeit würde Rea, die Nachgiebigste der drei Richter-Schwestern, ausbaden müssen.

Die elektronische Jalousie klickte in die Halterung. Der See hatte heute die Farbe von gegossenem Blei, der Himmel war schwefelgelb. Die Felsen und Schrunden der Berge dahinter schienen zum Greifen nahe. Schon am Abend würde sie dort oben sein. Rea blickte zur S-Bahn-Station hinüber. Peer stand auf dem Bahnsteig. Wenn sie seine Haltung richtig deutete, war er von Nachrichten auf dem Handy absorbiert. Seit Peer selbständig war, arbeitete er noch mehr. Oder er versank gerade in einem seiner eigenen Games. Gestresst vom täglichen Spagat zwischen Arbeit und Kindern, hatte sie kein Gehör für das Jammern ihres Mannes. Ihr Kindskopf. Der ewige Spieler.

Beim Gamen oder wenn er mit Moritz herumalberte, schien er keinen Tag älter als zu Beginn ihrer Beziehung vor siebzehn Jahren. Die Schnellbahn schoss aus dem Tunnel und hielt, Peer stieg ein.

Für einen Moment war es Rea, als beobachte sie einen Fremden.

Sie wandte sich ab. Ihre Zeit war heute noch knapper bemessen als sonst. Peers Firmenjubiläum fand im alten Kurhotel statt. Üblicherweise hätte sich Rea auf eine solche Abwechslung gefreut, diesmal nicht, sie hatte selbst ein volles Programm. Sie würde die letzten Bachelor-Filme ihrer Studenten sichten, sie beurteilen und kritisieren, dann die Kritisierten wieder aufrichten, Kopfwehtabletten schlucken, zurück durch die Stadt radeln, Gepäck und Moritz und Stina holen, diese bei ihrer Freundin abliefern, weiter in die Berge, hinauf zum Hotel, und das alles an einem Föhntag. Bei Südwind, der das Wasser aufwiegelte. Das Wasser und die Menschen, wie es in den alten Dörfern rund um den See hieß.

Reas morgendliche Kämpfe mit den Kindern bekam Peer fast nie mit, er war dann schon weg. In der S-Bahn hatte er Glück, ergatterte einen der letzten Sitzplätze. Dichtestress war das aktuelle Modewort für überfüllte Züge und verstopfte Straßen, und alles der übermäßigen Zuwanderung geschuldet, wollte man den rechtskonservativen Politikern glauben. Ausgerechnet die, die sich sonst an grenzenlosem Wachstum berauschen, dachte Peer. Er schälte sich umständlich aus seiner Kapuzenjacke. Das Handy signalisierte den Eingang einer Kurznachricht, genervt drückte er sie weg. Das Geschäftskonto seines Laptops vermeldete neununddreißig neue E-Mails seit dem Vorabend. Keine war dringend, aber keine konnte er ignorieren. Die Menge der anstehenden Aufgaben ließ Peer schwindeln. Wie jeden Morgen rang er mit der Versuchung, den

Computer sofort wieder zuzuklappen. Er hatte sich oft gefragt, ob er diese Momente der Ohnmacht mit den anderen um ihn herum teilte. All die Klone mit müdem Blick und Outdoorjacken über grauen Businessanzügen. Getarnte Zeitdiebe! Unterschied er sich wirklich noch von ihnen, oder zog er sich nur anders an? Peer Großen hatte schon früh viel dafür getan, um der Arbeit aus dem Weg zu gehen. Das Informatikstudium hatte er in der sicheren Überzeugung absolviert, er würde danach Computerspiele designen, sich schon mit seinem ersten Wurf einen Namen machen und ein nicht zu knappes Einkommen für die nächsten zehn Jahre sichern. Kaum hatte er jedoch die Uni verlassen, war Rea schwanger geworden und die Zeit für Spiele abgelaufen.

Die S-Bahn fuhr in den Hauptbahnhof ein. Peer ließ sich vom Pendlerstrom in die unterirdische Passage treiben. Auf der anderen Seite löste er sich und spurtete zum Bus. Nach Atem ringend, fiel er in den Sitz. Er blickte auf den See hinaus. Die Sonnenstrahlen brachen in den Wolken und spiegelten sich grünlich im Wasser. Oft zog sich eine solche Stimmung über Tage hinweg, bevor der Südwind richtig loslegte. Manchmal fiel er auch irgendwann einfach in sich zusammen, und die Föhnphase endete unspektakulär.

Das war eher selten.

Während Peer durch die Playlisten scrollte, fiel ihm das griechische Verhängnis wieder ein. Die Ankunft von Paula und Nikos. Er freute sich auf die beiden, im Gegensatz zu Rea verstand er sich gut mit Paula. Er startete *Griechischer Wein*. Am Vorabend hatte er das Lied heruntergeladen. Zum einen sollte es Rea ärgern, in Wahrheit wollte Peer das Lied nur wieder einmal hören. Als Kind hatte es ihn zu Tränen gerührt. Er stöpselte sich die Hörer in die Ohren und lehnte sich zurück. Während der ersten Takte fiel ihm ein alter Mann auf, der am Seeufer eben etwas aus seiner vielfarbigen Plastiktasche holte. Es musste trockenes Brot gewesen sein, denn Sekunden später war er von Tauben und Möwen so eingekreist, dass er das Füttern wieder aufgab und sich, heftig hinkend, in Sicherheit brachte. Einige Meter weiter beobachtete Peer eine ältere Frau, deren Fahrrad gefährlich schlingerte. Der Wind zerrte am riesigen Sack mit Torferde auf ihrem Gepäckträger. Dann ging alles sehr schnell: Das Auto, das sie eben überholen wollte, streifte den Sack, so schien es zumindest, die Frau verschwand hinter dem Wagen. Peer war halb aufgesprungen, der Schreckensruf blieb ihm im Hals stecken. Er sah nur noch einige Fußgänger zur Unfallstelle eilen. Der Bus hatte schon wieder beschleunigt, er überquerte die Brücke zur anderen Flussseite. Peer ließ sich in den Sitz zurückfallen.

Was wollte sie bloß mit Blumenerde um diese Tageszeit?

Da war sie wieder, diese Beklemmung, wie immer bei Föhn.

Peer stieg aus. Sein früherer Arbeitgeber, der Outdoor- und Sportbekleider Nordstern, residierte seit Jahrzehnten an bester Adresse. Peer war zwecks kürzerer Wege gleich im Gebäude geblieben. Die Hoffnung, er würde seine Arbeit mit der Gründung eines eigenen Unternehmens selber bestimmen können, blieb unerfüllt. Dafür hätte er einen radikaleren Schnitt machen müssen, wusste er heute. Wie zuvor kümmerte sich Peer um die Informatik bei Nordstern, jetzt einfach als Auftragsnehmer. Lange würde er diese Arbeit nicht mehr alleine bewältigen können. Die Firma war überraschend zur Kultmarke geworden. Manchmal fragte sich Peer, wie er es früher geschafft hatte, den halben Tag im Second Life zu verbringen und die eigentliche Arbeit fast nebenbei zu erledigen. Das virtuelle Zweitleben und alles, was damit verbunden gewesen war, hatte Peer auf Druck seiner Frau irgendwann einstellen müssen, zu sehr hatte es das Familienleben gefährdet. Mittlerweile versagte sich Peer exzessives Surfen, er bastelte lieber an neuen Games. Vielleicht nicht mehr lange. Ein schwedischer Mischkonzern hatte Nordstern als Übernahmekandidaten ausgemacht, die Verhandlungen schritten voran. Peers Verträge waren diesbezüglich wasserdicht, aber was hieß das schon, wenn Manager mit der großen Kelle rührten. Die Ungewissheit und seine Überforderung waren auch der Grund dafür, dass er dem Wochenende in den Bergen eine etwas übertriebene Bedeutung gab. Dort würde er erstmals seine neue Ansprechpartnerin auf schwedischer Seite treffen. Ihren Namen hatte er wieder vergessen, Peer wusste nur noch, dass er nach einer Heavy-Metal-Sängerin geklungen hatte.

Wieder vibrierte sein Handy. Diesmal war es Rea, die wissen wollte, wohin er den kleinen Rollkoffer verstaut hatte.

Sie fand ihn tatsächlich im Putzschrank und trug den Koffer ins Schlafzimmer. Was trug man zu einem Jubiläumsdiner in einem Gebirgskurhotel? Etwas Schönes, hatte Peer ihre Frage lahm beantwortet. Früher hätte er ihr ein halbes Dutzend Vorschläge gemailt, inklusive der Farbe des Eyeliners. Passend zu ihren Dessous. Rea schob den Koffer zur Seite. Sie würde ihn erst kurz vor der Abfahrt packen, dann wäre sie pragmatischer. Sie ging zu Moritz hinüber. Kaum im Zimmer, stolperte sie über den Zauberkasten, den der Junge vor kurzem bekommen hatte und seither als bestes Geschenk der Welt betitelte. Der Kasten blieb immer da liegen, wo er seinen letzten Streich damit ausgeheckt hatte. Moritz war schon länger wach und unschlüssig gewesen, ob er zur Mutter ins Bett schlüpfen sollte. Seit sie meist allein schlief, duldete sie es. Heute war sie ihm zuvorgekommen. Blitzschnell drehte Moritz sich zur Wand und stellte sich schlafend. Rea lächelte. Das neueste Ritual der beiden. Sie musste es schaffen, dem Kleinen die Decke zu entreißen, erst dann war er zu Verhandlungen bereit. Sie versuchte es mit der Einlull-Taktik, ließ zur Täuschung die Matratze neben Moritz einige Mal wippen, unternahm aber nichts. Moritz kniff die Augen noch fester zusammen, das Lächeln unterdrückte er, immerhin schlief er ja.

Rea schaute auf die Uhr und rief in den Korridor hinaus nach Stina.

Das genervte Stöhnen im Nebenzimmer verriet, wie wenig vernehmungsfähig Reas Tochter auch heute Morgen war. Sie schuldete ihr noch eine Begründung für den Abwesenheitsschein, den sie unterschreiben sollte. Rea rieb sich die gereizten Augen. Der Wind in der Jalousie klang ein wenig wie das Schleifen von rauen Fingerkuppen auf metallenen Saiten. Sie hatte schon ewig nicht mehr gespielt. Soweit sie sich erinnerte, lag ihr Bass irgendwo drüben, begraben unter den Kleiderbergen ihrer Tochter.

Sie zerzauste die Haare des Kleinen, Moritz schlief angestrengt weiter. Rea zupfte an der Bettdecke. Der Junge hatte seine bisherige Taktik überdacht, die Decke war diesmal raffiniert um seine Beine gewickelt, der eine Zipfel unter seinen verschränkten Armen eingeklemmt. Als sie stärker daran zog, hob sie ihn mitsamt der Decke ein Stück hoch. Moritz konnte sich ein Glucksen nicht mehr verkneifen.

»Du bist ja wach!«, tat Rea überrascht. »Na warte, du!«

Moritz schrie vor Vergnügen auf. Rea zerrte ihn vom Bett herunter und passte auf, dass er sich nicht den Kopf stieß. Er plumpste auf den Teppich. Nach einigen fruchtlosen Versuchen hielt Rea unvermittelt still, Moritz linste unter seinen Haaren hervor, im selben Moment entriss sie ihm die Decke mit einem überraschenden Ruck. Wie jeden Morgen, versuchte Moritz das Spiel auszureizen, hechtete ohne Decke auf das Bett zurück. Doch Rea wurde energisch. In dosierten Abständen ließ sie Moritz seinen Willen, frühmorgens aber war das undenkbar. Schon jetzt war die Zeit knapp geworden.

»Moritz, jetzt komm! Was willst du essen?«

»Mami!!«

»Müsli oder Brot oder nichts?«

»Ich weiß nicht.«

»Butterbrot also.«

»Nein, Müsli!«

»Welches?«

»Ich weiß doch nicht!«

In der Küche standen fünf verschiedene Packungen mit Frühstücksflocken, alle angebrochen, weil Moritz seine Vorlieben so schnell wechselte wie die Werbespots neue Spielzeuge in den Schachteln ankündigten. Überhaupt bot ihm das Leben derzeit zu viele Möglichkeiten. Sein Gesicht verriet auch jetzt sein Dilemma.

Rea kam den Tränen zuvor. »Ich mache dir etwas bereit, kannst schon mal raten was. Nein, das nicht, hier sind die frischen Kleider.«

»Die mag ich nicht.«

»Dann kommst du zu spät.«

»Mir egal!«

»Dann sag dem Lehrer, du hättest absichtlich herumgetrödelt.«

»Tue ich nicht!«

»Eine SMS genügt.«

»Nein. Nein!! Wehe!«

»Moritz! Schon vergessen, was heute ist?«

Moritz schaute auf, verunsichert, ob er die Verweigerung auf die Spitze treiben sollte.

Rea zog die Tür hinter sich zu. Die Erinnerung an das Wochenende bei Nyima würde ihm Beine machen. Rea nahm es nicht persönlich, ihr fiel nur wieder einmal auf, wie schnell alles ging. Vor einem Jahr hatte Moritz sich geweigert, überhaupt woanders zu schlafen, heute gerieten ihm solche Wochenenden zum Abenteuer. Bei Reas verrückter Freundin ohnehin.

Stina stand derweil mit dem Gesichtsausdruck einer Schlafwandlerin bewegungslos vor dem Spiegel. Sie war erst halb angezogen. Frühstück brauchte sie nicht, das machte fett. Stina benötigte die Zeit für ihr Styling. Während sie ihre Garderobe zusammenstellte, überlegte sie, was die neuesten Meldungen zu bedeuten hatten. Leandra war wieder im Chat aufgetaucht. Die Baker-Girls hatten beschlossen, die Intrigantin endgültig auszuschließen, doch nun schien es, als zwinkere Leandras Smiley Stina höhnisch an. Gerade jetzt. Dirk hatte nur noch Augen für sie, da durfte ihr diese Bitch nicht in die Quere kommen! Die Aussicht auf das Treffen der Baker-Girls verlieh ihr einen Energieschub. Stina bürstete ihre Haare und packte danach die Tasche für das Wochenende bei Nyima. Die beiden Tage bei ihrer Patentante kamen ihr gerade recht, die hatte voll Erfahrung, nur sie konnte ihr die entscheidenden Tipps geben.

In der Küche bereitete Rea die Schokolademilch vor. Rituale wie mit Moritz hatte sie auch mit Stina gepflegt. Eben noch schien es gewesen zu sein, jetzt wurde ihr die Tochter bereits etwas fremd. Doch unverdrossen glaubte sie weiter, sie würden ohne große Schwierigkeiten durch die Pubertät kommen. Wenn es um ihre Tochter ging, war Rea oft blind und taub zugleich.

Zehn Minuten später fiel die Tür hinter Stina ins Schloss. Sie hatte mit ihrer Mutter keine zwei Worte gewechselt. Ganz anders Moritz. Beim Packen beschränkte er sich erst nach langer Diskussion auf eine seiner drei identischen Einschlafhilfen und steckte endlich Hooper 2 in den Rucksack.

Reas Handy fiepte. Sie drückte Paula weg. Dafür war nun wirklich keine Zeit.

»Moritz, wir müssen los.«

Sie öffnete die Tür, im selben Moment schreckte ein dumpfer Knall sie auf. Moritz warf den Kopf herum.

»Wieder weggeflogen?«, fragte Rea.

»Ich glaub nicht.«

»Mist.«

Die Spiegelung in der Glasfassade des Hochhauses war für Vögel fatal. Als sich die Tür des Lifts hinter ihnen schloss, zog Rea Moritz an sich. Sie war es, die Halt suchte. Die nächtliche Unruhe war zurückgekehrt.

2

Der Wagen nahm die letzten Serpentinen in Angriff. Rea und Peer waren noch in Diskussionen verstrickt. Auf der Fahrt hatte sie ihm von Paulas Anruf erzählt, den sie im Laufe des Morgens doch noch entgegengenommen hatte. Zu ihrem Entsetzen war ihre Schwester bereits unterwegs. Die Fähre musste mittlerweile auf dem griechischen Festland angekommen sein, im Laufe des kommenden Tages würde sie mit ihrem Sohn bei ihnen ankommen.

Rea hatte ihre Abwesenheit als Ausrede benutzt. Paula solle übers Wochenende ein Hotel nehmen oder mit Sophie abklären, ob der elterliche Hof der Richters im Tal, der gerade renoviert wurde und leer stand, wenigstens teilweise bewohnbar sei.

Peers Einwände ließ Rea nicht gelten. Sie eröffne doch nicht Hals über Kopf ein Flüchtlingslager, nur weil ihre Schwester wieder mal der Teufel ritt.

»Vielleicht haben sie gar keine Wahl!«, erwiderte Peer vorsichtig. Er wusste, dass rationale Argumente bei seiner Frau wenig zählten, wenn es um Paula ging.

»Das ist nicht der Punkt«, versetzte sie. »Weshalb meldet sie sich erst jetzt? Ist die Griechenland-Krise gestern ausgebrochen?«

»Sie musste sich wohl erst dazu durchringen.«

»Das beschließt keiner Hals über Kopf! Nikos ist fünfzehn. Was ist mit der Schule? Auch eine Stiefmutter trägt Verantwortung. Hier wartet keiner auf Paula. Und ihr Stelios bleibt alleine zurück? Das muss doch einen Grund haben? Jetzt, wo bei ihr alles schief läuft, sind wir ihr gut genug!«

»Nikos ist selbständiger, als es Stina je sein wird, das weißt du. Und die Hälfte der Probleme zwischen euch bildest du dir ein.«

»Du bist auf Paulas Seite, wie immer.«

Ein Wort führte zum nächsten, bald stritten sie über Belanglosigkeiten wie die Schränke, die Rea stets offen ließ, und die schmutzige Wäsche, die Peer nie zur Waschmaschine trug. Keiner gab nach, auch wenn beide wussten, dass sie wieder mal ein Scheinduell ausfochten. Im Grunde ging es um Reas Eifersucht auf Paula. Und um unberührte Betten.

Rea brauchte Bedenkzeit. Ihre Entscheidung konnte unabsehbare Auswirkungen haben. Nur so lange, bis wir etwas gefunden haben, Schwesterchen! äffte sie Paula in Gedanken nach. Was dachte sie sich bloß? Eine Wohnung finden in dieser Stadt, die aus allen Nähten platzte? Ohne Geld? Zum letzten Mal war Paula vor über zehn Jahren hier gewesen. Damals war sie noch in besetzten Häusern untergeschlüpft. Ihrem Mann Stelios hätte das gefallen, der würde dort seine nächste Band gründen und innerhalb weniger Wochen eine treue Fangemeinde um sich scharen.

Aber Stelios war wohlweislich auf seiner Insel geblieben. Nikos hingegen tat Rea leid, der Junge musste Paulas Bedenkenlosigkeit ausbaden.

Der Wagen nahm die letzten Kehren. Der Anblick, der sich ihnen bot, entschädigte sie ein wenig für den aufreibenden Tag. Das Kurhaus war ein gut erhaltenes Jugendstilhotel. Von den Engländern in der Frühzeit des Alpentourismus erbaut, thronte es dem Bergdörfchen gegenüber auf einer Anhöhe, eingebettet in einen Lärchenwald, der sich dunkel vom schwefligen Himmel abhob. Hier war der Wind schwächer, stellten die beiden fest, als sie aus dem Wagen stiegen, und die Luft weniger drückend als unten am Seebecken. Rea blieb stehen. Wie immer in solchen Momenten schimmerten Ahnungen von möglichen

Filmanfängen auf, kaum angedacht, schon durchwirkt vom Bedauern, dass sie nie umgesetzt würden.

Sie drehte sich um die eigene Achse. Nach kurzem Suchen entdeckte sie eine bekannte Felsformation. Der Zwischenhof der Richters war nicht weit entfernt. Sophie, Reas älteste Schwester, bewirtschaftete ihn mit ihrer Familie jeweils bis Juli. Bald würden sie das Vieh hinauf zur Sommeralp treiben, zur letzten Ebene ihres Dreistufen-Betriebes. Rea wollte dann die Ferien auf dem Zwischenhof verbringen, dem eigentlichen Maiensäß der Richter-Familie. Sie konnte es kaum erwarten. Dort oben würde Stina mit Moritz wie einst durch die Wälder streifen. Und sie selbst würde Zeit finden, am Tisch vor der Scheune endlich mal einige Ideen aufzuschreiben. Die Kinder wurden größer, sie musste sich Freiräume schaffen, einen Ausgleich zum Unterricht finden.

»Gehen wir?« Peer klappte den Kofferraum zu.

Die neuen Besitzer hatten das Hotel sanft renoviert, nur auf einigen Etagen war das Notwendigste gemacht und der ursprüngliche Charme des Hauses erhalten worden. Der Treppenaufgang führte die beiden vom Garten in einen halbrunden Vorbau aus Quadersteinen, die alten Rundbogenfenster hatten dieselbe ziegelrote Farbe wie die Riegelstruktur im Gemäuer des obersten Stockwerkes. Peer füllte den Anmeldeblock aus. Als Rea das schlichte Restaurant neben der Rezeption sah, fühlte sie sich sofort wohler. Offensichtlich waren auch einfache Wanderer willkommen. Aus Neugier warf sie einen Blick in den hinteren Speisesaal. Der Kontrast verblüffte sie. Hoch über dem kunstvoll gefügten Parkettboden wölbte sich hier eine blassblaue Gewölbedecke mit Stuckaturen. Die Tische waren weiß gedeckt. Rea fragte sich, ob sie die passenden Kleider dabei hatte. Sie ging zu Peer zurück, der vor dem altmodischen Lift wartete und grüßend den ersten Bekannten zuwinkte, die schon beim Apéro an der Bar saßen. Rea schielte hinüber. Nur eine der Frauen trug ein langes Kleid. Das Essen sollte um acht beginnen, erinnerte Peer, wenn sie pünktlich kommen wollten, würden sie sich beeilen müssen. Rea spürte seine Unruhe, doch ihr fehlte die Energie, sich anstecken zu lassen. Immerhin waren sie rechtzeitig angekommen, wider Erwarten, es blieben ein paar Minuten, sich herzurichten, alles andere würde sich zeigen. Im Lift schickte sie Nyima eine SMS.

Wunderschönes Hotel

Genießt es.

Oh!

Was?

Foto kommt.

Nicht schlecht.

Badewanne mit
Löwenfüßen.
Mach was draus!

Bei euch?

Unterwegs ins Kino.

Trotz Sturm?

Mach dir keine Sorgen.

Gib durch, wenn
Moritz schläft.

Ich geb durch,
wenn er nicht schläft.
Und: Suicidal …

Zu alt dafür

Blödsinn

Heute schon

Rea und Nyima waren seit ihrer Jugend befreundet, gesimste Andeutungen reichten ihnen meist zur Verständigung. Rea rieb sich die Schläfen. Zu alt und zu angeschlagen … Sie hätte einiges dafür gegeben, den Abend ungestört in diesem Zimmer verbringen zu dürfen. In der Badewanne, ein Glas Rotwein auf der Ablage neben dem Wannenrand. Sie knöpfte im Badezimmer die Jeans auf und ließ sich auf die Toilette plumpsen. Im Zimmer ging Peer geschäftig auf und ab, sicher war er schon bald bereit. Das eiserne Band um ihren Kopf zog sich zusammen. Sie wischte sich ab, drückte auf die Spülung, wühlte in ihrem Necessaire, drückte eine weitere Schmerztablette aus der Verpackung. Dann ging sie ins Zimmer hinüber, wo Peer tatsächlich im Anzug an der Tür stand. Entgegen ihrer Vermutung war es ihm allerdings recht, dass Rea noch nicht bereit war.

»Warum so angespannt?«, fragte Rea.

»Bin ich nicht«, fuhr er auf. »Ein bisschen, vielleicht. Die Übernahme ist beschlossen, das wird hier verkündet. Und einige der Schweden sind da. Deswegen. Ich geh schon mal runter und schau mich um. Du musst ja noch duschen.«

Ihr war, als hörte sie einen vorwurfsvollen Unterton heraus.

»Hab ich doch schon, nach der Arbeit.«

Rea suchte vergeblich seinen Blick. Es war wieder einer dieser Momente, in denen sich das Unausgesprochene zwischen den beiden auftürmte.

»Warte auf mich«, sagte Rea. »Ich will nicht alleine hinuntergehen.«

Sie zog die Bluse über den Kopf und stand in einem ihrer ausgeleierten Baumwolltops da. Genau das hatte Peer befürchtet.

»Komm halt nach, ich bin in der Bar.«

Abrupt öffnete er die Tür und zog sie heftig hinter sich zu. Rea zuckte beim Knall zusammen und fragte sich, was jetzt wieder geschehen war. Fast widerwillig war sein Blick an ihrem

Körper haften geblieben, doch das aufblitzende Interesse war sofort in Resignation übergegangen.

Rea massierte mit kreisenden Bewegungen ihre Schläfen, bevor sie die Stoffhose und das kurze Kleid, das sie dazu kombinieren wollte, aufs Bett legte. Mit den legginsartigen Hosen sah das Kleid ein bisschen weniger aufregend aus, trug aber dem Anlass Rechnung. Die auffälligen, geschnürten Highheels würden den Kontrapunkt setzen und hoffentlich auch Peer überraschen. Ochsenblutrot hatte die Verkäuferin die Farbe genannt. Die Schuhe bestimmten letztendlich die erotische Ausstrahlung jeder Frau, war Rea Richter überzeugt.

Sie hatte sich auf die Dessous aus Nyimas neuester Kollektion gefreut, aber für die Fahrt wären die Mikrotextilien einfach zu unbequem gewesen. Rea nahm sie aus dem Koffer. Die Suicidal-Linie also, die Empfehlung war klar gewesen. Nyima Samten musste es wissen, sie verdiente sich ihren Lebensunterhalt seit der Kunstschule ausschließlich mit den eigenen Dessous, die sie via Internet vertrieb. Bei den Zwanzigjährigen war Samten in kürzester Zeit zur Kultmarke geworden. Nyima hielt den Hype um ihre Stücke mit raffinierten Werbeaktionen aufrecht. Ihr tibetischer Name war wie geschaffen für ein Label, ihre asiatischen Züge und die etwas dunklere Haut machten sie zum perfekten Modell in eigener Sache. Noch heute posierte sie selbst. Die Vorteile des Internets nutzte sie konsequent für ihre Kampagnen, ihre Käuferinnen band sie gleich mit ein. Wer genügend Mut hatte, sich in ihren Stücken fotografieren und filmen zu lassen, am besten in aller Öffentlichkeit, wurde zur Markenbotschafterin und kam zu vielbeachteten Auftritten. Online oder bei Modeschauen, die bejubelte Happenings waren. Der Geschäftserfolg basierte darauf, dass die Käuferinnen die Farbe und die Stoffe baukastenartig selber zusammenstellen konnten, Nyima nähte mit ihren mittlerweile drei Angestellten die Stücke dann nach den Bestellwünschen. Hergestellt wurde so nur, was bereits verkauft war. Eine verblüffend einträgliche Geschäftsidee.

Rea hatte Peers Gesichtsausdruck missverstanden und schloss den Koffer wieder. Sie war offensichtlich zu alt für Nyimas minimalistische Entwürfe, da konnte ihre Freundin noch lange das Gegenteil behaupten. Baumwollslip und Spaghettitop taten es auch, beides mittlerweile ein Klassiker, Nicole Kidman sei Dank. Und bequem dazu. Sie schlüpfte in die Kleider und legte den Halsschmuck an, den Peer ihr diesen Winter zu ihrem siebzehnjährigen Jubiläum geschenkt hatte. Rea betrachtete sich im Spiegel. Niemals hätten sie beide damals gedacht, dass sie so lange zusammen sein würden. Eigentlich eine verblüffende Leistung.

Aber nicht alle ihre Träume hatten sich erfüllt. Sie warf es Peer nicht vor, sie war selbst schuld. Ihre Zeit kam noch, sagte sie sich, ohne sich einzugestehen, wie oft sie sich schon vertröstet hatte. Wenn sie ausnahmsweise einen Moment für sich hatte, kam Rea schnell ins Sinnieren. Auch jetzt hatte Peer schon längst das Zimmer verlassen, und erst die krachend laute Toilettenspülung nebenan riss Rea aus ihren Gedanken. Sie benetzte die Finger und drückte ihre Frisur in die richtige Form, sie zog den Lidstrich nach, nahm die Handtasche, warf sich das Jäckchen über, das zum Kleid gehörte, dann ging sie ihren Mann suchen. Die widerstrebend anerkennenden Blicke zweier Frauen beim Lift bestätigten Rea, dass sie richtig angezogen war.

Peer saß mit Hans Althaus, seinem Ansprechpartner in der Firma, am Tresen der Bar. Die schwedische Delegation war noch beim Apéro mit dem Verwaltungsrat der Nordstern. Er solle sich bloß keine Sorgen machen, hatte ihm Althaus versichert, und den Abend einfach genießen. Für ihn bleibe ohnehin alles beim Alten. Die Larsson habe schon nach ihm gefragt.

»Wer?«

»Dordi Larsson, die IT-Chefin von Lindmark.«

Die Heavy-Metal-Sängerin, dachte Peer amüsiert, sagte aber nur: »Ein ungewöhnlicher Name.«

»… für eine ungewöhnliche Frau. Wirst du gleich selber sehen.«

Peer wollte nachfragen, gleichzeitig sah er Rea, die eben aus dem Lift kam. Er winkte ihr zu. Die Bar war mittlerweile mit Nordstern-Angestellten gut gefüllt. Das Unternehmen hatte am Hauptsitz etwas über hundert Angestellte. Viele kannte Peer aus der Zeit, als er noch direkt beim Unternehmen angestellt war, aber seither hatte sich die Belegschaft fast verdoppelt. Hans Althaus hatte ihm versichert, die Übernahme würde einen weiteren Schub einleiten.

»Rea, meine Frau.«

»Wie konntest du mir diese Schönheit vorenthalten?«

Mit gespielter Grandezza deutete Althaus einen Handkuss an.

»Wir haben uns auch schon getroffen«, sagte Rea. »An einem Weihnachtsessen?«

»Dieses Gesicht hätte ich doch niemals vergessen!«

Seine Beiläufigkeit und der scherzhafte Unterton machten erträglich, dass er zu dick auftrug. Rea war froh, in der Menge jemanden getroffen zu haben, den sie zu kennen glaubte. Peer beugte sich zu Rea und flüsterte ihr ins Ohr, ihr Spaghettiträger mache sich unter dem Kleid vielleicht besser. Sie schielte auf ihre Schulter hinab und versteckte ihn etwas irritiert. Über ihr sonstiges Aussehen verlor Peer kein Wort, nicht mal die spektakulären neuen Schuhe bemerkte er, im Gegensatz zu anderen an der Bar. Rea ließ den Blick über die stetig größer werdende Gruppe schweifen. Sie und Peer verbrachten ihre Tage in komplett verschiedenen Welten, fiel ihr wieder einmal auf. Im Grunde wusste sie nichts über die Arbeit ihres Mannes. Oberflächliches vielleicht, aber nichts von dem, was sie im Kern ausmachte. Vor den neuesten Entwicklungen hatte er zu Hause kaum je ein Wort über die Arbeit verloren. Über die eigene sprach Rea mehr, was nicht hieß, dass er ihre beruflichen Sorgen verstand. Sie hörte mit einem Ohr zu, wie Althaus und Peer darüber spekulierten, wann die Übernahme der Schweden verkündet würde. Eine Serviererin kam vorbei, sie nahm ein Champagnerglas. Noch während sie mit den anderen anstieß, fiel ihr wieder ein, dass sie sich wegen des Schmerzmittels etwas zurückhalten sollte.

Drüben bei der Rezeption kam Bewegung in die Leute. Sie machten einer seltsam zusammengewürfelten Gruppe Platz. Die meisten trugen edle Anzüge, mit Ausnahme zweier sportlich-verwegener Typen. Zumindest den einen kannte hier jeder, der Norweger war der derzeit beste Rennläufer im Skizirkus. Der Zweite, Dan Reisinger, war in Freeride-Kreisen bekannt, und dort eine Kultfigur. Seine gewagten Videos führten die Hitlisten auf YouTube und allen einschlägigen Sites an. Er hatte Nordstern zu Glaubwürdigkeit im stetig wachsenden Freeride-Markt verholfen. Reas Aufmerksamkeit verlagerte sich auf die einzige Frau in der Gruppe. Eine eher zierliche Gestalt, aber ihr schwarzes Kleid war so schlicht und perfekt, dass es ihr sofort auffiel. Es betonte jeden Muskel ihres trainierten Körpers. Die Blicke der Männer an der Bar wanderten von Rea weg zu ihr. Nur Peer schien immun, er war darin vertieft, die letzten Nüsschen aus der Schale zu picken. Die Frau löste sich von ihren Begleitern, steuerte zu Reas Erstaunen direkt auf sie zu und blieb mit erwartungsvollem Gesicht vor ihnen stehen. Sie war jünger als Rea, doch nicht so jung wie Rea auf den ersten Blick geglaubt hatte.

»Hi Peer!« Sie schaute kurz zu Althaus hin. »Du bist doch Peer?«, vergewisserte sie sich. Nur ein leichter Singsang verriet ihre Herkunft.

Althaus nickte eifrig, als hätte sie ihn angesprochen. Peer

reichte der Frau, die offensichtlich Dordi Larsson war, die Hand. Irritiert registrierte er den harten Kontrast zwischen den blonden Haaren und ihrer dunklen Haut. Er kannte sie nicht, aber ihr Gesicht wirkte seltsam vertraut.

Rea hatte erstaunt beobachtet, wie herzlich die Unbekannte ihren Mann begrüßte.

»And this is your wife, I guess!«

Peer nickte.

»So glad to meet you! I'm Dordi. Love your shoes!«

Rea kam Peer zuvor und nannte ihren Namen. Dordis Händedruck war kräftig, fast männlich, das gefiel Rea. Ebenso die fröhliche und unkomplizierte Art, mit der sie sich nun mit den Umstehenden bekannt machte.

Ihr Begleiter mit den militärisch kurz geschnittenen, schneeweißen Haaren, der Rea zuvor schon aufgefallen war, wollte sie entführen. Dordi stellte ihn ihr flüchtig als Matteo vor.

»Nachher am selben Tisch?«, fügte sie hinzu.

Mühelos wechselte Dordi Larsson von Englisch zu Deutsch.

Hans Althaus, entzückt über die Vorstellung, die ebenso attraktive wie einflussreiche Frau an seinem Tisch zu wissen, schob seinen Barhocker zurück. Es sei Zeit, sich ihre Plätze im Speisesaal zu sichern.

»Woher kennt die mich?«, fragte ihn Peer leise und noch immer verwundert.

»Sie ist ziemlich gut, gewöhn dich dran.«

Die Kombination von Alkohol und Schmerzmitteln wirkte. Rea spürte, wie die Anspannung des Tages wich. Die anregende Wirkung des Champagners verhinderte, dass ihre Müdigkeit nach der schlaflosen Nacht Überhand gewann. Im Gegensatz zu Peer gelang es ihr jedoch nicht, sich auf die Tischgespräche zu konzentrieren. Am liebsten hätte sie die Augen geschlossen und sich ihren Gedanken überlassen. Sie kehrten immer wieder zu einem amerikanischen Kurzfilm zurück, den sie heute ihren

Schülern gezeigt hatte. Die Filmemacherin verfolgte darin in einer fiktiven Geschichte vier ganz unterschiedliche Frauen durch eine Nacht. Die eine, die Schüchterne, verbringt den Abend in ihrer Wohnung, bereitet sich dort auf den Besuch ihres Liebhabers vor, der nie kommen wird. Ihre Bemühungen, sich möglichst vorteilhaft zurechtzumachen, werden erst hektisch, dann manisch und enden schließlich im Zusammenbruch, als der Mann nicht erscheint. Zwei der Frauen sind zusammen unterwegs, mischen einen Club auf, lassen nichts aus, um zu ihrem Rausch zu kommen, während die Vierte, die unscheinbare, sich ebenfalls in den Club schmuggelt. Sie selbst traut sich nichts, doch jede Beobachtung von Anzüglichkeiten führt sie in Gedanken weiter und setzt sich dabei an die Stelle der Beobachteten. Einige gefährlich erotische Momente später lösen sich ihre Träume in nichts auf, sie findet sich in der Realität wieder. Die Frauen waren etwas zu klischiert gezeichnet und eher Projektionen, didaktische Konstruktionen gar, das hatte sie vor den Schülern kritisiert. Eigentlich hatte sie den Film nur als Beispiel einer gelungenen Parallelmontage zeigen wollen, aber viele der Bilder hatten sich ihr eingebrannt. Das geschah Rea Richter in der Flut der Filme, die sie sich anschauen musste, eher selten.

Althaus bemerkte Reas Zerstreutheit, immer mal wieder versuchte er, sie in ein Gespräch zu verwickeln. Er war sichtlich angetan von seiner Frau, stellte Peer auf der anderen Seite des Tisches fest. Die Komplimente an der Bar hatte er noch als launige Begrüßungsworte interpretiert, mit denen Althaus das Eis brechen wollte. Doch je mehr er dem Wein zusprach, und das tat er seit dem Hauptgang ausgiebig, umso offensichtlicher machte er Rea den Hof. Die wiederum merkte es nicht mal, dachte Peer missmutig. Früher hätte ihn das ja beruhigt, umschwärmt wie seine attraktive Frau immer gewesen war. Nun wünschte er sich fast, sie würde sich mehr auf solche Avancen einlassen. Rea war nicht die einzige Schweigsame am Tisch. Bei Dan Reisinger, den Dordi angeschleppt hatte, gehörte das zum Style. Er war so wortkarg wie todesmutig, er redete nur, wenn man ihn ansprach. Und nur, wenn die Antwort auf die Frage in zwei Sätzen zu schaffen war. Als hätte er seine Sprachfähigkeiten auf Handygewohnheiten optimiert, formulierte er seine Äußerungen nach Twitterlänge. Er beherrschte immerhin sein Handy virtuos, machte sich keine Mühe, das Gerät zu verstecken, schrieb einhändig und blind, in einer Geschwindigkeit, die selbst Peer neidisch machte.

Dan Reisinger hatte sich anfangs bei den Snowboardern einen Namen gemacht. Als der Freeride-Boom dank der neuen Breitskier auch auf den Alpinsport übergriff, hatte er auf zwei Bretter gewechselt, war zu einem der ersten Skicross-Stars geworden, nur um auch dort wieder auszubrechen. Reisingers Äußeres half bei der Internetvermarktung. Die krausen Haare trug er schulterlang, heute hatte er sie im Nacken nachlässig zusammengebunden, die sonnengegerbte Haut machte den Achtundzwanzigjährigen deutlich älter. Zu Beginn seiner Karriere war die Verbindung von Reisinger und Nordstern ein Zufall gewesen, heute tat die Firma alles, um ihren berühmten Werbeträger zu halten. Seine Karriere hatte den Freerider nicht wesentlich verändert. Gesprächiger wurde er nur, wenn er mit seinesgleichen in den Bergen unterwegs war. Anlässe wie dieses Firmenjubiläum blieben lästige Pflicht. Früher hatte er sich geschickt darum gedrückt, mittlerweile war er vertraglich dazu verpflichtet.

Althaus machte den Gastgeber und bezog alle am Tisch in das Gespräch ein. Vor allem wollte er auch mal das Wort an Dordi Larsson richten, die etwas von ihm entfernt saß.

»Ich darf es ja fast nicht laut sagen, aber ich bin wohl der einzige Nichtskifahrer hier am Tisch«, begann er, und seine zu muntere Stimme verriet, dass er eigentlich nicht wusste, was er fragen wollte. »Kann mir mal jemand die Faszination dieses Sports erklären? Ich krieg immer nur die Klagen von überfüllten Pisten zu hören, von zunehmender Raserei, Knieverletzungen und fatalen Zusammenstößen.«

Rea verabschiedete sich innerlich. Es war Frühsommer, der Föhn lähmte sie und wühlte sie zugleich auf, nichts lag ihr derzeit ferner als Skifahren und Schnee, so innig sie den Sport sonst liebte. Ganz anders Dordi, bei ihr löste die Frage eine Flut von erstaunlichen Assoziationen aus.

»Es beginnt schon mit der Auswahl des Hanges, Hans. Viele Freerider lieben es, wenn das Gelände von Beginn weg steil wegbricht. Ich mag es, wenn der Berg am Anfang etwas sanfter abfällt, wenn er dir erst etwas Zeit lässt und erst nach dreißig, vierzig Metern steiler wird, so dass du Zeit hast, deinen Rhythmus zu finden, bevor der Hang vor dir ins Leere, ins Unbekannte abfällt. Dort weißt du nicht, was dich erwartet, aber du bist schon im Flow, bist auf alles vorbereitet, weißt, wie der Schnee beschaffen ist, wie sich der Ski darin verhält, wie viel Kraft du brauchst, wie viel dir bleibt. Und dann nimmst du die Geräusche wahr!«

»Geräusche?«, fragte Althaus nach, nicht ahnend, was folgen würde.

»Ich sehe schon, Hans, dir fehlt die Vorstellungskraft. Schließ die Augen für einen Moment, stell ihn dir zuerst mal vor, diesen Hang! Frisch eingeschneit. Siehst du das Glitzern der Schneekristalle? Dieses vollendete Weiß, diese weich geschwungenen Formen! Du richtest die Spitzen langsam gegen unten, du stößt ganz leicht einmal ab, du hörst erst nur deinen Atem, der sofort schneller geht, dann das Windgeräusch, und je mehr Fahrt du aufnimmst, umso deutlicher vernimmst du das feine Zischen der Laufflächen, zugleich spürst du das, was du hörst, als leichte Vibration, fühlst die Reibung der Skier und den Widerstand, den dir der Hang, der Schnee zu Beginn noch bietet. Deine Bewegungen werden schneller, aber nie hektisch, sie bleiben harmonisch, der Hang fällt unter dir ins Nichts, das Adrenalin schießt durch deinen Körper, das Gleiten wird zum Schweben, die Schwünge katapultieren dich aus dem Schnee, es ist, als explodiere tief in dir die Freude. Manchmal ist das der Moment, in dem ich sie herausschreie, während jeder Muskel in deinem Körper diese rhythmische Bewegung unterstützt, links, rechts, links – die Spur, die du ziehst, ist der Bogen einer Melodie, und viel später, wenn du unten bist, wenn es vorbei ist, wenn du nur noch dein Keuchen hörst und der Schneestaub auf deinem Gesicht schmilzt und du zurückschaust auf die Linie, die du in den Hang gezeichnet hast, dann hörst du ihn noch immer, den Nachhall dieser Melodie.«

Dordi schaute Althaus in vollendeter Unschuld an.

»Verstehst du es jetzt, Hans?«

Althaus lächelte verlegen. Wohl jeder am Tisch hatte Dordis Anspielungen verstanden. Auch Peer saß mit halb offenem Mund da, er allerdings aus einem anderen Grund. Er meinte jedes ihrer Worte schon einmal gehört zu haben. Der Moment erinnerte ihn an jene Doppelbelichtungen, die sie in ihrer Jugend mit analogen Fotoapparaten gemacht hatten. Er musterte Dordi, ihre dunkle Haut, die hellen Haare. Déjà-vu-Erlebnisse hatte Peer auch sonst gelegentlich, aber dieses hier war von einer Intensität, die ihn irritierte. Rea bekam die Verwirrung ihres Mannes nicht mit. Sie beobachtete gerade Dan und Dordi, die wie auf ein geheimes Zeichen in den Vorraum hinausgegangen waren. Dort stand Dordis Freund Matteo, der Mann mit den hellen Augen und den weißen Haaren. Er schien sich gerade zu verabschieden. Die Lippen, die er zuerst und in vertrauter Beiläufigkeit küsste, waren zu Reas Verwunderung jene von Dan.

3

Das Essen und der Wein zeigten Wirkung, eine seltsame, flirrende Stimmung verbreitete sich im Saal, wie so oft bei Südwind. Auch Rea spürte eine seltsame Unruhe, hatte Lust, etwas Ungehöriges zu sagen. Dan Reisinger kehrte Arm in Arm mit Dordi zurück und widmete sich sofort wieder dem Handy. Rea suchte Augenkontakt mit Peer. Vergeblich, ihr Mann starrte mit seltsam leerem Gesicht auf die Tischplatte, die Finger seiner linken Hand ließen das leere Weinglas sanft rotieren.

»Der Mann eben im Eingang«, sagte Rea plötzlich zu Dan, »der mit den weißen Haaren. Dordis Freund. Woher kenn ich den?«

»Matteo?«, fragte Dan zurück. »Mein Agent.«

»Agent?«

Dan sprach nicht weiter. Die schroffe Ablehnung provozierte Rea. »Hast du beim Skifahren eigentlich ähnliche … nun: Erlebnisse wie Dordi?«

»Es gibt immer eine weibliche und eine männliche Sicht.«

»Dann jetzt die männliche, bitte!«

»Bei ihm sind es ja mittlerweile eher Expeditionen, nicht nur Abfahrten«, vermittelte Althaus. Er wollte sich Rea in Erinnerung rufen. Zugleich lehnte er sich hinüber und schenkte ihr Wein nach, was sie mit einer halbherzigen Geste stoppte.

»Also: Welches war dein intensivstes Erlebnis?«

»Die Reise zum weißen Horizont«, sagte Reisinger, überrascht von Reas Hartnäckigkeit.

»Klingt spannend.«

»Nicht sehr.«

»Erzähl!«

»Ein Freund von uns führt in Grönland ein Guesthouse«, erklärte Reisinger widerwillig. »Tiroler. Ist dort hängen geblieben, hat sich eine Existenz aufgebaut. Betreibt mit den Inuit eine Ausgangsstation für Expeditionen. Vor drei Jahren wurde er krank. Die Lunge. Und er verlor das Augenlicht. Wir beschlossen, ihm seinen letzten großen Wunsch zu erfüllen. Er wollte noch einmal den weißen Horizont sehen, der ihn einst dazu bewogen hatte, sich in Grönland niederzulassen. Die Risiken bei Expeditionen ins Inlandeis sind groß. Es gibt dort Eisbären, aber keine Fluchtmöglichkeit. Und tödliche Schneestürme. Das Zeitfenster für unsere Expedition wurde kleiner, die nächste Front kündigte sich bereits an. Wir zogen dennoch los. Drei Inuit, mein Freund, ich und ein befreundeter Künstler, der auch medizinische Kenntnisse hat.«

Er verstummte, als hätte ihn jemand daran erinnert, dass er normalerweise nicht mehr als zwei Sätze hintereinander sagte.

»Mit Skiern und Schlitten, oder wie?«

»Ja. Nach dem zweiten Nachtbiwak waren wir weit von der Küste entfernt. Ein halber Tagesmarsch fehlte noch. Der Zustand meines Freundes verschlechterte sich. Es war klar, dass es nicht mehr weitergeht. Wir mussten ihn an einen sicheren Ort bringen, bevor Sturmwinde aufkamen. Ein Wettlauf gegen die Zeit. Zwei der Inuit zogen los, um ein Boot zu holen, wir brachten unseren Freund in die nächstgelegene Bucht. Sie war unbewohnt, aber eisfrei. Dort hofften wir, die Inuit würden mit dem Boot noch rechtzeitig kommen. Taten sie. Kaum hatten sie uns abgeholt, fielen die Temperaturen, und der Wind frischte auf.«

Zur Ernüchterung der Zuhörenden lehnte sich Dan Reisinger im Stuhl zurück. Die Geschichte endete offensichtlich ohne Pointe.

»Dein Freund?«, fragte Rea.

»Er ist vor einigen Monaten gestorben.«

So einfach ließ sie sich nicht abspeisen.

»Und der weiße Horizont?«, wiederholte sie ihre Ausgangsfrage. Ihre Hartnäckigkeit entlockte Dordi ein Lächeln. Sie hatte Dan und Rea schon die ganze Zeit über beobachtet. Jetzt nahm sie das Handy, tippte einige Zeilen, immer wieder unterbrochen von Blicken zu Dan und Rea hin.

»Auf dem Inlandeis, wo es keine einzige Geländeerhebung mehr gibt, nur Weiß, weißes Eis, so weit das Auge reicht, und darüber ein weißer Himmel, da lässt sich nicht mehr sagen, wo der Horizont verläuft und wo der Himmel beginnt, was oben und was unten ist. Ein Ort der Ruhe. Unendlichkeit. Wie eine Nahtoderfahrung.«

Das Abgehackte war für einen Moment aus Dans Sätzen verschwunden.

»So weit seid ihr ja gar nicht gekommen«, sagte Rea.

»Nein.«

»Dann macht deine Geschichte keinen Sinn.«

»Ich habe verstanden, was meinen Freund dorthin gezogen hat. Verstörend schön sei es, hat er gesagt.«

Sie waren wieder zurück bei den Twittersätzen, veredelt allerdings durch eine ungewohnte Wortkombination. Verstörend schön, wiederholte Rea. Sie wartete auf ein beschwichtigendes Lächeln in seinem Gesicht, es kam nicht. Ein seltsamer Mensch, dachte Rea. Sie wollte noch etwas anfügen, als plötzlich Aufruhr entstand. Die Gäste an den anderen Tischen waren schon auf den Beinen.

»Auf zum nächsten Horizont, Rea«, sagte Dordi, die sofort ihr Handy weggesteckt hatte, da sie den anstehenden Programmpunkt kannte. »Die Überraschung wartet auf dem Dach!«

Moritz schläft, Stina will mir noch was erzählen.

Um diese Zeit?

Ging nicht früher, weil unter Frauen, sagt sie. -)

??!

...

Wir müssen jetzt aufs Dach.

Nordstern ist immer Outdoor.

Sehr outdoor.

Wenigstens spannend?

Ich halte es noch aus.

Rea hatte die Wartezeit vor dem Lift für eine kurze Unterhaltung mit Nyima genutzt. Als sie das Handy wieder ausmachen wollte, fror das Display kurz ein, dann flackerte es, fast so, wie Reas alter Geschäftscomputer nach dem Einschalten. Das Signal war hier oben schwach, das mochte der Grund sein. Dan Reisinger allerdings schien sein eigenes Funknetz zu haben. Fast ununterbrochen hämmerte sein Daumen auf den Bildschirm seines Oversize-Handys. Ein internetsüchtiger Adrenalinjunkie auf Sinnsuche, dachte Rea, die ihn dabei beobachtete. Wie immer bei außergewöhnlichen Begegnungen waren Reas filmische Instinkte geweckt. Reisingers Erzählung vom weißen Horizont sah sie bereits in Bildern vor sich.

Sie lehnte sich zurück, einen der High Heels leicht an die Wand gestellt, sich nur halb bewusst, wie aufreizend ihre Pose war. Südwind. Eine wohltuende Mattheit dämpfte ihre Wahrnehmung. Althaus verstrickte sie in die nächste Schäkerei, während der Lift weitere zwölf der hundertfünfzig Gäste hinaufbrachte. Einige wenige wie Peer und Dordi hatten sich für die Treppe entschieden, Rea wartete lieber. Etwas benommen trat sie endlich in den Lift. Oben gelangten sie durch eine niedrige Tür auf das Dach hinaus.

Peer nahm Rea in Empfang. Aus den Augenwinkeln sah er, wie Dordi sich zu den Anzügen gesellte. Er hatte sie beim Hinaufgehen gegoogelt, noch immer irritiert, weil er sie zu kennen glaubte. Aber nichts von dem, was er über sie las, stellte eine Verbindung zu ihm her. Er irrte sich offenbar. Peer führte Rea ganz nach vorn zu den letzten freien Plätzen am gusseisernen Geländer. Es würde sich lohnen, vorne zu stehen. Das Feuerwerk habe mehr gekostet als der Rest des Anlasses, hatte Dordi ihm verraten.

Rea legte den Kopf zurück. Selbst der Nachthimmel hatte eine gelbliche Färbung. Als ihr Blick den ersten Raketen folgte, wurde ihr leicht schwindlig. Rea hatte schon immer körperlich auf den Föhnwind reagiert, doch selten so stark wie heute. Ihre Gedanken waren auch jetzt unstet und diffus. Kaum explodierten über ihr die Sprengkörper, mischten sich wieder Bilder des Films vom Morgen in die fallenden Funken. Die Leute, die weiter hinten auf dem Dach standen, schlossen zu ihnen am Geländer auf. Rea Richter wurde es sonst schnell zu eng. Jetzt spürte sie zwar, wie sie immer mehr eingeschlossen wurde, aber heute machte es ihr nichts aus. Sie lehnte sich mit den Hüften leicht gegen das Geländer, ihre Schuhe gaben ihr ein gutes Gefühl. Sie wiegten Rea in der Illusion, hinter ihr würden alle ihre endlosen Beine bewundern. Sie lächelte, ließ sich in ihre Erschöpfung fallen, das Kaleidoskop der Farben zog Schlieren, zugleich veränderte sich die Intensität des Feuerwerks.

Die Detonationen vibrierten in Reas Brustbein nach, weshalb sie die erste Berührung kaum wahrnahm. Sie rückte unwillkürlich näher ans Geländer. Die nächste Dreifach-Explosion, grell funkelten die herunterfallenden Magnesiumpartikel.

Diese gefielen ihr besonders. Wieder berührte sie etwas hinten am Oberschenkel. Warum drängen sich die auch so nach vorn, fragte sich Rea träge, die brauchen doch bloß hochzuschauen! Sie wich aus, die Berührung blieb. Sie wollte sich umdrehen und eine Entschuldigung entgegennehmen, aber etwas hielt sie zurück. Rea schielte zu Peer hinüber. Seine Hand war es nicht. Hätte sie auch überrascht. Wer stand hinter ihr? In neun von zehn Fällen hätte sie das Spiel beendet. Heute war der zehnte, alles erlaubt bei Südwind. Wer es auch sein mochte. Aber wenn sie schon spielten, dann nach ihren Regeln! Einen Moment lang stand sie noch still, dann legte sie den Kopf ins Genick, als wollte sie die ganze Pracht des Feuerwerks genießen, drückte sich dabei etwas vom Geländer weg und machte einen halben Schritt rückwärts. Die Berührung am Oberschenkel blieb, der Druck verstärkte sich leicht, und die Ahnung eins Duftes umgab sie. Dann zuckte sie unmerklich zusammen. Aus der Berührung war ein sanftes Streifen geworden. Da, wieder! Die Hand wanderte höher. Ziemlich keck! Rea stellte fest, dass sie erregt war, nicht empört. Trotzdem wich sie der Berührung aus. Seine Enttäuschung spürte sie fast physisch. Rea ließ ihn ein wenig zappeln. Sie hatte ihn an der Angel, er war ihr ausgeliefert, er wusste, sie könnte ihn mit einem einzigen Satz bloßstellen, der Belästigung anprangern. Sie genoss den Moment. Sie war es, die bestimmte, diese Erkenntnis ermutigte sie zusätzlich. Rea verlagerte das Gewicht wie zufällig auf das andere Bein, doch diesmal blieb der Kontakt aus. Sie bewegte sich noch ein wenig. Komm schon, du hast doch gespürt, wie dünn der Stoff ist! Einmal noch, ich will es! Nichts. Gab er schon auf? Rea wartete einige Sekunden, dann ließ sie die Handtasche von der Schulter rutschen, um einen Grund zu haben, sich gebückt halb umzudrehen. Hinter ihr stand niemand. Die nächste Reihe war über einen Meter von ihr entfernt, zwei Pärchen staunten dort in den Himmel.

Sie bereute, dass sie ausgewichen war, und fragte sich im nächsten Moment, ob die Fantasie mit ihr durchgegangen war. Die Schmerzmittel in Verbindung mit dem Alkohol?

Sie stand wieder auf.

»Was suchst du da unten?«, fragte Peer. »Schau dir das an!«

Hoch über ihnen brannte sich eine nordsternrote Siebzig in den Nachthimmel.

Nyima Samtens Ahnung, dass ihrer Freundin Rea unruhige Zeiten bevorstanden, verdichtete sich. Wäre ihre Patentochter etwas älter gewesen, hätte sie sich Stinas Schwärmerei lächelnd angehört und wäre darauf eingegangen. Nun aber wog sie ab, ob das, was sie hörte, noch im grünen Bereich lag, gleichzeitig versuchte sie, sich an ihre eigene frühe Teenagerzeit zu erinnern. Stina wollte offensichtlich Tipps verschiedenster Art für das erste Mal. Mit vierzehn! Dirk hieß der Junge. Die Fülle von Fragen über geeignete Signale und passende Orte machte Nyima noch hellhöriger.

»Du solltest das mit deiner Mutter besprechen.«

»Nie im Leben.«

Nyima seufzte innerlich. Schon waren sie auf Sperrgebiet.

»Sie war auch mal so jung wie du.«

»Kann nicht sein.«

»Nicht?«, machte Nyima, nur halb amüsiert.

»Sie hat doch keinen Plan. Sie sagt sowieso, es sei zu früh.«

»Und das findest du nicht?«

»Hallo?!« Stina fragte sich nun ernsthaft, ob auch Nyima die falsche Beraterin war.

»Weißt du, was mir auffällt, meine Große: Irgendwie willst du ein bisschen viele Details wissen. Fast so, als müsste das Ganze nach einem Plan ablaufen.«

»Ist doch klüger!«, sagte Stina trotzig.

»Klüger wäre, du sagst ihm gleich, es sei dein erstes Mal.«

»Nie im Leben.«

Allmählich wurde Stinas Lieblingsfloskel nervig. »Du machst dir zu viel Druck. Für ihn ist es vielleicht auch das erste Mal.«

Stinas Prusten erübrigte eine Antwort.

»Also nicht. Jungs machen sich trotzdem noch ganz andere Sorgen. Timing-Sorgen. Planen können die gar nichts.«

»Dirk hat Ahnung.«

»Als hätte der das schon oft getan!«

»Hat er wohl!«

»Ach ja? Wie alt ist er?«

Stina schwieg und bestätigte damit Nyimas Verdacht.

»Raus damit.«

»Neunzehn«, sagte sie leise.

Nyima fiel ins Sofa zurück.

»Das ist … illegal!«

»Wen stört's?«

»Schieb mir mal mein Handy rüber.«

Sie googelte nach dem Schutzalter und fand auf Anhieb die gesetzlichen Bestimmungen. Offenbar war es auch eine Frage des Altersunterschiedes zwischen zwei Jugendlichen.

»Pech gehabt.«

»Was jetzt?«, fragte Stina genervt.

»Du bist unter sechzehn, dann dürfte er höchstens drei Jahre älter sein, rechtlich gesehen könnte er dafür ins Gefängnis wandern.«

»Wen stört's!«, sagte Stina wieder, nicht wirklich verunsichert.

»Niemand, wenn alles gut läuft. Die Polizei, wenn mal etwas weniger gut läuft.«

»Alles nur Theorie«, gab Stina zurück. Doch Nyima sah, wie es in ihr zu arbeiten begann.

»Warte wenigstens, bis du selbst so weit bist.«

»Hallo?«

»Knutscht rum, macht die halben Sachen, die sind doch schon heiß genug. Lern deinen Körper besser kennen.«

Nyima kam sich vor wie ihre eigene Pflegemutter. Von ihr hatte sie in Stinas Alter auch nie etwas angenommen. Heute wusste sie, wie schwierig und verletzend es für die Mutter gewesen war, von Nyima ständig zu hören, sie lasse sich nichts sagen, sie sei ja sowieso nicht ihre richtige Mutter. Was Nyima sich jetzt, da sie die Güte ihrer Pflegemutter erst richtig erfasste, nicht recht verzeihen konnte. Vielleicht, dachte Nyima, sollte sie Stina gegenüber eher die Haltung einer älteren, erfahrenen Schwester einnehmen. Nur wusste sie nicht, wie man das machte. Nyima war das einzige Kind der Pflegefamilie geblieben, erst mit Rea hatte sie so etwas wie eine Schwester gefunden. Stina würde ohnehin durchschauen, wenn sie nur eine Rolle spielte wie eben. Besser, sie wies sie ganz konkret und energisch auf einige Dinge hin.

»Woher kennst du ihn?«

»Vom Street Dance. Er ist der beste.«

»Das Leben ist kein Dancemovie.«

»Hab ich gar nicht gewusst!«, gab sie schnippisch zurück.

»Dafür ein bisschen was über Kondome?«

»Wer nicht.«

»Werden wir gleich sehen.«

Mit einem unguten Gefühl ging Nyima erst ins Schlafzimmer, dann in die Küche. Eine Zucchini war der einzige geeignete Übungsgegenstand, den sie fand. Sie versagte sich eine weitere SMS an Rea. Von ihr würde Stina eher etwas annehmen als von ihrer Mutter. Vielleicht fand sie so heraus, weshalb es gerade dieser Junge sein musste.

Am nächsten Morgen fand sich Rea in widersprüchliche Gefühle verstrickt. Die unerwartete nächtliche Leidenschaft zwischen ihr und Peer verblasste schneller als die Erinnerung an die Berührung auf dem Dach. Schweigend saßen die beiden nun im Restaurant beim Frühstück. Glücklicherweise gehörten sie zu den Ersten, noch setzte sich niemand mit leicht gezwungenem Lächeln zu ihnen, was bei solchen Gelegenheiten sonst unumgänglich war. Bei der zweiten Tasse Kaffee meinte Peer, er müsse vor der Mitarbeiterinformation zur Übernahme noch mit Hans Althaus sprechen. Rea kam das gelegen. Am Mittag stand ein Climbing-Kurs in der Kletterhalle auf dem Programm, zuvor wollte sie die Gegend erkunden. Der Föhn war wieder stärker geworden, und neuen Kopfschmerzen würde sie nur entgehen, wenn sie sich draußen bewegte.

Sie küsste Peer zum Abschied. Seine Hand glitt kurz über ihren Rücken und weiter. Ebenso ungewöhnlich war, wie begehrlich Peer seiner Frau hinterherschaute. Ein seltsames Gefühl der Ohnmacht erfüllte ihn.

Als Rea auf den Lift wartete, kam Dordi Larsson die Treppe herunter. Sie grüßte Rea herzlich und fragte sie, wie sie den Abend gefunden hatte.

»Es ist immer interessant, Peers berufliches Umfeld besser kennenzulernen, er erzählt wenig von der Arbeit.«

»Ist doch bei allen Männern so! Und das Feuerwerk? Dir hat es offenbar besonders gut gefallen.«

Rea war über die Formulierung so überrascht, dass ihr zuerst nichts einfiel. Dordi Larssons Gesichtsausdruck war offen und unergründlich zugleich.

»O ja, sehr … eindrücklich! Mit der Siebzig zum Schluss.«

»Die Feuerwerksmacher konnten uns keine Garantie dafür geben, dass die Zahl lesbar sein würde. Aber wo hat man schon eine Garantie. Sehen wir uns beim Klettern?«

»Ja.«

Rea betrat den Lift. Was um alles in der Welt …? Hatte Dordi etwas gesehen? Die Erinnerung an die Berührung auf dem Dach beschleunigte ihren Puls. Sie rief sich zur Ordnung.

Es war ein Moment gewesen, nicht mehr, und erklärbar, viel länger hätte sie es gar nicht zugelassen. Sie begriff selbst nicht, weshalb sie so viel Aufheben darum machte. Wichtiger war das danach gewesen. Sie verließ den Lift und betrat ihr Zimmer. Die Laken waren noch immer zerwühlt. Nackt hatte sie nach dem Fest dort gelegen, so wie am Morgen dieses verwirrenden Tages, sie war eingedöst und nur halb aufgewacht, als Peer sich zu ihr gelegt hatte, ohne Licht zu machen, glücklicherweise. Sie hatten sich nur gespürt, nicht gesehen. Es hatte sich anders angefühlt. Als wären sie Fremde. Die Dunkelheit hatte ihrer Fantasie zusätzliche Räume geöffnet, Peers begabte Finger hatten sie stets noch ein Stück weiter geführt, dorthin, wo der Unbekannte wartete.

Alles erlaubt bei Südwind.

Rea schlüpfte in die Trekkingschuhe, nahm die Bauchtasche mit ihrem Allergien-Notfallset, steckte die Sonnenbrille ins Haar und schloss das Zimmer hinter sich zu. Diesmal lief sie das Treppenhaus hinunter, ihre Hand auf dem Lauf des kunstvoll verzierten Jugendstilgeländers. Draußen auf der Terrasse standen Dordi Larsson, Dans Manager Matteo, der offensichtlich wieder da war, und Reisinger selbst. Sie winkten Rea zu, diese nahm den Weg zum Lärchenwald.

Jedes Mal, wenn sich die Bäume lichteten und der Blick auf die Berge und den darunterliegenden See frei wurde, blieb sie kurz stehen. Der Himmel war von einem Schleier bedeckt, er machte die Sonne zu einer fahlen Scheibe, die Wolkenschlieren nahmen die Farbe gebrannter Erde an, ihre schwefelgelben Ränder fächerten die Sonnenstrahlen in Bahnen auf. Der Föhn wirkte wie ein Vergrößerungsglas, die Grate und Felsschrunden auf der anderen Seeseite zeichneten sich gestochen scharf ab. Rea zog das Handy heraus und machte einige Histamatic-Bilder der ungewöhnlichen Lichtstimmung. Sie schickte eines an Nyima, zusammen mit der Frage, ob alles rund liefe. Die Übermittlung des Fotos dauerte. Sie behielt das Handy in der Hand, während sie weiter wanderte.

Moritz schlägt Gamerekorde,
Stina schläft aus. Du?

Durch den Wind

Südwind?

Suicidal wäre doch
angebracht gewesen

Oh-oh. Wurde Zeit

Nicht was du denkst

Schlimmer also

Verwirrend

Ich will jedes Detail hören

Ja ja

Alles erlaubt …

Ich weiß

Der Weg führte aus dem Wald hinaus und wand sich danach steil ansteigend durch die Alpwiesen. Sie war gar nicht mehr weit vom Zwischenhof der Richters entfernt. Noch flatterte die Fahne im Wind, die verriet, dass der Hof bewohnt war. Rea schrieb ihrer Schwester einen SMS-Gruß aus der Nähe, obwohl sie vermutete, dass Sophie ihr Handy frühestens am Abend einschalten würde. Auf der nächsten Anhöhe entdeckte sie eine kleine Sennhütte. Rea beschloss, dort zu rasten und dann umzukehren. Die Hütte war bereits für den Sommer vorbereitet, das Gärtchen aufgeräumt, keine Spuren mehr vom langen Bergwinter. Die Fensterläden standen offen, als sollte die Sonne die Stube schon mal aufwärmen. Fast wehmütig schaute Rea hinein. Sie konnte es kaum erwarten, selbst auf die Alp zu ziehen.

Wie es sich gehörte, stand vor der Hütte ein Bänkchen. Der Föhn hatte mittlerweile einen Teil der Wolken an die nächste Bergkette gedrückt, die Sonne war stärker geworden. Vor der verwitterten Holzwand wurde es richtig warm. Es dauerte keine zehn Minuten, dann saß Rea in Unterwäsche auf dem Bänkchen. Sie lehnte sich gegen die Holzwand. Die Sonne verflüssigte das Harz der Lärche, die der Hütte etwas Windschutz gab, der süße Duft hatte die gewohnte beruhigende Wirkung auf Rea. Sie döste ein, und als sie eine Stunde später erwachte, war sie bereits wieder alleine.

Es war für niemanden im Seminarraum des Hotels eine Überraschung, als Bertil Söderberg bereits Details der Nordstern-Übernahme erläuterte. Der CEO der Schweden klang glaubwürdig, indem er aufzeigte, wie die Verträge eine Einmischung in die operativen Geschäfte verhinderten. Zumindest in den nächsten fünf Jahren, so lange würde die Firma noch zu einundfünfzig Prozent der alten Besitzerfamilie gehören. Die weitere Expansion von Nordstern sollte nun vor allem im Ausland vonstattengehen. Die Verbindung zum schwedischen Konzern, der längst global tätig war, würde es möglich machen. Söderberg stellte die Manager vor, die sich bei Lindmark um Nordstern kümmern würden. Dordi Larsson war die Letzte, die kurz aufstand.

Dann forderte Söderberg die Mitarbeiter auf, Fragen zu stellen. Nach anfänglichem Zögern wagte es der eine oder andere, seine Bedenken zur Übernahme, die Söderberg hartnäckig »Beteiligung« nannte, zu äußern. Die Geschichte, die Verankerung hier, am Fuße des größten Alpenübergangs, die altmodische Ausstrahlung der Traditionsmarke Nordstern und die bewusste Anlehnung daran – all diese Vorzüge dürften doch nicht aufgegeben werden. Söderberg widerlegte die Befürchtungen, er bekräftigte glaubwürdig, man plane genau das Gegenteil, er habe von der alten Besitzerfamilie Kataloge aus den siebzig Firmenjahren erhalten und daraufhin sofort eine zusätzliche Retro-Linie angeregt, die alte Farb- und sogar Schnittmuster wieder aufnahm. Eine bessere Idee für die weltweite Positionierung gäbe es doch gar nicht! Offensichtlich hatte er das Thema erwartet, denn er zauberte eine neue, braun-orangefarbene Fleecejacke hinter dem Rednerpult hervor. Wer zuerst das richtige Jahr des ursprünglichen Schnittmusters errate, dürfe sie behalten.

Die Zahlen flogen durch den Saal, derjenige, der auf 1973 tippte, wurde stolzer Besitzer der Fleecejacke. Ein unverkäuflicher Prototyp, wie Söderberg ihm beim Überreichen versicherte.

Bald darauf fand die Veranstaltung ein Ende, der Saal leerte sich. Die Mitarbeiter bildeten überall Grüppchen, in denen eifrig diskutiert wurde. Peer gesellte sich zu Althaus und Dordi Larsson.

Rea rappelte sich auf. Sie durfte nicht wieder einschlafen. Die Sonne hatte an Kraft gewonnen und brannte ihr ins Gesicht. Sie setzte sich hinüber auf die Wurzel der Lärche, dankbar für den Schatten, den der Baum spendete. Von der Alphütte aus sah man drei der sieben zerklüfteten Seeausläufer. Dort, wo der Fluss das Becken entleerte, verschwamm die Skyline der Stadt im gelben Horizont. Zum Ende der letzten Eiszeit hatte sich hier ein Gletscherrandsee gebildet, dessen Arme sich auch tektonisch mit den norwegischen Fjorden vergleichen ließen. Wer hier wohnte, war stolz auf den spektakulären See und kannte seine Entstehungsgeschichte. Wann immer Rea die Hektik der Stadt zu viel wurde, flüchtete sie in die Berge. Hier fand sie stets zu der selbstvergessenen Ruhe zurück, die sie in ihrer Kindheit begleitet hatte. Jene Ruhe, die ihren Kindern im Moment so abging. Moritz ohnehin, neuerdings auch Stina. Was um alles in der Welt mochte sie gestern mit Nyima besprochen haben?

Die beiden hatten schon immer eine besondere Beziehung gehabt. Reas Freundin hatte sich damit abgefunden, kinderlos zu bleiben, deshalb war ihr Stina eine Art Ersatztochter. Für Stina wiederum war Nyima Samten die einzige Erwachsene, die sie im Moment akzeptierte. Nyima musste Rea nicht alles erzählen, das hatten die beiden Frauen ausgemacht. Sie stimmten ihr Verhalten immer mal wieder neu aufeinander ab. Rea vertraute Nyima, aber sie war die Mutter. Und Nyima wusste selbst, dass ihr Lebenswandel Stina nur auf falsche Ideen bringen konnte. Rea zählte natürlich darauf, dass die Freundin ihr bei Geschehnissen, die wirklich ernst waren, einen Wink geben würde.

»Was gehört dazu?«, hatte Nyima letzthin gefragt.

»Drogen!«

»Harte oder weiche?«

»Von den gefährlichen möchte ich erfahren.«

»Alkohol?«

»Bei bedenklichen Mengen.«

»Jungen?«

»Bei bedenklichen Praktiken.«

Beide hatten gelacht.

Die Wolken rissen wieder auf, die Sonnenstrahlen gossen den See in Gold. In unzähligen Sagen wurde seine Schönheit gepriesen, besonders in der einen, die dem kleinen Land einst seinen Freiheitshelden beschert hatte. Rea liebte vor allem den Gegensatz zwischen Stadt und Berglandschaft. Aus der Ferne sah es aus, als hätten sich die Hochhaustürme nicht zu nahe an die Bergmassive herangewagt, wohl wissend, dass sie nur auf Zeit standen. Rea fragte sich manchmal, ob es richtig war, mit den Kindern in der Stadt zu bleiben. Sie selbst war in einem der kleinen Dörfer seeaufwärts groß geworden, im Winter im Tal, im Frühling auf dem erhöhten Zwischenhof, im Sommer ganz oben auf der Alp. Seit dem Tod der Eltern führte Sophie die altertümliche Dreistufen-Bewirtschaftung weiter, und Rea profitierte im Sommer vom leerstehenden Hof. Zur Freude von Moritz, der konnte den Bergsommer kaum erwarten. Bei Stina war es bisher auch immer so gewesen, dachte Rea, dieses Jahr rebellierte sie zum ersten Mal. Sie hoffte, sie würde ihre Tochter nicht zum gemeinsamen Urlaub zwingen müssen.

So sehr es Rea zeitweise hinaufzog, so fremd war ihr die Vorstellung geworden, nicht in der Stadt zu leben. Sie war ihre Heimat geworden, Betonklötze hin oder her, die Wiesen hier oben waren bloß noch Heidi- und Ferienland. Diese Frage ist längst geklärt, dachte Rea und fragte sich, was sonst der Grund für die stete Unzufriedenheit war, die sie seit einiger Zeit verspürte. Dieses Gefühl, sie sei Tag für Tag nicht nur eingespannt, sondern eingesperrt. Und sie hätte aus allem mehr machen müssen. Aus ihren Talenten, aus ihrem Job, aus dem Zwischenhof, der langsam zerfiel, aus ihrer Ehe ohnehin. Rea band die Bauchtasche um und machte sich auf den Rückweg. Es dauerte, bis sie wieder in den Lärchenwald kam. Die Böen, die plötzlich und blitzschnell aus dem Nichts zu kommen schienen und über die Bergflanke herabstürzten, waren beunruhigend. Der Wind wurde Rea allmählich lästig, und der Druck hinter ihrer Stirn nahm wieder zu. Vielleicht übersah sie deshalb den schwirrenden Schatten in den Baumwipfeln über ihr.

4

Die erste Biene, die ihren Kopf umschwirrte, wedelte sie achtlos weg. Rea war allergisch auf Pollen, auf Wolle und auf Insekten aller Art, bei Bienen konnte es gefährlich werden. Sie griff an die Bauchtausche und spürte die beruhigende, runde Form der Atropinspritze. Seit zwanzig Jahren trug sie das Notfallset mit sich herum, gebraucht hatte sie es noch nie. Als sie die ersten Bäume des Wäldchens erreichte, hörte sie ein lautes Summen und über ihr bewegte sich ein Ast. Rea erschrak. Der Ast war gar keiner! Eine Traube Bienen hing über ihr in den Zweigen. Augenblicklich war sie in Schweiß gebadet, alle Kraft wich ihr aus den Beinen. Himmelherrgott, nimm dich zusammen! Sie war nicht gestochen worden, sie musste nur … sie musste nur … was tun? Reas Gedanken überschlugen sich. Ein Bienenschwarm, hier draußen im Bergwald? Wildbienen? Killerbienen? Nahmen sie ihre Ausdünstung, ihre Panik wahr? Konnte sie einfach weitergehen? Oder zurückweichen, die Baumgruppe umgehen? Langsam löste sie sich aus ihrer Erstarrung. Sie zog vorsichtig die Spritze aus der Bauchtasche und drehte den Deckel auf. Zehn, zwanzig Sekunden blieben ihr, bevor sie ohnmächtig würde, davon ging ihr Arzt aus. Und wenn sie von zehn Bienen gleichzeitig gestochen würde? Von zwanzig? Das da oben waren Hunderte. Killerbienen attackieren Menschen! Wie oft schon hatte sie die Schlagzeile gelesen. In den Wipfeln über ihr rauschte es, eine nächste Böe zerrte an den Baumkronen. Sie musste weg hier! Langsam wagte sie einen ersten Schritt, danach einen zweiten, noch einen. Nun stand sie direkt unter den Bienen, das Summen schwoll in ihren

Ohren zu einem Dröhnen an. Das Angriffssignal? Ihre Schritte wurden länger, nach drei, vier Metern begann sie zu rennen. Sie hetzte den Wanderweg entlang, ihre Lungen brannten, die Panik trieb sie vorwärts. Rea preschte durch das gesamte Lärchenwäldchen und erst, als sie in der Ferne das Kurhaus sah, wurde sie langsamer. Sie sank in die Knie, sekundenlang war ihr schwarz vor Augen.

Im selben Moment bog Althaus zum Ende seiner Joggingrunde auf den Waldweg ein. Keuchend und besorgt beugte er sich zu Rea hinab.

»Was hast du?«

Sie richtete sich auf.

»Hilf mir auf!«

Im Stehen wurde ihr schwindlig, sie stützte sich auf seinen Arm, bis sich der Wald nicht mehr drehte.

»Bienen. Ein riesiger Schwarm, da hinten!« Sie zeigte in die Richtung der Sennhütte.

»Haben die dich angegriffen?«

»Ja, nein, ich glaube nicht … Ich bin einfach losgerannt, ich bin doch allergisch, sie dürfen mich nicht stechen, haben sie wohl auch nicht, ich habe schon die Spritze bereitgemacht, wo ist sie denn, sie muss irgendwo hier …«

Althaus unterbrach ihren Redeschwall. »Du spürst nichts? Nirgendwo? Vielleicht haben sie dich durch die Kleider gestochen, besser wir suchen dich überall ab!«

Reas Denken setzte sofort wieder ein.

»Nicht nötig, das hätte ich gespürt. Und da ist die Spritze.«

Sie bückte sich und fischte sie unter einem Busch hervor. Der Deckel war jetzt weg, sie würde sie nicht mehr zuschrauben können.

»Gehen wir zum Hotel zurück.«

In der Halle kam Peer, bereits zum Klettern umgezogen, sofort herbeigerannt.

»Was ist?«

»Ein Bienenschwarm. In einer Baumkrone. Tausende von Bienen, alles hat sich bewegt, das kannst du dir nicht vorstellen.«

»Kein Stich?«

»Nein. Aber das waren sicher wilde Bienen.«

»Kaum«, mischte sich Althaus ein. »Einfach ein Volk, das ausgeschwärmt ist. Passiert, wenn eines zu groß wird und der Imker es nicht rechtzeitig teilt.«

»Woher weißt denn du das?«, fragte Peer erstaunt.

»Mein Vater war Imker.«

»Und? Alles wieder gut jetzt?«, vergewisserte sich Peer bei Rea.

»Nur ein bisschen in Panik geraten.«

Im Zimmer und unbehelligt von Althaus' begehrlichen Blicken, suchte Rea ihren Körper ab, Zentimeter um Zentimeter, obwohl sie wusste, dass sie nicht gestochen worden war. Wenn es um Bienen ging, war es mit ihrer Logik nicht weit her. Sie betrachtete ihr Spiegelbild. Einen Augenblick lang war sie versucht, das Klettern sein zu lassen, dann gab sie sich einen Ruck. Sie drehte sich vor dem Spiegel um die eigene Achse. Ihre Hand berührte dieselbe Stelle wie der Fremde. Sie fühlte sich straff an, aber ein bisschen Sport konnte nie schaden.

Rea zog ihre Trainingshose an. Stina hatte dieselbe und schämte sich immer, wenn Rea ihre anzog. Der Baggy-Style ist Mode, also nichts für die Alten, dachte sie amüsiert. Die Erste, die ihre Theorie bestätigte, war Dordi Larsson. Bei ihr schmiegten sich Tights eng an den muskulösen Hintern, ihr Oberteil kam mit weniger Stoff aus als Reas Top unter dem Shirt. Rea nahm Dordi ihr Aussehen nicht übel, die Frau war ihr sympathisch.

»Peer sagt, du hättest das noch nie gemacht. Wär gut, wenn Dan Reisinger dich sichert, er ist der erfahrenste Kletterer hier.«

»Erfahren und doch zu jung«, scherzte Rea zu ihrer eigenen Verblüffung.

»Du willst dich doch nicht über dein Aussehen beklagen? Wenn du in einen Raum kommst, halten alle den Atem an, noch nie aufgefallen?«

Nett gemeint, aber sag das mal meinem Mann! Rea verkniff sich die Bemerkung und quittierte das übertriebene Kompliment mit einer relativierenden Handbewegung.

Dan Reisinger befragte die Kursteilnehmer nach ihren Kenntnissen und teilte sie daraufhin in Zweiergruppen ein. Dordi Larsson und Peer bildeten eines der Duos. Dordi zurrte Peers Gurt fester und kontrollierte den Sitz zweimal.

»Now you're safe!«

Ihr Lächeln drückte das Gegenteil aus, schien ihm. Peer wurde aus der Frau nicht klug. Sie zeigte ihm, wie er den Sicherungsknoten des Seils knüpfen musste. Als er es auch beim dritten Mal noch nicht geschafft hatte, führte sie sanft seine Hände, bis er die doppelte Acht richtig hinkriegte. Die Nähe und ihr Duft setzten Peer zu. Verstohlen schaute er zu Rea hinüber, doch die konzentrierte sich eben auf ihren Gurt. Dan Reisinger gab ihr seine Anweisungen ohne taktile Unterstützung. Dann kletterte er die Wand mit katzenhafter Geschmeidigkeit vor. Offensichtlich war er dafür eher geschaffen als fürs Reden. Hoch über ihnen ließ er sich einen Moment lang an einer Hand hängen, während er mit der anderen das Sicherungsseil in den beiden obersten Karabinern einhängte. Rea schloss kurz die Augen. Beim nächsten Blinzeln stand er bereits wieder unten. Er wiederholte die Prozedur noch zweimal, damit niemand ohne Seil vorklettern musste, dann war er mit den Vorbereitungen zufrieden.

»Nimm die grüne Route!«, forderte er Rea auf.

Rea sah aus dem Augenwinkel, wie Dordi neben ihr die Wand hinaufflitzte. Peer sicherte sie eher der Form halber.

»So schnell geht's bei mir nicht!«, sagte Rea.

»Das Tempo ist nicht das Ziel«, gab Reisinger zurück.

»Sondern?« Rea hoffte, er würde ihr die üblichen Weisheiten ersparen.

»Du steckst es dir selber.«

Nun gut. Rea streckte die Arme und fasste die obersten zwei grünen Griffe, die sie gerade noch erreichen konnte.

»Mir reicht es schon, wenn ich meine Angst ertrage«, sagte sie.

»Vielleicht willst du zu viel auf einmal, dann spielt dein Körper nicht mit. Weshalb nimmst du den Fuß so hoch?«

Dasselbe hatte sich Rea auch gerade gefragt, sie hing mit dem ganzen Gewicht in ihren Armen.

»Die Beine müssen dich hinaufbringen, die Hände und Arme halten dich im Gleichgewicht.«

»Ach so.«

»Sonst wirst du sofort blau.«

War sie schon. Rea schmunzelte über Reisingers Dialekt. Er musste aus dem grenznahen Ausland kommen.

»Noch mal runter! Gut so, Arme ausschütteln. Kraft zurück? Spürst du es? Dann von vorn, ich sage dir, welche Griffe du in welcher Reihenfolge nimmst.«

Rea konnte nur noch nicken.

Sie stellte sich an die Wand und wartete auf Anweisungen, die sofort und präzise kamen und erstaunlich einfach umzusetzen waren. Linke Hand, rechte Hand, rechtes Bein, linke Hand, linkes Bein. Rea kam ohne große Anstrengung vorwärts. So macht die Sache fast schon Spaß, dachte sie und rutschte prompt ab. Sekundenbruchteile später hing sie hilflos zappelnd im Seil.

Erfolgreich aus der Wand geborgen, setzte sie sich trotz Reisingers Zureden an die Hallenwand. Es war genug. Ihre Genickmuskeln hatten sich bei ihrem Panikanfall verkrampft, jetzt lösten sie sich allmählich, und das machte die Sache nicht besser. Die Kopfschmerzen kehrten zurück. Sie würde auch heute nicht ohne Tabletten auskommen. Rea nahm ihr Handy aus der Tasche. Ihre kleine Schwester hatte zweimal versucht, sie zu erreichen, und schließlich eine SMS hinterlassen.

Wir sind in der Stadt,
ruf mich bitte an.

Bereits hier? Rea zögerte, bevor sie antwortete.

Volles Programm hier,
wir sprechen am Montag.

Gewohnheitsmäßig rief sie auch die E-Mails ab. Die einzige neue auf dem Geschäftskonto war eine Spam-Mail. Die Absenderadresse, thepainter@painter.ch, irritierte sie. Sie wollte sie erst nicht öffnen, tat es dann aber doch, ihre Neugier zugleich verwünschend. Verblüfft, amüsiert und alarmiert zugleich las sie die Mail. Wie war das möglich? Woher hatte der ihre Adresse. Er? »The painter«. Lächerlich! Bevor sie die Bilddatei im Anhang öffnete, vergewisserte sie sich, dass Peer drüben auch wirklich mit Sichern beschäftigt war.

Zuerst dachte sie, es sei bloß eine Bildbearbeitung oder eine Fotomontage. Als Nächstes schaute sie auf die Uhr, weil sie gar nichts mehr verstand. Sie war doch eben erst bei der Hütte gewesen, vor – vor drei Stunden, höchstens! Sie zog die Finger über das Display, bis das Foto maximal vergrößert war. Es zeigte tatsächlich ein Gemälde, die Struktur der Leinwand war klar zu erkennen. Jemand hatte die Alphütte im Anschnitt gemalt und davor, auf dem Bänkchen: Rea. Halbnackt. In Slip und Top, so präzise in Öl oder Acryl gebannt, dass sie sogar die ärgerliche Hautfalte zwischen Oberarm und Achsel wiedererkannte. Er musste es gemalt haben, während sie geschlafen hatte, dachte sie. Unmöglich! Sie hatte wenig Ahnung vom Malen, aber die Zeit hätte dafür nie gereicht. Und doch sah sie das Resultat vor sich. Skizziert und erst später ausgeführt? Später war jetzt! Weshalb malte der sie überhaupt? Sie schaute das Bild nochmal an. Ihre Reaktion war vielleicht schon die Antwort: Es wirkte! Fotografieren konnte jeder. Tat auch jeder. Er aber … Wie schon auf dem Hoteldach begann ihr Herz zu hämmern, das Blut stieg ihr in den Kopf. Ihr Blick fiel auf die Füße ihres Abbildes. Sie lachte leise auf. Ihr einer Fuß steckte im Trekkingschuh, den sie bei der Hütte wirklich getragen hatte, der andere jedoch im Schuh von gestern Abend. Der Maler hatte das Ochsenblutrot perfekt nachgemischt.

Er spielte mit ihr.

Rea Richter nutzte die neuesten Kommunikationsmittel immer erst mit einigen Jahren Verspätung, sie beschränkte sich auf SMS und E-Mail, verfügte noch nicht mal über einen Facebook-Account, Twitter begriff sie schon gar nicht. Manchmal, wenn sie aus dem Kreis ihrer Freundinnen oder Studenten von den vielen virtuellen oder virtuell ausgelösten Affären hörte, ging ihr durch den Kopf, dass Peer für solche Dinge prädestiniert wäre, sie hingegen gänzlich ungeeignet. Aber nun saß sie hier an der Hallenwand und verstrickte sich … in was gerade? Ihre E-Mail-Adresse war die der Schule, sie war in sämtlichen Publikationen aufgeführt. Leicht zu finden, also. Punkt eins. Und Punkt zwei: Der Maler war der Mann vom Dach, der Satz in der E-Mail bewies es. Er musste etwas mit dem Firmenanlass zu tun haben. Wenn es nicht ein Wanderer war, der sich auf der Party gestern eingeschlichen hatte. Ihr Blick flog durch die Halle, vom eher plumpen Hans Althaus hinüber zum alpinen Rennläufer, zu Dordi Larsson, deren seltsame Bemerkung über das Feuerwerk sie nicht vergessen hatte, weiter zu Söderberg und zu den Schweden. Durchwegs gutaussehende Männer, fiel Rea auf. Sie hatte noch immer ein Auge dafür, auch wenn Peer das Gegenteil vermutete. Im Gegensatz zu früher beließ es Rea seit längerem beim Schauen. Selten löste das weitere Fantasien aus. Manchmal war es auch ein Spiel unter Frauen, offensichtlich und ungeniert ließen sie dann die Blicke schweifen, meist mit Nyima, auch mal eher scherzhaft zusammen mit Stina. In letzter Zeit kam es Rea allerdings so vor, Stina sehe sie als Konkurrentin, weil Reas Blicke häufiger erwidert wurden.

Zu gern hätte sie das Foto in voller Größe auf einem Bildschirm oder gar ausgedruckt gesehen. Kurzentschlossen sprang sie auf. Ihr schwindelte, und sie dankte Dan Reisinger, der sie auffing. Er ließ ihren Arm mit dem eingefrorenen Lächeln eines professionellen Retters wieder los und wandte sich Althaus zu. Dieser scheiterte zum wiederholten Mal am Sicherungsknoten und verlor die Lust an der Kletterei. Beweglichkeit, Ausdauer und die Kraft dafür gingen ihm ab. »Ein unübersehbarer Mangel an Grundvoraussetzungen«, sagte er zu Reisinger, »ganz im Gegensatz zu ihr da!« Er deutete auf Larsson, die unermüdlich Varianten kletterte.

Rea ging zu Peer, der Dordi sicherte, und sagte, sie sei mal schnell draußen, sie wolle Nyima anrufen.

»Alles in Ordnung?«, fragte dieser erstaunt. Reas Gesicht war fahl.

»Geht schon.«

»Siehst nicht so aus.«

»Die Kopfschmerzen kommen wieder. Mach weiter hier!«

Peer nickte, sein Blick halb bei Dordi oben, die gerade die überhängende Stelle in Angriff nahm, dafür ein Bein weit abspreizte und mit dem Fuß einen neuen Halt suchte.

»Nette Aussicht!«, bemerkte Rea.

»Ich bin froh, wenn ich sie nicht runterrasseln lasse.«

»Schauen darfst du ja.«

Rea ging. Wieder ein Satz, der ihr gestern so nicht herausgerutscht wäre, dachte sie, während Peer ihr ertappt hinterherschaute. Tatsächlich verzückte ihn die ungewohnte und reizvolle Perspektive. Er rätselte noch immer, ob sie unter dem dünnen Kletterdress überhaupt etwas trug. Im selben Moment rutschte ihr der Fuß weg, der eben erst Stand gefunden hatte. Peer zog sofort nach, doch Dordi fiel nicht. Einen Augenblick lang hing sie mit dem vollen Gewicht an den Fingerkuppen der einen Hand, ihre Rücken- und Schultermuskeln traten hervor, als sie sich langsam hochzog. Gleichzeitig schwang sie in einer akrobatischen Verrenkung das eine Bein auf die Höhe ihrer Schultern, fand dort mit dem Fersen eine neue Auflage und schob sich nun Zentimeter für Zentimeter über die Kante des Überhanges. Peer konnte nicht glauben, wie gelenkig sie war, wie viel Kraft in diesem zierlichen, aber sehnigen Körper steckte. So freundlich sie sich gab, so eisern musste ihr Wille sein. Der Gedanke schüchterte Peer ein. Sie schaute von oben auf ihn herab. Peer flog ein Bild zu, er sah sie hoch oben auf einer Felsklippe, über ihr ein unwirklicher Himmel. Wieder wusste er nicht, woher die Assoziation kam. Verstärkt noch durch den fremdvertrauten Kontrast zwischen dunkler Haut und hellen Haaren. Ihre Mutter sei einst aus Sri Lanka geflüchtet, ihr Vater Schwede, hatte sie ihm am Morgen erzählt.

Das Mädchen an der Rezeption wies Rea den Weg zum Gästecomputer im Bibliotheksraum des Hotels. Rea hatte Glück, es war niemand dort. Sie hoffte nur, sie erinnerte sich richtig an das Passwort ihres E-Mail-Kontos, zu Hause musste sie es nie eingeben. So viele Möglichkeiten gab es ja nicht, sie benutzte immer dieselben Kombinationen, oft jene von Peer.

Eine ziemliche Dummheit, schoss ihr durch den Kopf.

Nyima Samten hätte ihre Erkenntnis mit einem nachsichtigen Lächeln quittiert. Sie vertrat längst die Meinung, geheime

Passwörter wären wichtiger als getrennte Schlafzimmer, sollte eine Beziehung andauern. Worauf Rea ihr zu erwidern pflegte, Nyima kenne längere Beziehungen eh nur vom Hörensagen.

Beim zweiten Anlauf war das Passwort richtig.

Dann sagen sie einem, man solle nicht nach Sternen greifen! Und wenn die gerade in Funken zerspringen? Darf man sich nicht etwas wünschen, wenn einer verglüht?

Erst jetzt sah Rea den Smiley hinter dem letzten Satz des Malers. Glücklicherweise, fand sie, ohne wäre die E-Mail zu pathetisch.

War der erste Satz nicht auch im Englischen ein geflügeltes Wort?

Unbewusst rückte sie ein wenig vom Computer ab, ihr eigenes Abbild kam ihr zu nahe. Jetzt, in aller Ruhe und ganzer Größe betrachtet, wirkte es noch stärker. Wer immer das in so kurzer Zeit gemalt hatte, verstand sein Handwerk. Gut, das Gesicht war nur angedeutet, dennoch hatte es durch die bloße Ausgestaltung der Kinnpartie Ähnlichkeit mit ihr. Er hatte ihr nicht geschmeichelt, er hatte gemalt, was er sah. Unvorteilhaftes wurde durch die Acrylfarbe sogar verstärkt, das Spiel von Schatten und Licht verlieh ihr eine unerwartete Körperlichkeit. Ich wirke ganz anders, als ich mich selbst sehe, dachte Rea: Ihrer selbst so sicher. Erotisch gar. Rea vergegenwärtigte sich die Alpweiden unterhalb der Hütte, doch selbst so konnte sie sich nicht erklären, wo sich der Maler versteckt hatte. Hatte er sie mit einem Fernglas beobachtet?

Mit jeder Minute, die sie das Bild betrachtete, verlor sich ihre anfängliche Angst vor dem Unbekannten. Sie waren alleine dort gewesen, doch er hatte sie in Ruhe gelassen, sie nur gemalt. Bemerkenswert. Wer gab sich schon diese Mühe? Ein Voyeur hätte die Zeit genutzt und jeden Zentimeter Haut mit einer Kamera aufgenommen. Videos, Fotos. Dieser Mann hingegen … Rea stellte sich vor, wie er vor der Leinwand den

Farbverlauf bestimmt und die Farben gemischt hatte, ausprobiert, neu gemischt, wieder versucht, zufrieden endlich mit allen Nuancen. Wie er sich mit den feinen Haaren des Pinsels langsam auf dem leicht bekleideten Körper vorangetastet hatte. Auf ihrem Körper! Da, auf der linken Seite, wo das Top ein wenig verrutscht war und man den dunklen Hof rund um ihre Brustwarze erahnen konnte.

Sie merkte nicht, wie ihr Finger fast manisch über ihren Nasenrücken fuhr, wie immer, wenn sie sich selbst vergaß. Eine Frage führte nun zur nächsten. Besaß ein Mann genügend Fantasie für ein solches Spiel? Genügend Geduld? Unsinn. Es war eine Männerhand gewesen, auf dem Dach, egal, was Dordi am Morgen angedeutet hatte.

Rea Richter erfasste eine fiebrige Unruhe. Ihr Gesicht war gerötet und auf der Haut ihres Dekolletés breiteten sich dunkle Flecken aus. In ihren Teenagerzeiten war sie deswegen gehänselt worden. Einer ihrer ersten Knutschfreunde hatte getratscht, Rea Richter bekäme die Masern, wenn man sie nur richtig anfasste.

Sie blieb vor dem Computer stehen.

Die Idee mit dem Bild gefiel Rea. Sein Humor, der bei den zwei unterschiedlichen Schuhen aufblitzte.

Solange die Beziehung virtuell ist, kann ja nichts passieren, dachte sie.

Sie druckte das Bild aus. Sobald die Tinte trocken war, faltete sie es zusammen und steckte es in ihre Tragetasche. Nachdenklich betrachtete sie die Absenderadresse. Sie gehörte offensichtlich zu einer Homepage, so viel verstand selbst Rea. Versuchsweise gab sie www.thepainter.ch ein. Eine weiße Seite sprang auf, und sie stutzte, als auch hier langsam ein Satz aufschimmerte.

I stole a heart

Jetzt übertreib mal nicht!

Sie klickte auf die Schrift, bevor sie wieder mit dem Hintergrund verschwamm.

Ein verzerrtes Piano erklang, dann setzte eine Stimme ein. Einsam und zerbrechlich klang sie.

Hatte Stina ihr nicht letzthin eine App dafür heruntergeladen? Sie zog ihr Handy heraus, ignorierte den Hinweis auf einen verpassten Anruf und startete das Musikerkennungsprogramm. Nach kaum zehn Sekunden hatte es das Lied erkannt. Der Sänger hieß Mike Therieau. Rea hatte den Namen noch nie gehört. Sie öffnete iTunes und fand ihn tatsächlich, offensichtlich hatte der Mann gerade mal ein Album veröffentlicht. Ohne nachzudenken, kaufte sie es.

Es schien, als hätte der Maler seine Homepage nur für sie gestaltet. Sie kehrte zur E-Mail zurück und saß zehn Minuten regungslos vor der Tastatur, bis ihr ein paar Worte einfielen, die alle Möglichkeiten offen ließen und doch nicht zu viel Interesse verrieten.

»Was läuft da bei dir?«

Nyima wäre am liebsten durch den Telefonhörer gesprungen, und Rea hätte ihr gerne alles erzählt. Sie brauchte Nyimas Rat, doch leider kamen die anderen schon aus der Kletterhalle. Rea winkte Peer zu und bedeutete ihm mit Handzeichen, sie sei gleich so weit. Er zeigte zur Terrasse. Im selben Moment erfasste sie eine Böe. Rea wandte schützend ihr Gesicht ab. Bevor der Föhn im üblichen nächtlichen Gewitter aufgehen würde, brachte sein letztes Aufbegehren den See in Aufruhr. Noch drückte er aber jene Wolkenwand zurück, die aus Norden das schlechte Wetter brachte.

»Später. Wir fahren bald ab. Küss die Kinder.«

Rea hatte sich eigentlich nur nach Moritz und Stina erkundigen wollen, dann hatte sie eine Andeutung zu viel gemacht, die Nyima gerne aufnahm, auch um von Stina abzulenken. Reas

Gedanken waren konfus. Während ihrer Ehe mit Peer hatte sie gerade mal zwei kurze Affären gehabt. Beide Male nach der Stillzeit der Kinder. Der Grund dafür war offensichtlich gewesen, und von der neu entdeckten Freude an ihrem Körper hatte letztendlich auch ihr Mann profitiert. Rea hatte ihm die Seitensprünge nie gebeichtet, zu unwichtig waren sie gewesen. Jetzt fragte sie sich, ob sie sich in etwas Gefährlicheres verstrickte.

Ein letztes Mal versammelten sich alle im Seminarraum. Das Firmenjubiläum sollte seinen Abschluss mit der Präsentation der neuen Werbespots finden. Die Leinwand war bereits ausgerollt. Im Eingang zog Peer Rea beiseite. Er habe beim Klettern die Bekanntschaft mit Söderberg gemacht.

»Und jetzt wartet der auf mich?«, fragte Rea etwas belustigt.

»Aber sicher!«, nahm Peer ihren scherzhaften Ton auf. »Er hat sich sogar eingehend nach dir erkundigt.«

Rea horchte auf. »Weshalb denn das?«

»Ist vielleicht seine Masche. Oder weil Chefs das so tun, wenn sie sich locker geben?«

»Ich dachte nur …« Rea brach mitten im Satz ab.

»Was?«

»Er sei an mir interessiert!«

»Ach ja?«

Peer musterte sie überrascht und skeptisch zugleich.

Das liegt für ihn nicht mal im Bereich des Möglichen, dachte Rea.

Sie gingen zu Söderberg, der ihr herzlich die Hand schüttelte, sie aufmerksam anschaute und sofort nach ihren Kindern befragte. Bereitwillig gab sie Auskunft. Zwei Minuten später kannten Peer und Rea ihrerseits Söderbergs Familienverhältnisse und wussten, wie schwer er es mit zwei ständig konkurrierenden Töchtern gerade hatte. Der Leiter der Werbeagentur unterbrach den gesprächigen CEO glücklicherweise bald. Übers Mikrofon kündigte er die traditionelle Premiere der Nordstern-Spots für die nächste Wintersaison an. Sie hätten auch diesmal keine Kosten gescheut, die Spots für die Kinos seien im 3D-Format produziert worden, das bitte er zu berücksichtigen, aus technischen Gründen sei die entsprechende Präsentation hier nicht möglich.

Das Saallicht ging aus. Ein Helikopter setzte den Freerider in seinem leuchtend orangen Nordstern-Overall auf einem Gipfel ab, in der ersten Nahaufnahme entpuppte sich der Waghalsige als Dan Reisinger. Die Helmkamera zeigte, worauf er sich einließ: Vor seinen Skispitzen stürzte eine Rinne zwischen zwei Felstürmen fast senkrecht in die Tiefe, eine flimmernde Schrift bestätigte: Couloir des démons, Haut-Savoie, Neigung 42 Prozent, Breite 1,9 Meter.

»Hoffentlich sind seine Skier nicht länger als eins neunzig«, spottete Rea. Dann verging ihr die Ironie, schwindlig setzte sie sich auf den nächsten freien Stuhl, während vorne auf der Leinwand Dan Reisinger, aufgenommen von mehreren Kameras das Couloir in einem Irrsinnstempo bewältigte, an seinem Ende geschätzte dreißig Meter über einen Felsen in die Tiefe sprang, mit dem Aufprall eine Lawine auslöste, der er davonfuhr, indem er, immer schneller werdend, seitlich wegzog, bis er der Gefahr entronnen war. Dank der Helmkamera, der ausgeklügelten Schnitttechnik und des fetten Sounddesigns wirkte der Spot wie ein Schlag in die Magengrube. Der Applaus war euphorisch. Sogar Rea war von so viel Professionalität beeindruckt. Reisinger selbst hatte während der Vorführung mit seinem Handy herumgespielt und kaum hingeschaut. Nun winkte er kurz ins Publikum.

Der Werbechef machte den Moderator; er fragte Reisinger, ob die Lawine beim Dreh auch einkalkuliert gewesen sei.

»Nein. Manchmal muss man eben auch Glück haben«, sagte er ruhig.

»Weil du da heil rausgekommen bist?«

»Weil die Lawine die Aufnahme perfekt macht.«

Arsch!, dachte Rea.

»Keine Angst gehabt?«, kam die Nachfrage.

»Doch, natürlich«, sagte Reisinger ruhig und ergänzte in Twitterlänge: »Das meinte ich ja mit perfekt. Ohne die Lawine könnte man meine Angst nicht nachempfinden.«

5

Die letzten Schlaufen der Bergstraße verschwanden im Rückspiegel. Jetzt bestätigte sich, was Peer und Rea aus der Vogelperspektive geahnt hatten: Der See brodelte. Die Wellen zerschellten an den Felsklippen unterhalb der Straße. Es war eine häufige Unwetterkonstellation in der Region. Noch drängte der wärmere Südwind die kalten Luftmassen im Norden zurück, bald würde er nachgeben. Der Temperaturunterschied war so groß, dass die Wetterdienste eine Unwetterwarnung herausgegeben hatten. Gefährliche Fallböen und Hagelschlag wurden erwartet, in den Tälern Überschwemmungen. Wie schon am Morgen zuvor glühten die Sturmlampen. Für die Menschen rund um den See waren solche Unwetter nichts Außergewöhnliches. Als Kinder hatten Rea und ihre Schwestern stundenlang auf den entfesselten See hinausgeschaut. Oft war das Wasser nur ein Spiegel des Lebens hier, doch manchmal drängte es sich in den Vordergrund, so wie jetzt, da ein letzter gelblicher Widerschein das Wasser in den Wellentälern schwarz und auf den Kämmen gläsern braun färbte.

»Kein Wetter für einen Stadtbummel!« Rea klang etwas zu beiläufig.

»Du entscheidest.«

»Kannst du es dir leisten, nicht zu gehen?«

Peer wusste es nicht.

Er hatte von Dordi Larssons überraschender Einladung zum Abendessen mit den Schweden erzählt. Noch einmal ohne Kinder auszugehen oder den Abend bewusst getrennt zu verbringen – beide Möglichkeiten reizten sie. Rea war versponnen in ihr Geheimnis, Peer überrascht von der Erkenntnis, wie gerne er dort hingehen würde. Dabei gefiel ihm Dordi nicht mal so sehr. Rea änderte ihre Meinung im Minutentakt. Gerade redete sie sich ein, da treibe bloß einer seine virtuellen Scherze mit ihr, und einen Verzicht auf den geplanten Abend mit Peer würde sie später bereuen. Sie fand es zudem merkwürdig, dass ausgerechnet Peer der einzige geladene Schweizer war.

»Ich schau mal auf die Prognosen.«

Halblaut überflog sie die drei Wetteralarme, die ihr Handy anzeigte, gleichzeitig checkte sie die E-Mails. Sekunden später steckte sie das Handy wieder weg, amüsiert und irritiert und darauf bedacht, sich ihre Aufregung nicht anmerken zu lassen.

»Geh du da hin!«, sagte sie. »Einen Abend für mich hatte ich schon seit Jahren nicht mehr.« Eine Ausrede, aber was sie sagte, stimmte trotzdem, fiel ihr auf.

»Wirklich?«, fragte Peer überrascht und fügte wenig überzeugend hinzu: »Du bist doch auch eingeladen!«

»Ich kriege die Kopfschmerzen einfach nicht weg. Außerdem muss ich mir überlegen, was ich mit unseren Griechen anstellen soll.«

»Platz genug hätten wir.«

»Sie sind zu zweit, Peer, und sie werden nicht so schnell wieder fort sein!«

In der Wohnung angekommen, nahm sie die dritte Schmerztablette und legte sich aufs Sofa. Peer steuerte ins Badezimmer. Wie immer drehte er die Dusche an, bevor er sich auszog. Rea ärgerte sich ein wenig darüber und döste dann ein. Als sie wieder erwachte, hatte sie verpasst, wie Peer drei Garnituren Kleider durchprobiert und sich endlich für eine Kombination entschieden hatte. Die Zeit wurde ihm knapp. Hektisch suchte er sein Handy, Autoschlüssel und Jackett zusammen. Die Zusammenkunft mit den schwedischen Bigshots um Söderberg macht ihn richtig nervös, dachte Rea, die ihn nun durch halb geschlossene Augenlieder beobachtete.

»Wird schon gut gehen«, sagte sie, als er ihr zum Abschied zuwinkte.

Rea brannte darauf, die neue E-Mail zu öffnen, aber das hob sie sich für später auf. Sie war endlich alleine und überlegte zuerst, was sie in den vergangenen Jahren am meisten vermisst hatte. Zwei Minuten später lief Wasser in die Badewanne, sie stopfte die schmutzigen Kleider, die Stina und Moritz über den halben Boden verteilt hatten, in den Wäschekorb. Im Schlafzimmer holte sie den dreiarmigen Kerzenständer. Vor dem Anzünden musste sie den Staub von den Dochten blasen. Den Ausdruck des Bildes lehnte Rea gegen die Wand. Sie zog sich aus. Das Urteil über ihr Spiegelbild fiel gnädig aus. Rea schaltete den Bluetooth-Lautsprecher ein und blätterte in ihren Playlisten nach der richtigen Musik. Keine Auswahl entsprach auch nur annähernd ihrer Stimmung, was nicht weiter verwunderlich war. Prince wäre ein passender musikalischer Begleiter, aber einen Tick zu offensichtlich. Zu gestrig. Sie rief das eben erstandene Album auf, das ihr der Maler untergeschoben hatte. Es klang nicht moderner, dafür so intim, als wären die Lieder in einem Badezimmer aufgenommen worden. Das Wasser war nur ein wenig zu heiß, als sie sich hineingleiten ließ. Ihr Handy lag verheißungsvoll in Reichweite auf dem Board mit den Lavendelessenzen. Ein liegengebliebenes Geschenk von Nyima. Rea staunte, wie sehr sie ihren Duft über die Jahre behalten hatten.

Der Regen prasselte gegen die Hochhausscheiben, als kämpfte der Sturm draußen gegen so viel Gemütlichkeit an. In das Trommeln mischte sich nun häufiger das Geräusch von Hagelkörnern, die wie Querschläger an den Jalousien abprallten. Jede weitere Steigerung des Sturmes besänftigte ein wenig Reas schlechtes Gewissen darüber, dass sie nicht mitgegangen war.

Sie schaute sich im Badezimmer um, träge rätselnd, weshalb es so fremd wirkte. Zu dritt war die Familie Richter einst hier eingezogen, seither hatte Rea kein einziges Mal Muße für ein Bad gefunden. Was sie dafür bestens kannte, war die Perspektive von oben herab, auf einen shampoonierten Kinderkopf und auf die Bodenkacheln, während sie verstreute Kleider zusammenklaubte. Oder jenes leere Starren an die Wand, den Rücken an die Waschmaschine gelehnt, das Rotieren der Trommel als Beruhigungsmittel nutzend, wenn der Kleine ihr wieder auf den Nerven herumgetanzt und in der Schule alles schiefgegangen war.

Wie es sonst Moritz immer tat, löste sie mit einer Handbewegung eine Welle aus und wartete, bis der Wannenrand sie zurücksandte und das Wasser sanft gegen ihre Brüste schwappte. Sie hatte bislang deutlich zu wenig aus ihrem Bad gemacht. Mit ihrem Handy machte sie einige Fotos, das Erste nur mit ihren Füßen auf dem Wannenrand und den Kerzenständern im Hintergrund. Bald wurde sie mutiger, wagte unschicklichere Ausschnitte.

Später schickte sie ein harmloses Foto ihrer Füße an Nyima, mit dem Vermerk, sie seien zurück und sie hätte sich für einen ruhigen Abend entschieden, sie hole die Kinder anderntags um elf ab. Rea wollte noch etwas über Paula hinzufügen, ließ es aber sein.

Nun war sie bereit für seine E-Mail.

Selbstverständlich kriegst du das Original, nur fair. Du bist heute Abend wohl zu Hause. Wenn du mir ein Zeichen gibst, ist der Fahrradkurier in zehn Minuten bei dir. Es war eine unvergessliche Erfahrung, dich auf diese Weise erkunden zu dürfen, es tut mir leid, dass ich dich nicht um Erlaubnis fragen konnte.

Zehn Minuten?

Sie hatte ihm noch oben im Hotel eher scherzend geschrieben, das Original des Bildes dürfe nie in falsche Hände kommen und sei ihr sofort zuzustellen. Niemals hätte sie gedacht, dass er sie wörtlich nehmen würde.

Solange er einen Kurier schickte und nicht selber kam …

Her damit! schrieb sie absichtlich etwas flapsig und schickte die Mail ab. Als würde ihr Übermut sogleich bestraft, ließ der nächste Donner die Fensterscheiben klirren.

Das Krachen war in der Altstadtgasse ohrenbetäubend, doch Dordi zuckte mit keiner Wimper. Sie reichte Peer die Hand.

»Where's Rea?«

»Sie lässt sich entschuldigen. Kopfschmerzen.«

»Schade, ich hätte sie gerne näher kennengelernt. What a beauty she is!«

»Kann ich schlecht beurteilen.«

»Kann keiner so gut wie du!«

Peer fragte sich noch, was Reas Aussehen mit ihren Kopfschmerzen zu tun hatte, während Dordi schon voran ins Restaurant ging. Sie hatte sich dem neuen Anlass entsprechend umgezogen und trug kein Kleid. Jetzt war es ein samtener, schwarzer Einteiler. Peer suchte den Namen dafür, aber das Wort kam ihm nicht in den Sinn. Es war auch nicht so wichtig, der Effekt war entscheidend. Sie setzte sich zu Söderberg. Ihr Begleiter mit den weißen Stoppelhaaren war offenbar nicht mitgekommen. Sie hatte ihn Peer im Kurhaus oben auch nicht richtig vorgestellt, fiel ihm auf, er erinnerte sich nicht mal an seinen Namen. Dordi deutete auf seinen Tisch. Eine reine Männerrunde, das Gespräch drehte sich bald nur noch um Sportthemen, als sei dieses Hobby für die schwedischen Wirtschafts- und Modeleute der Hauptgrund für die Nordstern-Übernahme gewesen. Peer war durchaus interessiert. Tennis, Skifahren und den nationalen Fußball verfolgte er aufmerksam, den Adventurebereich hingegen kannte er kaum.

Dordi erlöste ihn, als sie nach dem Essen herüberkam. Sie

wollte wissen, wo man ein größeres Boot für eine Rundfahrt im Seebecken chartern könnte.

»Seid ihr morgen denn noch hier?«, fragte Peer.

»Morgen? Die möchten jetzt.«

Peer schaute sie ungläubig an. »Die haben aber schon mitgekriegt, dass da draußen ein Sturm tobt?«

»Dann fahren die Schiffe nicht?«

»Nicht mal der Doppelfischer geht bei dem Wetter raus.«

»Excuse me?«

Peer erzählte ihr vom legendären Fischer, der immer mit zwei Booten hinausfuhr. Im einen war eine Vogelscheuche mit Angeln voller schlechter Köder befestigt. Das war Attrappe und Ablenkungsmanöver zugleich, der Doppelfischer behauptete, es würde alle Fische zum vorderen Boot treiben, ins richtige Netz oder zu den richtigen Ruten mit den guten Ködern.

Dordi hatte ihm mit wachsender Belustigung zugehört. »Eine verwandte Seele! Den möchte ich kennenlernen!«

»Hoffentlich hast du nicht seinen Starrsinn, der hat ihn erst zur Legende gemacht.«

»Hab ich doch!« Sie tippte Peer auf die Brust. »Und der Mann weiß, wie man Fische fängt. Gefällt mir.«

Peer überlegte bereits, ob er den Schweden als Entschädigung wenigstens eine Fahrt den Fluss hinab organisieren konnte. Es gab ein flaches Passagierboot, das unterhalb der mittelalterlichen Stelzenbrücke ankerte, aber Peer hatte keine Ahnung, ob man es mieten konnte. Mit Sicherheit nicht so kurzfristig. Es war wirklich sinnlos, kein Hiesiger ging bei diesem Wetter aufs Wasser.

»Was soll's«, lenkte Dordi ein. »Ich besorg uns zwei Taxis, dann erkunden wir die Stadt auf Rädern.«

Er zog sein Handy hervor und rief für sie an. Sie bedankte sich mit einem leichten Drücken seines Armes.

Eine halbe Stunde später fuhren sie durch die nächtliche

Stadt. Dordi hatte Peer zu sich ins erste Taxi geholt und machte ihn zum Fremdenführer. Peer wusste allerdings nicht, was die Hot Spots waren, nach denen Dordi fragte. Die paar Treffpunkte der Kulturszene, die er mit seinen Freunden eher selten besuchte, boten kaum das gewünschte Programm.

Er unterhielt sich kurz mit dem Fahrer, dieser empfahl sein Standardprogramm. Peer war wenig begeistert, er wies ihn zu den alten Hotels am Seeufer. Auf der Mole des Segelboothafens deklarierte er den ersten Stopp als Fotohalt. Die Böen folgten einander in kurzen Abständen, bei der heftigsten fragte sich Peer, ob es hier nicht zu gefährlich war. Die Nordländer machten sich jedoch einen Spaß daraus, sich im gelben Licht der Hafenbeleuchtung gegenseitig und so nahe wie möglich an der aufspritzenden Gischt zu fotografieren. Ihr Chef, Söderberg, sprang wie ein übermütiger Junge herum.

Dordi Larsson stellte sich neben Peer. Plötzlich wirkte sie zögerlich. Sie habe von diesem Schlosshotel gehört, ob das nicht ein lohnendes Ziel wäre? Peer schüttelte bedauernd den Kopf. Das Chateau oben auf dem Hausberg der Stadt befand sich seit Jahren im Umbau und war geschlossen. Dordi widersprach. Kürzlich hätten ihr ein paar Freunde von der Bar dort erzählt, mindestens die müsse also offen sein.

Der Taxifahrer bestätigte Peer, dass eine der Hotelterrassen und eine kleine Bar bereits geöffnet waren. Die Bar war gleichzeitig eine Art Makler- und Marketingbüro für interessierte Investoren, auf Großbildschirmen konnte man begutachten, wie das Chateau nach der Renovation aussehen würde. Peer gefiel Dordis Idee. Die festlich beleuchtete Außenansicht des Schlosshotels, einst dem Schloss Neuschwanstein von König Ludwig II. in Bayern nachempfunden, war allein schon die Fahrt hinauf wert. Aber noch waren die Schweden am Fotografieren.

Peer stellte sich ein wenig abseits auf die Mole. Das Wasser verlor bei Sturm seinen üblichen Geruch nach trocknenden

Algen. Mittags verbrachte er seine Pausen mit einem Sandwich hier. Er kannte jede Verwinkelung der gegenüberliegenden Gipfelsilhouetten, jede mögliche Schattierung der stetig wechselnden Farben. Seit Peer hier sein seltsames Projekt begonnen hatte, kannte die halbe Stadt seinen Lieblingsplatz. Er hatte jeden Mittag um genau dieselbe Zeit mit dem Handy denselben Seeausschnitt fotografiert, ein ganzes Jahr lang. Die rund zweihundert Aufnahmen hatte er auf einem Plakat von Weltformat zusammengeführt und ausgedruckt. Kaum hing es an seiner Bürowand, wollten alle, die es sahen, einen Druck davon. Die Sache sprach sich herum, und Peer verkaufte die Vorlage einem Plakathersteller. Anfänglich hatte Peer das gewaltige Interesse eher irritiert. Das Projekt war ja der puren Langeweile entsprungen. Es zeigte aber, wie sehr sich hier alle dem See verbunden fühlten. Selbst jetzt war der Ausblick unvergleichlich: Scharf gezackt und schwarz stach die Gipfellinie drüben aus dem Nachthimmel heraus, der letzte Schimmer Licht konturierte die sanfteren Berghänge, die Felswände hoben sich schwarz davon ab. Auch die schäumenden Wellenkämme warfen noch etwas Licht zurück, der See wirkte unzähmbar wild, die Lichter der Dörfer rund um das Seebecken flackerten.

Der Südwind schürte Peers Unruhe.

Einige Minuten später war die kleine Gesellschaft wieder unterwegs. Die Fahrzeuge umrundeten auf den breiten Uferstraßen das Seebecken, passierten die Schiffsanlegestelle und gerieten stadteinwärts, wo sich die Fahrbahnen auf eine Spur verengten und durch die Häuserschluchten zwängten. Peer machte den Fahrer vergeblich auf die schnellere Route zum Chateau aufmerksam. Er ließ sich ins Polster zurücksinken. Als das Taxi endlich vor dem Hotel stehen blieb, fragte er sich, ob die kurvenreiche Strecke Dordi so nahe an ihn heranbugsiert hatte.

Immer größere Hagelkörner prallten wie Geschosse vom Asphalt zurück. Die Schweden machten einige schnelle Fotos vom Chateau, das in der nächtlichen Beleuchtung tatsächlich wie eine Disney-Filmkulisse wirkte. Keiner wäre auf die Idee gekommen, dass derzeit hinter der Märchenfassade mit allen Mitteln um die Besitzrechte, um die Neuausrichtung und den Umbau gestritten wurde. Windige Investoren aus Russland gaben sich die Klinke in die Hand, wurde in der Stadt gemunkelt. Peer rannte zum schützenden Dach des Eingangsportals. Ein Schild wies zu der kleinen Bar, tatsächlich war sie geöffnet. Dordi winkte ihn zu sich und sagte, er solle ihr den Platz freihalten. Sie drückte ihm Mantel, Tasche und Handy in die Hand. Kaum war sie Richtung Toiletten verschwunden, vibrierte das Gerät. Peer schaute etwas verschämt auf das Display.

Keyword is still »dream story«.

Der Absender hieß offenbar Mat. Ein lockerer Datenumgang für eine IT-Verantwortliche, dachte Peer mit einem Schmunzeln, zugleich irritierte ihn der unübliche Leerschlag im Passwort. Er legte Dordis Sachen auf den Tisch und beobachtete die Anwesenden. Die Bar war offensichtlich bei vornehmeren Paaren beliebt, etliche davon saßen an Zweiertischchen, sprachen meist Champagner zu und schienen alle einen Dresscode zu befolgen: Die Frauen trugen kurze, dunkle Kleider, die Männer schwarze Anzüge. Peer beobachtete, wie Dan Reisinger auf der anderen Seite der Bar mit dem Handy spielte. Es wirkte, als gäbe er verschiedene Befehle ein und wartete dann jeweils, bis sie ihm quittiert wurden. Peer zog sein eigenes Gerät hervor und startete die Betaversion seines neuesten Games. Es war eine Nachempfindung des Arcade-Klassikers Space-Invaders. Auf Anregung eines Freundes und um Rea mit ihrer Phobie zu triezen, spielte es in der Welt der Bienen. Ein Musiker hatte ihm die alte Erkennungsmelodie verniedlicht, das Summen der Insekten ersetzte die Schussgeräusche. Ziel des Spiels war es, die sich ständig fortpflanzenden, dämonisierten Varroa-Milben zu pulverisieren. Peer vertiefte sich sofort darin und vergaß, welchen Eindruck das auf seine zukünftigen Arbeitgeber machen konnte. Prompt schaute Dordi ihm unbemerkt über die Schulter.

»Looks funny!«, sagte sie endlich.

»Oh – ein Freundschaftsdienst. Für Schüler. Ein Bekannter von mir ist Biologielehrer.«

»Selbst programmiert?«

»Kann heute jeder.«

»Nicht wirklich.« Dordi musterte ihn mit neuem Interesse. »Machst du das schon lange?«

»Nebenbei. Seit es diese Dinger gibt, ist es ein bisschen interessanter geworden.« Er tippte auf das iPhone.

»Was hält dich dann bei Nordstern?«

Peer wurde unwohl. Das Gespräch konnte schnell eine falsche Wendung nehmen. Er hatte keine Ahnung, was Dordi Larsson eigentlich von ihm erwartete.

»Hungrige Kinder«, sagte er scherzhaft.

»Natürlich«, sagte Dordi etwas abwesend. Sie war bereits zwei Gedanken weiter. »Mach doch mal für uns so was.«

»Das gehört leider nicht zu meinen Aufgaben.«

»Der da drüben, zum Beispiel?« Sie zeigte auf Dan Reisinger. »Den animieren und in ein Spiel einsetzen?«

»Mit oder ohne Lawine?«

Sie lächelte. »Keine Angst, mir schwebt was Reduziertes vor, Old School, wie deine Bienen. We'll see. Ich muss bei Nordstern erst mal einen Überblick kriegen. Und jetzt hör zu, Peer: Ich bin überzeugt, du bist der Richtige. Ich lass dich nochmal kurz allein, danach brauche ich deine Hilfe.« Sie schaute ihn prüfend an, als wollte sie herausfinden, ob ihm zu trauen war.

Peer breitete fragend die Hände aus, sie bedeutete ihm, zu warten, und ging zur Gruppe um Söderberg.

Selbst wenn man sich nicht von ihren Reizen irritieren ließ, war sie eine verwirrende Frau. Interessierte sie sich wirklich für seine Programmierfähigkeiten? Eröffnete sich eine neue Perspektive? Sein Blick traf kurz den von Dan Reisinger. Dieser hatte das Gespräch zwischen Dordi und Peer aus der Distanz verfolgt und wandte sich eben wieder ab. Peer öffnete das Zeichenprogramm und probierte ein bisschen herum. Reisinger gehörte zur ersten Generation von Hüftgeschädigten, denen tief hängende Hosen eine Jugend lang die Bewegungsfreiheit eingeschränkt hatten. Selbst der Oversize-Overall im Werbespot war so geschnitten gewesen. Peer fand einen ähnlichen in seinem Ausstattungsarchiv, blähte ihn mit Touch-Berührungen überall etwas auf und färbte ihn dann leuchtend orange ein. Zum Schluss setzte er dem Spielfigürchen, das Super-Mario nachempfunden war, einen überdimensionalen Helm auf. Das Resultat ließ ihn schmunzeln. Er beobachtete Reisinger eine Weile unauffällig und prägte sich die Art seiner Bewegungen ein.

»Alles bestens, ich bin frei.« Dordi war zurück. Unauffällig nahm sie den Mantel vom Stuhl. »Wie gesagt – ich brauche dich. Folgst du mir in einer Minute?«

Sie legte einen Finger auf die Lippen. Peers Gesicht war ein einziges Fragezeichen. Er schaute sich um. Niemand interessierte sich für ihn. Schließlich schlich er mit einem mulmigen Gefühl zu der Tür, hinter der Dordi verschwunden war. Glücklicherweise befand sie sich in der dunkelsten Ecke der Bar. Der Korridor dahinter war schwach beleuchtet, er endete an einer provisorischen Staubwand aus Plastik. Dordi wartete dort auf ihn. Seitlich zweigte eine weitere Tür ab. Ein schwaches blaues Licht war in den Rahmen eingelegt, an der Seite war eine Klingel angebracht.

»Frag einfach nicht!«, sagte Dordi. Peer erkannte sie kaum wieder. Ihre Augen blitzten, ihr Blick war gehetzt, sie atmete schneller als am Nachmittag beim Klettern. »I know it's weird. Man kommt nur zu zweit rein. Nach der Eingangskontrolle kannst du tun, was du willst. Bleiben und dich umschauen oder unauffällig verschwinden. Okay? Ich schulde dir was.«

Er bekam gar keine Gelegenheit zu protestieren, sie hatte die Klingel bereits gedrückt, und die Tür öffnete sich. Ein Türsteher taxierte sie und fragte nach dem Passwort, Dordi flüsterte ihm etwas ins Ohr, der Mann trat zur Seite. Dordi ging voran, deshalb sah Peer nicht, wie ihre gespielte Aufregung sofort einem erwartungsfreudigen Lächeln Platz machte.

Zehn Minuten nur? So nahe war ihr der Maler.

Er schrieb gut. Mit Witz und Sprachgefühl. Unwillkürlich fragte sie sich, wie sie das Bild morgen vor Peer verstecken würde. Nach dem Wochenende konnte sie es mit ins Büro nehmen. Den Kollegen würde sie erzählen, eine Freundin habe sie porträtiert. Nyima zum Beispiel, das glaubte jeder, der ihre vielfältigen Talente kannte. Und wenn weitere Bilder kämen, würde Rea Nyima einfach einweihen, damit ihre Freundin mitspielte.

Wenn weitere Bilder kämen?

Rea war wesentlicher entspannter als bei der ersten E-Mail am Nachmittag. Das Wochenende hatte seine eigene Logik. Der Südwind würde bald zusammenfallen, aber ihren neu gewonnenen Mut wollte sie nicht so schnell wieder verlieren. Reas Umfeld, Nyima voran, war längst aufgefallen, wie sehr sie sich in den vergangenen Jahren den Anforderungen des Alltags, der Doppelbelastung von Beruf und Familie geopfert hatte. Jetzt hätte Nyima ihre Freundin nicht wiedererkannt. Rea fabrizierte mit Duschgel und frischem Wasser mehr Schaum, den sie um ihren nackten Körper drapierte, worauf sie weitere Aufnahmen machte, erstaunt, wie erotisch sie wurden und wie einfach es war, unschönere Zonen in ein ideales Licht zu rücken. Sie wechselte zur Hipstamatic-App und kam wieder davon ab. Diese Bilder waren noch verführerischer, in ihrer Künstlichkeit aber kaum als Malvorlage geeignet. Rea stutzte. So hatte er es gemacht! Eine Fotografie, da drüben bei der Hütte, und das Gemälde dann nach Vorlage.

Jeder andere hätte ihr das Foto geschickt.

Sie wusste nicht, ob sie eines der Bilder abschicken würde. Schon kam ihr eine neue Idee, sie drückte ab, nur ihre Füße ragten aus dem Schaum, im Hintergrund das Gemälde, davor die vom Schaum bedeckten Umrisse ihres Körpers. Dann schrillte die Türklingel.

Das Bild! Sie hatte nicht erwartet, dass er gehorchen würde. Notdürftig wickelte sie das Badetuch um ihren Körper. Durch den Türspion war niemand zu sehen. Sie öffnete vorsichtig die Tür. Vor ihr stand Paula, in den Händen hielt sie ein Kurierpaket, über ihre Schulter linste ein Teenager.

»Überraschung!«, sagte Paula.

»Ihr seid gar nicht … Ich dachte, ihr seid im Hotel?«

»Ich dachte, ihr seid nicht zu Hause!«, versetzte Paula. Sie drückte Rea drei schnelle Küsse auf die Wange und das Paket in die Hand. »Stand vor der Tür.«

»Das? Natürlich, das hab ich erwartet.«

»Post am Samstagabend? Gibt's bei uns nicht. Willkommen zurück im Wunderland. Darf ich, ich muss mal. Dringend. Und – ach ja: Alle bezahlbaren Hotels sind ausgebucht, irgendein Kongress, wie es scheint, und die Teuren können wir uns nicht leisten.«

»Auch nicht für eine Nacht?«

»Wir sind Griechen.«

»Aber der Schattenhof ist frei. Hast du Sophie angerufen?« Kampflos ergab sich Rea nicht.

»Eine einzige Baustelle. Das wären wir ja noch gewohnt, aber die Badezimmer sind nicht fertig, es gibt kein Wasser. Eben: Ich muss wirklich!«

Paula drückte sich an ihr vorbei. Der hochaufgeschossene

Nikos reichte ihr verlegen die Hand und schaffte es dabei, den Blick von ihrem Dekolleté auf die Wand neben ihr zu zwingen.

»Das Bad ist rechts hinten, richtig?«, rief Paula aus der Wohnung.

»Nein, warte!«

Die Kerzen! Das Bild! Rea stürmte Paula hinterher, prompt rutschte das Badetuch halb herunter. Nikos konnte sich ein Grinsen nicht verkneifen. Rea bedeckte ihre Brüste mit dem Kurierpaket. Sie würde ihre Schwester umbringen, gleich jetzt.

6

Zu Peers Erleichterung schlief Rea schon, als er nach Hause kam. Leise zog er die Tür hinter sich ins Schloss und spannte den Schirm zum Trocknen auf. In den heftigen Böen des Unwetters hatte er wenig getaugt. Vor dem Wohnzimmer entdeckte er die Koffer, gleichzeitig öffnete sich die Tür des Gästezimmers. Paula stand in Slip und T-Shirt vor ihm, die Haare zerzaust. Sie lächelte und legte den Finger an die Lippen, bevor sie ihn zur Begrüßung umarmte. Peer, dessen Nerven blank lagen, nahm sofort die Wärme ihres Körpers wahr, und wie wenig sie trug.

»Doch hier?«

»Bei so gastfreundlichen Verwandten!«

»Schläft Rea?«

»Alle schlafen, nur ich nicht, wie immer. Und du?«

»Ein Geschäftsanlass.«

»Geschäft?« Sie trat einen Schritt zurück und betrachtete ihn skeptisch. »Wie war er denn, dieser Anlass?«

»Seltsam. Ein Glas Wein?«

»Vielleicht kann ich ja nachher schlafen.«

»Hab auch immer mehr Mühe.«

»Deshalb das Gästezimmer?« Peer sah Paulas Blick und wusste, dass er ihr nichts vormachen konnte. So war es zwischen ihnen beiden immer gewesen, sie mochten sich, sie durchschauten sich. Ihr selbstverständliches Einvernehmen war ein zusätzlicher Grund für Reas stete Eifersucht auf ihre Schwester. Paulas Leben auf der Insel trug das seine dazu bei. Ein bisschen Hotel führen, einige Boote und Liegestühle vermieten, viel mehr hatte Paula in Reas Augen nie getan. Wenn sie in Rage geriet, wurde Rea ungerecht. Selbst das Gebären habe ihre Schwester einer anderen überlassen und den Sohn erst mit fünf Jahren übernommen, als das Schwierigste vorbei war.

Stelios Paenopoulos war schon geschieden gewesen, als Paula Richter eines Tages zufällig in seiner Pension gelandet war. In den ersten Tagen hatte nichts darauf hingedeutet, was sich zwischen dem musizierenden Hotelier und der Touristin anbahnte. Paula blieb nach einer verdorbenen Moussaka drei Tage in ihrem Zimmer. Womit erwiesen sei, wie sie zu sagen pflegte, dass Stelios bei ihr auf die inneren Werte geschaut haben musste, ihr Äußeres könne damals unmöglich der Grund gewesen sein. Angesichts ihrer hellen Augen unter blonden Haaren eine gewagte Behauptung. Doch ungeachtet aller Unkenrufe waren Stelios und Paula jetzt, zehn Jahre später, noch immer zusammen. Stelios war im Dorf König und Narr in einer Person. Wenn Peer ihn bei seinen Besuchen dort zum Hafen begleitet hatte, um Fisch einzukaufen, waren sie bei jedem zweiten Haus für einen Schwatz stehen geblieben, beim Zurückgehen wurden sie dann dort aufgehalten, wo sie auf dem Hinweg noch nicht verweilt waren. Stelios hatte für jeden ein gutes Wort, und es gab niemanden, der ihn nicht mochte. Als Peer und Rea die beiden zum ersten Mal besucht hatten, war gerade eines seiner Konzerte geplant gewesen. Es hätte wie gewohnt bergwärts im Gemeindesaal stattfinden sollen, dem einzigen Raum mit einer Bühne. Kurz vor dem Konzert erhielt Stelios die Nachricht, eine Grippe habe Tante Melina, seine glühendste Verehrerin, ins Bett geworfen. Stelios verlegte das Konzert kurzerhand auf die Platia, den runden Platz in der Dorfmitte. Der Transport des Klaviers dorthin blieb Peer unvergesslich. Weil alle befürchteten, das Instrument nehme in den engen Gassen des Fischerdorfes womöglich Schaden, luden sie es unter großem Hallo auf einen Laster. Rund zwanzig Männer trugen das Klavier danach am Dorfstrand durch den Sand auf das Boot von Stelios' Großonkel, der tuckerte damit um die Felsspitze, lief in den kleinen Hafen ein und ankerte an der Dorfmole, keine fünfzig Meter unterhalb der Platia. Mit zwei Stunden Verspätung hatte das Konzert inmitten der Stühle der vier Kafenenia und vor dem offenen Fenster der erkrankten Tante begonnen. So wie Melina auf dem Krankenbett war Peer Zeuge eines verblüffenden Spektakels geworden. Entgegen seinen Erwartungen spielte Stelios nur zwei, drei griechische Stücke, der Rest waren New-Orleans-Standards und eigene, englische Stücke im selben Stil. Sie hätten selbst einem Allen Toussaint zur Ehre gereicht. Peer liebte diese Musik, er war mit zwanzig Jahren auf ihren Spuren dem unteren Mississippi gefolgt. Als er damals auf der Platia die Augen geschlossen hatte, wähnte er sich wieder im Tipitinas oder in einem der vielen anderen Clubs des alten New Orleans. Sein griechischer Schwager klang so, als hätte er sämtliche Musikstile, die jemals unter dem Yellow Moon von Louisiana verschmolzen waren, mit der Muttermilch aufgesaugt.

Er sei noch nie in New Orleans gewesen, hatte Stelios Peer nach dem Konzert gestanden.

»Weshalb nicht?«

»Wovon zehrt man, wenn nicht von Träumen?«

Nun blieb ihm nichts anderes übrig, Stelios war allein in Griechenland zurückgeblieben. Peer füllte Paulas Glas.

»Yamas. Und raus mit der Sprache.«

»Was?«

»Ich nehm dir das mit dem Essen nicht ab. Was ist passiert?«

»Eigentlich nichts.«

»Eigentlich?«

»Ja. Aber seltsam war's. Absurd. Vielleicht erzähl ich es dir später. Lass uns erstmal trinken. Wie geht es Stelios?«

»Endlich mal einer, der die richtige Frage stellt.«

»Muss ein Alptraum sein.«

»Seit drei Jahren.«

»Wie schlimm.«

»Wie viel Zeit hast du?«

»Lang ist die Nacht bei Südwind.«

»Stimmt.« Paulas Lächeln galt den Erinnerungen an alle Fehltritte und Verrücktheiten, die sie schon dem Föhn angelastet hatte. »Trotzdem nur eine Kurzfassung.«

In jenem ersten Moment, als sie Stelios kennengelernt habe, sei alles noch in Butter gewesen. Dabei hatte bloß keiner bemerkt, dass der Abstieg schon begonnen hatte. Und nun waren sie ganz unten angelangt. Stelios besaß einige Häuser, an anderen war er beteiligt, doch was half das, wenn selbst die einheimischen Mieter sie nicht mehr bezahlen konnten? Das Hotel hätten sie renovieren, einen Swimmingpool bauen müssen. Doch Stelios nahm in einer Vorahnung des Kommenden keinen weiteren Kredit mehr auf. Ganz im Gegensatz zu den meisten Griechen, die sich weiterhin leisteten, was sie begehrten: Autos, Ferien, Häuser, Möbel.

»Ich habe ihn ein bisschen beeinflusst. Du weißt, wie wir Richters aufgewachsen sind, Peer. Da wurde nichts ausgegeben, das nicht vorhanden war. Aber vergeblich, diesen Sommer bleibt das Hotel erstmals geschlossen.« Paula klang ungewohnt verletzlich. »Wir haben keine Wahl. Nimm Nikos. Er ist fünfzehn. Die Jugendarbeitslosigkeit erreicht an einigen Orten bald fünfzig Prozent. Dort hat er keine Zukunft. Vielleicht kriege ich hier wieder einen Fuß auf den Boden und kann ihm damit einen neuen Weg eröffnen. Bin ich ihm schuldig.«

Peer hatte sich erst wieder an Paulas etwas abrupte Art zu sprechen gewöhnen müssen. Ihre Sätze waren kurz und präzise, ohne Zierrat, manchmal fast atemlos hervorgestoßen, als würde ihr jedes Wort, das sie zu lange für sich behielt, den Mund verbrennen.

Rea drüben im Schlafzimmer war aufgewacht und hörte Paulas weinerliche Stimme. Vorsichtig ging sie zum Schlüsselloch und sah, wie ihr Mann sie in den Arm nahm. Sie musste an sich halten. Einen Moment lang verharrte sie an der Tür, dann ging sie zum Schrank und holte das Paket heraus. Beim Auspacken fiel ihr ein kleines Kärtchen entgegen. Sie hob es auf. Der Schein der Nachttischlampe fiel auf die Leinwand, und für einen Moment vergaß sie alle Vorsicht. Sie fuhr mit der Fingerspitze den Umrissen ihres eigenen Körpers nach, sie ertastete die Pinselspuren, die Farbschichten, erkundete das Spiel von Licht und Schatten. Sie war vor der Hütte mit halb gestreckten Beinen eingeschlafen, genauso hatte er sie gemalt. Jetzt betrachtete sie den Muskel an der Innenseite ihres linken Oberschenkels, jene leichte Wölbung am Ansatz, die sich kaum abzeichnete, die er aber wahrgenommen hatte. Eine ihrer erotischen Stellen, fand sie. Draußen klangen die Gläser. Rea schob die Leinwand tief in den Kasten und drapierte ihre Kleider darüber, bis nichts mehr davon zu sehen war. Zurück im Bett hielt sie das Kärtchen ins Licht der Lampe. Es war handgeschrieben, mit Tinte, in einer Farbe, die es so mit Sicherheit nicht zu kaufen gab. Ein dunkles Braun. Der schrieb tatsächlich mit Füllfeder und eigener Tintenfarbe? Sie überflog die Zeilen.

Hier das Bild. Mehr als dich malen, will ich gar nicht. Fortan mit deiner Erlaubnis. Es war mir eine erregende Ehre. Auf dem Hoteldach, vor der Leinwand. Morgen verreise ich für drei Wochen. Pinsel und Farben reisen mit. Per E-Mail manchmal erreichbar.

Enttäuscht und erleichtert zugleich sank Rea ins Kissen zurück. Drei Wochen. Danach würde sie in den Ferien oben auf dem Zwischenhof sein. Genügend Zeit, um zur Besinnung zu kommen. Sie begann, die Fotos, die sie in der Badewanne gemacht hatte, zu löschen. Viel zu riskant, sie zu behalten. Ihr Handy war nach dem Zauberkasten Moritz' liebstes Spielzeug.

Rea richtete sich im Bett auf. Eines der letzten Bilder, ein sehr gewagtes, bei dem der Schaum spannende Einblicke zuließ, gefiel ihr besonders. Die Vorstellung, wie es auf ihn wirken würde, beschleunigte ihren Pulsschlag. Noch einmal las sie sein Kärtchen mit der indirekten Aufforderung. Peers Lachen klang laut aus dem Wohnzimmer herüber. Fast trotzig schickte sie das Foto ab. Zugleich wurde ihr klar, dass sie eben eine Grenze überschritt. Das erste eigene Bild. Sie ließ sich auf das Spiel ein. Rea vertrieb die Gewissensbisse, indem sie die restlichen Bilder und sämtliche verräterischen E-Mails löschte, sicherheitshalber sogar den SMS-Verkehr mit Nyima. Das Briefchen des Malers versteckte sie ganz unten in der Arbeitstasche.

Peer sah in Paulas Blick, dass etwas nicht stimmte, dabei hatte er sie nur gefragt, welche Art von Arbeit sie denn suche.

»Was?«, hakte er nach.

»Du wolltest mir von deinem Abend erzählen.«

»Nicht ausweichen.«

»Geheimnis gegen Geheimnis?«

»Deal.«

»Kein Wort zu Nikos!«

»Okay.«

»Ich habe schon Arbeit, ich beginne am Montag.«

»Na wunderbar!«

»Du glaubst hoffentlich nicht alles, was Schwesterchen da drüben über mich erzählt.«

»Und was ist das Geheimnis?«

»Stelios ist Grieche. Hat den Stolz griechischer Männer. Man kriegt die nicht ohne.«

Peer füllte ihre Gläser neu. Die Geschichte war wohl doch vertrackter.

»Ich verstehe ihn«, sagte Paula. »Er gab sich lange der Illusion hin, er würde hier einen Job finden. Er, nicht ich, so ist das auf der Insel noch immer. Dann sagte ich ihm, ich hätte schon eine Stelle. Ohne Sicherheiten wäre ich nicht gekommen. So sind wir alle drei, Sophie, Rea und ich. Wir machen gerne mal auf Künstlerinnen, aber tun selten Unbedachtes. Ich vielleicht früher, aus Protest, aber schon lange nicht mehr. Stelios hat es nicht verkraftet, er ist wohl aus Trotz zurückgeblieben. Wenn ich ihm den ersten Lohn überweise, wird er sich hoffentlich daran gewöhnen, dass seine Frau eine Weile lang für das Einkommen sorgt.«

»Und warum soll ich Nikos nichts erzählen?«

»Erinnerst du dich an Rolf?«

Peer hob die Augenbrauen.

Paulas stürmischste ihrer einstigen Liebesgeschichten hatte mit einem öffentlichen Ärgernis und einer Notiz in der Lokalzeitung geendet. Paula hatte damals ihren Liebhaber Rolf Halbarter splitternackt aus dem Haus geworfen. Die Zeitung hatte zwar die Namen der Beteiligten weggelassen, aber Halbarter einen stadtbekannten Hoteldirektor genannt. Wie ein Lauffeuer hatte sich die Geschichte darauf in der Stadt herumgesprochen.

»Wir verstehen uns längst wieder.«

»Wenn du es sagst.«

»Ihm ist zu Beginn der Sommersaison eine Rezeptionistin ausgestiegen.«

»Got it. Nikos und Stelios dürfen nichts von der alten Geschichte erfahren.«

»Rolf ist nur ein Kollege.«

»Natürlich.«

»Bring das auch Rea bei. Ist ja nur für einen Sommer lang. Jetzt bist du dran. Geschäftsessen?«

»Sag ich doch.«

»Nach Geschäftsessen riechen Männer nicht so.«

Peer stutzte. Weil er mittlerweile etwas angetrunken war, hob er mit einer übertriebenen Geste den Arm und schnupperte in der Achselhöhle. Paula lachte.

»Vielleicht war es auch dein Blick, als du in die Wohnung hereingeschlichen bist.«

»Keine Ahnung, wovon du sprichst.«

Paula sprang auf, sie bückte sich ungeachtet ihrer knappen Bekleidung etwas und lauschte an Reas Schlafzimmertür, dann setzte sie sich dicht neben Peer aufs Sofa. Der Unterschied zwischen den beiden Schwestern, dachte dieser, drückt sich auch in der Wahl ihrer Unterwäsche aus.

»Also?«

Wenn Peer überhaupt jemandem erzählen konnte, was er eben erlebt hatte, dann wohl Paula. Jetzt ohnehin. Im Austausch der Geheimnisse. Vielleicht wusste sie ja einen Rat, wie er Dordi in Zukunft begegnen sollte. Peer verpflichtete Paula zur Verschwiegenheit, dann erklärte er ihr, wer Dordi war, wie sie ihn zum Nachtessen dazu gebeten hatte, wie sie auf ihr Betreiben in der seltsamen Hotelbar gelandet und durch diese blau erleuchtete Tür gegangen waren.

»Der Türsteher wollte ein Passwort hören, Dordi flüsterte ihm etwas ins Ohr. Er geleitete uns durch einen langen Gang, an dessen Ende war wieder eine blau erleuchtete Tür. Für später, da sei der Ausgang! Dann führte er Dordi zur einen Tür, mich zur anderen. Ich ging hinein, die Garderobe war leer bis auf einen Kleiderhaken. Daran hingen in Plastik verpackt ein Smoking, ein weißes Hemd, eine Art Cape und eine seltsame Art von Gesichtsmaske. Offensichtlich sollte ich das alles anziehen.«

Paula wartete erst auf die Fortsetzung, als er nicht weitersprach, drängte sie ihn.

»Nichts weiter.«

»Was?«

»Ich bin wieder gegangen.«

»Ist jetzt nicht dein Ernst. Wirklich? Du hast gekniffen?«

»Was denkst du denn? Die Frau wird meine Chefin. Und solche Geschichten interessieren mich nicht.«

»Solche Geschichten?«

»Kann man sich ja vorstellen.«

»Kann man?«

Peer jedenfalls tat nichts anderes, seit er die Garderobe Hals über Kopf verlassen hatte und zum Ausgang gehuscht war. Er nestelte sein Handy hervor und spielte das Stück jener seltsamen Musik ab, das er vor seinem überstürzten Abgang in der Garderobe aufgenommen hatte.

»Ist das von dort?«

»Ja.«

»Nichts zum Abtanzen, auf jeden Fall. *Le sacre du printemps.*«

»Was?«

»Strawinskis berühmtes Ballett.«

»Ach ja?« Peer musterte Paula misstrauisch.

»Drei Semester Musikgeschichte, du erinnerst dich. Die ewige Studentin. Und jetzt?«

»Was jetzt?«

»Du bereust, dass du dich nicht getraut hast.«

»Woher willst du das wissen?«

»Wir Frauen sind so. Kneifen und reden uns danach ein, wir hätten gut daran getan, vernünftig zu sein. Hab ich einmal nicht getan und dafür Stelios gewonnen.«

Peer drehte sein Glas in den Händen. »Dann ist Dordi Larsson offenbar nicht wie andere Frauen.«

»Beneidenswert!«

»Weiß nicht. Sie wirkt ja immer überlegt und souverän, aber du hättest ihren Blick vor dieser Tür sehen sollen, als sie mich anflehte, mit ihr hineinzugehen.«

Paula blickte ihn skeptisch an, verkniff sich aber die Bemerkung, wie naiv er doch sei, stattdessen setzte sie neu an: »Frag sie halt, was du verpasst hast, wenn du sie das nächste Mal siehst.«

»Das Seltsame ist – ich habe ständig das Gefühl, ich kenne sie. Im Ernst, ich weiß nicht, wie ich ihr jetzt begegnen soll.«

Paula lächelte. »So wie ich Rolf, rat ich dir.«

»Eure Geschichte ist erledigt.«

»Und bei dir gibt es gar keine Geschichte, oder?«

Sie zwinkerte ihm zu und drückte ihm einen Kuss auf die Wange, bevor sie auf der Gästetoilette verschwand. Peer blieb einen Moment lang nachdenklich sitzen. Dann stellte er die Gläser in die Spüle und ging ins Schlafzimmer. Die Jalousien standen noch offen. Drüben über den Bergen zuckten die Blitze ohne Unterlass. Er schlüpfte aus den Kleidern. Ein Blitz erhellte das Zimmer. Der Regen prasselte jetzt von der anderen Seite an die Fassade. Peer legte sich schlaf- und weintrunken neben Rea. Seltsam, was an diesem Wochenende alles geschehen war. Wie so oft bei Südwind. Angefangen hatte es mit seiner üblichen Beklemmung zwei Tage zuvor, mit dem alten Mann inmitten der Tauben, mit dem Unfall der Fahrradfahrerin. Nun war der Föhn abgeflaut, Paula lag im Nebenzimmer, Nikos bei Moritz im Zimmer, und er hatte sich in die Fantasien einer Fremden verirrt. Peer lauschte dem leichten Atem seiner Frau. Wenigstens sie, dachte er, hatte den Sturm unbeschadet überstanden.

BERGSOMMER

7

Die Berührung des Lakens auf der nackten Haut entlockte Rea ein Lächeln. Peer stand offenbar bereits unter der Dusche, das Geräusch des Wassers hatte sie geweckt. Verschlafen drehte sie sich zum Fenster. Ein goldener Lichtschimmer fiel durch die Lamellen der Jalousie. Eine Woche nach dem großen Unwetter begann der Sommer am See doch noch. Rea streifte das Laken zu den Füßen hinunter. Schnell fand sie im Traum zurück zur Alphütte, die sie eben widerwillig verlassen hatte.

Peer prüfte unterdessen im Spiegel seine Rasur. Sein Blick fiel auf die Kleider, die er auf dem Stuhl bereit gelegt hatte. So wie Dordi Larsson sich kleidete, hatte sie wohl ein kritisches Auge auf die Garderobe der anderen. Er erwarte die neue Chefin diese Woche, hatte Althaus gemeldet, wisse aber den Tag noch nicht. Dordi bringe Vorschläge mit, wie die zukünftige Zusammenarbeit effizient gestaltet werden könne. Die Details kannte auch Althaus nicht.

Peer fragte sich jetzt schon, wie er sich bei der bevorstehenden Begegnung verhalten sollte. Etwas fahrig verteilte er die Rasierlotion auf Kinn und Wangen. Mit zeitlichem Abstand sah er auch Vorteile, die ihm seine Zurückhaltung im Schlosshotel verschafft hatte. Er hatte ihr geholfen, sich aber auf nichts eingelassen, sie hingegen hatte ihm eine Schwäche offenbart. Oder ihn getestet? Moderne Manager benutzten die seltsamsten Methoden. Vielleicht hatte sie ihn aus beruflichen Gründen der Verlockung ausgesetzt. Sobald er den Gedanken weiterführte, wurde er unwahrscheinlicher. Sie war doch selbst zu aufgeregt gewesen! Paulas Wecker drüben im Gästezimmer riss

Peer aus seinen Gedanken. Er schlüpfte in die Kleider, die er für einen knapp vierzigjährigen Softwareentwickler ganz passend fand, danach ging er ins Schlafzimmer. Rea lag halb zur Seite gedreht im Bett, das Laken war ihr heruntergerutscht. Peer blieb stehen. Sie drehte sich im Schlaf eben auf den Rücken und lag nun komplett entblößt, fast herausfordernd vor ihm, das eine Bein leicht angewinkelt. Der Anblick irritierte und erregte Peer. Bedauernd ging er zur Tür. Dann kam ihm eine Idee. Er schlich zum Bett zurück, nestelte das Handy aus der Tasche und fotografierte Rea in ihrer ungewollt und ungewohnt lasziven Pose.

Kaum hatte sich die Tür hinter ihm geschlossen, öffnete Rea die Augen. Ihre Müdigkeit, die sie in den letzten Monaten und Jahren oft fast hatte verzweifeln lassen, war verschwunden. Seit dem Sturmwochenende erwachte sie meistens früh, aber erstaunlich erholt, voller Tatendrang. Auch heute war sie, in Fantasien verstrickt, schon länger wach gelegen. Es machte Spaß, Peer ein bisschen zu reizen, dachte sie, trotz des schlechten Gewissens; sie wusste nur zu gut, wer ihre Lust entfacht hatte. Peers Reaktion eben war verblüffend gewesen, das Klickgeräusch des Handys hatte Rea an ihre eigene Fotosession erinnert. Was würde er nun mit dem Foto machen? Behalten und es manchmal heimlich anschauen? Sie hörte die Espressomaschine zum zweiten Mal. Rea schob das Laken ganz zur Seite. Noch blieb ihr etwas Zeit für sich. Seit Moritz einen großen Bruder im Zimmer hatte, platzte er nicht mehr ständig bei ihr herein.

Paula reichte Peer schweigend die Tasse Kaffee, die sie für sich herausgelassen hatte, und drückte nochmals auf den Knopf.

»Morgenstund …«

Paula nickte ergeben. Ihre Haare standen in alle Richtungen, sie trug nur ein langes T-Shirt, ihre eine Schulter war unbedeckt, dafür reichte das Shirt bis zu den Knien. »Um diese Zeit sind bei uns nur die Fischer unterwegs.«

»Wir sind eben ein fleißiges Völkchen.«

»Arbeitsam, hieß es früher.«

»Strebsam.«

»Nicht wie die Ausländer!«

»Genau, deshalb verdienen wir es auch, dass wir hier so viel verdienen, meine Gute. Etwas Neues von Stelios?«

»Nein. Und du?«

»Diese Woche hoffentlich. Sie will mit mir und meinem Verbindungsmann bei Nordstern sprechen.«

»Ein schlechtes Zeichen?«

»Mal nicht den Teufel an die Wand.«

Paulas Lachen war nur eine Andeutung. »Wir Griechen sehen nur noch schwarz.«

»Du bist keine Griechin.«

»Stimmt, nur bei Bedarf.«

Peer ging, Paula legte beide Hände um die wärmende Tasse. Jetzt im Sommer war es hier gar nicht viel kälter als auf der Insel, trotzdem fröstelte sie seit ihrer Ankunft immer ein wenig. Paula trat ans Fenster. Die ehemalige Hausbesetzerin hätte sich nicht träumen lassen, dass ihr an diesen Hochhäusern jemals irgendwas würde gefallen können, aber der Ausblick beeindruckte selbst sie. Sie versuchte, den Kamm des Staffelhorns und die Zwischenalp auszumachen. Vielleicht war ihre Schwester bereits weiter hoch zur Sommeralp gezogen war. Nach einem weiteren deprimierenden Telefongespräch mit Stelios hatte sie die Job-Anfrage bei Sophie gewagt. Zahlen würde sie nicht viel, aber wenn Sophie und ihr Mann sich richtig verhielten, könnte Stelios sogar glauben, dass er da oben ernsthaft gebraucht würde. Erst mal hier und durch die Arbeit abgelenkt, würde er die Sehnsucht nach der Insel vielleicht vergessen und später einen angemessenen Job finden. Dann wären sie endlich wieder zusammen. Sie vermisste Stelios und musste ihre Ungeduld zügeln. Sophie würde wie immer einige Tage brauchen, um die Textnachrichten zu beantworten. Paulas Blick suchte die digitale Uhr auf dem Sideboard. Sie war Teil einer kleinen Wetterstation. Bei ihnen zu Hause wäre die komplett überflüssig, hier ertappte sich Paula schon nach einer Woche, wie sie jeden Morgen einen Blick auf Temperaturanzeige und Barometer warf und erst dann entschied, was sie anziehen würde.

Das Klopfen ließ Rea auffahren, schnell zog sie das Laken hoch, beruhigte ihren Atem und hoffte, ihre Stimme klang normal. Paula steckte ihren Kopf ins Zimmer.

»Noch im Bett? Habe ich dich geweckt?«

»Ja. Nein. Ich muss ja auch.«

»Erinnerst du Nikos an den Integrationskurs? Stelios hat ihm ja früh beigebracht selbständig zu sein – aber auf die griechische Weise. Nur bei den Dingen, auf die er gerade Lust hat.«

»Moritz und ich haben denselben Weg.«

»Danke! Und gib mir durch, falls ich einkaufen soll.«

»Lass nur. Ihr wolltet doch noch diese Wohnung anschauen?«

»Eigentlich ist sie zu teuer. Wie alles, was im Moment frei ist. Meinst du, Sophie wird Stelios da oben beschäftigen können?«

»An Arbeit mangelt es jedenfalls nicht, mach dir mal keine Sorgen.«

Rea hätte nie gedacht, dass sie jemals einen solchen Satz zu ihrer kleinen Schwester sagen würde. Sie erkannte Paula kaum wieder. Die Ungewissheit erstickte ihre einst überbordende Lebensfreude. Rea ließ die Jalousien hoch. Die Sonne kletterte eben über die höchsten der Alpenkämme, erst jetzt stachen ihre Strahlen in den See. Nichts an der friedlichen Sommermorgenstimmung erinnerte an das Unwetter der Woche zuvor. Von den Schäden war kaum mehr etwas zu sehen. Zumindest nicht in der Nähe der Stadt. In den Bergtälern würden die Aufräumarbeiten noch einige Zeit beanspruchen. Dort war der Anblick der verkeilten Baumstämme, der Felsbrocken und des Schlamms auch nichts Ungewöhnliches.

Rea fischte das Handy aus ihrer Handtasche. Sie traute sich kaum mehr, es offen herumliegen zu lassen. Ihr Puls schlug jedes Mal leicht höher, wenn sie die Bildschirmsperre aufhob. Doch der E-Mail-Maler, wie sie ihn manchmal nannte, hatte sich noch nicht wieder gemeldet.

Sie ging durch den Korridor. Vor Moritz' Tür kontrollierte sie, ob sie halbwegs schicklich angezogen war, und klopfte vor dem Eintreten an. Als sie Moritz leeres Bett sah, schüttelte sie lächelnd den Kopf. Tatsächlich lag er wieder auf Nikos' Matratze am Boden, dicht an den großen Jungen gekuschelt. Dieser blinzelte Rea müde an.

»Ihr müsst aufstehen!«

»Okay.«

Rea ging hinaus. Vor kurzem noch hatte sie jeden Morgen mit Moritz um die Decke gekämpft, jetzt erinnerte er sich nicht mal mehr an das Ritual und stand freudig auf, sobald Nikos einen Mucks machte. Sie ging zu Stinas Zimmer. Seit Nikos hier war, blieb diese Tür geschlossen. Noch bevor sie anklopfen konnte, kam Stina heraus. Zum Kampf geschminkt, dachte Rea, dann realisierte sie, was sie trug und was nicht. Sofort hielt sie ihre Tochter zurück.

»Mam, du hast keinen Plan! Alle machen es so.«

»Blödsinn. Du ziehst jetzt sofort ein T-Shirt an.«

»Das ist ein Bustier.«

»Ein brasilianischer Spaghettibustier, oder was? Du kennst die Schulregeln. So lasse ich dich nicht aus dem Haus, und so lassen sie dich auch nicht in die Klasse, spinnst du?«

»Mann, du nervst!«

»Nein, Mann, du nervst! Umziehen!«

Wenn sie es schaffte, dass Stina wenigstens ihre Brüste einigermaßen bedeckte, war schon viel gewonnen. Die Hotpants würde sie ihr nicht ausreden können, die waren derzeit unumgänglich.

Sie holte ihre Kaffeetasse und lehnte sich abwartend an die Wand des Korridors. Eine Minute später öffnete sich Stinas Tür leise.

»Zeig dich!«, befahl Rea.

»Mam!«

»Immer noch das andere Teil. Und wenn du draußen bist, ziehst du das Shirt einfach aus? Vergiss es!«

»Ich habe keine Zeit mehr.«

»Du ziehst dir einen normalen Büstenhalter an und ein normales T-Shirt darüber, vorher gehst du nirgendwohin.«

Stina schnaubte laut auf und warf die Zimmertür hinter sich ins Schloss.

Moritz kam in den Gang heraus und reckte sich gähnend. »Spinnt sie wieder?«

»Ein bisschen.«

»Ich mache uns Frühstück.«

Verwundert schaute sie ihm hinterher. Sonst konnte Moritz nicht mal für sich selbst entscheiden, was er essen wollte. Wenigstens einer, der sich über die neuen Mitbewohner freute. Nicht wirklich verwunderlich. Moritz war ständig auf der Suche nach einem neuen besten Freund. Und in der Familie nach einem liebsten Cousin, einem Ersatzbruder oder -großvater. Den Kampf um die Aufmerksamkeit seiner Schwester hatte er schon seit geraumer Zeit aufgegeben, die interessierte sich nur noch für Weibermist. Popstars, Dancestars, Schminke, Kleider, Fingernagelfarbe und gekicherte Geheimnisse. Seither haderte Moritz mit dem Schicksal, das ihm einen brauchbaren Bruder vorenthalten hatte. Oder sonst jemanden, der spannend war, mit dem sich spielen ließ. Letzthin hatte Peer Moritz von seinem Großvater erzählt. Von seinen regelmäßigen Ferienjobs damals, bei ihm in der Schmiede. Von nervösen Pferden und vom Duft des verbrannten Horns, von der Hitze des Feuers in der Esse und vom Zerlegen von Landwirtschaftsmaschinen, draußen, frühmorgens, mit riesigen Schraubenschlüsseln hantierend, im geheimnisvollen Herbstnebel. Voller Neid hatte Moritz zugehört. Das waren Geschichten! Aber er hatte nicht mal einen richtigen Großvater. Den einen gab es nicht mehr, der andere sprach nicht mehr. Wenigstens war jetzt Nikos hier. Aber schon bald begannen die Ferien, und er würde wegen des blöden Deutschkurses nicht mit auf die Zwischenalp kommen.

Zurück im Zimmer versteckte Stina den Bustier unter den Schulbüchern im Rucksack. Dirk würde sie erst am Nachmittag sehen, die Fotos mit Zoe wollte sie auch erst dann machen. Sie konnte sich nach dem Schwimmunterricht noch richtig anziehen.

Sie zog das T-Shirt straff. Prompt warf ihre Mutter einen Kontrollblick in die Schwimmtasche und unter ihr T-Shirt, erst dann ließ sie Stina gehen. Die warf die Tür grußlos hinter sich ins Schloss. Sie wusste genau, wie sehr ihre Mutter das ärgerte, da konnte sie noch lange so tun, als bleibe sie ruhig. Es nervte Stina, wenn ihre Mutter sich souverän gab, aber sie hatte ihre Mittelchen dagegen. Im Lift war der Streit schon wieder vergessen, Stina las die neuesten Meldungen im Chat der Baker-Girls. Zwei versuchten ihr das Treffen mit Dirk auszureden. Hobbylos alle beide, und nur neidisch! Weil er ein bisschen älter war. Das war ja das Geile! Sie sei eben weiter und reifer als ihre Freundinnen, hatte ihr auch Dirk geschrieben, und sie solle bloß nicht auf das hören, was die ihr rieten.

Rea wurde noch in der Schule aufgehalten. Endlich verabschiedeten sich die beiden Studenten, wild diskutierend und offensichtlich nur halb zufrieden gestellt, strebten sie zum Ausgang. Rea eilte ins Büro zurück. Sie hatte eben einen weiteren Abschlussfilm abgenommen und sich dabei den Mund fusselig geredet, im Bemühen, die Studenten und letztlich auch sich selbst von ihrer Einschätzung zu überzeugen. Nyima wartete bereits auf sie. Wie jeden Montag, wenn Moritz am Mittagstisch der Schule aß. Stina begnügte sich schon eine Weile mit Sandwiches, was Rea erstaunte, aber ihrer Tochter ging es vor allem darum, in der Stadt bleiben zu dürfen. Stets auf der Flucht vor ihrer so schrecklich banalen Mutter. Rea imitierte Stinas Lieblingsgrimasse. Noch vor einer Woche hatten sie solche Gedanken bedrückt, jetzt nahm sie mit einem Lächeln die Leinwand vom Schreibtisch und steckte sie in ihre große Umhängetasche. Langweilige Mutter?! Schade nur, dass keine E-Mail mehr gekommen war. Hätte sie ihm bloß das Foto nicht geschickt! Sie hätte ihn zappeln lassen sollen, Tage, Wochen vielleicht gar, stattdessen hatte sie ihm signalisiert, sie sei zu mehr bereit, und jetzt zappelte sie. Fast so wie in ihrer Jugend. Rea schloss die Bürotür ab. Sie war schon zehn Minuten über der vereinbarten Zeit.

Nyima stocherte in einem Salat herum. Es hätte sie ohnehin überrascht, wenn ihre Freundin pünktlich gekommen wäre. Gehörte nicht zu den Dingen, die ihnen beiden wichtig waren. Als Rea sich durch die Menschenmassen vor dem Restaurant drängte und sich zu ihr setzte, hatte Nyima gerade eine folgenschwere Entscheidung gefällt: Sie würde zum ersten Mal für eine neue Kollektion nicht selber Modell stehen. Schluss mit den steten Selbstbeschränkungen! Sie schob den Salatteller angewidert zu Rea hinüber, bestellte eines der turmhohen Pastrami-Sandwiches, die den Laden berühmt gemacht hatten, und erklärte der erstaunten Rea, sie sei eben zu alt geworden für das Modeln.

»Du protestierst ja nicht mal«, fügte sie mit einem launigen Lächeln hinzu. »Mein Entschluss ist richtig.«

»Ätz nicht, Nyima. Deine tibetische Pfirsichhaut bleibt weitere zehn Jahre faltenfrei, das weißt du genau. Und deine Figur macht uns alle depressiv. Überleg es dir nochmal. Wenn sich nur Teenagermodels auf deiner Site und in deinen Videos tummeln, wirst du bald nur noch junge Kundschaft haben.«

»Ist jetzt schon so«, antwortete Nyima ungerührt. »Nicht mal du ziehst die Dinger an. Und übrigens: Ich habe gezählt, als du reingekommen bist: fünf!«

»Fünf?«

»Haben dir auf den Arsch geschaut. Bei mir waren es weniger. Also lass den Salat stehen, bestell dir, was du willst.«

»Ich nehme ihn, ich will die fünf ja nicht enttäuschen. Welche waren es?«

»Falsche Frage. Du wolltest mir etwas beichten.«

»Du wolltest mir was von Stina erzählen.«

»Eine Sekunde! Ein großer Moment, ein andächtiger sogar! Das erste Sandwich dieser Art seit Jahren. Ich fühle mich wie ein neuer Mensch. Ah, tut das gut! Ob meine Verdauung so was noch schafft? Wie geht es übrigens deinen Griechen?«

Rea erzählte ihr von Paulas Arbeit bei Rolf, was dieser einen verwunderten Ausruf entlockte. Rea erklärte ihr eindringlich, dass Nikos niemals etwas von jener alten Geschichte erfahren dürfe. Und wie sie zu Hause versuchten, ohne Eskalation aneinander vorbeizukommen.

»Nikos und Moritz sind ein Herz und eine Seele, Peer und Paula natürlich auch. Paula sagt, Nikos hätte in der vergangenen Woche mehr Deutsch gelernt als in den Monaten zuvor mit ihr.«

»Moritz hat endlich seinen großen Bruder. Was meint Stina dazu?«

»Frag nicht, sie nennt Nikos einen unreifen Bubi. Unreif! Sagt sie! Die Dame benimmt sich schon die ganze Woche daneben, deshalb will ich genau wissen, was sie dir erzählt hat.«

Nyima bedeutete ihr, sich zu gedulden, und zeigte zugleich auf ihren vollen Mund. »Salat stört weniger beim Reden«, sagte sie, als sie heruntergeschluckt hatte. »Du zuerst!«

Rea begann die Schilderung jenes Wochenendes nach der stürmischen Nacht und beendete sie mit dem peinlichen Moment, als Paula mit dem Kurierpaket vor ihrer Tür gestanden hatte. Sie wartete, bis Nyima ihren Lachanfall bewältigt hatte, und ließ sie dann einen Blick auf das Bild werfen, worauf diese für einige beunruhigende Momente in Schweigen versank. Das kam bei ihr nur selten vor.

»Gefährlich!«, sagte sie endlich.

»Gefährlich?«, fragte Rea erschrocken. »Ein Psychopath?«

»Ein Mann mit Fantasie, mit Einfühlungsvermögen, mit Talenten, die sich nicht nur aufs Virtuelle beschränken. Er scheint außerdem so sehr an dir interessiert, dass er sich stundenlang mit dir beschäftigt. Mit deinem Körper! Deshalb isst du jetzt Salat.«

»Stimmt nicht.«

»Natürlich nicht. Verblüffend, was er in der kurzen Zeit zustande gebracht hat. Wie lange hast du denn geschlafen? Ach so, er hat dich fotografiert und danach das Foto abgemalt.«

Sie besprachen das Geschehene ausführlich. Rea gestand, wie sehr der Fremde sie irritierte. Nyima fiel auf, wie oft sie solche Gespräche schon geführt hatten, früher an ihren endlosen Abenden zu zweit, in den letzten Jahren hier am Mittagstisch. Diesmal gab es einen entscheidenden Unterschied: Das Gespräch drehte sich nicht um Nyima und ihren neuesten Verehrer, ausnahmsweise beratschlagten sie, was Reas nächster Schritt sein konnte. Ganz ungewohnt mussten sie dabei auf deren Ehe und auf die Kinder Rücksicht nehmen. Neuland für beide. Nyima hatte nie Verpflichtungen gehabt, und Reas wenige Seitensprünge waren ihrer Liebe zu Peer nie gefährlich geworden. Dieser Maler, urteilte Nyima nun, spiele ohne Zweifel in einer eigenen Kategorie, so einer sei noch nicht mal ihr untergekommen, und einen gewissen Erfahrungsschatz habe sie ja doch. Das hatte Rea auch dazu bewogen, ihr die Geschichte überhaupt zu erzählen. In privaten Dingen war Rea sonst eher verschlossen, das unterschied sie von vielen ihrer Bekannten in der Film- und Kunstszene der Stadt. Der Grund dafür war nicht zuletzt ihr Beruf als Lehrerin. Selbst Nyima gelang es selten, sie so aus der Reserve zu locken.

»Der Mann hat beruflich etwas mit Peer zu tun«, sagte Nyima. »Das gefällt mir nicht.«

»Wenigstens ist er diskret vorgegangen«, meinte Rea. »Vielleicht ist er selbst auch nicht Single. Das würde schon mal Grenzen setzen.«

»Im besten Fall, ja.« Nyimas Blick verriet Skepsis.

»Was tun wir jetzt?« Rea musste bald wieder in die Schule zurück, und Nyima hatte ihr noch nichts von Stina erzählt.

»Wir? Du wartest ab und nutzt die Zeit. Eröffne zuerst mal einen Facebook-Account.«

»Wozu das denn?«

»Mails, Chats, erklär ich dir noch. Vielleicht ist Facebook für dich zu riskant, sonst machst du aus Versehen noch öffentlich, was du privat halten willst. Skype ginge auch. Und Facebook nur als Tarnung. Deine neu entdeckte Liebe zu den Social Media wird dir als Ausrede dienen, wenn du nächstens ständig online bist.«

Rea wurde klar, wie oft sie ihre E-Mails in den letzten beiden Tagen abgerufen hatte. »Ich habe immer über Facebook-Manie gespöttelt, da kann ich jetzt schlecht …«

»Eben doch!«, fiel ihr Nyima ins Wort. »Peer ist der Erste, der mit Genugtuung verkünden wird, Bekehrte wie du seien die Schlimmsten. Damit hättest du freie Hand – und ein paar technische Möglichkeiten mehr. Ich muss einfach mit dir die Kontoeinstellungen durchgehen.«

»Gut. Jetzt sag schon, was Stina dir erzählt hat!«

Diesen Teil des Gespräches hatte Nyima Samten mit Unbehagen erwartet. Sie verschaffte sich eine weitere Denkpause, indem sie Rea Kaffee bestellen ließ und auf eine Zigarettenlänge hinausging. Als sie ins Lokal zurückkehrte, wusste sie noch weniger, wie sie mit der Situation umgehen sollte. Stina hatte sie schwören lassen, Rea nichts zu erzählen. Aber das Mädchen war erst vierzehn, Nyima musste Rea mindestens etwas andeuten.

Zu ihrem Erstaunen reagierte Rea auf die erste Enthüllung erstaunlich gefasst.

»Bin ja froh, dass du nicht gleich an die Decke gehst!«, sagte Nyima. »Sie hat mir ausdrücklich verboten, dir etwas zu sagen. Wenn du mich verrätst, wird sie auch mir nichts mehr erzählen.«

»Schon klar«, sagte Rea. »Das ist jetzt bereits der – warte mal: der dritte Freund. Von den beiden Ersten hat sie mir irgendwann mal erzählt, wo ist der Haken?«

Ein mulmiges Gefühl beschlich sie. Wenn sogar Nyima herumdruckste, lag etwas im Argen. Rea hatte in den vergangenen Wochen nicht übersehen können, wie angestrengt ihre Tochter Normalität vorspielte. Aber wenigstens ging es nicht um Drogen, das beruhigte Rea ein wenig. Seit dem Kindergartenalter kämpfte Stina immer wieder mit verschiedenen Erscheinungen von Suchtverhalten. So hatte sie schon in der ersten Klasse und völlig untypisch für ein Mädchen nächtelang heimlich Nintendo gespielt. Bald darauf war sie so süchtig nach zwei Fernsehserien geworden, dass ihr die Bildschirmfiguren in der Realität erschienen. Kaum war das durchgestanden gewesen, hatte sich Rea über Monate nicht getraut, ihr all die tröstenden Süßigkeiten zu verbieten. Wie hätte sie auch argumentieren sollen? Zu groß war ihre Angst gewesen, Stina würde flugs in die Magersucht abdriften. Mit Grauen erinnerte sie sich an die Zeit, als sich die Mädchen in der dritten Klasse gegenseitig dazu angestachelt hatten, eine dieser Model-Castingshows anzuschauen, worauf sie bald schon jeden freien Nachmittag ihre eigenen Laufstegshows veranstalteten, garniert mit den entsprechenden Kommentaren. Die damals neunjährige Stina war empört zur Erkenntnis gekommen, sie hätte zu wenig Taille, dafür viel zu viel Fett am Hintern. Hätten die anderen gesagt.

»Der Haken? Sie wollte ein bisschen was über Verhütung wissen.«

Als sei es orchestriert, kam der Kaffee in diesem Moment doch noch. Rea kippte den Zucker hinein und rührte konsterniert um. Verhütungsmittel, Himmel auch! Stina war noch ein Kind, egal, wie cool sie sich gab! Sobald sie ihre Girlie-Allüren mal einen Moment lang ablegte, etwa beim Herumtoben mit Moritz, war sie sofort wieder das kleine Mädchen mit glänzenden Augen, geröteten Wangen und fliegenden Haaren. Nyima widmete sich eifrig ihrem Kaffee. Solange Rea nicht nach dem Alter des Jungen fragte, würde sie es nicht erwähnen, beschloss sie insgeheim. Stina musste selber einsehen, wie sinnlos diese Geschichte für sie war, verbieten konnte man sie ihr nicht, sonst würde sie nur aus Trotz tun, was sie alle nicht wollten. Erst recht, wenn ihre Mutter auf Konfrontationskurs ging.

»Und hast du sie beraten?«, nahm Rea das Gespräch wieder auf.

»Wir waren auch mal vierzehn.«

»Spinnst du? Mit vierzehn haben wir Bravo gelesen, mehr hast nicht mal du getan.«

»Ich habe ihr abgeraten, das ist ja wohl klar.«

»Was jetzt, abgeraten oder beraten?«

»Beides. Jetzt flipp nicht aus. Sie tun ohnehin, was sie wollen. Falls also etwas geschieht, ist es ja wohl gescheiter, sie machen es geschützt!«

Rea hob abwehrend die Hand. Sie wollte sich keine Sekunde lang vorstellen, was sein könnte, und verfluchte diese Ohnmacht, in die nur ihre Kinder sie stürzen konnten. Wenn sie mit Stina vernünftig über diese Dinge sprechen könnte, würde sie etwas erreichen, das wusste sie. Nur waren ruhige Gespräche nicht mehr möglich, sie arteten in Streit aus, ohne ersichtlichen und voraussehbaren Grund, aus heiterem Himmel, jedes Mal. Peer spielte dann den Schiedsrichter und Schlichter, war diese Rolle aber bereits leid. Längst nicht immer ergriff er Reas Partei, meist fand er nur, der Streitgrund sei kein Streitgrund und die beiden steigerten sich in etwas hinein.

»Du musst sie dazu bringen, mit dir darüber zu sprechen«, sagte Nyima. Und über sein Alter, fügte sie in Gedanken hinzu.

»Sie erzählt mir gar nichts mehr.«

»Versetz dich in sie hinein. Sie ist wirklich verliebt, und sie ist alt genug, um sehr verliebt zu sein. Nochmals: Erinnere dich mal an unsere Teeniezeit. Drüben, im Stadtgarten unter der Buchshecke, als wir Strategien entworfen haben, um unsere Eltern zu überlisten.«

»Harmlos war das.«

»Das lässt sich schwer vergleichen. Früher haben wir uns kaum getraut, den Angehimmelten anzusprechen, heute sind die ersten virtuellen Begegnungen ganz leicht. Und bald so real, als würden sie wirklich stattfinden. Der nächste Schritt ist dann schnell getan.«

»So schnell auch wieder nicht.«

»Willst du mir eben dein Gemälde nochmal zeigen?«

8

Erst drei Tage später war Dordi Larsson wirklich zurück in der Stadt. Sie rief Peer ohne Umstände in ihr Büro, beim Begrüßungskuss lag ihre Wange vielleicht einen Hauch länger an seiner als bei Hans Althaus. Es beruhigte Peer, dass er nicht allein mit Dordi war. Diese ging eben zur kleinen Hi-Fi-Anlage, die auf dem Fensterbrett stand, und machte sie aus. Peer hatte die eigentümliche Musik aus dem Schlosshotel sofort wiedererkannt. Strawinski sei ihr Lieblingskomponist, sagte sie mit unschuldigem Lächeln. Er wartete auf ein Augenzwinkern, zu Peers Überraschung schlug sie stattdessen vor, gleich das Reisinger-Game für mobile Anwendungen zu besprechen. Und dafür müssten sie erst die Art ihrer zukünftigen Zusammenarbeit klären.

»Ich nehme an, wir führen das jetzige Auftragsverhältnis zwischen der Nordstern und mir weiter, gemäß den Verträgen.« Peer bemühte sich um einen geschäftlichen Tonfall. Das verlangte seine ganze Konzentration, denn jedes Mal, wenn er Dordi anschaute, stellte er sich vor, was sie hinter jener Tür getan habe mochte. Mit Sicherheit war sie auch in einer Garderobe gelandet. Was da wohl gehangen hatte, außer der Maske?

»… are you with me, Peer?« Lächelnd versuchte Dordi seinen starren Blick zu brechen. »Nochmal: Weil die Zusammenarbeit zwischen Produktion, Marketing und IT-Bereich enger werden soll und weil wir bei Lindmark ein größeres Gewicht auf die Internetnutzung legen, wäre es vernünftig, dich wieder direkt anzustellen. Bei Nordstern oder bei Lindmark, beides ist möglich. Ein Vorschlag nur, und das Resultat meiner ersten Beobachtungen hier.«

Peer überkam ein ungutes Gefühl. So klang es, wenn man einem Zulieferer höflich beibrachte, dass er entbehrlich war. Aber Dordi Larsson lächelte ihn an, wie sie ihn und Rea im Kurhaus schon angelächelt hatte, den Blick erwidernd, kein Anzeichen von Ausweichen oder Unbehagen, über das, was gerade gesprochen wurde.

»Die Beobachtungen ergeben also, dass Nordstern meine Dienstleistungen eigentlich gar nicht braucht?«

Hans Althaus zog die Augenbrauen hoch, Dordi Larssons Miene verriet Betroffenheit.

»Das Gegenteil, Peer! Ich täusche mich selten in der Einschätzung der Leute. Du bist nicht dafür gemacht, über der Buchhaltung einer eigenen Firma zu brüten, du musst spielerisch arbeiten, in den Bereichen, die du liebst. Lindmark und eigentlich auch Nordstern haben bereits alle Strukturen, die du im Alleingang mühselig aufrechthältst. Das ist verlorene Zeit. Warum konzentrierst du dich nicht viel mehr auf deine Stärken?«

»Und die wären?« Peer wusste zu gut, wie exakt Dordis Analyse war. Sie stimmte mit der eigenen Wahrnehmung seiner Arbeitssituation und mit seinem wachsenden Überdruss überein.

»Games, games, games«, sagte Dordi nur. Sie lächelte wieder, diesmal komplizenhaft. Zumindest schien es ihm so. »Von mir aus auch im Auftragsverhältnis, was du lieber hast. Ich wollte dir mit einer Festanstellung mehr Sicherheit bieten. Dein Einkommen wäre dasselbe.«

»Ihr sprecht ständig von irgendwelchen Spielen, habe ich etwas verpasst?« Hans Althaus fühlte sich überfahren.

»Stimmt, du weißt ja noch gar nicht, was ich bei meinem ersten Besuch hier erfahren habe.« Dordi deutete fast stolz auf Peer. »Euer Mann hier kann viel mehr, als ihr denkt. Ich möchte diese Fähigkeiten nutzen und ihn von allem anderen befreien.«

»Und dabei geht es um Spiele?«, fragte Althaus skeptisch.

»Ja.«

»Wer besorgt dann den Unterhalt unserer Software?«, fragte er verdrießlich.

»Sehen wir morgen, wenn wir uns um die Immigration kümmern. Vielleicht jemand von uns. Oder wir kaufen die entsprechenden Dienstleistungen ein.«

»Auf wessen Rechnung?«

»Peer würde ich wie gesagt am liebsten direkt anstellen, der Softwarebereich bliebe bei euch.«

Hans Althaus fragte nicht mehr nach. Ihm wurde schlagartig klar, wie sehr die Übernahme durch Lindmark seine Arbeit veränderte.

»Zeig ihm doch mal eines deiner Spiele, Peer, dann versteht Hans meine Überlegungen.«

Insgeheim beglückwünschte sich Peer. In den letzten drei, vier Nächten hatte er mehr aus Neugier auf YouTube Reisingers Skistil studiert, hatte weiter mit seinem Figürchen herumgetüftelt, es probehalber in verschiedene Spielumgebungen gesetzt und ihm einige Navigationsmöglichkeiten gegeben. Nun zog er sein Handy hervor. Auf dem kleinen Display würden die Mängel des Entwurfes weniger zu sehen sein. Er startete eine erste Skizze des Games. Als der Skifahrer im orangefarbenen Overall vor einem komplett weißen Hintergrund auftauchte, lachte Dordi auf.

»Hast du unseren Freeride-Philosophen bereits animiert?«

»Nur ein Versuch.«

Er zeigte ihr die Idee für eine reduzierte Arcade-Version. Sie wirkte, als sei sie einem jener Spielsalonautomaten entsprungen, die Peers Jugend geprägt hatten. Althaus, nichts ahnend vom heutigen Kultstatus solcher Spiele, war eher irritiert.

»Die Version für ältere Freaks«, erläuterte Peer. »Würde zu den alten Designentwürfen bei den Kleidern passen. Damit könnte man Kultstatus aufbauen. Für die Jüngeren scheint mir das weniger geeignet, für die machen wir es so.«

Peer startete den zweiten Entwurf. Landschaften und Fahrten hatte er überall gefunden, für die Hintergründe und die Flugtotalen hatte er sich kurzerhand bei Google Earth bedient, für Freeride-Fahrten mit zugehörigen Helmperspektiven auf YouTube. Das Figürchen setzte seine Jumps und Tricks bereits in eine natürlich wirkende Berglandschaft. Peer zeigte Dordi, wie sie während eines Runs auf die Fahrperspektive der Helmkamera wechseln konnte, was das Spiel verblüffend schnell machte. Einige der Übergänge passten nicht wirklich zueinander, einige funktionierten erstaunlich gut, und auf dem kleinen Bildschirm wirkte das Game schon fast professionell, fand Peer nun sogar selber.

Dordi Larsson war begeistert, die Sprünge über Felswände entlockten ihr erschreckte Ausrufe. Bald darauf war auch Althaus angefixt und kreierte eigene Jumps. Beim Zuschauen wurde Peer allerdings bewusst, wie viel Arbeit noch anstand. Es war unerlässlich, dass die Spieler auch während der Kunststücke die Perspektive des Riders sehen konnten. Steuerung und Bilder zu koppeln, würde nicht ganz einfach sein.

»Wann wollt ihr den neuen Spot von Dan schalten?«, fragte Dordi.

»Im Herbst, auf die Saison hin«, sagte Althaus. »Mitte Oktober.«

»Bis dann muss das Spiel zum Download bereit sein!« Dordi blickte Peer fragend an. »Du kriegst alles, was du brauchst. Sämtliches Originalmaterial von den Reisinger-Drehs beispielsweise, wir nehmen dir die anderen Arbeiten ab, du programmierst ab sofort nur noch das Spiel. Schaffst du das in der Zeit?«

»Allein niemals«, sagte Peer, obwohl ihn Dordis Aufregung mitriss. »Mit meinen Freunden zusammen vielleicht. Wenn die dafür richtig bezahlt werden.«

»Which means?«

»Normale Ansätze. Bis jetzt machen wir solche Dinge nur für Gotteslohn.«

»Gotteslohn?«

»Für nichts«, übersetzte Peer.

»Und wenn du mit unseren Spezialisten in Schweden arbeiten würdest?«

»Das geht nur mit meinen Leuten.« Peer kam plötzlich eine Idee. »Und für die Musik brauche ich eine Originalkomposition, dann haben wir auch keine rechtlichen Probleme.«

»Einverstanden. Hans?«

Hans Althaus hob die Arme. »Das ist ja eher dein Budget.«

»Reisinger selbst müsste einverstanden sein«, gab Peer zu bedenken.

»Mach dir darüber keine Gedanken«, ging Dordi über den Einwand hinweg. Peer horchte auf. Er kannte die Eitelkeiten der Prominenten, wenn es um die spielerische Umsetzung ihrer Künste ging. Gerade die Freerider waren mit der Gamerszene eng vernetzt und hatten höchste Ansprüche. Aber Dordi war schon weiter.

»Wir sind uns einig. Peer, du holst bis in zwei Wochen alle notwendigen Offerten ein, Musik, Bilder, Rechte, und stellst die Kosten zusammen. Ich kläre ab, wer das übernimmt, wahrscheinlich Lindmark. Ein Antrittsgeschenk für Nordstern. Auch wenn du mit deinen Freunden arbeitest, Peer, wäre es gut, wenn du nächstes Mal zu uns nach Schweden kommst und unsere Leute besuchst. Einige der Jungs werden dir gefallen! Hans, ich möchte auf unser erstes Nordstern-Game anstoßen, haben wir etwas im Haus?«

Überrumpelt verließ Hans Althaus das Büro.

»Zufrieden?«, fragte Dordi, als die Tür ins Schloss gefallen war.

»Entscheidest du immer so spontan?«

Dordi lachte. »Das scheint nur spontan. Ich hatte so was ohnehin im Sinn, das Spiel passt perfekt in unsere Modernisierungsstrategie für Nordstern. Du bist für mich ein Glücksfall, was also hindert mich daran, dich richtig einzusetzen?«

Peer widersprach nicht.

»Ist doch das, was du dir heimlich gewünscht hast«, sagte sie kokett.

Schon alleine wenn Peer sich vorstellte, dass er bald den ganzen Bürokram los sein würde, fühlte er eine tonnenschwere Last abfallen. Der Haken war, dass alles von Dordi abhing.

»Du fragst dich, was das sollte, im Schlosshotel? Was ich im Schild führe, richtig?«

Las sie Gedanken?

»Bist schnell verschwunden«, sagte Dordi.

»Ja.«

»Ohne dich umzuschauen?«

»Ja.«

»Jetzt lässt es dir keine Ruhe?«

»Den einen oder anderen Gedanken habe ich daran verloren«, gab Peer zu.

Dordi lächelte und wollte etwas sagen, als Althaus mit einer Flasche Champagner hereinkam.

»Das ging ja schnell. Machst du mal auf, ich muss schnell meine Mails checken.« Dordi nahm ihr Handy hervor und begann zu tippen. Zehn Sekunden später vibrierte Peers Gerät. Er machte eine entschuldigende Geste und drehte sich ebenfalls etwas ab.

Jetzt hast du meine
Nummer. Das Schlosshotel

hat nichts mit unserem
Job zu tun.

OK …

Und nichts mit uns beiden.
Wollte dich da nicht
reinziehen.

Kein Problem.

Wenn es dich beruhigt:
Von dir will ich nichts.
Nur … Games … ;-)

Sie steckte das Handy wieder ein, hob den Zeigefinger und ging zum Pult.

»Fast vergessen: Kaum hier, habe ich schon die erste Einladung gekriegt«, sagte sie, jetzt an beide gewandt. »Sagt euch das was?«

Peer lächelte, als er den Titel »To the nation« las. Nyima Samtens alljährliche Dessousshow, kurz vor dem Nationalfeiertag, im gesellschaftlichen Leben der Stadt längst ein frivoler Höhepunkt.

»Kriegt man nicht so einfach, diese Einladungen«, sagte er trocken.

»Du kennst die Party?«

»Die kennt jeder hier«, mischte sich Althaus ein. »Könnte ganz spannend sein für dich. Geschäftlich, meine ich.«

»Das dachte ich mir auch«, erwiderte Dordi und blinzelte Peer zu. »Sind ja noch einige Wochen, wer weiß, was bis dahin noch passiert.«

Nach der letzten Stunde des Morgens hastete Rea wie gewohnt aus dem Seminarraum, erst im Korridor fiel ihr ein, dass es gar keinen Grund zur Eile gab. Nikos hatte versprochen, zu kochen und Moritz nach dem Mittag pünktlich in die Schule zu schicken. Rea staunte oft, wie verlässlich Nikos für sein Alter war. Hoffentlich nahm sich Stina in den nächsten Wochen ein Vorbild an ihm. Sie ging in ihr Büro, nahm das Bild des Malers aus dem Spalt zwischen Pult und Wand, stellte es auf und setzte sich in den Sessel davor. Hatte er sie zufällig schlafend vor der Hütte angetroffen, oder war er ihr gefolgt, ermutigt durch die nächtliche Berührung? Sie lehnte sich im Stuhl zurück und zügelte den Drang, Nikos zu fragen, ob Moritz schon heimgekommen war. Sie war bloß ratlos, was sie mit der ungewohnten freien Zeit anstellen sollte. Der Maler brachte sie zusätzlich aus dem Takt. In den ersten zehn Jahren mit den Kindern waren Gewohnheiten zu Strohhalmen geworden, an denen sie sich durch das alltägliche Chaos hangelte. Ohne strikten Zeitplan hätte sie es nie geschafft, alles unter einen Hut zu bringen. Kinder, Arbeit, Beziehung und Peer, das größte Kind. Doch allmählich wurden Stina und sogar Moritz selbständiger, und die einst rettenden Gewohnheiten verwandelten sich unversehens in Zwänge, die Rea einengten. Es lag an ihr, daran etwas zu ändern.

Nyima hatte sie vor Tagen gefragt, ob sie denn wirklich wissen wolle, wer er sei. Sie war der Antwort ausgewichen und wusste auch jetzt keine. Er sollte einfach ihr Leben ein bisschen aufmischen, dachte sie. Genau genommen hatte er es schon getan. Seit dem Sturm bröckelte etwas in ihrer Beziehung zu Peer. Es kam ihr so vor, als betrachtete sie plötzlich alles aus leicht verschobener Perspektive. Eine Alternative zu ihrem bisherigen Leben tat sich auf.

Sie trat an das Bild heran und ließ ihren Finger sanft über die Struktur der Leinwand und die Rillen der Acrylfarbe gleiten.

Ihr Handy vibrierte.

Und?

Kein Mail,
falls du das meinst.

Eher Stina.

Besser Peer kümmert sich
für eine Weile.

Dafür haben wir
die Männer.
Oder soll ich?

Wenn wir nicht
weiterkommen.

Der Maler meldet sich,
keine Sorge.

Befürchte ich sehnlichst.

Schön gesagt. Er hat
sich doch für 3 Wochen
abgemeldet?

Ja. Compukurs bei
dir heute?

Yep. Sind an den
letzten Entwürfen
für die Modeshow,
könnte 8 werden.

Rea drückte die Nachrichten weg und verließ das Büro. Weil sie etwas mehr Zeit hatte, steuerte sie die Salatbar beim Bahnhof an. Inmitten der Fußgänger- und Touristenströme spazierte sie über die neue Brücke, ungewohnte Klänge im Ohr. Die Homepage des Malers war tags zuvor plötzlich schwarz gewesen, sie hatte diesmal zu einem Song von *The Weeknd* geführt. Ein seltsamer Name, eine seltsame Stimme. Konnte ebenso gut einem

Mann wie einer Frau gehören. Das ganze Album, das sie sich sofort heruntergeladen hatte, drehte sich nur um Sex. Sehr explizit. Gefiel ihr. Eigentlich Musik für Jüngere, mit Ausnahme des einen Songs, der schon durch seinen seltsamen Titel herausstach: *D. D.* Er entpuppte sich als Coverversion von Michael Jacksons *Dirty Diana*. Eines ihrer Lieblingsstücke. Der Maler war raffiniert, ließ nichts unbeachtet, zielte auf all ihre Sinne. Ihr Blick schweifte über die Seepromenade. Mitten im Gehen fiel ihr ein junges Pärchen auf, das eben fast ineinander verschwand. Er war der aktivere. Rea blieb abrupt stehen. Das Mädchen trug Stinas Jacke! Im selben Moment stieß sie etwas heftig in den Rücken, Rea stolperte und fand sich auf dem Boden wieder.

»Entschuldigung, Frau. Gut? Entschuldigung!«

Ein alter Mann half ihr auf. Sie blickte in ein Augenpaar, das sie erschreckt und freundlich und hilflos zugleich anblickte.

»Nichts geschehen. Meine Schuld, ich bin ja stehen geblieben!«

Auf dem Boden lag eine farbenfrohe Plastiktasche. Eine Gurke war herausgerollt, daneben ein Päckchen. Sie hob beides auf, dabei öffnete sich das Papier und vier gelbe Scheiben fielen heraus.

»Sind das Bienenwaben? Frischer Honig?«

Rea wickelte die Wabenstücke sorgfältig ein und reichte sie dem Alten.

Nach kurzem Zögern gab er ihr das Päckchen zurück.

»Bitte!«

Rea begriff, dass er wenig Deutsch sprach.

»Nein, nein, nicht nötig.« Sie machte eine abwehrende Handbewegung.

»Bitte!« Er bekräftigte mit einer Geste, dass sie das Geschenk annehmen musste, wenn er sie schon umgestoßen hatte.

Sie nickte ergeben und nahm das Päckchen.

Rea gefiel das Lächeln des Mannes. Dutzende von kleinen, feinen Fältchen spannten sich um seine Augen, die etwas Verschmitztes hatten und deren Traurigkeit sie gleichzeitig anrührte.

»Danke sehr, danke!«

Sie reichte ihm die Hand. Der Alte schaute ihr überrascht nach. Er war es nicht gewohnt, dass jemand seinen Blick erwiderte. Leise vor sich hin murmelnd, hinkte er zur Schiffsanlegestelle.

Rea ging die Seepromenade entlang, noch etwas verwundert über den fast zarten Druck der schwieligen Hand. Stina war längst nicht mehr zu sehen. War das zuvor der fragliche Junge gewesen? Rea hatte sein Gesicht nicht sehen können, war aber irritiert gewesen, wie viel größer er offensichtlich war, zur Umarmung hatte er sich bücken müssen. Einen Moment lang wollte sie die beiden suchen gehen. Aber vielleicht war es ja ein anderes Mädchen gewesen, mit derselben Kapuzenjacke. Trugen doch eh alle dasselbe heute.

Keine hundert Meter entfernt zog Stina Dirk tiefer in das Gewühl der Menschen, die sich am See einen Platz für die Mittagspause suchten.

»Mann, was rennst du so?«, rief Dirk. Er tat, als ringe er um Atem.

»Du küsst mich einfach so? Hier vor all den Leuten?«

»Meinst du, das fällt auf?«

Stinas Blick folgte seinem Zeigfinger. Die Ufermauer war wie immer an solchen Tagen übersät mit Pärchen, die aneinandergelehnt oder eng umschlungen in der Sonne saßen, der Stadt den Rücken zugedreht, den Blick zum See.

»Dann räum uns wenigstens einen Platz frei!«

Drei Minuten später saßen sie tatsächlich auf der Mauer. Stina behielt ein bisschen Abstand. Eben auf der Straße hatte Dirk sie überrumpelt. So einfach wollte sie es ihm nicht machen. Zuerst musste sie etwas klären. Zoe hatte ihr aufgeregt geschrieben, sie habe auf dem Heimweg nach dem Kinobesuch Dirk und Leandra zusammen gesehen. Leandra! Im Dunkeln, vor dem Wohnblock, wo Leandra und Zoe wohnten. Die beiden hätten Händchen gehalten, mindestens das! Bei Stinas Nachfragen war Zoe allerdings unsicher geworden, wie nahe die beiden sich wirklich gekommen waren. Anyway! Stina packte die Wut von neuem, und wie üblich steuerte sie das Ziel direkt an.

»Was hast du gestern nach dem Kino noch gemacht?«

»Bin nach Hause, hab ich dir doch gesagt.«

»Ja ja.«

»Was?«

»Du bist nach Hause, als wir in die Fifty-Bar sind?«

»Ja.«

»Komisch.«

»Mann!?«

»Zoe hat dich gesehen. Viel später noch.«

»Unmöglich«, behauptete er.

Stina war erstaunt, wie wenig man ihm das Schwindeln anmerkte.

»Vor ihrer Siedlung. Du warst nicht allein.«

»Ach das …«

Stinas Züge vereisten.

»Ach das?«, äffte sie ihn nach.

Dirk ließ hilflos die Hände auf seine Oberschenkel fallen. »Du weißt, wie Leandra ist.«

»Eine Schlampe eben.«

»Sie stand vor unserem Haus, hat mich angerufen. Wenn ich nicht herauskäme, würde sie mich herausläuten. Meine Eltern waren da, also musste ich etwas tun.«

»Natürlich. Hast sie die zwei Kilometer zur Siedlung begleitet. Aus reiner Höflichkeit.«

»Du weißt, dass sie mich nicht interessiert.«

»Weiß ich das? Und was weiß Leandra?«

»Mit der ist gar nichts. Sie will was, keine Ahnung, ich aber nicht. Solltest du längst gerafft haben.«

»Und dann Händchen halten?«

»So ein Scheiß, was erzählt die dir? Abwimmeln hab ich sie müssen.«

»Du Ärmster.«

»Jeder weiß, dass sie sich an Ältere ranschmeißt. So oft wie die an unserer Schule auftaucht!«

»Warum soll ich dir glauben?«

»Weil du sie kennst. Und weil ich nur dich mag.«

»Du magst mich?« Stina schaute ihn von der Seite an. Eine Art Liebesgeständnis? Von Dirk?! Sie jubelte innerlich, zugleich machte es sie wütend.

»Wunderbar. Ich mag viele Dinge. Ich mag den neuen McTasty bei Donalds. Oder diese Ballerinas, hab ich gestern gekauft. Die mag ich auch.«

»Eben.«

»Bin ich dein Lieblingsburger oder was?«

»Ja. Ich finde dich zum Anbeißen. Muss unbedingt wissen, wie du schmeckst!«

Er beugte sich blitzschnell zu ihr hinüber und küsste sie in die Halsbeuge. Die Berührung elektrisierte Stina, sie wich nur halbherzig aus. Dann stieß sie ihn weg.

»Hast du das mit Leandra auch gemacht?«

»Ey, das nervt jetzt, Stina!«

»Nervt's eben.«

»Hast du kapiert, was ich dir gerade gesagt habe?«

Er wirkte tatsächlich ein wenig verletzt. Stina wusste, dass sie das Spiel nicht mehr viel weitertreiben durfte, und Dirk merkte, dass er sie beinahe überzeugt hatte.

»Ich weiß nicht, frag doch mal ein bisschen rum«, legte er

nach. »Frag doch mal, wie viele Jungs schon mal eine MMS von ihr bekommen haben!«

»Warum sollte ich?«

»Echt, die ruft an, die steht vor dem Haus, die schickt Liebesgrüße, und wenn das nichts nützt, auch mal ein Bildchen, keine Ahnung. Ist ihr Ding.«

»Bildchen?«, fragte Stina argwöhnisch.

»Soll einen überzeugen, Mann, du weißt schon.«

»Weiß ich eben nicht, ich schicke keine Bildchen, Alter!«, versetzte Stina.

Dirk fand, die Zeit für stärkere Argumente war gekommen. »Ich lösch sie immer, ist ja voll peinlich. Aber vielleicht hab ich das von gestern Abend noch.«

Stina setzte sich alarmiert auf. Dirk zog sein Handy aus der Tasche und rief das Fotoalbum auf. Er öffnete das Bild und hielt es Stina entgegen. Sie wollte das Handy nehmen, er behielt es in der Hand.

»Brauchst du eine Brille?«

Wovor hatte er Angst?, fragte sie sich misstrauisch. Glaubte er, sie würde das Teil in den See schmeißen? Ihre Neugier gewann Oberhand, sie beugte sich vor und studierte das Bild. Krass, wie konnte die nur! Und Mist, diese Schlampe hatte wirklich viel mehr als sie.

Dirk steckte das Handy wieder ein.

Jeder wusste, dass sich die Jungs einen Sport daraus machten, Mädchenbilder zu sammeln und zu tauschen. Das eine oder andere heimlich aufgenommene von Stina im Bikini war auch schon herumgegangen. Ein so offensichtliches wie dieses, oben ohne und in Pose, natürlich nicht. Wie krass war das denn! Leandra hatte den Kampf eröffnet. Wenn sie Dirk nicht verlieren wollte, musste sie auch einen Gang höher schalten, wurde Stina klar.

So schnell wie möglich.

»Die Schlampe schickt dir solche Bilder, und dich lässt das kalt?«

»Ey klar!«

»Glaub ich nicht.«

»Weiß nicht, ist doch nicht geil.«

»Warum nicht?«

»Die kann jeder haben.«

Dirk wollte noch etwas anfügen, hielt sich aber gerade noch rechtzeitig zurück. Welche Bilder wie viel Wert hatten oder eben gar keinen, weil zu viele davon in Umlauf waren, musste Stina nicht erfahren, das machte sie nur noch misstrauischer.

»Das hält euch sonst auch nicht ab«, sagte sie.

»Wen?«

»Euch Machos.«

»Sitzen Machos am freien Nachmittag am See rum und halten Händchen?«

Stina wusste keine Antwort, sie wunderte sich selber ein bisschen, dass Dirk mit ihr hier saß, umschwärmt wie er war. Vielleicht war es Zeit einzulenken.

Dirk spürte ihren Stimmungswandel sofort.

»Komm schon. Leg deinen Kopf hierher. Und erzähl mal: Was macht ihr da genau in den Ferien, in dieser Garage.«

Sie legte sich rücklings auf die Mauer, ihren Kopf auf seinem Oberschenkel, was bereits reichte, um ihr Herz hämmern zu lassen. Sie berichtete eifrig, wie sie die Garage bei Zoe ausgeräumt hatten und dort campieren wollten.

»Das trifft sich gut, in der Woche ist die Meisterschaft. Könntest doch mitfahren. Als Ersatztänzerin. Geht zwei Tage, wir bleiben über Nacht da. Lust?«

Stina war sprachlos. Nur die besten der Street-Dance-School durften zur Meisterschaft.

»Soll ich ein Wort für dich einlegen?«

»Sicher. Ich meine … bin ich gut genug?«

»Klar doch. Aber wenn ich mich für dich einsetze, kannst du nicht in letzter Minute einen Rückzieher machen.«

»Ist es wirklich in der Woche unseres Camps?«

Stina wusste, dass ihre Mutter den Ausflug nie erlauben würde. Reas Eindruck der Dance-School war aufgrund verschiedener Vorfälle nicht sehr positiv. Dirk bestätigte das Datum, und Stina war überglücklich. Sie würde mitfahren! Sie mit ihm! Ein Leichtes für die Baker-Girls, ihre Abwesenheit im Camp zu vertuschen. So beiläufig das mit der Übernachtung geklungen hatte, so klar war, weshalb Dirk es erwähnt hatte, dachte Stina dann. Yes! Und danach konnte Leandra so viele Tittenbilder schicken, wie sie wollte. Sie legte ihren Kopf wieder auf sein Bein, er seinen Arm über sie, nur Millimeter oberhalb ihrer Brüste, sie bewegte sich ein wenig, sie kostete die Berührung aus und knabberte sogar an seinem Arm. Keine zehn Pferde würden sie diesen Sommer mit der Family auf den Zwischenhof bringen, das war schon mal klar.

9

Es war einer der Abende, an denen alles schief lief. Rea hatte den Kleiderberg aus der Ecke des Zimmers kurzerhand vor Stinas Tür geschoben und ihre Proteste mit der Bemerkung quittiert, sie müsse sich allmählich entscheiden, welche Kleider sie mit auf die Alp nehmen wolle. Stina war an die Decke gegangen. Sie werde nicht mitkommen, hatte sie geschrien. Und zum hundertsten Mal: Sie gehe in das Garagencamp mit Zoe, alles sei bereits abgemacht, nie im Leben würde sie mit in die Berge kommen, derselbe Nerv jedes Jahr! Andere fuhren ans Meer oder flogen nach New York oder Australien, aber sie würden auf einem dämlichen Bergbauernhof rumhängen. Nur weil Rea dort das Gefühl habe, sie sei nicht uralt, oder sogar wieder ein Kind oder so! Die Tirade hatte damit geendet, dass die Tür ihres Zimmers ins Schloss gekracht war. Bevor Rea sie wieder öffnen konnte, hatte ihre Tochter von innen abgesperrt.

Wortlos war Rea ins Wohnzimmer gegangen, der genervte Blick ihres Mannes sowie das betretene Wegschauen von Paula und Nikos hatten sie nur noch wütender gemacht. Jetzt lag sie auf dem Bett im Schlafzimmer und starrte an die Decke, die etwa so redselig war wie Peer hinter seinem verfluchten Computer.

Dieser fing eben Paulas Blick auf.

»Was?«

»Geh schon!« Paula machte eine Kopfbewegung zur Zimmertür hin.

»Die beiden zoffen sich doch ständig.«

»Das war ernster.«

Peer stemmte sich mit einem Seufzer hoch. Kaum war er im Schlafzimmer, traf ihn die Breitseite.

»Du hast ihr gesagt, sie dürfe in dieses dämliche Camp.«

»Ich habe gesagt, wir reden noch darüber.«

»Eben!«

»Was?«

»Nachgeben, immer nur nachgeben.«

»Erklär mir mal, weshalb du sie nicht in dieses Camp lässt. Die hatten schon dümmere Ideen. Das dauert eine Woche, hinterher können wir nachkommen.«

»Sagtest du: Wir?«

»Ich würde auch hier bleiben. Wäre ja sinnvoll, so lange sie in dieser Garage ist. Nur für den Fall.«

»Dass sie mit ihrem Freund rummacht?«

»Was für ein Freund?«

»Du hast doch keine Ahnung! Was meinst du, worum es hier geht?«

»Da sind nur die Mädchen, Zoe und die anderen. Von Jungs war nie die Rede. Rea, die sind erst vierzehn!«

»Eben.«

»Wenn da was dran wäre, macht es noch mehr Sinn, dass ich ein Auge auf sie habe.«

»Logisch. Dann kannst du nämlich tage- und nächtelang an deinen blöden Spielen rumbasteln, während ich Moritz bei Laune halte, der viel lieber hier bei Nikos wäre.«

»Sobald er oben ist, vergisst er alles andere. Und das mit den blöden Spielen habe ich nicht gehört.«

»Muss ich es lauter sagen? Seit Tagen sitzt du bis spätnachts am Computer und vergisst alles um dich herum. Hatten wir schon mal. Ich habe dir damals klar gesagt, was die Konsequenzen sind. Wenn du wieder damit beginnst, bin ich weg, bevor du weißt, wie dir geschieht!«

Sie verstummte und Rea fragte sich, wie ihr gerade geschah.

Zum ersten Mal seit Peers Second-Life-Eskapaden dachte sie wieder an Trennung. Nur wusste sie selbst, dass diesmal nicht sein Verhalten der Grund war.

Peer war entsprechend konsterniert. »Das ist meine Arbeit, verdammt!«

»Das hast du bei Second Life auch immer behauptet.«

»Meine neue Arbeit.«

»Was genau willst du mir damit sagen?«

»Immer dasselbe, aber du hörst mir seit Tagen nicht zu. Du bist abwesend, du merkst nicht, was bei mir läuft, du merkst nicht, wie wichtig Stina dieses Camp ist …«

»Und du nicht, worum es ihr wirklich geht«, schnitt Rea ihm das Wort ab. »Ich abwesend? Ich? Du hockst vor dem Bildschirm, und wenn du mit jemandem sprichst, dann nur mitten in der Nacht, und zwar mit einem flotten Feger im Mini-T-Shirt-Rock.«

»Jetzt lässt du mich mal reden. Ich hatte ein Gespräch mit Dordi Larsson.«

»Ach ja?« Rea lachte ironisch auf.

»Sie ist meine Chefin.«

»Jetzt plötzlich? Wärst dein eigener Chef, erzählst du doch immer.«

»Nicht mehr. Ich lasse mich wieder anstellen.«

»Das kommt dir jetzt in den Sinn? Wie lange hast du mir das vorenthalten wollen?«

»War als gute Nachricht gedacht, eigentlich.«

»Wenn sie dich anstellen, können sie dich in drei Monaten wieder entlassen. Die machen das so.«

»Wenn nicht, kündigen sie mir die Aufträge. So machen die das normalerweise.«

»Das sei alles abgesichert, behauptest du seit zwei Monaten.«

»Darum geht es ja nicht.«

»Nicht?«

»Ich werde etwas anderes machen. Bin schon dran, Tag und Nacht, wie du findest. Diese blöden Spiele.«

»Völlig logisch. Games für einen Kleiderhersteller.«

»Ich habe Zeit bis September, dann erscheint das erste Freeride-Game mit Dan Reisinger.«

»Reisinger?!«

»Der ist in der Gameszene ein Star. Und nicht nur da. Auch wenn er dich da oben im Kurhaus genervt hat.«

Rea musste verarbeiten, was sie eben gehört hatte, es fiel ihr nicht eben leicht. Aus heiterem Himmel tauchte eine Fremde auf, fraß einen Narren an Peer und ermöglichte ihm, seine Träume zu verwirklichen. Sie würde die Leidtragende sein, ahnte Rea, wenn sich ihr Mann, getrieben von neuem Elan und alter Maßlosigkeit, in die Aufgabe stürzte. Die letzten Tage waren nur ein Vorgeschmack gewesen.

Und sie, verdammt! Wo blieb sie?

»Die Buchhaltung, der ganze administrative Kram, all das fällt jetzt weg!« Peer wirkte fast euphorisch. »Ich mach nur Dinge, die ich wirklich kann. Dafür muss ich mich in den nächsten Wochen reinknien. Wenn ich noch etwas hier unten bleibe, hilft das allen. Danach ist Stina zufrieden und zickt für den Rest der Ferien nicht mehr rum. Und ich werde mit dem Game so weit sein, dass ich auf der Alp weitermachen kann.«

Er ging aus dem Zimmer und kam einen Moment später mit seinem Handy zurück. Mit zwei Wischbewegungen hatte er das Reisinger-Game aktiviert. Er drückte Rea das Gerät in die Hand. Widerwillig schaute sie sich das Spiel an, drückte sich lustlos weiter, gestand sich heimlich aber ein, dass es bereits dem Werbespot oben im Kurhaus ähnelte. Und … es hatte ja durchaus seine Vorteile, wenn Peer und Stina zu Beginn nicht da oben sein würden und sie freie Hand hatte.

»Gut«, sagte sie, als lenke sie ein. »Wir machen das wirklich so. Aber: Du übernimmst die volle Verantwortung für Stina während dieser Woche. Das ist Bedingung Nummer eins.«

»Kein Problem.«

»Denkst du! Nyima hat sie am Wochenende letzthin in Verhütungsfragen beraten.«

»Weshalb?«

»Weshalb wohl?«

»Weshalb Nyima, meinte ich!«

»Weil sie aus irgendeinem Grund nicht mit mir darüber sprechen will. Auch das sollte dir zu denken geben.«

»Ich rede mit ihr.«

»Hoppla! Das längst überfällige Bienengespräch zwischen Vater und Tochter? Das kommt sicher gut. Zweite Bedingung: Das WLAN-Zeugs, das du auf der Alp einrichten wolltest, muss schon funktionieren, wenn ich alleine mit Moritz da bin.«

»Das benützt du doch nie.«

»Wird sich ändern. Ich brauche ja auch für Moritz Beschäftigungsmöglichkeiten, wenn ich alleine mit ihm bin.«

»Ich wollte es ohnehin machen.«

»Dann mach es schnell.«

Peer verstand die Eile nicht, aber wenn es sie versöhnte, sollte es ihm recht sein. »Auch ein Bier?«

»Nein.«

Peer ging in die Küche. Rea wollte sein Handy weglegen, als ihr eine Idee kam. Sie wollte zu den Fotos wechseln und startete aus Versehen die Musik. Ein bisschen irritiert hörte sie zu. Strawinski? Klassik? Peer geriet wohl in die Midlife-Crisis. Die begann bei Männern ja neuestens schon mit siebenunddreißig, hatte sie gelesen. Sie stoppte die Musik und scrollte durch Peers Fotos. Er hatte unzählige Screenshots von dem neuen Game gespeichert, doch das morgendliche Bild von sich fand sie nicht. War ihm offenbar zu wenig erotisch gewesen. Egal. Sie kannte jemanden, der mehr Freude an ihren Bildern hatte.

Moritz wartete, bis sein Vater aus der Küche verschwand, dann schlüpfte er unbemerkt hinein. Der Blick in den Kühlschrank war ernüchternd. Mam und Paps sollten sich lieber darauf einigen, wer von ihnen seine Lieblingssachen einkaufte, dachte er, und sich weniger über Stinas Launen streiten, die konnte doch ohnehin kein Mensch ernst nehmen, das hatte sogar Nikos gemerkt, und der war noch nicht lange hier. Jetzt wartete sein Freund im Zimmer auf etwas Essbares. Moritz schaute sich etwas ratlos um, sein Blick fiel auf das Päckchen auf dem Tisch. Er schlug das Papier auseinander. Davon hatte die Mutter erzählt, das musste das Geschenk des alten Mannes sein. Der Honigduft war unwiderstehlich. Etwas misstrauisch beäugte er die gelben Scheiben, dann nahm er eine aus dem Päckchen, griff sich zur Sicherheit auch den Rest des Birnenbrotes aus dem Brotkasten und eilte damit zu Nikos ins Zimmer. Der betrachtete die Beute erstaunt. Nicht mal mehr auf ihrer Insel aßen sie den Honig aus der Wabe, bis auf einige Alte vielleicht. Von ihnen wusste Nikos noch, wie man es anstellte. Er zauberte sein Klappmesser hervor und schnitt ein Stückchen für Moritz ab.

»Und jetzt?«

»In den Mund und dann …« Nikos machte in Ermangelung des passenden deutschen Wortes übertriebene Kaubewegungen. »And then spit it out …« Er tat, als würde er ausspucken.

Eifrig und voller Wonne kaute Moritz auf dem Wabenstück herum, er liebte den Geschmack von Honig, und dieser hier war noch besser als sonst schon. Nach einer Weile fingerte er die Wachsreste aus dem Mund.

»Das nicht, oder?«

»No. Noch ein Stück?«

Moritz ließ sich nicht bitten. Während er kaute, ließ er sich von Nikos das Messer zeigen. Ehrfürchtig und sanft zugleich fuhren seine Finger über den glattpolierten Griff.

»Holz vom Olivenbaum. Ein Geschenk von Leonidas.«

»Von Leonidas?«

»Ja.«

»Erzählst du mir heute wieder eine Geschichte?«

»Later. Vor dem Schlafen.«

»Nein, jetzt, bitte!«

»Leonidas-Geschichten sind wertvoll. Be patient. Ich muss jetzt Deutsch lernen. Bring den Rest in die Küche!«

Als Moritz ins Zimmer zurückkehrte, las Nikos. Moritz nahm eines seiner eigenen Bücher und machte es sich neben ihm auf der Matratze bequem, exakt in derselben Haltung wie sein neuer Freund. Er konnte sich aber nicht auf seine *Drei Fragezeichen* konzentrieren. Am liebsten hätte er Nikos gefragt, wie der alte Mann es bloß geschafft hatte, den Bienen die Waben zu stehlen, ohne gestochen zu werden. Aber er wollte Nikos nicht stören. Der lernte Deutsch, das war gut, je mehr Wörter er kannte, umso besser ließ sich mit ihm spielen.

Ihren übertriebenen Respekt vor Bienen hatte Rea längst auf die Kinder übertragen. Moritz stellte sich vor, wie der Alte den Bienen den Honig heimlich abluchste. Nachts wahrscheinlich, wenn die Biester schliefen, schlich er sich in die Bienenhäuser, geschützt durch einen dieser seltsamen Netzhelme, die er im Fernsehen schon mal gesehen hatte. Die Vorstellung flößte dem Jungen Respekt ein. Das war noch gefährlicher, schien ihm, als die Arbeit seines Urgroßvaters, und der hatte immerhin den Pferden Hufeisen angepasst. Glühende! Pferde schlugen aus, aber dem konnte man ausweichen, wenn man aufmerksam war. Wütenden Bienen nicht. Wie viel davon gab es in so einem Bienenhaus? Sicher hunderttausend oder noch mehr! Moritz hing noch lange seinen Gedanken nach, erfand weitere Geschichten um den unbekannten, mutigen Alten, der noch viel weniger Deutsch konnte als Nikos, wie die Mutter berichtet hatte. Vielleicht benutzte er ja eine Zaubersprache, die nur Bienen verstanden, so wie er selbst, wenn er ein Kunststück aus seinem Zauberkasten ausprobierte. Umso mehr ärgerte es Moritz jetzt, dass er unten am See nicht dabei gewesen war. Wie immer, wenn etwas Spannendes passierte, hatte er die Zeit in der Schule vertrödelt.

Rea konnte nicht mehr mit ansehen, wie herablassend Stina Nikos an diesem Tag behandelte. Sie setzte sich im Schlafzimmer an das Balkontischchen, das sie dort mangels Büroraum für ihren Computer aufgeklappt hatte. Im Grunde brauchte sie sich über Stina nicht zu wundern, sie hatte ja selbst nie sehr wohlwollend über Paula gesprochen. Das griechische Verhängnis … Das fiel nun auf sie zurück. Sie suchte in ihrem Handy nach der Musik des Malers. Kaum erklangen die schleppenden Rhythmen, erfasste sie eine fiebrige Unruhe. Sie wollte die Zeit nutzen, bis Peer zurück war. Rea öffnete Facebook. Beim Eingeben des Passworts wurde ihr bewusst, was sie tat. Es war nicht das alte Profil, das sie mit Peer teilte, hier benutzte sie Nyimas tibetischen Nachnamen. Nicht gerade der Inbegriff der Verschlüsselungskunst, hatte diese kommentiert, doch Rea fand, das Wort Samten sei für ihre Zwecke einfach perfekt. Nyima hatte ihr zudem einen Speicherplatz in der Cloud eingerichtet, damit sie die »sensiblen Daten«, wie Nyima es mit einem Lächeln nannte, nicht auf der Harddisc aufbewahrte, wo Peer sie schnell fände. Rea erinnerte sich schon nicht mehr, auf welchem Weg sie in die Wolke kam, aber vorerst gab es auch keine sensiblen Daten. Das gemalte Bild war in ihrem Büro gut aufgehoben, alle anderen Fotos hatte sie gelöscht.

Rea versuchte, sich zurechtzufinden. Obwohl Stina es ihr verboten hatte, tippte sie den Namen ihrer Tochter in die Suchmaske ein. Stina Richter gab es nur drei, sie fand das richtige Profil sofort. Enttäuscht und beruhigt zugleich stellte sie fest, dass ihr die Daten ihrer Tochter nicht zugänglich waren. Sie hätte zu gerne einen Blick in ihre Chronik geworfen. So wie sie Stina kannte, führte sie in der virtuellen Freiheit ein zweites Leben, was bei ihrem Hang, sich auf solchen Spielwiesen zu verirren, fatal werden konnte. Wenigstens hatte sie Nyima als Freundin akzeptiert. Das half beiden. Stina profitierte von Nyimas Kultstatus in der Stadt, und Nyima konnte immer mal wieder einen Kontrollblick auf Stinas Aktivitäten werfen. In der Regel blendete Nyima alle Posts von Stina und ihren Freundinnen aus, die ganze Flut ihrer Statusmeldungen war von hirnschädigender Belanglosigkeit, fand sie. Rea scrollte durch die bereits ansehnliche Liste ihrer bestätigten Freundschaften. Bei den neuen Anfragen verspannten sich ihre Schultern für einen Moment, ein Lächeln stahl sich in ihr Gesicht. Sofort bestätigte sie die Freundschaftsanfrage und klickte The painter an. Das Profilbild war die Fotografie einer fast leeren Leinwand. Seine Chronik bestand aus einem einzigen Eintrag, es war die Aufnahme eines Pinsels. Als Rea es anklickte, entpuppte sich die vermeintliche Grafik als Video. Sie wollte den Play-Button drücken, eine Bewegung in der Seitenleiste zog ihren Blick an. Unter den Fotos jener, die sich im Chat tummelten, sah sie nun auch sein Profilbild. Das hieß doch, er war online! Sie klickte ihn an. In der Kopfleiste sah sie, dass sie den Chat sogar per Video führen könnte. Immer schön langsam! zügelte sie sich. Mit angehaltenem Atem tippte sie ein schlichtes »Hallo« ein. Sofort tauchten die drei Pünktchen auf, die verrieten, dass er auf der Gegenseite schrieb. Im selben Moment gellte draußen ein Wutschrei, Moritz kam ins Zimmer gerast, und Rea beendete mit zwei Tasten das Programm, wie Nyima es ihr für Notfälle beigebracht hatte.

»Stina geht auf Nikos los!«

Rea eilte Moritz hinterher zum Badezimmer, wo Paula den Schaden in Grenzen hielt. Sie schob den sich sträubenden Nikos gerade Richtung Bubenschlafzimmer.

»Why didn't she lock the door?«, sagte der Junge nur halb

eingeschüchtert. Vor der Zimmertür erwartete ihn bereits Moritz mit erhobener Hand zum Abklatschen. Nikos legte dem Kleinen die Hand auf die Schulter und schob ihn ins Zimmer. Zumindest hatte er das notwendige Feingefühl und feierte erst hinter verschlossener Tür, was auch immer die beiden zu feiern hatten.

»Tut mir leid«, sagte Paula mit unbehaglichem Gesichtsausdruck. »Ich weiß nicht, weshalb sich die beiden so schlecht verstehen.«

»Das wundert dich? In dem Alter? Lass mich das machen. Nächste Woche beginnen die Ferien, dann gibt es hier mehr Platz, und alles beruhigt sich.«

»Wenn du meinst.«

Die Badezimmertür öffnete sich, und Stina linste heraus.

»Ist der Vollpfosten weg?«

»Ja.« Rea hütete sich, ihre Ausdrucksweise zu rügen, für Stinas Verhältnisse war sie gemäßigt, offensichtlich hatte sie überzogen reagiert und wusste das auch. In ein großes Badetuch gehüllt, kam sie aus dem Bad und wollte in ihr Zimmer verschwinden. Rea hielt sie zurück.

»Was war denn los?«

»Keine Ahnung: Ich komme grad aus der Dusche und dieser …« Stina sah Reas warnenden Blick und schielte zu Paula hinüber, »… dieser Nikos latscht einfach herein.«

»Er dachte sicher, das Badezimmer sei frei.«

»Und vorher im Wohnzimmer? Ich sagte doch: Ich gehe duschen, er so: maybe you need it. Und wie er es gewusst hat!«

Wieder klang Stina etwas weniger empört als üblicherweise.

»Stimmt schon«, mischte sich Paula ein. »Aber das war vor einer Stunde.«

»Der hat keinen Plan, ich wasche meine Haare eben manchmal!«

Rea hob die Hand. »Du, Stina, verkürze fortan die durchschnittliche Aufenthaltsdauer im Bad auf die Hälfte, und wenn du fertig bist, gibst du Bescheid. Nikos hingegen sagen wir, er soll immer erst anklopfen.«

Stina wollte die Zimmertür zuziehen.

»Okay?«, fragte Rea nach.

»Mann!«

Stina zog die Tür hinter sich ins Schloss und drehte den Schlüssel. So peinlich! Nikos war ein Loser. Nicht unsympathisch, aber ein Loser halt. Platzte immer im dümmsten Moment herein! So wie er immer etwas sagte, wenn er nicht sollte, und schwieg, wenn die Stille unerträglich war. Sie startete ihre Chill-Playlist auf dem Handy und schickte sie auf die Airplay-Boxen. »Under« von Alex Hepburn begann. So klang ihr Leben, genauso! Manchmal fragte sie sich, ob sie eigentlich noch etwas gemeinsam hatte mit ihrer Mutter, mit allen hier. Die tickten so komplett anders als sie und ihre Freunde, es war, als lebten sie auf zwei verschiedenen Planeten. Andere Interessen, andere Themen, andere Sprache. Wohl fühlte sie sich nur noch in der eigenen Welt. Ihren Freundinnen ging es genau gleich. Das nasse Tuch, unter dem Stina ihr Handy versteckt gehalten hatte, fiel auf den Teppich. Sie tippte den Sperrcode ein, der sie gegen Moritz' grenzenlose Neugier schützte, und betrachtete die Fotos. Ein paar waren wirklich gelungen. Die Session hatte sich beim Duschen zufällig ergeben. Durch die heiße Luft des Haarföhns war der beschlagene Spiegel an einer Stelle klar geworden, genau dort hatte sich ihre Brust gespiegelt. Sie hatte weiterexperimentiert, mit der Dusche Dampf erzeugt, der den Spiegel anlaufen ließ, dann mit dem Föhn spiegelnde Flächen erzeugt, bis sie von ihrem Körper jene Stellen sah, die sie selber an sich mochte, der Rest verschwand hinter den blinden Flecken. Hatte ein bisschen gedauert, das Unternehmen. Bis Nikos hereingeplatzt war. Wenn der wüsste, was sie im Bad aufgehalten hatte! Lächelnd schickte sie eines der Fotos an Zoe, unter den Baker-Girls war sie die verlässlichste Freundin. Die Antwort kam umgehend und bestätigte Stina, dass ihr endlich etwas gelungen war, mit dem sie Leandra ausstechen würde, ohne dass man ihr Gesicht sah und sie gleich alles preisgab. Bei ihrem ersten Fotoversuch am See letzthin mit Zoe waren sie nicht weitergekommen, weil so ein alter Spanner sie aufgeschreckt hatte. Stina schlüpfte in ein T-Shirt und ihre Lieblingsbaggies, dann jagte sie eifrig die besten Bilder durch ihr Fotobearbeitungsprogramm, um für Dirk Nuancen herauszuarbeiten. Jetzt konnte Leandra einpacken.

Rea hatte nachdenklich noch einen Moment vor Stinas verschlossener Tür verharrt und war dann mit Paula ins Wohnzimmer zurückgegangen.

»Wie Hund und Katze, erinnert mich ein wenig an uns beide«, sagte Paula. Sie setzte sich an den Wohnzimmertisch, der mit griechischen Dokumenten, Quittungen und Rechnungen übersät war.

Rea blieb daneben stehen. Es zog sie mit aller Macht an den Computer zurück, doch Paulas letzter Satz hallte unüberhörbar nach.

»Bei uns drei Schwestern war es fast unumgänglich, dass sich zwei ständig fetzen.«

»Meinst du?«, fragte Paula.

»Hat eine gewisse Logik«, erwiderte Rea. Sie bewegte sich ein Stück zur Schlafzimmertür in der Hoffnung, ihre Schwester verstehe den Wink. Rea hatte keinen Nerv dafür, ihre Kindheit aufzuarbeiten, während der Maler im Chat wartete. »Sophie war die Älteste, ich eine Zeit lang das Nesthäkchen, dann bist du gekommen und hast viel Aufmerksamkeit auf dich gezogen. Und ich plötzlich im Sandwich. Aber lass uns das ein anderes Mal besprechen, ich muss dringend noch einige Mails schreiben.«

»Ich habe hier auch zu tun.«

»Keine Besserung in Sicht?«, fragte Rea, bereits in der Tür stehend. Jetzt hielt sie das schlechte Gewissen zurück.

»Nicht wirklich.« Paula deutete schicksalsergeben auf die Tischplatte. »Von den neun Familien, die in unseren Häusern wohnen, konnte eine die Miete des letzten Monats zahlen. Zur Hälfte.«

»Aber wenigstens scheint das mit Rolf ganz ordentlich zu klappen? Über die Arbeit beklagst du dich jedenfalls nie.«

»Alles bestens. Fast ein bisschen zu gut.«

Rea wurde hellhörig. »Heißt?«

»Nichts.«

»Paula!«

Paula lachte. »Nicht das. Das ist längst erledigt. Hier habe ich Arbeit, auf der Insel nicht. Hier werde ich gebraucht …«

»Jetzt wart mal ab, ob Stelios irgendwann nachkommt, vielleicht will er ja dann auch nicht mehr zurück.«

»Kaum.«

»Ich weiß.«

Rea zog die Tür hinter sich zu und rannte dann fast zum Computer. Mit fliegenden Fingern loggte sie sich ein. Das Chatfenster öffnete sich von selbst, aber Rea sah sofort, dass er die Antwort vorher geschrieben hatte und schon wieder weg war.

Buenos dias …

… ?

offline …?

Ich auch gleich, habe hier
in Argentinien selten Netz.
Dafür mehr Zeit zum Malen.
Geduld bringt Rosen.

Rea fiel in ihren Stuhl. Wer reiste schon nach Argentinien. Geschäftlich? Geduld bringt Rosen? Ein altmodischer Gemeinplatz, der so gar nicht in ein Chatfenster passte. Etwa so wenig wie … wie handgemalte Bilder zu einer virtuellen Affäre! Sie schloss den Chat. Der stete Spagat zwischen neuer und alter Welt ermüdete sie. Ihrem Sohn hatte sie schon mehrfach zu erklären versucht, dass sie das Denken einige Jahre vor der Erfindung des ersten Gameboys gelernt hatte. Im Gegensatz zu ihm und Stina. Die stürzten sich bedenkenlos in diese virtuelle Welt, ohne Blick zurück, ohne Reas diffuse Angst, den Ausgang nicht mehr zu finden. Die war nicht unbegründet, fand sie, so lange war es nicht her, seit Peer sich in seinem Second Life verloren hatte. Was dort auch sonst noch alles hineingespielt haben mochte. Ihre eigene Betätigung im Netz warf ein neues Licht auf seine Aktivitäten damals. Rea betrachtete den einzigen Chronikeintrag. Der Film, verdammt! Sie startete ihn, sofort erklang wieder der bekannte, schleppende Rhythmus. Rea stellte den Ton leiser. Aus dem Bild wurde sie erst nicht klug. Nur zwei kräftig gemalte, bräunliche Linien waren zu sehen, dazu einige gestrichelte, dann kam die Pinselspitze ins Bild und füllte den Raum zwischen den Linien mit einem Pastellton auf, im selben Moment entfernte sich die Kamera; bevor der kurze Clip in einer Wischbewegung und dann im Schwarzen endete, begriff Rea, dass der Maler da wohl eben den Ansatz ihrer Brüste oberhalb des Schaumes koloriert hatte. Er postete das einfach so in die Chronik! Sie klickte alarmiert seine Freunde an. Sie war die Einzige. Er hatte die Facebook-Seite ausschließlich für sie gebaut! Wieder hatte er ihre Schritte vorausgeahnt. Weshalb hatte er ihr den Videoclip nicht einfach gemailt? Noch einmal schaute sie das Filmchen an und stellte sich vor, wie er irgendwo da draußen, am Ende der Welt, weiter an ihrem Körper herumstrichelte.

10

Jedes Mal, wenn Rea ihre Kleider im großen Schrank des Zwischenhofes verstaute, verlor sie jegliches Zeitgefühl. Sie meinte sogar, das Läuten der Kuhglocken aus ihrer Kindheit wieder zu hören, obwohl Sophie das Vieh längst auf die Hochalp getrieben hatte. Nach alten Gepflogenheiten wäre der Zwischenhof bis zum nächsten Frühling unbewohnt geblieben. Die Dreistufenwirtschaft der Richter-Familie war ein Anachronismus, jeder wusste es, und jeden Winter entbrannten die Diskussionen über Sinn und Unsinn dieses Bergbauernmodells von neuem. Der Zwischenhof wurde baufälliger, die Hütte auf der Hochalp hingegen mauserte sich zum beliebten Ausgangspunkt für Kletterer. Sophie und ihr Mann Karl trieben dort den Ausbau voran und führten neben der Alpbewirtschaftung bereits eine Gaststube und ein Massenlager. Es war absehbar, dass der Zwischenhof irgendwann überflüssig wurde. Oder frei für etwas Neues, dachte Rea manchmal zaghaft. Etwas Eigenes, das sie selber gestalten würde. Die Voraussetzungen waren gegeben, die Materialbahn, die wenige Meter vom Haus entfernt endete, erschloss die verschiedenen Alphütten der Bauerngenossenschaft und war entsprechend gut erhalten.

Rea schloss die Schranktür und zog die Schublade der alten Kommode auf. Noch immer dasselbe geblümte Papier. Rea war zehn Jahre alt gewesen, als sie die Schubladen mit ihrer Mutter zusammen ausgekleidet hatte. An einem Regentag natürlich, nur dann hatte Mutter Richter Zeit für Firlefanz, wie sie es genannt hatte. Sarah Richter hatte ihre Gesundheit den Anstrengungen der Bergbauernarbeit geopfert, sie war früh gestorben, noch drei Jahre vor ihrem Ehemann. Der Nostalgievorwurf von Stina war nicht unberechtigt, gestand sich Rea ein. Jede Verrichtung hier erinnerte sie an ihre Kindheit, besonders das Einräumen der Kleider und Utensilien. Was für die Mutter damals dreimal im Jahr einen Berg zusätzlicher Arbeit bedeutet hatte, war für ihre drei Mädchen jedes Mal ein Ritual gewesen, nach jedem Umzug der Auftakt ins nächste Abenteuer. Jene Aufbruchsstimmung erfasste Rea auch jetzt. Sie nahm ihre Wäsche aus dem Koffer. Etwas zu beiläufig legte sie die Stücke aus Nyimas Kollektion zuunterst in die Schublade. Sie wollte weder sich selbst noch Peer erklären müssen, weshalb die mitgekommen waren. Bald wäre sie allein mit Moritz. Und dem Maler. Peer würde noch am selben Tag in die Stadt zurückfahren, Stina war nicht mal mit hochgekommen.

Peer trat ins Schlafzimmer, in der Hand Reas Laptop. Rea drückte die Schublade zu.

»Da!«

Er deutete mit dem Finger auf das Wi-Fi-Zeichen.

»Schon?«

Auch Peer hatte sich auf eine längere Bastelei eingestellt. »Den Satellitenspiegel haben sie drüben auf das Bahnhäuschen montiert. Die Geschwindigkeit ist ausreichend. Moritz hat seine Fernsehsendungen, und du kannst surfen, ohne dass es jemand merkt.«

»Warum sollte man das nicht merken dürfen?«, fragte Rea schnippisch.

»Weil du seit Jahren über Facebook lästerst und jetzt selber süchtig danach bist?«

Zum Glück meinen wir nicht dieselbe Sucht, dachte Rea. Sie tat, als habe Peer ins Schwarze getroffen. »Konntest du dir natürlich nicht verkneifen!«

»Hast dich halt ein bisschen exponiert in all den Jahren.« Er grinste. »Zitat Rea Richter: Wenn ich mal mit dem Blödsinn beginne, könnt ihr mich einliefern.«

»Ich muss zumindest eine Ahnung vom Leben meiner Schüler haben. Apropos: Ist die Satellitenverbindung auch sicher? Mein Geschäftsmail darf nicht geknackt werden.«

»Die Amerikaner lesen mit, die Chinesen und anscheinend sogar die Engländer, aber sonst ist alles sehr sicher.«

»Wer von uns beiden ist jetzt paranoid? Telefonieren immer noch so wie früher, drüben unter der Fahne?«

»Ja, da müssen wir erst auf das digitale Abonnement wechseln.«

»Wo ist Moritz?«

»Drüben bei Volkmar. Sobald die beiden zurück sind, fahre ich los.«

Nachdem Rea die Lebensmittel eingeräumt hatte, schraubte sie die Gasflasche für den Herd auf, entzündete die Flamme und füllte die italienische Kaffeemaschine, die sie bei diesen Gelegenheiten immer mitnahm, mit Wasser und Pulver. Bald stieg der Kaffee mit einem zischenden Gurgeln auf. Sie nahm eine von Sophies Milchschalen, füllte sie zu einem Drittel und gab Milch dazu, bis der Kaffee so hell war wie einst bei der Mutter. Draußen lehnte sie sich an die Hausmauer. Diese Ecke nannten sie den Morgentisch, jener auf der anderen Hausseite hatte Abendsonne. Tief unten war ein smaragdgrüner Ausschnitt des Sees auszumachen. Ihr Blick folgte den bewaldeten Hängen entlang hinauf zu den höchsten Berggipfeln, nicht endende Ketten, die sich erst im fernen Dunst entflochten. Am Horizont verschwamm das Weiß der Wolken mit den schmutzigen Resten der letzten Schneefelder. Rea schloss die Augen. Hier konnte sie stundenlang sitzen und ihren Gedanken nachhängen, doch heute stellte sich die gewohnte Ruhe nicht ein. Peer hatte nichts Richtiges mehr zu tun und wuselte herum. Sie begnügte sich damit, die Verbindung ihres Handys zu testen und versagte sich einen Blick in die E-Mails. Der Notizzettel ihrer Schwester lag noch auf dem Tisch. Ein großer Teil der Liste war abgehakt. Volkmar und Moritz würden bald die jungen Katzen bringen. Die Käselaiber waren ein erstes Mal gewaschen und gewendet, die Ware im Kühlschrank übernahm sie gerne, und Moritz hatte die alten Spielsachen von Sophies Kindern bereits annektiert, so wie Sophie es sich gewünscht hatte. Rea stand auf und ging hinter das Haus. Ihre Schwester hatte ihr wie immer einige der Wiesenflecken unterhalb des Stalles zum Mähen gelassen. Das würde sie gleich morgen in Angriff nehmen. Es eilte nicht, der Sommer war hier auf tausend Metern über dem Meeresspiegel noch jung. Sophies Stockalp lag nochmal sechshundert höher.

Im Wohnzimmer öffnete Peer die E-Mail, die ihm Hans Althaus am Morgen geschickt hatte. Ein schwedischer Informatiker sei bereits unterwegs in die Schweiz, er würde Peers Aufgaben übernehmen. Das erstaunte ihn nun doch, obwohl Dordi Larsson schon einige Kostproben ihrer Entschlusskraft gegeben hatte. Die Nachricht schloss mit der Frage, ob Peer ihn in den kommenden Tagen einarbeiten könne. Von plötzlichen Bedenken erfasst, zögerte Peer mit der Antwort. War es wirklich klug, sich so schnell ersetzbar zu machen? Er öffnete das Reisinger-Game. Himmel nochmal, Dordis Vertrauen schien grenzenlos zu sein, das da war noch nicht mal annähernd eine Beta-Version. Aber sie setzte bereits voll darauf, oder tat zumindest so. Augenblicke später hatte Peer die Zweifel verdrängt. Seine Anflüge von Kreativität hatte er zuletzt nur in seinen eigenen, privaten Projekten ausgelebt. Zu gerne würde er sie endlich vertiefen, sich verstricken und darin verlieren. Seit längerem fühlte Peer sich bei Nordstern eingeschränkt. Es war, als liefe er nur auf Sparflamme, obwohl er ununterbrochen arbeitete. Daneben die Kämpfe mit Stina, und Moritz, der ein

Meister darin war, jeden in Beschlag zu nehmen und zu vereinnahmen. Peer wusste selber, dass er keinen Grund zum Jammern hatte. Paulas Situation führte es ihm täglich vor Augen. Rea und er waren von echten wirtschaftlichen Problemen verschont geblieben. Bisher.

Er schaute zu ihr hinaus. Sie machte nicht den Eindruck, als würde sie Stina und ihn sehr vermissen. Er wäre gerne hier oben geblieben und tagelang mit Moritz durch die Bergtäler gestreift. Doch ebenso sehr reizte ihn alles, was unten wartete. Das Spiel.

Beide Spiele.

Das vergangene Jahrzehnt war einfach zu schnell verflogen. Und jene Jahre davor, die man gerne die wilden nannte, waren nie wild gewesen. Dordis Blick bei der blauen Tür ließ ihn nicht los. Die fiebrige Erwartungsfreude, in der ihre Abgebrühtheit verglüht war.

In der Nacht zuvor war Paula nochmals aufgestanden, schlaflos wie oft.

»Solltest du nicht da drin sein, am letzten Abend.« Sie hatte auf die Schlafzimmertür gedeutet.

»Ist nicht immer alles so, wie es sein sollte.«

»Wein?«

Sie hatte die Gläser geholt und eingeschenkt.

»Dann nütze die Woche und erledige endlich diese Hotelgeschichte.«

»Muss nicht sein.«

»Mach mir nichts vor.«

»Tu ich nicht.«

»Nein?«

»Ich wüsste sogar, wie man reinkommt.«

Er schrieb das Wort mit dem Leerschlag auf den Einkaufsblock. »Ein Passwort. Dordi hat es an jenem Abend zugeschickt bekommen. Sagt dir das was?«

»Dream Story? Traumgeschichte, wörtlich übersetzt.«

»So weit bin auch schon.«

Paula hatte das Wort gegoogelt.

»Die ersten drei Einträge: Dream Story ist der englische Titel der Traumnovelle von Arthur Schnitzler.«

»Kenn ich nicht. Worum geht es da?«

»Das fragst du mich? Literatur hab ich nur einige Wochen lang studiert, bei den Juristen gab es diesen Jungen …«

»Verschon mich, erzähl mir lieber etwas über dieses Strawinski-Zeugs.«

»*Le sacre?* Das Stück löste 1913 bei der Uraufführung in Paris einen Skandal aus. War für die Zeit zu verrückt, zu radikal. Was guckst du so, das weiß jeder? Konnte man in letzter Zeit überall lesen, ist nämlich genau hundert Jahre her. Wenn du reinhörst, verstehst du die damaligen Diskussionen.«

Genau das würde Peer bei der Rückfahrt ins Tal tun.

»Es geht um die Opferung einer Jungfrau«, hatte Paula sich noch erinnert. »Rivalisierende Stämme wollen so den Frühlingsgott gnädig stimmen. Zum Schluss tanzt sich die Jungfrau in den Tod.«

»Krass.«

»So klingt es auch.«

Diese Traumnovelle konnte warten, dachte Peer. Er war kein großer Leser und ein Hörbuch davon gab es wohl kaum. Paulas Bemerkung, das Buch sei fast so alt wie Strawinskis Stück, animierte ihn auch nicht eben zur Lektüre. Seine wenige Freizeit nutzte er, neueste Trends in der Gamewelt zu verfolgen. Oft scheiterte selbst dort der Versuch, einigermaßen auf dem Laufenden zu bleiben, zu groß war die Flut der wöchentlichen Neuheiten, zu komplex die Entwicklungen, die sie ermöglichten und die er als Designer ebenfalls verstehen musste.

Volkmar und Moritz holperten in einer Staubwolke heran. Die nächste Alphütte war zwei Kilometer entfernt. Volkmar war aus Ostdeutschland zugezogen, er arbeitete dort bereits den fünften Sommer. Mit seiner gutmütigen Hilfsbereitschaft hatte er sich viele Freunde gemacht, auch den Richters ging er regelmäßig zur Hand. Sophies Katze hatte kurz vor der Alpauffahrt Junge geworfen. Der Kater hatte wie immer mit Unverständnis auf die neue Konstellation reagiert und eines der putzigen Tierchen verspeist, bevor Sophie den Wurf zu Volkmar hatte bringen können. Jetzt war der Kater auf der Hochalp, und Moritz' Sommerjob würde es sein, nach der Mutter und den Jungen zu schauen. Nur mit dieser Verheißung hatte es Rea überhaupt geschafft, Moritz von Nikos zu trennen. Rea verliebte sich sofort in die drei winzigen, grau getigerten Fellbündel. Nach der ungewohnten Autofahrt drängten sie sich verschüchtert an die Mutter, nur gelegentlich waren ihre noch blauen Augen zu sehen, die verwundert und halb blind in die Richtung starrten, aus der plötzlich Stimmen erklangen. Moritz nahm eines von ihnen in die Hand. Rea ermahnte ihn zu Behutsamkeit, doch Moritz wusste bereits, wie er sie halten musste.

»Das ist meiner, er ist der schönste, ich nenne ihn Tigger!«

Volkmar nahm ihm das Junge aus der Hand.

»Das ist ein Mädchen!«

»Ach so.« Verlegen suchte Moritz nach einer Alternative für den Namen.

»Nenn sie doch Tigra, klingt lustig«, riet Rea.

»Ich hatte mal ein Fahrrad der Marke Tigra«, mischte sich Peer ein.

Rea verzog das Gesicht. »Sehr hilfreich. Und die Katzen gehören nicht dir, Moritz. Es ist noch nichts entschieden.«

»Ist es doch!«

»Wir haben gesagt, wir überlegen es uns. Jetzt musst du erst mal beweisen, dass du auf sie aufpassen kannst.«

»Logisch!«

»Ich erinnere dich in einigen Tagen wieder daran. Bringen

wir sie in die Scheune hinüber«, schlug sie vor. »Nach der Aufregung wird ihnen Ruhe gut tun.«

»Nein, in mein Zimmer!«

»Und du putzt dann ihren Dreck weg?«, fragte Rea, eher rhetorisch. »Du kannst den ganzen Tag bei ihnen sein.«

»Dort ist es zu kalt!«, protestierte Moritz.

»Hofkatzen werden nicht verwöhnt. Wir machen ein schönes Lager im Stroh, und wenn es wärmer wird, kannst du bei ihnen übernachten, das ist viel cooler.«

»Yes!« Mit geballter Faust rannte Moritz voran Richtung Stall. Peer, der sich verabschieden wollte, rief ihn nochmals zurück und drückte ihn lange an sich.

»Aber am Wochenende kommst du, versprochen?« Moritz hielt seinem Vater den Zeigefinger so lange dicht vor die Nase, bis dieser lächelnd nickte.

»Wenn alles klappt. Sonst spätestens das folgende Wochenende.«

Er verabschiedete sich auch von Rea, die sich nicht entscheiden konnte, ob sie ihn nur kurz an sich drücken oder innig umarmen sollte. Was herauskam, war verlegen und schal, so, wie sie es nicht mochte. Beide spürten, dass es kein normaler Abschied war, aber keiner ahnte, was der andere in den kommenden Wochen vorhatte.

Peer setzte den Wagen zum Wenden zurück. Rea beugte sich noch einmal zu ihm hinunter.

»Du sprichst mit Stina, Peer. Es geschieht nichts, was nicht passieren darf!«

»Ich gebe mein Bestes.«

Er drückte ihr doch noch einen Kuss auf die Lippen und fuhr los. Rea schaute ihm hinterher. Vielleicht war es wirklich nicht schlecht, wenn sie sich mal zurücknahm. Es würde sich zeigen, ob Peer nach der Woche mit Stina noch so nachsichtig mit ihr sein würde. Wahrscheinlicher war, dass er schon bald das Garagecamp der Baker-Girls herbeisehnte. Es sei denn, Stina verhielt sich bei ihm anders. Rea trug den Weidekorb der Katzen über den Hof zur Scheune. Sie war in einem rechten Winkel direkt an das kleine Wohnhaus angebaut. Moritz hatte bereits Stroh aufgeschüttet, gemeinsam platzierten sie den Korb davor, dann lockte sie ihren Sohn mit dem Versprechen, sie hätte etwas ganz Besonderes als Vesper, sie wisse nicht mal, wie man das esse.

Rea stapelte die Honigwaben des Alten auf einen Teller, dazu gab es Brot, Tomaten, Gurken und Karotten. Den Holundersirup hatte Sophie für Moritz zurückgelassen, sie kannte die Vorlieben ihres Patenkindes.

Zu Reas Verblüffung wusste Moritz, was zu tun war.

»Einfach kauen und dann ausspucken!«, erklärte er seiner Mutter.

»Woher weißt du das?«

»Von Nikos«

»Jetzt ist mir klar, weshalb das Päckchen plötzlich dünner geworden ist.«

Moritz hielt Rea den Teller hin. Sie wehrte erschrocken ab.

»Ich bin doch allergisch!« Sie deutete auf das Notfallset, das wie immer in Reichweite auf dem Fensterbrett lag.

»Aber doch nicht auf Honig. Der heilt dich sogar!«

»Meinst du?«

Moritz bekräftigte seine Behauptung mit einem wichtigen Nicken.

»Gut. Man ist ja viel zu wenig mutig im Leben!«

Rea griff zu. Der Honiggeschmack war überwältigend intensiv. Lange kaute sie an der Wabe herum, bevor auch sie den Rest ausspuckte. Der beobachtende Blick von Moritz und ihre Angst zuvor waren ihr nun peinlich. Was hatte sie denn erwartet? Schwindelanfälle und Angstgefühle oder einen erhöhten Pulsschlag? Sie nahm ein zweites Stück.

»Kaufst du uns mehr davon?«, fragte Moritz, der schon munter am Dritten kaute.

»Honig kann man nur flüssig kaufen. Die stecken die Bienenwaben in Zentrifugen und schleudern sie im Kreis herum, bis der Honig herausläuft.«

»Vielleicht können wir Waben vom Bienenzauberer kaufen.«

»Von wem?«, fragte Rea, nicht ahnend, wie sehr sich ihr Sohn in seiner Fantasie mit dem Alten beschäftigt hatte.

»Von diesem alten Mann. Erzähl mir noch mal von ihm!«

Rea schilderte wieder, wie es zum Zusammenprall auf der Seepromenade gekommen war.

»Der war aber nett!«, sagte Moritz.

»Sehr nett. Er konnte nur kein Wort Deutsch, das war etwas schwierig.«

Rea erinnerte sich vor allem an den Auslöser des Zusammenpralls, an jenes küssende Mädchen mit ihrem baumlangen Freund. »Weißt du eigentlich, wer Stinas neuer Freund ist?«

»Schon wieder ein neuer?«

Die Empörung im Gesicht ihres Sohnes belustigte Rea und bestätigte ihr, dass er nicht mehr wusste als sie.

»Frag mal Nikos, der weiß alles.«

Rea schaute ihn erstaunt an.

»Nikos?«

»Natürlich«, sage Moritz stolz, »er kennt doch alle ihre …« Er brach plötzlich ab, ihm war erst jetzt aufgefallen, dass er zu viel erzählte.

»Er kennt alle ihre was?«

»Na ihre … Geheimnisse, die errät er halt immer!« Moritz grinste erleichtert. Er musste nichts von den Tricks seines Freundes erzählen.

»Ach so.« Rea tat, als glaubte sie ihm, und fragte sich halb alarmiert, was Moritz ihr gerade verschwieg. Sekunden später brummte ihr Telefon auf dem Holztisch.

Empfänglich, da oben?

Yep, ich habe Netz!

Sind es meine SMS,
die du so ersehnst?

lol

Gut angekommen?

Stina ist unten
geblieben. Hältst du
Kontakt mit ihr?
Peer hilft da nicht weiter.

Klar. Shit, ich muss.
Mitten im Shooting.

Hinter der Kamera?

Zum ersten Mal.
Dafür satt.

Bon ap'

»Darf ich zu den Katzen?« Moritz war schon unterwegs.

»Aber lass sie dann auch wieder mal in Ruhe!«, rief Rea ihm hinterher. Sie fuchtelte mit der Hand durch die Luft. Die Wabenreste auf dem Tisch zogen erste Bienen an.

Rea kippte vorsichtshalber den Inhalt des Notfallsets auf den Tisch und kontrollierte, ob sie noch genügend Kortisontabletten und Antihistamine hatte. Das Summen erinnerte sie an ihre panische Flucht vor dem Bienenschwarm. Sie suchte den gegenüberliegenden Hang der Bergflanke ab, doch eine Geländeverwerfung und ein Waldstück verwehrten ihr von hier aus den Blick auf die kleine Alphütte. Ein Foto vom Gemälde war in der Wolke gespeichert. Sensible Daten.

Es hatte noch Speicherplatz für mehr.

Peer drehte die Lautsprecher etwas auf. Das Fagott wieder, dann die Holz- und Blechbläser, die Steigerung, Stille plötzlich. Wirklich eine seltsame Komposition, dachte Peer. Beunruhigend und unheilverkündend. Er verließ den Kiesweg und bog in die schmale Bergstraße ein. Die haarsträubenden Serpentinen ins Tal hinunter forderten seine ganze Aufmerksamkeit, das anspruchsvolle Stück lenkte ihn ab. Er schaltete auf die Playliste mit den BoDeans und Wilco. Vorsichtig begann er die Talfahrt. Schon in der ersten Kurve trat er heftig auf die Bremse. Der alte Mann mit Rucksack und Plastiktasche wanderte glücklicherweise auf der richtigen Seite den Berg hinauf, so dass Peer ihn rechtzeitig gesehen hatte und ihn nun vorsichtig passierte. Er sah ihn im Rückspiegel verschwinden, leicht irritiert, Peer war, als hätte er den Mann schon mal gesehen. Etwas später, nach der Hälfte der Strecke, fuhr er in eine der Ausweichbuchten. Einen besseren Aussichtspunkt gab es nicht. Jäh fiel die Felswand unter ihm ab, der Seeausläufer in der Tiefe erinnerte Peer an den Arm eines Kraken. Minutenlang versank er regungslos im Anblick der großartigen Landschaft. Bevor er wieder ins Auto stieg, tippte er eine Nachricht an Dordi. Er höre sich eben *Le sacre du printemps* an.

Die Frau regte seine Fantasie an. Nicht einmal wegen ihrer offensichtlichen Attraktivität, sie hatte etwas Abgründiges, Unberechenbares. Im ersten Moment nahm sie jeden mit ihrer Herzlichkeit für sich ein, aber Peer fühlte sich eher dann von ihr angezogen, wenn ihre dunkle Seite durchschimmerte, so wie vor der blauen Tür.

Sie war ihnen gemeinsam.

Dordi hatte in ihrem SMS-Wechsel neulich beteuert, er sei nur Mittel zum Zweck gewesen.

Er kam im Tal an und nahm die Auffahrt zur Autobahn in die Stadt. Den meisten Versuchungen hatte er in den letzten Jahren widerstehen können. Mit Ausnahme jener Second-

Life-Geschichte war nichts geschehen, was seine Gefühle für Rea je tangiert hätte. Und bei ihr? Kaum jemals zuvor hatte sich Peer diese Frage gestellt. Rea verhielt sich seltsam in letzter Zeit. Erstmals oben im Hotel. Ungewohnt leidenschaftlich war sie gewesen, zugleich aber auch verschlossener als sonst, so, als würde sie etwas verbergen. Ihr plötzliches Interesse an Facebook und ständiger Erreichbarkeit mochte ein Indiz dafür sein.

Hatten sie beide sich zu sehr dem andern angepasst? Jenes Zusammensetzspiel kürzlich kam ihm wieder in den Sinn. Gemeinsam mit Moritz hatte er die Puzzleteile ausgesägt. Weil sie sich zu sehr verzahnten, hatten sie vor dem Bemalen jedes Teil an den Schnittstellen nochmals abgeschliffen, worauf sich diese zu ihrer anfänglichen Freude besser legen ließen. Doch kaum war das Bild komplett gewesen, die Ernüchterung: Zwischen den Teilen taten sich überall winzige Lücken auf, das Bild zerfiel.

Schon seltsam, wie sie beide plötzlich auseinanderdrifteten. Ohne wirklichen Grund, aber den brauchte es nicht immer, wie in ihrer Umgebung festzustellen war. Viele ihrer Freunde lebten so ganz anders als Peer und Rea, ungebunden, auf Zusehen hin, Nyima Samten war ein Beispiel. Deren Art von Lebensentwurf hätte auch Rea entsprochen. Wäre ihre bäuerliche Herkunft etwas weniger prägend gewesen, hätte sie sich damals gegen das Kind und ein konventionelles Familienleben entschieden. Vier Jahre hatte es danach gedauert, bis sie wieder schwanger geworden war. Vier Jahre, in denen Rea sich wieder mit Haut und Haar ihren Filmen verschreiben wollte. Wenn eines der Projekte in jener Zeit zustande gekommen wäre, gäbe es Moritz nicht, war Peer überzeugt, und sie beide wären wohl nicht mehr zusammen. Er fühlte sich verantwortlich dafür, dass aus Reas Filmkarriere trotz ihres offensichtlichen Talents nichts geworden war. Noch heute begriff er nicht, weshalb ihm selbst stets der Mut zum Rollentausch gefehlt hatte. Umgekehrt hatte Rea es sich nicht zugetraut, im unsicheren Filmgeschäft genug Geld zu verdienen, damit es für sie drei gereicht hätte.

Beide hatten sich immer auf die sichere Seite geschlagen.

Kein Wunder, dass die andere lockte.

Er wechselte auf die langsamere Spur und hantierte an seinem iPhone herum, bis das Fagott wieder erklang.

An Sommerabenden machte die große Glasschiebetür das Wohnzimmer zur luftigen Terrasse. Es ging hoch her. Peer, Paula, Stina und Nikos veranstalteten auf Paulas Wunsch und zur Feier des Ferienbeginns einen Spielabend. Mittlerweile waren sie bei »Elfer raus!« angelangt. Wie es bei den Richters Tradition war, machte Peer sich einen Spaß daraus, so raffiniert wie möglich zu tricksen. So, dass alle es merkten, aber immer erst ein, zwei Spielrunden zu spät. Seine gespielte Unschuld und die ebenso künstliche Empörung der anderen führten bei Paula zu Lachkrämpfen. Bald verbat sie sich jede weitere Missetat von Peer. Dieser ließ eben wieder eine zu hohe Spielkarte unter den Tisch fallen und schob sie Nikos unbemerkt zwischen die Füße. Einige Sekunden später tat Peer so, als habe er die Karte zufällig entdeckt und beschuldigte nun Nikos des Betruges. Nach turbulenten Diskussionen beruhigten sich die vier wieder. Stina teilte mit fliegenden Fingern und glühenden Wangen das nächste Spiel aus. Peer beobachtete sie aus den Augenwinkeln. In Momenten wie diesen war sie das kleine Mädchen, das sich in Kinderspiele vertiefen konnte, jede vermeintliche Abneigung gegenüber Nikos, der jetzt ein normaler Junge und Spielpartner war, ablegte und sich königlich amüsierte. Ihre liebenswerte Seite. Als er von der Arbeit heimgekommen war, hatte er sie im Badezimmer aufgestöbert, die Haare nach der Behandlung mit dem Glatteisen unnatürlich gerade, das Gesicht und die Augen geschminkt, als würde sie kurz vor einem großen Bühnenauftritt stehen, dazu Hotpants und Spaghettitop, und alle zehn Sekunden verkündete ein Pling ihres Handys den nächsten Eintrag im Baker-Chat. Zwischen den Zehen hatte sie schon mal Wattebäusche stecken, während sie gleichzeitig ihre Fingernägel im Wasser badete, damit eine der drei Farbschichten, die sie schon aufgetragen hatte, zerspringen und so ein neues Muster bilden würde. Sie hatte Peer nicht sagen können, wie lange sie schon an sich herumbastelte, und um die Frage zu beantworten, ob sie irgendwann etwas gegessen habe, musste sie länger nachdenken. Nun war glücklicherweise nichts mehr von ihrer Verschönerungsaktion zu sehen. Ihre Haare waren komplett verstrubbelt, die Chipstüte neben sich hatte sie längst leer gegessen, gelegentlich gestattete sie sich sogar, Nikos zum Spaß in die Schulter zu boxen.

Ein Gespräch mit ihr über Sex und Vorsichtsmaßnahmen und die Unberechenbarkeit männlicher Teenager? Unvorstellbar.

Die Zeit verflog, eine weitere Stunde später sank Paula erschöpft in den Stuhl und verkündete das Ende des Spiels. Zur Beruhigung aller gewann Stina, die sogleich einen kleinen Siegestanz auf den Riemenboden legte. Auf Nikos wirkten ihre durchaus lasziven Bewegungen nachhaltig, wie Peer bei einem zufälligen Seitenblick feststellte.

Das kann ja heiter werden!, dachte er, nicht ahnend, dass Paula dasselbe beobachtet hatte.

»Die Siegerin hat einen Wunsch frei. Wir streamen uns einige Folgen *How I met your mother*, okay?«

»Ohne mich!«, verwahrte sich Paula. »Ich muss morgen früh raus – im Gegensatz zu den meisten hier!«

»Ich passe auch. Aber schaut ihr beide nur, ich bastle drüben noch ein bisschen am Game herum. Eine Folge reicht, Stina!«

»Dad, das sind nicht mal dreißig Minuten. Wir haben Ferien!«

»Dann zwei, und danach ist Schluss. Okay?«

Stina zog eine Schnute, widersprach aber nicht. Ihr war eben eingefallen, dass sie ja noch mit Dirk chatten wollte.

Peer drückte ihr einen Kuss in die Haare, wischte sich danach demonstrativ das Haargel von den Lippen und ging ins Zimmer. Er stellte den Computerstuhl, der für Rea eingerichtet war, etwas tiefer und checkte sein Handy. Dordi hatte seine SMS nicht beantwortet. Vergeblich suchte er nach einer Logik in ihrem Verhalten. Begonnen hatte alles mit diesem Passwort. Vielleicht hatte es ja nicht mal etwas mit dem späteren Verlauf und der blauen Tür zu tun, aber dennoch. Peer gab sich einen Ruck und suchte im Netz eine Zusammenfassung der *Dream Story*, die Paula erwähnt hatte. Die Erste, die er fand, war wie erwartet ausschweifend und hochgestochen geschrieben, gelangweilt scrollte er tiefer, zum Schluss überflog er die Figurenauflistung der Novelle und blieb bei der Letzten hängen.

Baronin D. – Die Frau, die sich für Fridolin opfert.

Elektrisiert schoss Peer auf. Baronin D., der Username im Second Life! Ihr Name. D. für Dordi? Weshalb hatte er den Zusammenhang nicht früher erkannt? Er hatte Dordi noch nie getroffen, das stimmte, aber er wusste alles über sie.

11

Peer glaubte sich in der Tür geirrt zu haben. Neben seinem Pult stand eine ganze Batterie von Abspielgeräten der verschiedensten Generationen, sie waren mit dem großen Flachbildschirm auf einem gesonderten Tischchen verbunden. Der Grund für die unerwartete Installation stand in Kisten an der Wand: unzählige Videobänder, offensichtlich chronologisch geordnet. Zuvorderst fand Peer sogar noch alte Hi8-Bänder, dann Beta-Kassetten, Mini-DV-Bändchen, Digi-Betas und am moderneren Ende der Reihe HDcam-Bänder. Die Leute vom Marketing hatten ihm offenbar das gesamte Reisinger-Videoarchiv ins Büro gekarrt. Kaum hatte er die Erklärung gefunden, vibrierte sein Handy.

Genügend Material
zum Spielen?

Darf ich jemanden einstellen,
der Videos schaut?

Du darfst alles – solange
du im Budget bleibst ;-)

Peer dämmerte, dass Dordi ein bisschen anders mit Zahlen jonglierte, als es bei Nordstern üblich war.

Der Computer ist eine Zugabe
von mir … By the way: just
landed, come and see me later? D.

Jemand klopfte an die Tür. Peer öffnete, und der Kollege vom technischen Dienst wuchtete einen großen Karton in das Büro. Der neueste 8 core-Mac Pro-Computer. Zur Abrundung das 27-Zoll-Cinema-Display und eine Batterie Thunderbolt-Laufwerke. Peer ließ sich nicht lange bitten, sofort begann er mit Auspacken und Aufstellen. Keine Viertelstunde später hatte er den neuen Computer an den alten gehängt, so wurden seine Konfigurationen und Daten gleich übernommen. Bevor Peer sich eine Strategie zurechtlegte, wie er sich Dordi gegenüber verhalten wollte, zwang er sich, Zoes Mutter anzurufen. Er musste wissen, wie genau diese Woche mit dem Garagecamp ablaufen sollte, und sondierte nun vorsichtig, ob Zoes Eltern ein Minimum an Kontrolle über die Mädchen haben würden. Wenigstens teilte ihre Mutter wortreich einige seiner Bedenken, das beruhigte Peer. Viele Eltern von Stinas anderen Freundinnen kümmerten sich kaum darum, was ihre Teenietöchter so anstellten. Peer deutete an, dass einige der Mädchen offenbar schon Freunde hatten und ein wachsamer Blick angebracht sein könnte. Zoes Mutter versprach aufzupassen. Sie selbst seien ja auch immer zu Hause. Peer bedankte sich höflich. Per SMS erinnerte er Stina dann daran, in der Apotheke ein Erste-Hilfe-Set zusammenstellen zu lassen, bevor er es selber wieder vergaß. Im Gegensatz zu ihrer Mutter war Stina nicht allergisch auf Bienen, ihr Körper reagierte dafür bei Mückenstichen auf fast groteske Weise. Wenn sie sich falsch verhielt, konnten sich die Einstichstellen so heftig entzünden, dass nur Antibiotika eine Blutvergiftung verhinderten. Stina schickte ihm ein einsilbiges »Easy« zurück. Bevor etwas geschah, verdrängte sie mit jugendlicher Unbekümmertheit jede Möglichkeit, gestochen zu werden, danach begann das große Jammern.

Peer überlegte sich, ob er das heiklere Thema doch noch ansprechen sollte. Er begann eine entsprechende Nachricht, sah dann aber ein, dass sich das nicht schriftlich klären ließ.

Der Computer meldete das Ende der Konfiguration, sämtliche Daten waren transferiert. Verblüfft über die Geschwindigkeit der neuen Maschine hängte Peer sein Handy an, suchte zum Test die letzte Version der Reisinger-Datei und lud das Game aufs Handy, für den Fall, dass Dordi beim Treffen nachher etwas Neues sehen wollte. Seit er wusste, wer sie war, hatten sie wenige geschäftliche SMS getauscht. Er überflog noch einmal ihre letzte Nachricht. Signatur: D. Als hätte er einen weiteren Hinweis gebraucht. Baronin D. Die Frau, der er monatelang hörig gewesen war. Die Hausherrin des *Temple of dreams.* Das war auch die Verbindung zum Passwort *Dream story.* Zu seiner aktiven Zeit in der Parallelwelt hatte er halbe Nächte mit ihr verbracht. Nur unterbrochen von der damals kleinen Stina, die sich in jenen Jahren jedem normalen Schlafrhythmus verweigert hatte. Peer und Rea wussten bis heute nicht, ob sie damals der Schlafmangel beinahe auseinandergebracht hatte oder doch eher Peers Sucht nach dem virtuellen Kitzel. Der Baronin D. war Peer sofort verfallen, ihr Avatar war eigenwillig, aufwendig und liebevoll gestaltet gewesen, so wie das nur überzeugte und geübte Second-Life-User taten. Die Mischung der blonden Haare und der fast dunklen Gesichtshaut hätte Peer damals nie mit der Realität in Verbindung gebracht, diese Kombination gab es im SL oft. Einer der Gründe, weshalb Dordi Larsson Peer von Anfang an bekannt vorgekommen war. Selbst ihr erotisches Verhältnis zum Skifahren, mit dem sie Hans Althaus im Kurhaus zugesetzt hatte, kannte Peer von damals. In ihren exzessiven Sex-Chats hatte sie nichts ausgelassen. Bis die unterschiedlichen Vorstellungen, wohin ihre Geschichte führen sollte, zum schlimmen Ende geführt hatten. Zu seinem Befreiungsschlag und ihrem Zusammenbruch. Blieb die eine beunruhigende Frage: Wusste Dordi, was er wusste? Wer er war? Aus guten Gründen hatte Peer damals sämtliche Sicherheitsvorkehrungen getroffen, damit seine reale Existenz niemals mit seinem Avatar in Verbindung gebracht wurde. Er hatte nie erwähnt, in welchem Land er lebte, hatte falsche Spuren gelegt, alle Second-Life-Zahlungen über einen Freund in Neuseeland abgewickelt. Dordi konnte unmöglich wissen, wer dieser Sisley Fenwitch wirklich gewesen war.

Andererseits entpuppte D. sich nun als Spezialistin für Sicherheitsfragen im Netz.

Peer tigerte nervös von Wand zu Wand. Zwei wie sie trafen sich in der Realität wieder. Unter diesen Umständen. Zufall? Was für ein Spiel trieb sie? Die Frage ging Peer seit seiner Entdeckung unaufhörlich durch den Kopf. Er musste Dordi fortan mit doppelter Aufmerksamkeit zuhören, sich selber aber nichts anmerken lassen. Sein Job war in Gefahr, ging ihm plötzlich auf. Mindestens das.

Wie schwierig die neue Situation war, wurde ihm eine Stunde später klar. Dordi empfing ihn in einem hochsommerlich leichten Kleid, sie drückte ihn kurz, aber nachhaltig an sich. Ich kenne jede ihrer sexuellen Vorlieben, dachte Peer. Dordi lächelte, als sie sah, wie bemüht er seinen Blick von ihren Beinen auf seine Mappen mit den Zeichnungen und Texten zwang. Peer hatte sie während der letzten Tage mit Nikos Hilfe zusammengestellt. Jetzt legte er sie in einer Linie auf dem Boden aus, selber erstaunt, wie weit die Storyline schon gediehen war. Die Abwesenheit von Moritz machte sich bemerkbar, üblicherweise nahm sein Sohn ihn in Beschlag, sobald er zur Wohnungstür hereinkam. Stattdessen lungerte Nikos in der Wohnung herum. Er entpuppte sich als nützlicher Sparringpartner mit solider Computer- und Spielerfahrung. Dordi fragte, ob zu Hause alle wohlauf seien und vor allem, wie es Rea gehe. Peer korrigierte nochmal die Abfolge der Blätter, während er ihr erklärte, dass er nur so schnell mit dem Spiel vorankomme, weil Rea und Moritz auf der Alp waren.

»Oder weil du jetzt machen kannst, was du willst?«

»Vielleicht.« Jeder ihrer Sätze ist doppeldeutig, dachte Peer. Sie stand bereits wieder neben ihm.

Er zeigte ihr die technischen Grundlagen und Nutzungsmöglichkeiten des Spiels. Die Bildschirmversion sollte auf eine Unterseite der Nordstern-Homepage gestellt werden und kompatibel für alle Browser und Systeme sein. Wichtiger in dem Markt, den sie anpeilten, schien Peer die mobile Version. Das Spiel musste kostenlos sein und ohne In-App-Verkäufe auskommen.

»Ich schlage das Gegenteil vor«, erläuterte er. »Eine Belohnung für gute Spieler. Eine reale. Wer eine gewisse Fertigkeit und die entsprechenden Levels erreicht hat, kriegt einen Rabatt von zehn Prozent auf seinem nächsten Einkauf in einem Nordstern-Geschäft.«

»Great idea!«, stimmte Dordi zu. »Und für die zehn Monatsbesten pro Land ein Gratiseinkauf.«

Peer deutete auf eines der nächsten Blätter in der Reihe, das ein ähnliches Vorgehen bereits skizzierte. »Wir denken ähnlich.«

»Weiß ich schon lange.«

Ihr Tonfall irritierte Peer wieder. Er konzentrierte sich. Zusammen gingen sie Level für Level des Spiels durch. Peer zeigte ihr die Ski-Cross-Runs für die verschiedenen Länder. Er hatte sie aufgrund einer YouTube-Recherche von Nikos zusammengestellt. Dann widmeten sie sich dem Kernstück des Spiels, der Freeride-Session, bei der Peer reale Routen von Reisinger so nachstellen wollte, dass die Spieler sein Fahrgefühl dank tatsächlicher, subjektiver Kamerafahrten nachempfinden konnten.

»Ich sollte mal mit Reisinger sprechen«, sagte Peer. »Der weiß am besten, was vorhanden ist. Wir müssten von jeder Route die Helmperspektive haben. In den letzten zwei, drei Jahren hat er das sicher gemacht, aber wohl kaum zuvor, als die Kameras noch größer waren. Wo kann ich ihn erreichen?«

»Dan? Er jettet mit unserem Team für neue Aufnahmen durch die Welt. Ich maile ihm und Matteo und nehme dich in Kopie, dann hast du ihre Adressen.«

»Matteo?«

»Unser Begleiter im Kurhaus.«

»Im Kurhaus? Ach, der Mann mit den hellen Augen?«

»Die vergisst man nicht so schnell, right? Dans Manager. Unter anderem. Sie sind zusammen unterwegs. Schreib ihnen doch gleich, worauf sie achten sollen, vielleicht können sie unterwegs noch Dinge drehen, die fehlen. Die Marketingleute kennen ihre Aufenthaltsorte und Termine.«

Sie besprachen das restliche Vorgehen. Als alles gesagt war, raffte Peer seine Blätter zusammen. Fieberhaft überlegte er sich, was er noch sagen sollte.

»Du hast also ein wenig Musik gehört?«, fragte Dordi.

»Ja.«

»Und?«, fragte sie mit einem Lächeln, das Peer sogar etwas verlegen schien.

»Grell. Mystisch. Und beunruhigend.«

»Keine schlechte Zusammenfassung.«

»Nicht meine Art von Musik, normalerweise.«

»Keine Musik für normale Gelegenheiten.« Dordi Larsson ging lächelnd zum Fenster und öffnete es. »Ich kannte den *Sacre* schon als Kind, aber erst später begann ich, das Stück zu verstehen. Zu interpretieren. Eigentlich erst nach meiner Trennung. Es hat mich gerettet.«

Peer wartete darauf, dass sie weitersprach. Das Ende ihrer virtuellen Beziehung war mit ihrem schmutzigen Scheidungskrieg zusammengefallen, und Peer war damals zwischen die Fronten geraten.

»Du fragst dich, was im Schlosshotel geschieht.«

»Die Kostüme, die Musik, die Paare in der Bar …«

»Lässt sich wohl erraten? Wir haben mittlerweile viele solcher Treffpunkte. Ich verrate dir gern, wo alles seinen Anfang genommen hat. Warst du im Second Life dabei?«

Ihr Blick war offen und arglos. Wenn sie es weiß, ist sie die perfekte Schauspielerin, dachte Peer.

»Ich hab mich eben so auf dem Laufenden gehalten. Eher aus beruflichen Gründen.«

»Ich war komplett süchtig. Tag und Nacht am Bildschirm. Die Flucht ins Virtuelle … Ich hatte da sogar einen Club. *Temple of dreams* hieß der, ich nannte mich ›die Baronin‹. Ein Treffpunkt für Gleichgesinnte, basierend auf einer Philosophie, die damals aufkam, heute probiert das bald jeder aus, *polyarmory*, stuff like that.«

»Ich kenn mich da nicht aus.«

»Egal wie man es nennt, es geht darum, offene Liebesbeziehungen mit mehr als einem Menschen zu pflegen. Ein uraltes Thema. Für die einen ist das die Lösung aller Beziehungsprobleme, für andere ein unbrauchbarer Ansatz. Für mich bedeutete der *Temple of dreams* nach der Scheidung die Rettung. Inspirationen dafür fand ich überall. In der Musik, in der Literatur, in Filmen. Als dann das Second Life aus der Mode kam, haben Fans das Clubmodell in die Realität übertragen. Teleportiert, sagten wir damals. Erstaunlich war: In der Wirklichkeit konnte ich sofort besser damit umgehen.«

Peer erinnerte sich an den Ausdruck in ihrem Gesicht und in ihren Augen, als sie vor jener Tür gestanden hatten, ihn fast angefleht hatte, ihr den Eintritt zu ermöglichen.

»Dort im Hotel – du wärst da auch alleine reingekommen«, sagte er endlich.

»Wir halten uns strikt an die Rituale, und die gelten für alle. Nur so kann jeder das Spiel genießen. Das besondere Ambiente, die Anonymität. Ich bin wie du, Peer. Ich spiele gern.« Sie schaute ihn neckisch an: »Macht dir das Angst?«

»Sollte es?«

»Vor mir haben alle Männer Angst.«

Sie lachte, als sei es ein Scherz. Peer zögerte einen Moment, bevor er sich mit einer kleinen Provokation revanchierte.

»Dann bist du also die Baronin D.?«

»Das war mein Username im SL, ja. Habe ich das erwähnt?« Sofort war ihr Blick misstrauisch. Er machte einen Rückzieher.

»Baronin hast du dich eben selbst genannt«, sagte er schnell. »Und ›D.‹ ist dein Kürzel in Mails.«

Ohne dass es Peer aufgefallen war, hatte sie ihn schon halb zur Tür komplimentiert. »Du kombinierst sehr schnell. Wir sehen uns bald. Das nächste Mal mit Dan und Matteo. Okay?«

»Ich … ich hoffe, das eine hat mit dem anderen nichts zu tun.«

»Das eine?«

»Das Hotel.«

Sie lächelte. »Dann ist das andere wohl die Arbeit? Keine Sorge, da bin eher ich auf dich angewiesen.«

Mit zwei Abschiedsküssen, begleitet von einem letzten kurzen Körperkontakt, entließ sie ihn.

Moritz traute seinen Augen nicht. Der Bienenzauberer! Oder ein Freund von ihm. Gleich unter ihm, hier, im Zwergental. Nur gab es kein Bienenhaus wie in seiner Vorstellung, der alte Mann trug eine seltsame Hose und stahl den Honig offensichtlich aus den aufgereihten Holzkisten. Vorsichtig glitt Moritz hinter die Krone der wild verzettelten Bergkiefer, die er gerade »Strubbel« getauft hatte.

Der Alte warf einen Blick in jede Bienenkiste, im steten, leisen Zwiegespräch mit seiner verstorbenen Frau, so, wie es seine Art war. Dann entdeckte er die beiden Felsbrocken, die wie Zwillinge mannshoch auf der anderen Seite des Bachs aus der Wiese ragten. Ein Lächeln huschte über sein Gesicht und verlief sich in den Dutzenden von kleinen Runzeln um seine

Augen. Unter dem neugierigen Blick von Moritz ging er zu der Stelle, wo er nach dem Unwetter Stämme und Äste aufgestapelt hatte. Er rupfte einen etwas dickeren Stamm aus der Beige und schleppte ihn zu der Stelle des Bachs, die beidseits von Bäumen gesäumt war. Ächzend wuchtete der Alte ihn in die Senkrechte, ließ ihn auf die andere Bachseite kippen. Er verkeilte ihn zwischen den Steinen und machte eine Verschnaufpause. Nach einem tastenden Griff an die Brust entnahm er dem Rucksack ein Seil. Er schätzte die Distanz ab, säbelte mit seinem Sackmesser ein entsprechendes Stück ab und spannte es als Halteleine auf Kopfhöhe über den Stamm und den Bach, so wie er es in den sieben Fluchtjahren von den kurdischen Kämpfern in den Bergen gelernt hatte. Auf der anderen Seite des Tälchens vergaß Moritz fast, in Deckung zu bleiben. Raffiniert, diese Brücke! Am liebsten wäre er zum Zauberer hinabgeklettert, aber ein Blick auf sein Handy erinnerte ihn daran, dass die Mutter schon wartete. Vorsichtig schlich er hinter der Kiefer zur Kuppe hinauf und verschwand, bevor der Alte ihn sah.

Der Mutter werde ich nichts erzählen, beschloss er, sie würde es ihm nur schon wegen der Bienen verbieten.

Bis zum Abend hatte der Imker mit Steinen auch noch eine hufeisenförmige Feuerstelle aufgeschichtet. Er hängte den Kessel für das Teewasser über die Flammen. Auf einem großen Taschentuch breitete er Gurken, Zwiebeln und Brot aus. Nach dem Essen ging er ein Stück den Bach hinauf, bis zu der Stelle, wo sich die Fichten lichteten und er einen weiteren Blick ins Tal hatte. Kaum hatte er sich auf einen hüfthohen Felsen gehockt, um die Aussicht zu genießen, hörte er einen wunderlichen Klang. Es war eine Frauenstimme, und was sie halb sprach, halb sang, berührte den alten Mann. Er hatte noch nie etwas gehört, dass so vertraut und so fremd zugleich klang. Der Gesang war wie ein Gebet, doch es hatte nichts von der Aufdringlichkeit des Muezzinrufes.

Ave, Ave Maria, es walte Gott und Maria, der Name des Herrn sei gebenedeit, von hier an in alle Ewigkeit … Kaum hatte sie den Milchtrichter an die Lippen gesetzt, erinnerte Rea sich an die Worte des Alpsegens, so wie sie ihn einst von ihrem Vater gelernt hatte. Selbst Moritz saß am Tisch für einen Moment lang still und hörte ehrfürchtig zu. Reas Stimme trug weit über die umliegenden Alpwiesen und Waldhänge hinaus und wurde als Echo zurückgeworfen, was schwierig machte, den Dialekt-Singsang zu verstehen. Im Sommer zuvor hatte Moritz Peer gebeten, ihm den Segen aufzunehmen, erst kürzlich hatte er die Aufnahme für Nikos abgespielt, der hatte ihm die CD fast aus den Händen gerissen. Er wolle versuchen, einen Remix daraus zu machen, hatte er Moritz erklärt. Dieser hatte nicht genau verstanden, was sein Freund meinte, aber er hatte ihm die CD großzügig und stolz zugleich überlassen. Heute bat die Mutter wie gewohnt um Schutz für den Hof, die Alp, für sie beide und besonders für die Neuankömmlinge, die jungen Katzen.

Dann setzte sie den Trichter ab. Lange blickte sie auf den See hinab, der im Abenddunst verschwamm. Jedes Mal, wenn sie die Tradition wieder aufleben ließ, war ihr, als stünde ihr Vater gleich neben ihr. Er hatte nie viel gesagt. Aber den einen, entscheidenden Satz, am Abend bevor er gestorben war: »Geh und mach deine Filme. Ich bin stolz auf dich.«

Sie hatte immer gedacht, er sei gegen die Filmschule gewesen.

Jetzt lag seine schwielige Hand wieder auf ihrer Schulter.

»Du bist dran!«, empfing Moritz sie.

»Womit?«

»Die Gutenachtgeschichte. Nikos hat gesagt, hier würdest du sie mir erzählen.«

»Nein.«

Moritz schaut sie überrascht und enttäuscht an. »Wer dann?«

»Nikos selber.«

»Der ist gar nicht hier.«

»Überraschung! Aber erst, wenn du im Bett liegst.«

Die beiden gingen in die Kammer hinauf. Moritz schlüpfte in den Schlafanzug. Er erzählte ohne Punkt und Komma von den jungen Katzen, welche weiteren Namen er in Betracht zog, welche sich wie verhielt, wie sie mit ihm gespielt hatten, all das ungeachtet der Zahnbürste, die er mittlerweile im Mund hatte. Nur die Begegnung mit dem Bienenzauberer behielt er für sich. Das war sein Geheimnis. Rea bedeutete ihm, er müsse die Zahnbürste auch bewegen, damit sie etwas nütze. Endlich lag Moritz im Bett und schaute sie erwartungsvoll an.

»Was für Geschichten hat Nikos erzählt?«

»Von Leonidas Paenopoulos, natürlich!«

» Und weißt du überhaupt, wer das ist?«

»Der Klügste aller Fischer.«

»Genau. Und: Der Vater von Stelios, also der Großvater von Nikos.«

Auf der Insel eine mythische Figur, dachte Rea. Der ungekrönte König. Zu einer Zeit, als die Fischerei noch die einzige Einnahmequelle des Dorfes gewesen war. Für die Jüngeren allerdings eher ein nervender Tugend- und Sittenwächter, der Wasser predigte und Wein trank. Leonidas hatte gewusst, welche Wirkung seine stahlblauen Augen hatten, nur zu oft hatte er daraus Nutzen gezogen. Immerhin war er auch noch für die alten Werte eingestanden, als das Dorf in wenigen Jahren zur begehrten Feriendestination aufstieg, als eine Familie nach der anderen die Fischerei aufgab, entmutigt durch die schwere Arbeit in den leergefischten Gewässern, verführt von der Aussicht auf schnellen Reichtum durch das neue Geschäft mit den Touristen. Eine der Legenden, die sich um Leonidas Paenopoulos gerankt hatten, war entstanden, als er zweimal hintereinander fast nicht in den Hafen zurückkehren konnte, weil ihm auf windstiller See das Benzin ausgegangen war. Erklärungen dafür gab es so viele wie tratschende Dorfbewohner, hatte Nikos Rea erklärt, als sie die Geschichte für Moritz aufgenommen hatten. Die einen gaben Leos mangelnder Achtsamkeit die Schuld, da dieser in jener Zeit jede Nacht um die Gunst seiner zukünftigen Frau buhlte, Stelios' Mutter. Wieder andere waren überzeugt, ein Nebenbuhler habe Leonidas sabotiert, um ihn im strategisch günstigen Moment vom Dorf fernzuhalten. Leonidas aber hatte Stelios die Panne einst auf eine ganz andere Art erklärt.

»Die Geschichte von Leonidas und dem Schiffsmotor, kennst du die schon?«

»Nein. Aber du doch auch nicht!« Schon saß Moritz kerzengerade im Bett.

Rea drückte ihn ins Kissen zurück.

»Dann hör dir jetzt an, was Leonidas, dem Fischer, einmal geschehen ist!«

»So beginnt Nikos auch jedes Mal«, jubelte Moritz.

»Er erzählt gleich selber weiter!« Rea zog Moritz' Ipod hervor und startete das Audio-File, so wie es Nikos ihr am Morgen gezeigt hatte. Zu Moritz' Begeisterung erklang sofort die Stimme seines neuen Freundes.

»Leonidas verlässt wie jeden Morgen noch in der Dunkelheit den Hafen. No Meltemi on this day, kein Meltemi-Wind, das Meer spiegelglatt. Leonidas wirft seine Netze vor der Nordostküste der Insel aus, in Sichtweite des türkischen Festlandes. Er kann es fühlen, er wird an diesem Tag viele Fische fangen. Und wirklich, sein Netz füllt sich sofort. Er will es an Bord ziehen, der Motor, der das Schiff und die Netzwinde antreibt, stirbt ab. Leonidas holt den Werkzeugkasten hervor, doch was auch immer er versucht, der Motor springt nicht an. Plötzlich hört er eine Stimme:

›Wenn du uns hilfst, helfen wir dir.‹«

Zu Moritz' Entzücken hatte Nikos den Satz in einem raunenden Ton ins Mikrofon gesprochen, als hätte er einen vollen Mund.

»Leonidas schaut sich um, er sieht weit und breit niemanden.

›Wenn du uns hilfst, helfen wir dir.‹

Wieder die Stimme, als käme sie direkt aus dem Wasser. Leonidas beugt sich über die Reling. Aus dem Wasser glotzt ihn ein mächtiger, silberner Wolfsbarsch an.«

»Ein Fisch, der sprechen kann?«, flüsterte Moritz erstaunt.

Nikos hatte den Einwand wohl kommen sehen. »Normale Menschen wie wir hätten ihn nicht verstanden«, sprach er in der Aufnahme weiter. »Leonidas, der Fischer, aber schon. ›Wie wollt ihr mir denn helfen?‹, fragt er zurück.

›Ganz einfach!‹, sagt der Fisch. ›Wir ziehen dich am Netz zurück in den Hafen, dafür lässt du uns frei.‹

Leonidas wäre mit seiner Last und dem kleinen Notsegel ohnehin nie an Land gekommen, deshalb geht er auf den Handel ein. Und schau an: Kaum hat er zugestimmt, beginnen die Fische wie auf Kommando Richtung Land zu drängen. Weil alle in dieselbe Richtung schwimmen, kommt das Netz in Bewegung und zieht schon bald das Boot hinter sich her Richtung Land. Im Hafen angekommen, löst Leonidas sein Versprechen ein und klinkt das Netz aus. Sein ganzer schöner Fang verschwindet in den Tiefen des Hafenbeckens. Leonidas beschließt, niemandem von der seltsamen Geschichte zu erzählen, es würde ihm ohnehin keiner glauben.«

»Ich schon!«, tat Moritz Rea kund. »Weil Nikos erzählt hat, Leonidas hätte niemals gelogen, deshalb.«

»Leonidas berichtet einfach nur von der Motorenpanne und behält den Rest für sich. Seltsamerweise läuft der Motor aber wieder einwandfrei, nachdem er die Fische freigelassen hat. Und Leonidas findet auch nach stundenlanger Suche nicht, was daran kaputt ist.«

»Komisch«, kommentierte Moritz.

»Zwei Tage später fährt Leonidas wieder hinaus. Diesmal ist es ein eher stürmischer Tag. Er fährt die Nordostküste entlang und wirft sein Netz aus. Wieder ist es fast zu schnell mit Fischen gefüllt, sie scheinen in Schwärmen hineinzuschwimmen, ohne dass er das Netz auch nur einen Meter schleppen muss. Aber kaum setzt er die Winde in Gang, stirbt der Motor wieder ab.«

»Aha!«

»Und als er nach der Ursache sucht, hört er eine Stimme.«

»Wenn du uns hilfst, helfen wir dir«, raunte Moritz im selben Ton wie Nikos zuvor.

»Wenn du uns hilfst, helfen wir dir,« raunte auch Nikos in der Aufnahme. »Der silberne Wolfsbarsch bietet ihm denselben Handel wie beim ersten Mal an. Aber Leonidas wird wütend, er schlägt das Angebot aus. Er wird diesen verfluchten Motor zum Laufen bringen.«

»Nie im Leben!«, lieh sich Moritz die Floskel seiner Schwester.

»Aber kaum hat er sich abgewandt, bricht ein Sturm los, Leonidas sieht am Horizont, wie sich die Wellen haushoch auftürmen. Eines musst du wissen, Moritz: Ohne Motor bist du in einem Sturm sofort verloren, you're lost, dein Schiff wird zerschmettert. Er fragt den Fisch nun endlich, was das alles soll, was sie eigentlich von ihm wollen. Der Wolfsbarsch sagt nur: ›Schau dich um. Schau, wie viele von uns du täglich fängst. Und sag mir dann, wie viele eigentlich reichen würden.‹ Leonidas erklärt ihm, es ist nun mal sein Beruf, so viel wie möglich zu fangen. Aber der Wolfsbarsch sagt: ›Dann hast du deinen Beruf nicht verstanden.‹ Wieder schwimmen die Fische los und ziehen das Schiff wie beim letzten Mal zum Dorf und in den Hafen zurück. Leonidas hält sein Wort und klinkt das Netz aus. Seinen Fischerfreunden sagt er, mit dem Netz und seinem

Motor sei tatsächlich etwas nicht in Ordnung. Und: Er wäre krank. Grippe. Er verschwindet in seinem Haus an der Hafenmole und taucht erst drei Tage später wieder auf. Er hat sich über vieles Gedanken gemacht. Über das Dorf, über die vielen Fremden, die plötzlich kommen, über die Häuser, die neu gebaut werden. Dann tut er etwas Seltsames: Er schneidet sein Netz auseinander, halbiert seine Größe und knüpft es unten neu zusammen. Seine Freunde verstehen nicht, was er tut. Am nächsten Tag läuft er wieder aus, als sei nichts geschehen. Der Motor funktioniert, die Fische gehen ihm ins Netz, er kehrt früh in den Hafen zurück. Seine Freunde laufen Stunden später erst ein, nur haben die …?«

»… gar nichts gefangen«, füllte Moritz die Tonlücke auf.

Rea war gerührt. Nico hatte sich riesige Mühe gemacht, hatte Moritz' Bemerkungen bereits vorausgeahnt und den Text mit Hilfe seiner Deutschlehrerin aufgeschrieben, anders als sonst musste er nämlich nie nach dem passenden Wort suchen. Nur sein Akzent verriet, dass Deutsch nicht seine Muttersprache war, als er Moritz nach einer kurzen Pause jetzt virtuell antwortete.

»Du hast es sicher richtig erraten, Moritz: Alle ihre Netze waren leer. Am nächsten Tag geschah dasselbe, am übernächsten auch. Leonidas sprach mit jedem Einzelnen von ihnen, aber erst, als sie genügend gelitten hatten, glaubten sie ihm und verkleinerten ihre Netze. Sofort fingen sie wieder Fische. Es waren genug, um alle im Dorf, auch die Touristen, satt zu kriegen. Und wieder einmal war bewiesen: Leonidas war…«

»… der klügste Fischer aller Fischer«, beendete Moritz, wie von Nikos gelernt, den immer gleichen Schlusssatz.

Versonnen schaute Rea zu, wie Moritz sich in die Decke kuschelte. Nikos hatte ihr erklärt, Stelios habe ihm diese Geschichte erzählt, als die griechische Krise noch in weiter Ferne gewesen war.

»Wenn alle so klug gewesen wären wie Leonidas, hätten Paula und Nikos die Insel nie verlassen müssen«, flüsterte sie Moritz zu. »Dann gäbe es jetzt dort noch genügend Fische. Und genügend Arbeit.«

»Aber ich finde es viel schöner, wenn sie bei uns sind!«

Rea verstrubbelte Moritz' Haare. »Siehst du, so hat sogar das Schlechte sein Gutes.« Unter der Tür drehte sie sich noch einmal um. »Aber wenn sie noch auf der Insel wären, könnten wir in den Ferien zu ihnen, und wir würden in Leonidas' altem Boot zum Fischen fahren. Das wär auch nicht schlecht.«

»O ja, machen wir das?«

»Irgendwann, Moritz. Erst muss Nikos ja wieder heimkehren können.«

Später saß Rea im Wohnzimmer. Das Koboloi, das ihr Stelios einst auf der Insel geschenkt hatte, glitt durch ihre Finger. Beim Packen war es ihr zufällig in die Hände gekommen. Sie verstand, weshalb viele Griechen ständig damit herumspielten. Es beruhigte auf sinnliche Weise.

Sie nahm das Koboloi zwischen Zeige- und Mittelfinger, legte den Daumen auf den kleinen Gleitschlitten und wirbelte das Koboloi um den Zeigfinger, dann streifte der Daumen die Kügelchen in Zweierpaketen wieder über den Handrücken, bis er sie in einem einzigen Schwung wieder in die Handfläche schleuderte und das Spiel von vorne begann.

Die Decke über ihr knarrte. Genauso wie einst unter dem Gewicht ihres Vaters. Von der Arbeit erschöpft, war er oft noch vor den Kindern ins Bett gegangen.

Ruhe kehrte ein. Keine Verkehrsgeräusche, keine Sirenen wie in der Stadt, kein Gejohle von Betrunkenen, nur das unregelmäßige Knacken der Holzbalken, es akzentuierte die Stille noch. Rea duschte, dann nahm sie das Fell vom Fauteuil und breitete es auf dem Boden aus. Sie legte sich darauf, nur die alte Flickendecke über ihren Beinen. Sie öffnete den E-Mail-Account. Ihr Konto war bis auf zwei Nachrichten vom Schulsekretariat leer. Sie bezogen sich bereits auf die Ende der Ferien anstehenden Aufnahmeprüfungen und das neue Prozedere. Sie öffnete den Browser. Beim ungewohnten neuen Passwort vertippte sie sich prompt, die Facebook-Seite öffnete sich erst beim zweiten Versuch. Endlich! In der Nachrichtenbox leuchtete eine Eins, daneben die ersehnte Kopfzeile. Aufgeregt las Rea.

Schöne Muse, mein Aufenthalt in Patagonien nähert sich seinem Ende. Das Bild ist leider noch nicht fertig, obwohl ich jeden Abend davorsitze. Der Schaum überfordert meine bescheidenen Talente, fürchte ich.

Dann lass ihn doch einfach weg! Rea wechselte in die Chatfunktion, klickte trotz des Offlinestatus des Malers seinen Namen an und schrieb genau diesen ersten Gedanken zurück. Sie drehte sich auf den Rücken und starrte wie einst als junges Mädchen so lange gegen die Decke, bis die Holztäfelung verschwamm. Patagonien? War das ein Teil von Argentinien? Von Chile? Was tat er da? Sie stellte sich vor, wie er jeden Muskel ihres Körpers und jede Rundung erkundet hatte, das Spiel von Licht und Schatten auf ihrer nackten Haut mit sanften, feinen Pinselbewegungen kopierend … Rea döste ein, das Plingen der eingehenden Nachricht schreckte sie wieder auf. Das Koboloi war ihr aus der Hand geglitten und lag kühl auf ihrer Brust. Sie drehte sich auf die Seite und sah, dass sich das Chatfenster geöffnet hatte. Sofort war sie wach.

Dann würde man
zu viel sehen.

Er wollte den Schaum nicht weglassen? Rea lehnte sich mit dem Rücken gegen das Sofa und nahm den Laptop auf den Schoß.

Wäre das zu ernüchternd?

Zu viel zu schnell.
Erotik liegt in der
Andeutung.

Das sagen sonst die Frauen.

Stimmt …

Heißt? Du bist eine Frau?

Gebannt starrte Rea auf den Bildschirm. Für diese Antwort brauchte er offensichtlich mehr Zeit. Oder war das bloß eine Frage der Verbindungsqualität? Die Pünktchen, die sonst verrieten, dass er schrieb, waren verschwunden und tauchten erst jetzt wieder auf. Wie achtete man beim Chatten auf Zwischentöne? Die Lehrerin in Rea registrierte unwillkürlich, wie sehr ihre Art der Kommunikation gerade bestimmte, was sie sich sagten.

Und wenn ich
eine wäre?

Raffiniert. War er nicht. Jetzt wusste sie es mit Bestimmtheit. Er wollte Zeit gewinnen und zugleich etwas über ihre Vorlieben herausfinden. Mit einem listigen Lächeln schrieb sie:

Das wäre wunderbar.

Damit hatte er nicht gerechnet, die Antwort ließ auf sich warten. Sie beschloss, ihm zu helfen.

… aber immer offen
für alles …

Rea hatte eine Abneigung gegen die stete Smiley-Flut. Wenn er ihre Ironie nicht ohne Anleitung verstand, war er nicht der Richtige.

Habe schon die schonendsten
Methoden bei Geschlechts-
umwandlungen gegoogelt!

Rea lachte.

Hang ins Radikale?

Ins Konsequente vielleicht.

Vielleicht passt nicht zu
konsequent.

Du liest genau.

Pedantisch, ich weiß.
Wer bist du also?

Der Maler.

Und im richtigen Leben.

Das richtige Leben
ist immer anderswo.

In Patagonien.

Derzeit.

Was macht man da?

Darf man nicht sagen.

?

Geschäftsgeheimnis …

Ein Nordstern-*Geheimnis?*

Nicht direkt.

Ich muss wissen, wer du bist.

Ich möchte, dass du mich
kennenlernst, bevor
du weißt, wer ich bin.

Oh. Schöner Satz.

Hab hier ein
Sprichwörterbuch.

Von der Katze im Sack
steht auch was drin?

Gleich unter dem Schein,
der trügt.

Eigentlich bist du
ganz anders …

… ich komme nur
so selten dazu.

Du malst nur so zum Spaß.

Nur so aus Leidenschaft.
Kennst das ja.

Ich kenne das ja?

Was hält dich vom
Filmen ab?

Das Leben.

Eben. Deshalb bin ich
jetzt hier.

Du wärst gut in dem,
was du nicht tust!

Ein Schaumschläger.

Immer noch überfordert?

Ich verzweifle.

Zeig!

Es ist ja noch nicht fertig.

Ich will dir … dabei zuschauen.

Seine drei Pünktchen blieben aus, und Rea merkte, dass sie in der vermeintlichen Sicherheit ihrer virtuellen Unterhaltung die nächste Grenze überschritten hatte. Minutenlang geschah nichts. Sie fragte sich, ob sie zu weit gegangen war. Dann öffnete sich ein neues Informationsfenster auf ihrem Bildschirm: Eingehender Anruf von The Painter, zugleich erklang ein Anrufsignal, das sie so aus ihrem Computer noch nie gehört hatte. Die Schaltflächen gaben ihr die Wahl zwischen annehmen oder ignorieren. Vergeblich suchte sie die dritte Möglichkeit: reiflich nachdenken. Rea entdeckte das Kamerasymbol. Ein Videoanruf! Fast hektisch suchte sie eine Position, in der sie den Bildschirm sah, von der Kamera aber selber nicht erfasst wurde. Höchste Zeit, dass sie mal ihn betrachtete, nicht umgekehrt. Endlich nahm sie den Anruf an. Das Kamerafenster, das sich öffnete, war verhältnismäßig klein, sie erkannte eine Leinwand und eine Bewegung davor, mehr aber nicht. Erst als sie das Fenster auf Bildschirmgröße anpasste, begriff sie. Im kleineren Dialogfenster sah sie ihr Gesicht und drehte den Computer, bis ihre Screenkamera in den leeren Raum zielte. Das Bild schien auf den ersten Blick fertig gemalt. Sie erkannte sich. Die Innenseite des Oberschenkels ihres leicht angezogenen Beines, halb aus dem Schaum ragend, ihren Bauch … Rea hörte, dass bei ihm Musik lief, es waren vertraute, schleppende Klänge. Im selben Moment knackte es in den Lautsprechern, dann hörte sie einen grellen Pfeifton, gefolgt von lautem Rauschen.

Sorry, der Ton funktioniert nicht. Ich schalte ihn aus.

OK.

Hatte er Angst, sie erkenne seine Stimme? Auch egal, sie wollte zusehen. Seine Hand kam ins Bild. Einen Augenblick lang war Rea irritiert. Eben noch hatte sie die doch auf der anderen Seite der Kamera gesehen. Anschlussfehler! meldete sich die Filmerin in ihr. Es war, als käme ein zweiter rechter Arm ins Spiel. Egal, Hauptsache, sie sah überhaupt etwas von ihm! Es war seine Rechte, die den Pinsel führte, um das Handgelenk wanden sich zwei schmale, flache Silberreifen von jener Art, die sie als Teenager stolz aus den ersten Mittelmeerferien zurückgebracht hatte. Und ein Lederschmuck mit silbernen Verzierungen. Darunter ein Schatten, den sie nicht zuordnen konnte. Verdeckte der Schmuck ein Tattoo? Rea wurde erst jetzt klar, wie schwierig seine Aufgabe war. Sie hatte den Schaum beim Fotografieren so drapiert, dass ihr Schamhügel bis zum Ansatz des schmalen dunklen Streifens ihrer Schamhaare im klaren Wasser sichtbar blieb, der letzte untere Teil aber und das V, das die Innenseiten ihrer Schenkel bildeten, war durch die dünne, leicht transparente Schaumschicht nur zu erahnen. Die Pinselspitze verschwand aus dem Bild und kam mit neuer Farbe zurück, er tupfte eine Stelle an, verteilte etwas Farbe, und vor Reas Augen wurde die Region um den Hüftknochen sofort plastischer, dreidimensional erfassbar, lediglich deshalb, weil er mit einem etwas dunkleren Ton die Andeutung eines Schattens hervorgerufen hatte. Atemlos beobachtete Rea die Bewegungen der Pinselspitze. Ihre Erregung wuchs. Das Koboloi glitt sanft und wie von Geisterhand gesteuert über ihre Haut, seine Bewegungen kopierend. Sie fühlte die Berührung, als er auf der vom Licht abgewandten Seite ihres Schamhügels weitere Schatten anbrachte, dort wo sie jetzt noch das leichte Schwappen des warmen Wassers gegen ihre Haut fühlte. Er hatte ein wenig zu viel der dunkleren Farbe aufgetragen, kurzerhand begann er den Schatten in der Lende gleich unterhalb ihrer Tätowierung mit einem Spachtel abzutragen. Den Rest überschüssiger Farbe verrieb er direkt mit dem Finger auf der Leinwand, das Koboloi vollzog die kreisenden Bewegungen mit, die silbernen Kügelchen glitten über ihre Haut, im Grunde aber ist das gar nicht nötig, dachte Rea noch, es ist wirklich mein Körper, mit dem er da drüben spielt, in Patagonien, am Ende der Welt.

Er hatte eine Handkamera angeschlossen, nach einigen Wacklern glitt sie zum unteren Rand des Gemäldes, wo sich durch den Schaum ihre Brüste abzeichneten.

Da waren doch noch Stellen leer, dachte Rea.

Prompt begleitete die Kamera den Pinsel zur Mischpalette, er rührte einen dunkelbraunen Ton an, fügte ganz wenig Rot hinzu, nahm nun einen viel feineren Pinsel und begann, damit den Hof um ihre Brustwarze mit kleinen Strichen zu grundieren, dann wurde das Stricheln schneller, weil er die Schicht verdichtete. Die Brustwarze selbst hatte noch die Leinwandfarbe.

Die silbernen Kügelchen ihres Kobolois wickelten sich kühl um die ausgelassene Stelle.

Er füllte die verbliebene Stelle erst mit einem leicht helleren Ton aus, dann mischte er nochmals Weiß dazu, nahm einen spitzen Pinsel und holte den Reflex in Form eines kleinen Viereckes auf der Spitze ihrer Brustwarze hervor, in dem er mehrmals kaum wahrnehmbar und kurz mit der Pinselspitze gegen die Leinwand tupfte. Jede Bewegung spürte Rea als elektrischen Impuls, ausgehend von ihrer Brust, schoss er in ihre Mitte, es war, als würde er ihre Haut mit Nadelspitzen streicheln.

Sofort richtete er die Kamera wieder auf den anderen Teil des Bildes, den er zuletzt vernachlässigt hatte.

Sie sah, wie er einen fächerartig geformten Pinsel in eine klare, glibberige Masse tunkte und damit den Schaum zwischen ihren Beinen zu bearbeiten begann. Rea traute ihren Augen nicht, es war, als ziehe er sie aus, oder ... aus dem Wasser, denn wie von Zauberhand gesteuert, verblich der bereits gemalte Schaum zu einem dünnen, transparenten Film. Dann nahm er wieder den ersten, etwas breiteren Pinsel, mischte auf der Palette Dunkelbraun und Schwarz. Rea hatte darauf gewartet. Die Farbe ihrer Schamhaare. Der Maler gestaltete mit zärtlichen Strichen den genauen Verlauf ihrer Haare, am Ende, immer kurz vor der dunklen Kerbe, in der die Haare ausliefen, blieb der Pinsel kurz in der Luft schweben und setzte dann weiter oben wieder an. Rea hatte die Augen nun meist geschlossen, nur manchmal öffnete sie sie kurz, als wolle sie sich vergewissern, dass er noch immer an der richtigen Stelle war. Die Pinselspitze, nun schwarz, glitt zwischen ihre Schamlippen, dorthin, wo die Silberkügelchen schon lagen. Zu ihrer Verwunderung spürte Rea, dass sie auch jetzt keine Hilfe brauchte. Sie hörte sich selber, wie sie stoßweise und durch zusammengepresste Lippen atmete. Es war, als lese er ihre Gedanken und ahne in jeder Sekunde, was sie als Nächstes wollte. Jene Stelle, die er malte, war die Stelle, wo sie ihn spürte. Dann endlich dieses Glühen, im selben Moment, in dem die Verbindung abbrach und das Bild einfror. Genau am richtigen Ort.

12

Stina hatte endlich ihr Notfallset gefunden. Sie schulterte den Rucksack samt aufgeschnallter Campingmatte und Schlafsack, und die Wohnungstür fiel hinter ihr ins Schloss. Jetzt beginnt ein neues Leben!, dachte sie aufgeregt. Niemand, der ihr sagte, was zu tun und was zu lassen war, keine Vorschriften, keine Pflichten, Schluss mit der ständigen Rücksichtnahme! Sie konnten in der Garage von morgens bis abends ihre Musik hören, anziehen, was sie wollten, aufstehen, wann sie wollten, Party machen, so lange sie wollten. Sommercamp! Mit dem Dance-Contest und der Übernachtung dort als Xlarge-Krönung!

Camp Rock, der frühere Lieblingsfilm von Zoe und Stina, hatte die beiden auf die Idee gebracht. Er spielte in einem Sommerlager für Musiker und war eine Hollywoodvariation der Aschenbrödelgeschichte für die Casting-Show-Generation. Obwohl der Soundtrack längst schon aus der Mode war, hatte Stina ihn für diese Woche wieder auf ihr Handy geladen, und sie begleitete Demi Lovato summend, als sie zur S-Bahn eilte. Die Frau, die mit einem kleinen Kind auf dem Schoß in der Unterführung bettelte, nahm sie ebenso wenig wahr, wie die drei Hip-Hopper aus dem Nachbarsblock, obwohl diese alles gaben, um ihr aufzufallen. Stina ging im Kopf durch, was heute noch alles zu tun war. Plötzlich durchlief es sie siedend heiß. Fuck, hatte sie ihre Tanzsachen überhaupt eingepackt? Mit Sicherheit, es hatte nichts mehr im Zimmer herumgelegen. Und Dirk würde ihr das Top der Crew mitbringen. Sie brauchte nur schwarze Baggies. Stina malte sich Dirks Gesicht aus, wenn sie ihm heute das Spiegelfoto schicken würde. Leandra war erledigt, yes! Fast unbewusst machte sie einen kleinen Hüpfer, sofort stöhnte sie auf. Die neuen Sommerstiefel, die sie zu ihren Hotpants trug, drückten bereits. Sie war dankbar, als sie sich in der Schnellbahn für einige Minuten setzen konnte. Stina scrollte eben durch den Baker-Chat auf ihrem Handy, als die SMS eines unbekannten Absenders sie unterbrach. Seltsame Ländervorwahl! Ebenso verwunderte sie das Bildchen des Absenders, das dazu aufpoppte. Es zeigte den Sänger Joe Jonas, Hauptdarsteller in *Camp Rock*.

Sei anders, sei du selbst!
Viel Vergnügen im Camp.
Joe.

Der Slogan aus *Camp Rock*! Irritiert starrte sie auf das Display, dann ging ihr ein Licht auf. Sie hatte den *Camp-Rock*-Soundtrack eben noch in ihrem Zimmer laufen lassen. Wessen Nummer hatte schon eine ausländische Vorwahl!

Spar-lol, Nikos
Ich lösch deine Nummer
gleich wieder. Und: wer
achtet da schon auf die
Musik, wir wollen nur
JJs Sixpack …!!!

Sie verpasste dem Smiley eine heraushängende Zunge und schickte die SMS ab.

Nikos grinste. An seinem Computer hatte er ihr beim Schreiben zugesehen. Das schlechte Gewissen, weil er ihr Handy geentert hatte, hielt sich in Grenzen, erst recht, seit er entdeckt hatte, wozu Stina neulich so lange im Bad gewesen war. Das Beste der Fotos hatte er ausgedruckt. Es war nicht dasselbe wie jenes, das Stina ihrer Freundin geschickt hatte, auf seinem war auch Stinas Gesicht zu sehen. Vielleicht gefiel es Nikos deshalb. Es offenbarte eine Unsicherheit, die sie sonst stets hinter schnippischem und abschätzigem Getue verbarg.

Die unverstellte Stina mochte er. Er nahm es zumindest an, es war ja unmöglich, ein Mädchen einzuschätzen. Ständig und rasend schnell änderten sich ihre Launen, im einen Moment taten sie, als sei man ihr bester Freund, im nächsten der schlimmste Alptraum. Die hatten einfach keinen Plan.

Nikos schloss die Applikation, die ihr Handy auf seinen Computer spiegelte, und öffnete die Aufnahmesoftware. »That Girl« hatte er den Songentwurf genannt, Rhythmus und Melodie passten langsam zusammen, beim Text kam er noch immer nicht weiter. Entnervt wechselte er zur Gamemusik, die er und sein Vater auf Peers Wunsch hin zusammen entwarfen.

Nikos Schweigen verriet Stina, dass sie richtig geraten hatte. Von wem er wohl ihre Nummer hatte? Sie hatte sie ihm nicht gegeben, da war sie sich sicher. Von Moritz, natürlich! Nikos war schon süß. Schwarze Haare, grüne Augen. Ungewöhnlich. Aber was für ein Nerd! Viel zu sehr auf seine Games und Geräte fixiert. Kürzlich hatte sie ihn in Moritz' Zimmer singen gehört, und nicht mal schlecht. Aber vielleicht war es auch eine Stimme aus dem Computer gewesen. Singen passte nicht zu ihm, dachte sie. Als die S-Bahn die Haltestelle passierte, wo sie für ihre Besuche bei Nyima ausstieg, fiel ihr ein, was ihr noch fehlte. Shit, besser, sie brachte das gleich hinter sich! Sie fuhr drei Stationen weiter, stieg dann aus und steuerte schnurstracks einen Drogeriemarkt an, bevor sie der Mut verließ. Sie strich eine Weile zwischen den Regalen entlang, prüfte hier ein Produkt, nahm dort ein Fläschchen vom Gestell, bis sie niemanden mehr sah. Mit der einen Hand nahm sie endlich ein Paket mit Tampons und ließ mit der anderen blitzschnell ein Paket Kondome in der Hosentasche verschwinden. Ihr Herz hämmerte, als sie zur Kasse ging. Nicht auszudenken, wenn sie erwischt würde, mit so was in der Tasche! Aber die Gummis auf das Kassenband zu legen, wäre voll peinlich. Ihr Gesicht glühte, und sie war überzeugt, die Kassiererin würde sie sofort durchschauen, doch diese zog nur müde die Tamponpackung über den Strichcodeleser und nahm das Geld entgegen. Sie schlenderte hinaus, kaum war sie um die Ecke gebogen, beschleunigte sie ihre Schritte, zugleich fächelte sie sich Luft zu.

Zoe, Mo, Kerri und Susa empfingen sie mit großem Hallo und zeigten ihr stolz, was sie bereits eingerichtet hatten. Die Garage war an das Haus angebaut, auf derselben Kellerebene gab es auch eine kleine Dusche und eine Toilette. Kerri hatte eine Campingkochplatte mitgebracht, sie stand bereits neben den Esswaren und den Vorräten für die ganze Woche. Die Winterreifen waren zu zwei Stapeln aufgetürmt, ein Brett darüber, fertig war der Tisch. Stina verband ihr Handy mit Zoes Blockrocker und startete unter dem Gejohle der Mädchen den *Camp-Rock*-Soundtrack, diesmal den etwas moderneren zweiten Teil. Sie machten sich daran, aus alten Matratzen, Tüchern und Schlafsäcken ihr Nachtlager zu bauen, alle fünf komplett überdreht angesichts der bevorstehenden Woche ohne Bevormundung. Bitch's Life. Keine Schule, alle Zeit der Welt, das Wetter versprach heiß und sonnig zu werden, sie würden meistens am See liegen, und keiner schrieb ihnen vor, wann sie zurückkommen mussten. Dachten sie zumindest, bis Zoe erklärte, ihre Mutter würde abends um elf immer kontrollieren, ob alle da seien, das hätten die anderen Eltern gewünscht.

»Und der Dance-Contest?«

»Da werden wir uns etwas einfallen lassen.«

»Ich muss dort sein!« Stina zog die Kondome aus der Tasche und warf sie in die Luft. »Eben geklaut!«

Susa stürzte sich als Erste darauf und riss die Schachtel auf. Sie öffnete ein Päckchen und rollte den Gummi triumphierend über ihren Zeigefinger.

»Vergiss nicht, Stina«, sagte sie lehrerhaft. »Hier oben schön das Reservoir zusammendrücken und dann sorgfältig herunterrollen. Immer schön rollen!«

»Aber ja, Frau Bohner!«, sagte Stina in Anspielung auf ihre Biologielehrerin.

Kerri, die Einzige von ihnen, die es schon getan hatte, schaute amüsiert zu. »Wenn du das so langsam machst, ist das Reservoir voll, bevor du fertig gerollt hast«, sagte sie nur.

»Deshalb müsst ihr mir genügend davon lassen, meinst du, ich kenne die Reset-Taste nicht!« Unter den anfeuernden Rufen ihrer Freundinnen machte Stina die entsprechende Handbewegung.

Bald hatten sie sich etwas beruhigt. Stina merkte, dass die Freundinnen ihren Plan nicht ernst nahmen. Sie glaubten Stina nicht mal, dass sie jetzt mit Dirk ging. Ein bisschen eingeschnappt schlüpfte sie aus der Garage und setzte sich in den Schatten der Eibe vor Zoes Haus. Sie wählte jenes Foto aus, bei dem der beschlagene Spiegel nicht zu viel von ihrem Körper preisgab, und schickte es Dirk mit den Zeilen, sie habe sich noch nicht für die Partyeinladung bedankt.

Die Antwort kam so schnell, wie sie sich erhofft hatte.

O Mann … lüfte schnell
das Bad, ich will den Spiegel
blank … ;-D

Sie ließ ihn zappeln.

Na??

Man weiß ja nicht, was mit solchen Bildern geschieht …

Vertrau mir

Später vielleicht. Gilt die Einladung noch?

Immer mehr !!! ;-DD
Kleine Programmänderung:
Wir fahren nach dem Auftritt zurück, Party bei mir, habe sturmfrei.

Strahlend ging Stina zu ihren Freundinnen zurück. Das war gar nicht schlecht, vielleicht reichte es ihr so, zur Kontrolle schnell ins Camp zurückzukehren.

Ein Warnton hatte Nikos aus seiner Arbeit gerissen. Konsterniert und eifersüchtig zugleich las er Stinas SMS-Wechsel. So viel Naivität grenzte an Dummheit!

Rea wollte eben das nächste Wiesenstück in Angriff nehmen, als Moritz angerannt kam.

»Wollen wir zusammen etwas machen, oder gehst du auf Expedition?«

Sie sah ihm an, dass er gerne in ihrer Nähe geblieben wäre, doch der Wunsch, auf eigene Faust etwas zu unternehmen, war offenbar genau so groß. Wie oft in solchen Momenten nahm sie ihm die Entscheidung ab.

»Du kannst ja früher als sonst zurückkommen, dann bin ich mit Mähen fertig und habe Zeit für dich. Hol deine Sachen.«

Kaum sirrte der Schleifstein über das Blatt der Sense, wurde Rea ruhiger, und als die Sense durch die kniehohen Grashalme der Bergwiese zischte, weitete sich endlich die Spirale ihrer Gedanken.

Moritz kam zurück.

»Wohin heute?«

»Weiß noch nicht, jeden Tag ein neuer Ort«, schwindelte Moritz.

»Und die Katzen?«

»Sie trauen sich langsam aus dem Stall heraus. Ich habe die Tür geschlossen.«

Rea lächelte. Es kam nicht oft vor, dass sich ihre Sorgen ähnelten.

»Die Mutter schaut schon, dass ihnen nichts zustößt.«

»Die liegt nur herum und schläft.«

»Mütter passen immer auf.«

»Musst du jetzt nicht mehr, Mam. Ich schau für mich«, sagte Moritz im Brustton der Überzeugung. »Und Stina ist im Garagencamp. Du hast jetzt Ferien.«

Wenn das so einfach wäre!, dachte Rea. Wenigstens ein Stück weit hatte er recht. Stina war im Moment wirklich Peers Problem, der sollte sich kümmern.

»Dann ist ja gut. Hast du alles dabei?«

»Ein Sandwich, einen Riegel, etwas zum Trinken und das Handy.«

»Zeig her!«

Rea kontrollierte die Ladeanzeige. Der Akku ihres alten Handys war nicht immer zuverlässig, doch diesmal schien alles in Ordnung. Einprogrammiert hatten sie nur ihre und Peers Nummer. Moritz wusste, dass er es nur im Notfall benutzen durfte, oder wenn er von ihnen angerufen oder angeschrieben wurde. Rea hatte sich zuerst gegen Peers Idee gewehrt. Es sei doch unsinnig, mit einem Kind in den Bergsommer zu ziehen, es aber gleichzeitig an die Leine zu nehmen. Sie hatte damals noch nicht gewusst, dass sie mit ihm alleine hier oben sein würde. Mit dem Handy ertrug sie Moritz einsame Erkundungen besser. Ihr Sohn kannte die Gegend, er wusste um den einzigen gefährlichen Ort beim Felssturz, doch dahin wollte er scheinbar nicht. Am spannendsten fand Moritz offenbar den Fichtenwald am Bach und das Tal der Trolle darüber. Wie sie früher. Reas Entschädigung für die ausgestandenen Ängste waren seine blitzenden Augen bei der Rückkehr, die übersprudelnden Schilderungen seiner Entdeckungen, die sie an eigene Erlebnisse hier oben erinnerten.

Sie küsste ihn zum Abschied und schärfte ihm nochmals ein, dass er zurückkommen musste, sobald die vordere Zahl der Uhr seines Handys sechzehn war. Moritz vertat sich manchmal noch mit der Uhrzeit, deshalb vereinfachte sie ihre Vorgaben. Sie schaute ihm hinterher, als er durch die Wiesen Richtung Waldstück marschierte. Schon nach wenigen Metern war seine Zielstrebigkeit nicht mehr ganz so groß, er blieb stehen, untersuchte Blumen, bückte sich, wohl um einen Käfer oder einen der vielen Schmetterlinge näher zu betrachten. Rea wischte sich über die Stirn, dann wetzte sie das Sensenblatt mit einigen kurzen, energischen Strichen des Schleifsteins. Der Duft des bereits geschnittenen, in der Sonne trocknenden Grases stieg ihr in die Nase. Es machte ihr nichts aus, sie reagierte nur auf blühende Bäume allergisch. Rea nahm das nächste Stück in Angriff. In den letzten Tagen fragte sie sich, ob man nicht eher auf sie aufpassen sollte als auf die Kinder. Der Maler löste ein Gefühl des Aufruhrs und der konstanten Anspannung in ihr aus, wie sie es noch nie erlebt hatte. Die Bedenkenlosigkeit, mit der sie sich einem Unbekannten offenbarte, irritierte sie und erregte sie zusätzlich. Die ideale Projektionsfläche. Und mehr, so redete sie sich ein, brauchte sie nicht, mehr würde er nie werden.

Trotzdem stellte sie sich manchmal vor, wie es ohne Peer wäre.

So weit schon?

Wohl ein Zeichen,
dass etwas nicht stimmt.

Typisch Frau. Männer
denken nie so.

Irgendwann muss man sich
entscheiden.

So schnell nicht.

Es fühlt sich falsch an.

Gewohnheitssache. Jeder Zug
fährt auf zwei Schienen.

Killerargument

Eingleisig oder zweigleisig,
beides geht.

Drive, she said

Oh yeah

Vielleicht hatte Nyima recht. Es gab tatsächlich einiges, das sie sich gar nicht vorstellte, so sehr sie derzeit mit Peer haderte.

Moritz ohne seinen Vater, zum Beispiel.

Sie ohne Peer eher.

Eine Biene umschwirrte ihren Kopf, sofort hielt Rea im Schwung inne und blieb stocksteif stehen, bis sie weggeflogen war.

Wer das Mähen gewohnt war, baute das regelmäßige Nachschleifen ganz selbstverständlich in den Bewegungsablauf ein. Rea liebte diese Arbeit. Sophie, die richtige Bäuerin, ging der Sense wann immer möglich aus dem Weg, deshalb hatte sie Rea die Wiese mit Freuden überlassen. Diese nahm sich den nächsten Abschnitt vor. Das Gras war noch feucht, das machte es leichter, sie führte die Sense in weitem, langsamen Schwung, der nächste folgte dem vorhergehenden, ein kurzer Zwischenschritt, wieder zwei Schwünge. Das Gras stand am leicht abfallenden Hang locker, es bot keinen wirklichen Widerstand. Rea war gespannt, mit welchem Bild der Maler sie als Nächstes überraschen würde. Es gehe nicht an, hatte sie ihm am Morgen geschrieben, dass nur sie Modell stehe. Er kenne ihren Körper in intimen Details, sie wisse hingegen nicht einmal, wie er aussehe. Sie wolle jetzt ein Bild von ihm, damit könne er sich ja diesen Kontinentalflug nach Buenos Aires verkürzen. Mit einer Erschwernis: Sie wolle auf dem Bild jene Stelle seines Körpers sehen, die er selbst die Erotischste fände. Seinem Protest hatte sie entgegnet, das sei nicht verhandelbar, die Aufgabe so schwierig nicht und sie freue sich schon darauf, es dürfe auch nur eine Skizze sein, ihr sei klar, dass er seine Farben nicht im Flugzeug mischen könne.

Seine Kreativität faszinierte sie, dem virtuellen Filter und der Distanz zum Trotz. Seine Texte, die bei aller Kürze stets originell, witzig, oft doppeldeutig waren. In der Nacht nach ihrer »Malsession«, wie sie es nannten, hatten sie sich nur geschrieben, ohne Videobilder. Er hatte sie gebeten, ein wiederkehrendes Szenario aus ihren erotischen Fantasien zu verraten, damit hatte der eine Chat seinen Anfang genommen. Sie hatte eine Andeutung gemacht, er hatte sie aufgenommen und eine erotische Kurzgeschichte daraus gemacht, die er in kleinen, chatgerechten Happen erzählte, unterbrochen und befeuert manchmal von ihren Zwischenbemerkungen. Er hatte sie in die Erzählung einbezogen, diese war immer gewagter geworden, gelegentlich fragte er, ob er dieses oder jenes mit ihr tun dürfe, und beschrieb gleich darauf, wie er es tat, wie sie reagierte, wie das wiederum auf ihn wirkte, seine Schilderung hatte sich von den paar Worten auf dem Bildschirm erregen lassen, sie waren mal vorsichtig abtastend, dann wieder frech fordernd, plastisch, unverblümt. Sie hatte sich seinen und ihren Fantasien ergeben. Was der Mann mit ihr anstellte, war eigentlich unvereinbar mit ihrem Selbstverständnis, war ihr in der Nacht darauf aufgegangen. Am folgenden Morgen hatte sie beschlossen, den Kontakt zum Maler abzubrechen, einige Stunden später war sie schon wieder atemlos vor dem Bildschirm gelegen, mit fliegenden Händen, hämmerndem Puls, süchtig danach, was sie in den nächsten paar Zeilen anstellen würden. Diesmal aber übernahm sie eine aktivere Rolle, eine fordernde, ihm gefiel auch das.

Sie habe das Gefühl, hatte sie Nyima geschrieben, sie sei noch mit keinem Mann so weit gegangen, dabei hätten sie sich noch nicht einmal berührt.

Genau dafür flüchte man sich ja in Affären, hatte Nyima ihr trocken geantwortet. Geheime Wünsche ausleben, ohne die Folgen im Beziehungsalltag ausbaden zu müssen.

Rea tauschte die Sense mit dem Rechen und zog das gemähte Gras zum oberen Rand der Wiese hoch. Oft hatten Peer und sie versucht, sich nur als Mann und Frau zu sehen, losgelöst von ihrer Elternrolle. Aber selbst wenn das gelang, wie letzthin im Kurhotel, blieb immer noch der Ballast ihrer langen Zweierkiste. Peer und Rea passten im Bett gut zusammen, daran lag es nicht. Aber wenn man jemanden nicht so genau kannte, nicht jede seiner Reaktionen vorhersah … Rea sehnte sich danach, von ihrem Mann wieder mal so überrascht zu werden wie von diesem Bild, das da plötzlich in ihrem Postfach aufgetaucht war. Die Berührung auf dem Dach war nur ein Anstoß gewesen, aus der Bahn geworfen hatte sie erst das Gemälde. Die Mühe, die der Maler sich gegeben hatte, nicht wissend, ob es ihm etwas einbringen würde.

Reas ursprünglichem Wunsch, mehr über ihn zu wissen, stellte sich die Angst vor der Enttäuschung entgegen, ihre Träumereien könnten an Realitäten zerschellen. Es war längst nicht mehr die Frage, ob sie sich auf ihn einlassen würde, es war nur noch offen, wie weit sie dabei gehen würde. Und mit welchen Folgen für sie und Peer.

Eben noch hatte sie mit Staunen das neueste Video betrachtet, das er ihr geschickt hatte, er arbeite noch immer an ihrer Vorgabe, etwas von sich selbst preiszugeben, er wolle ihr aber schon demonstrieren, dass den Bildern, die er von ihr malte, keine Grenzen gesetzt waren. Das erste Bild des Videos war ihr gemalter Körper in der Badewanne gewesen, doch kaum hatte sie auf den Play-Button gedrückt, bewegte sich der Körper in der Badewanne. Sie traute ihren Augen nicht, als sie sich aufrichtete, so, wie er sie gemalt hatte, und dieses seltsame Es, halb Gemälde, halb Avatar, halb sie, halb Animationsfigur, aufreizend langsam aufstand, der Wanne und damit dem Bild entstieg. Der Clip war gerade mal fünf Sekunden lang, Rea hatte ihn wieder und wieder angeschaut, zuletzt in Verlangsamung, aber sie kam trotz ihrer Fachkenntnisse nicht dahinter, wie der Painter ihren gemalten Körper animiert hatte. Irgendwie musste er dieselbe Szene mit einer echten Frau gedreht haben und dem Körper dann eine neue, gemalte Hülle angepasst haben.

Was konnte der noch alles? Wie machte man so was, mitten in Südamerika, auf einer Geschäftsreise?

Während Rea das Heu zettelte, spazierte Moritz auf dem Wanderweg durch das Zwergental. So nannte der Junge den sanften Geländeeinschnitt, den er schon am zweiten Ferientag entdeckt hatte und der zum Tal der Trolle führte. Der Bach zog sich hier in breiten, silbernen Schlaufen durch die grünen Wiesen. Die ausgewaschenen Uferränder warfen in den Biegungen Bananenschatten auf das glasklare Wasser. Die vielen verwitterten, kleinwüchsigen Kiefern, die verstreut in der Wiese wurzelten, waren in Wirklichkeit Zwerge, hatte Moritz entdeckt, deshalb nämlich war keine von ihnen höher als zwei Meter. Sie hatten untereinander ausgemacht, keiner dürfe in den Himmel wachsen. Dank ihnen hatte Moritz sich hier sofort wohl gefühlt. Viel aufregender noch war der Zauberer, der weiter hinten in der Schlucht bei den Trollen lebte. Seit Moritz seine Hütte entdeckt hatte, beobachtete er ihn bei seiner seltsamen Arbeit. Oft hantierte er mit einer Zaubergießkanne, die er aber nicht zum Wässern brauchte, denn ihr Schnabel stieß Rauchwolken aus! Manchmal wehten die Schwaden zu Moritz' Versteck herüber, sie rochen viel süßlicher als normaler Rauch, der Mann war ja auch am Zaubern. Moritz traute sich wegen der Bienen nicht näher. Vor dem Alten hatte er keine Angst, im Gegenteil, Moritz war sich sicher, dass sie sich sofort anfreunden würden. Er war ein guter Zauberer, über weiße und schwarze Magie und solche Sachen wusste Moritz genau Bescheid. Er füllte die halbleere Flasche am Bach neu auf und begann, im Ufersand, der sich in einer der weiten Schlingen angesammelt hatte, kleine Rillen zu ziehen. Sie füllten sich sofort mit Wasser. Bald hatte er ein kleines Netz von Kanälen geschaffen, so wie er sie in den letzten Ferien in jener Stadt am Meer gesehen hatte. Da, wo es keine Straßen gab und wo die Busse Boote waren. Ob die Kinder da sogar mit dem Schiff in die Schule fuhren? Das hatte er sich gar nie überlegt! Plötzlich merkte er, wie das Wasser in seine Schuhe eindrang. Mit zwei großen Sätzen war er zurück auf der Wiese. Den Weg hinauf zur Schlucht legte er kreuz und quer an, von Kiefer zu Kiefer, er war gespannt, ob er noch jeden Zwerg beim Namen begrüßen konnte. Beim achten wurde er unsicher. Erst als er am Rand der Krone die herunterhängenden Mundwinkel entdeckte, wusste er es wieder.

»Reiß dich zusammen, Griesgram!«, rief er ihm zu. »Es ist schön heute, keine Wolke am Himmel!«

Moritz wanderte weiter, grüßte Goldhaar mit den vielen verdorrten Ästen und sagte sich beim windzerzausten Strubbel, dass er nun vorsichtiger werden musste. Moritz wusste schon, dass es eigentlich nicht mehr viele Zauberer gab, aber dieser tat wirklich erstaunliche Dinge. Wozu das alles gut war, hatte er die Mutter nicht zu fragen getraut, die wurde immer viel zu nervig, sobald Bienen im Spiel waren. Er erkundigte sich bei Strubbel, ob er ausnahmsweise auf seine Arme steigen durfte, dann machte er es sich in einer Astgabelung bequem, überzeugt, der Zauberer würde ihn mitten in den grünen Kiefernadeln niemals entdecken. Heute war der Alte am Wasser beschäftigt, es schien, als mochten sie beide dasselbe Spiel: das Stauen. Am liebsten wäre Moritz sofort hinübergerannt, um ihm beim Bau der Mauer zu helfen, aber er traute sich noch nicht.

Der Imker hatte seine kurdische Hose hochgekrempelt und stand mit nackten Füßen im Wasser. Die Kälte war er gewohnt, und es war Zeit, dass er sich ein kleines Becken mit stehendem Wasser schuf, für den Abwasch, für die Wäsche, für alles. So wie er es damals immer getan hatte, in den sieben einsamen Jahren, fern von Zelal und den Kindern. Jedes Mal dann, wenn er sicher war, dass er für längere Zeit am selben Ort bleiben konnte.

Er schloss eine weitere Lücke in der Staumauer, dann schaute er zur Föhre hinauf und winkte endlich den Jungen zu sich herunter.

Moritz erschrak. Er war doch gut versteckt gewesen! Natürlich, nicht für seinen Zauberblick! Die Neugier des Jungen war stärker als seine Scheu. Er kletterte vom Baum herab, war einen Moment später am Bach und fühlte die schwielige Hand des alten Mannes in seiner.

»Rebin Diljan«, sagte dieser und zeigte auf sich. »Rebin!«

»Moritz.«

»Moritz? Moritz gut!«

Er fügte lächelnd noch einen Satz in seiner Zaubersprache hinzu, ein wiederkehrendes Wort war Akam, den Rest verstand Moritz nicht, aber aus den Handzeichen las er, dass er dem Alten helfen sollte. Der Zauberer deutete auf den kleinen See, der bereits entstanden war, tat so, als wasche er das Gesicht, dann nahm er seinen Kessel und tunkte den ins Wasser. Moritz begriff, dass er den Stausee nicht nur zum Vergnügen baute, und ging ihm zur Hand. Moritz war ein erprobter Staumauerbauer! Er ließ es sich aber nicht anmerken, sondern begnügte sich mit der Handlangerrolle, es war ja nicht seine eigene Mauer. Er holte die Steine, auf die Rebin zeigte, und brachte sie ihm, der Alte stand die ganze Zeit im Wasser, die Kälte hatte er weggezaubert. Er schichtete die Steine auf und tat es viel geschickter als Moritz. Der Junge beobachtete fortan genauer, wie er es anstellte. Rebin deutete meist auf etwas flachere Steine, und bevor er einen setzte, probierte er ihn an verschiedenen Stellen der Mauer aus, er verkeilte ihn erst dann, wenn er sich fast lückenlos in die schon liegenden fügte. Die Mauer wuchs höher. Der Mann benutzte während der Arbeit stets seine unverständliche Zaubersprache, leise, fast flüsternd. Immer dann, wenn es keine Zaubersprüche mehr waren, sondern die Worte Moritz galten, wurde er lauter und machte sich mit zusätzlichen Gesten und Zeichen verständlich. Plötzlich bedeutete der Alte Moritz, keine Steine mehr zu bringen, und tauchte seinen Ellbogen tief in das Becken, er verschwand bis zur Schulter ins Wasser.

»Gut!«, sagte er mit einem verschmitzten Lächeln. »Essen!«

Moritz ging hinter ihm her und wunderte sich ein wenig, wofür der Alte seine geflüsterten Zaubersprüche brauchte. Und immer wieder: Akam. Abrakadabra? Auch jetzt. Wohl damit er heil über den Stamm kam, der ihm als Brücke diente!

Moritz schmunzelte, dann versteinerte sein Gesicht. Rebin führte ihn zu den Bienen. Sofort blieb Moritz stehen. Immer und immer wieder hatte ihm die Mutter eingeschärft, von Bienen wegzubleiben.

Rebin schaute sich um. Offensichtlich hatte der Junge Angst, gestochen zu werden. Mit einem Lachen winkte er ihn zu sich, doch Moritz ging nicht weiter. Rebin machte ihm ein Zeichen zu warten. Er ging zum Rauchgerät und entzündete den Rauchstoff. Moritz beobachtete aus der Distanz, was er tat.

»Bienen gut!«, sagte der Alte und drückte ihm die Gießkanne in die Hand. Er zeigte ihm den Hebel, der den kleinen Blasbalg im Inneren des Gerätes zusammendrückte, und wie er den Rauch in gezielten Stößen abgeben konnte. Dann öffnete er die erste Kiste. Fasziniert und erschreckt zugleich starrte Moritz in das Gewusel, gleichzeitig sah er aber die Honigwaben, die er und die Mutter eben noch gekaut hatten. Der Alte winkte ihn heran. Mit einem Spachtel drückte er die Rahmen auseinander, behutsam zog er einen heraus. Er bedeutete Moritz, mit dem Rauch darauf zu zielen. Offensichtlich hatte er es richtig gemacht, denn der Zauberer wischte die Bienen, die darauf herumkrabbelten, ab. Mit bloßen Händen! Moritz vergaß fast, den Hebel zu drücken. Rebin brach die Wabe aus dem Rahmen, fünf Minuten später saßen die beiden einträchtig kauend im Gras, ein großer, flacher Stein war ihre Tischplatte, und Moritz kostete von dem seltsam dünnen Teig, den der Mann offensichtlich in seiner Feuerstelle gebacken hatte. Die Honigwabe hatte er in Stücke geschnitten. Zu Moritz' Verwunderung spuckte er das Wachs nicht aus, sondern aß alles auf, ohne einmal mit der Wimper zu zucken. Tee trank Moritz sonst nur, wenn er krank war, aber dieser hier, vom Zauberer in ein kleines Glas gegossen, war so süß, dass er ihn mochte. Moritz fühlte sich in ein Märchen versetzt. Der Zauberer, die gezähmten Bienen, das seltsame Essen. Während er das Glas wieder absetzte, übersah er die Biene auf der Steinplatte, sein Unterarm berührte sie, Moritz schrie auf.

Als Rebin sah, dass ein Stich der Grund dafür war, lachte er laut auf.

13

Ruhig aber bestimmt zog der Alte Moritz zu sich heran. Er drehte die Einstichstelle gegen das Licht. Der Stachel war deutlich zu sehen. Moritz dachte an seine Mutter und geriet allein deshalb fast in Panik, zugleich irritierte ihn das Verhalten des Zauberers. Lachte der ihn etwa aus? Es hatte doch so wehgetan! Auch jetzt noch.

Rebin hatte bereits den Fingernagel auf Moritz' Arm gedrückt und strich den Stachel mit einer schnellen Bewegung aus der Einstichstelle heraus. Daraufhin nahm er flüsternd eine Zwiebel aus der Plastiktasche, halbierte sie, legte eine Hälfte auf die Stichstelle und bedeutete Moritz, sie daraufzudrücken. Rebin sah die Angst in den Augen des Jungen. Beruhigend tätschelte er ihm die Schulter.

Moritz horchte auf das Zaubergemurmel und beobachtete interessiert, was er nun wieder anstellte, kaum noch misstrauisch, der Schmerz hatte bereits nachgelassen. Rebin riss in der Wiese eine Pflanze aus, nahm einige der Blätter und zerrieb sie, wobei sich die Finger des Alten grün färbten. Dann nahm er die Zwiebel von der Einstichstelle. Sie war nur leicht angeschwollen. Er rieb sie mit dem grünen Saft der Pflanze ein. Während der ganzen Zeit murmelte er weiter Zaubersprüche vor sich hin. Moritz, fasziniert von diesem magischen Ritual, das er sonst nur aus Büchern und Filmen kannte, vergaß darüber den Schmerz vollends. Einige der Worte wiederholten, der Alte immer wieder. Zelal. Und etwas, das klang wie Sinirliot. Rebin warf die Blätter des Spitzwegerichs wieder beiseite und reichte Moritz die Honigwabe, die er hatte fallen lassen.

»Essen gut.«

Moritz erwiderte sein verschmitztes Lächeln.

Am Abend musste Rea warten, bis Moritz den ersten kurzatmigen Wortschwall hinter sich gebracht hatte, dann fragte sie besorgt nach, was genau er ihr erzählen wolle und – Zauberer hin oder her – wo der Bienenstich sei. Moritz deutete auf den kleinen roten Fleck, er war nicht größer als ein normaler Mückenstich. Rea verstand gar nichts mehr.

»Das ist doch keine Biene gewesen!«

»Aber sicher!«, wehrte sich Moritz entrüstet. »Er hat ihn weggezaubert, das erzähl ich dir doch gerade.«

»Wer hat gezaubert?«, fragte Rea. Hatte Moritz zu viel Sonne erwischt? Sie legte ihm ihre Hand auf die Stirn, er schüttelte sie sofort wieder ab.

»Der Zauberer, der hinten im Zwergental wohnt.« In solchen Momenten verzweifelte Moritz schier an seiner Mutter.

»Ach so, der!«, lenkte Rea ein. »Und wie hat er das gemacht?«

Manchmal war es besser, dachte sie, Moritz einfach erzählen zu lassen, vor allem dann, wenn er den ganzen Tag alleine mit sich und seiner grenzenlosen Fantasie gewesen war. Moritz riss mangels der richtigen Pflanze einige Löwenzahnblätter ab. Er rannte in die Küche, wo er glücklicherweise eine halbe Zwiebel fand. Dann wies er die Mutter an, ihren Arm auszustrecken, und tat dasselbe wie der Zauberer einige Stunden zuvor: Er strich mit dem Nagel über die Haut, die Zwiebel legte er auf die imaginäre Einstichstelle. Bei ihm färbten sich die Finger weniger grün, offensichtlich war es wirklich eine andere Pflanze gewesen. Moritz ließ sich nicht beirren. Er imitierte Rebins Sprache, flocht sogar das Zauberwort Akam ein und rieb dabei den grünen Saft auf Reas Arm. Diese wusste gar nicht mehr, was sie denken sollte. Gab es in einem seiner Kinderbücher eine ähnliche Szene? Die magische Behandlung eines Schlangenbisses? Es geschah häufig, dass Moritz die seltsamsten Dinge erlebt hatte und erst beim Nachfragen klar wurde, welche Begebenheit aus einem Buch oder einem Film Moritz in seinen Spielen nachgestellt hatte, oft auf lustigste Weise abgewandelt.

Was auch immer diesmal der Auslöser gewesen war, der Stich war nicht von einer Biene, die Geschichte aber ein Fingerzeig. Rea übertrug ihre eigene Angst zu sehr auf ihre Kinder. Schon deshalb war es gescheiter, wenn sie tat, als würde sie ihm glauben.

»Jetzt versteh ich.« Rea küsste Moritz in die verstrubbelten und verschwitzten Haare. »Tut also nicht mal so weh, so ein Bienenstich?«

»Am Anfang schon, wie verrückt, aber nachher nicht mehr. Zum Glück war Rebin da.«

»Rebin?«

»Mam! Der Bienenzauberer. Darf ich jetzt zu den Katzen?«

»Natürlich.«

Moritz stürmte zum Stall. Rea schaute ihm nachdenklich hinterher. Rebin? Was steckte da bloß dahinter? Sie folgte ihm über den Hof. Ihr Blick ging zum Himmel. Die Wolken türmten sich bereits an den gegenüberliegenden Bergen auf, Vorboten von abendlichen Gewittern. Sie musste schauen, dass sie rechtzeitig das restliche Heu einbrachte.

Als sie zwei Stunden später die Gabel, den Rechen und das Heutuch wegräumte und Moritz über den Hof Richtung Küche zum Nachtessen folgte, roch es schon nach Regen, Minuten später platschten erste, dicke Tropfen auf den Abendtisch. Gemeinsam kochten sie drinnen Tomaten-Penne nach Moritz-Art, mit Unmengen von Knoblauch und Zwiebeln, was zu Hause nie möglich war, weil Peer beides nicht vertrug. Danach schleppte der Junge die Kiste mit den Spielen zum Tisch.

»Heute machst du sowieso keinen Alpsegen!«, sagte er, als Rea mit ihrem Kaffee aus der Küche kam.

Er hatte recht. Windböen kamen auf, der Regen prasselte gegen die Fensterscheiben. Rea fragte sich unwillkürlich, ob sie an alles gedacht hatte.

»Ist die Scheunentür geschlossen?«

»Ja, Mami, das hast du schon zweimal gefragt!«

»Hab ich das?«

»Was spielen wir?«

Rea beugte sich mit ihm über die Kiste. Es waren teilweise noch dieselben Spiele wie früher.

»Meine Mutter hatte nie Zeit, mit mir zu spielen.«

»Warum?«, fragte Moritz erstaunt.

»Weil sie so viel Arbeit hatte. Sophie, Paula und ich mussten uns selber unterhalten. Nur ganz selten hat deine Großmutter mitgespielt, am ehesten an solchen Abenden. Noch seltener nur mit mir allein. Wenn, dann immer unser Lieblingsspiel.«

»Welches war das?«

Rea hatte eben das alte Halma-Brett gefunden und zog es aus der Kiste. Sie bezweifelte, dass noch genügend Spielfiguren zu finden waren, aber etwas später war jeder Punkt in ihren beiden Dreiecken besetzt. Rea erklärte Moritz Regeln und Ziel des Spiels. Bald waren sie mit Feuereifer am Werk, kein Ohr mehr für das Krachen des Donners; und als plötzlich der Strom ausfiel, wie das bei Gewittern häufig geschah, zündeten sie die bereitliegenden Kerzen an. Rea fühlte sich in der Zeit zurückversetzt. Einer dieser Momente, in denen sie ihre Mutter unendlich vermisste. Was hätte sie dafür gegeben, wenn sie noch leben würde, hier säße, hier am Tisch, und endlich Zeit für ihre Enkel hätte.

Im dritten Spiel ließ Rea Moritz zum ersten Mal gewinnen. Sie musste nicht viel dazu tun, er bewies erstaunliches Talent.

»Wird das jetzt auch unser Lieblingsspiel?«, fragte er sie später, als sie zusammen ins Badezimmer gingen.

»Vielleicht.«

»Und nur du und ich spielen es. Und Stina nicht.«

»Genau«, antwortete Rea. Sie konnte sich nicht vorstellen, dass Stina jemals wieder an Brettspielen interessiert sein würde. Was mochten die Mädchen jetzt gerade anstellen, unten in ihrer Garage? Zum ersten Mal seit ihrer Ankunft hier fühlte Rea sich ein bisschen isoliert. Sie würde nachher kurz mit Peer telefonieren. Zuvor schickte sie Stina eine SMS. Ob alles geklappt habe und ihr das Camp gefalle. Sie war überzeugt davon, frühestens am anderen Morgen eine Antwort zu erhalten. Oder gar nicht. Das war ein häufiger Streitgrund. Mit ihren Freundinnen chattete Stina im Minutentakt, die SMS der Mutter las sie nicht mal oder ließ sich für die Antwort ungebührlich Zeit.

Rea erlaubte Moritz nicht, eine Kerze in die Kammer mitzunehmen. Sie brachte ihm die Taschenlampe aus der Küche. Damit konnte nichts passieren.

»Eine Viertelstunde, nicht mehr.«

Moritz war bereits mitten in seiner Geschichte und reagierte nicht.

Es läutete eine Weile, bis Peer abhob.

»Ich dachte schon, es meldet sich keiner«, sagte Rea.

»Spät gehört, bin am Arbeiten.«

»Hat sich Stina schon gemeldet?«

»Von selber nicht, aber sie hat mir gerade geantwortet, alles sei okay, ich soll es auch an dich weiterleiten«, schwindelte Peer.

»Weil die Dame ja so ungeübt darin ist, kann sie mir keine eigene Antwort geben?«

»Die hat doch für nichts Zeit. Denen wird im Lauf der Woche schon noch langweilig.«

»Hat sie ihr Notfallzeug dabei?«

»Ja. Zumindest habe ich es ihr nochmals gesagt, und sie hat es bestätigt.«

»Und – hast du mit ihr gesprochen?«

»Nein.«

»Peer, verdammt! Kann ich mich nicht einmal auf dich verlassen?«

»Hab ich absichtlich nicht getan. Bei der kleinsten Bemerkung wäre klar, dass Nyima sie verraten hat. Dann wird sie auch ihr nichts mehr sagen.«

»Du hast dich doch bloß gedrückt!«

»Ich reiße mich nicht darum, das stimmt. Vor allem aber gebe ich deiner Freundin recht. So wie Stina drauf ist, tut sie vor allem das, was wir ihr verbieten. Was es zu sagen gab, hat Nyima offenbar gesagt.«

»Hätt ich mir denken können. Ein einziges Mal in zwanzig Jahren gefällt dir, was Nyima tut. Genau dann natürlich, wenn es deiner Bequemlichkeit entgegenkommt.«

»Nur weil ich nicht gleich hysterisch werde …«

»Jetzt bin ich hysterisch?!«

Peer schwieg einen Moment.

»Entspannt ja wohl nicht gerade. Ich habe mit Zoes Mutter gesprochen. Wir hätten Bedenken, dass Jungs ins Spiel kämen. War ziemlich peinlich.«

»Was soll da peinlich sein?«

»War es. Sie hat versprochen, dass sie kontrolliert.«

Es wurde still in der Leitung. Vielleicht übertrieb sie ja wirklich ein wenig, dachte Rea. Und vielleicht kam ihr die Streiterei mit Peer ja auch aus anderen Gründen ganz gelegen. Die alte Spiegelfechterei. Allzu oft stritten sie sich über Dinge, die mit der Ursache ihrer Unzufriedenheit gar nichts zu tun hatten.

»Und Moritz?«

»Er behauptet, er hätte einen Bienenstich und ein Zauberer habe ihn geheilt.«

»Aus welchem Buch hat er das?«

»Das weiß ich eben nicht. Wahrscheinlich ist es ein Mücken-

oder Bremsenstich. Er wird dich morgen früh mal anrufen, vielleicht findest du etwas heraus.«

»Okay.«

Wieder wurde es still. Wie jedes Mal, wenn die Befindlichkeit der Kinder besprochen war.

»Stürmt es bei euch oben?«

»Es regnet, es donnert, es blitzt, aber der Wind ist harmlos.«

»Sonst meldet euch.«

»Und der Strom ist weg.« Im selben Moment fiel Rea ein, dass der Akku des Computers fast leer war.

»War zu erwarten.«

»Gibt es eine Möglichkeit, den Computer anders aufzuladen?«

»Wie denn? Stromausfälle dauern ja nicht ewig.«

Sie brauchte den Laptop aber heute noch.

»Ich sollte arbeiten.«

»Kann das nicht bis morgen warten?«

»Ich wollte … Ich hatte mich schon darauf eingestellt. Zwei, drei Mails sollte ich wirklich beantworten. Vielleicht reicht es dafür noch.«

Wieder eine längere Pause.

»Wie läuft es mit dem Spiel?«, fragte Rea endlich.

»Ich habe heute Dordi die Pläne gezeigt.«

»Die ist hier?«

»Ja. Aber Reisinger nicht, eigentlich müsste ich den mal sprechen.«

»Mail ihm, der war im Kurhotel immer online.«

»Das ist dir aufgefallen?«

»Der Online-Junkie? Das ist jedem aufgefallen!«

»Stimmt.«

»Dordi ist oft in der Schweiz«, sagte Rea.

»Erstaunt mich auch.«

»Und Althaus?«

»Wird nervös. Hat Angst, dass er überflüssig wird.«

»Du nicht?«, fragte Rea.

»Überflüssig? Sie hat mir doch grad das Spiel in Auftrag gegeben.«

»Ich meinte, ob sie auch dich nervös macht.«

Seltsame Frage, fand Peer. »Weshalb jetzt?«

»Wegen des Spiels, davon reden wir doch. Immerhin investieren die viel Geld.«

Gut, dass er ihr nicht auch noch von den neuen Geräten und dem Computer erzählt hatte. »Nervös nicht. Ich weiß nur nicht, was sie erwartet.«

Rea wurde hellhörig. Ihr Mann überlegte bei jeder Antwort ein bisschen zu lang, schien ihr. Oder sah sie Gespenster, weil sie Angst hatte, sich selbst zu verraten?

»Find es doch heraus«, sagte sie nach einer kurzen Pause.

»Was?«

»Was sie von dir erwartet. Welche Art von Spiel.«

»Das weiß ich schon. Irgendwie.« Peer lächelte unbehaglich. War nicht mal gelogen, seit seiner Entdeckung kamen ihm immer neue Erinnerungen an die Second-Life-Zeiten zurück.

»Aber?«

»Was?«

»Das war ein Aber-Satz.«

Peer wunderte sich. Rea konnte unmöglich etwas ahnen. »Ich weiß, was sie sich ungefähr vorstellt, wollte ich sagen. Aber die Details müssen wir noch herausfinden. Was vom Spiel virtuell bleibt, was in der Realität eine Entsprechung findet und dort weitergespielt werden kann.«

Jetzt klang er selber schon so doppeldeutig wie Dordi im Büro. War es möglich, dass er über das Spiel gesprochen hatte, Dordi aber über sie beide? Wusste sie doch, wer er war?

»Frag sie halt«, sagte Rea wieder.

Peer verlor etwas den Überblick und suchte bei Fakten Halt.

»Das Spiel findet im Merchandising von Nordstern eine Fortsetzung. Und die besten Spieler könnten Gutscheine für Nordstern-Läden gewinnen. Das meinte ich mit Realität.«

»Ach das.«

Klingt schon eher nach Peer, dachte Rea. Dieser wiederum fragte sich, weshalb Rea fast enttäuscht geklungen hatte.

»Dann ist ja mal alles klar«, bereitete sie die Verabschiedung vor. »Ich schaue jetzt, wie lange ich den Computer noch benutzen kann.«

»Und ich versuch, meinen Mini-Reisinger etwas aufzupeppen.«

Sie legten gleichzeitig auf, beide mit dem absurden Gefühl, bei etwas ertappt worden zu sein, das sie noch gar nicht getan hatten.

Rea ging nach oben und nahm dem schlafenden Moritz die brennende Taschenlampe und das Buch aus der Hand. Im Badezimmer richtete sie sich etwas her, für alle Fälle. Sie machte es sich mit dem Computer im Wohnzimmer bequem. Ob Peer ihr das schlechte Gewissen angemerkt hatte? Als sie den Posteingang auf Facebook öffnete, verflogen alle Bedenken sofort. Seine Nachricht hatte einen Bildanhang. Endlich! Er nutze die Zwischenlandung vor dem Rückflug nach Europa und schicke das gewünschte Bild, er melde sich, sobald er zurück sei und besuche sie dann auf ihrer Alp.

Sein Status war offline. Irritiert starrte Rea auf den Bildschirm. Hatte sie an den letzten Abenden jemals erwähnt, wo sie war? Wohlweislich nicht. Mit Sicherheit nicht! Woher wusste er es? Der Zwischenhof war Rea heilig, ein Zufluchtsort, den in der Stadt die wenigsten kannten. Sie war aufgesprungen und trat jetzt ans Fenster. In regelmäßigen Abständen erhellten Blitze für Sekundenbruchteile den Hof. Sie stutzte. War das nicht eben eine Gestalt gewesen, ein dunkler Schatten mit einer seltsamen Kopfbedeckung? Beim nächsten Blitz war nichts mehr zu sehen. Rea lächelte. Hatte sie wirklich gedacht, ihr Überraschungsbesuch stünde schon vor der Tür? Himmel, das Bild! Sie huschte zum Computer zurück. Auch diesmal überraschte er sie. Seine Hand! Eine Bleistiftskizze, allerdings in solcher Dichte und Perfektion ausgeführt, dass sie an einigen Stellen die Unmittelbarkeit einer Schwarzweißfotografie erhielt. Jene Hand, die in ihrem Videochat den Pinsel geführt, die Farbe zerrieben hatte, dieselben feingliedrigen, aber kräftigen Finger, er hatte sie leicht angezogen gemalt, der Mittelfinger war etwas weiter nach hinten gestreckt. Mit einem Lächeln sah sie, dass er die Kuppe anders schraffiert und ausgearbeitet hatte als die der anderen Finger. Feuchtigkeit? Die freche Anspielung erinnerte sie an den falschen Schuh im ersten Bild, das er von ihr gemalt hatte. Dafür waren die Armbänder, die sie im Videochat gesehen hatte, hier nur angedeutet, der Schatten darunter ebenfalls.

Die Batterie in der Menüleiste wurde rot, die Warnung leuchtete auf. Sie nahm das Handy, das noch etwas mehr Akku hatte, und machte von der Skizze ein Foto. Die Enttäuschung, sein Gesicht nicht zu sehen, hielt sich in Grenzen. Das Wesentliche über ihn wusste sie bereits. Gemeinsam war ihnen eine Leidenschaft, die sie nicht ausleben konnten. Wer ein solch offensichtliches Talent besaß wie der Maler und dieses nicht ins Zentrum seines Lebens rückte, dem blieb nur Sehnsucht. Seit sich Stina von ihr löste und sie spürte, dass es bei Moritz auch bald so weit sein würde, kam ihr die Ordnung der Dinge durcheinander. Vierzehn Jahre lang hatte sie sich die Überlegung, ob ihre Entscheidungen falsch gewesen waren, nicht mal erlaubt. So sehr sie es eine Zeitlang versucht und an ihre Projekte geglaubt hatte, es waren Träume geblieben. Rea gab niemandem die Schuld daran, Peer nicht, Stina schon gar nicht. Aber jetzt veränderte sich etwas. Ihr Mittelpunkt zerfaserte. Das

Fundament, auf dem sie ihr Leben in den letzten fünfzehn Jahren gebaut hatte, schwankte. Es war Zeit, alles zu überdenken. Alles in Frage zu stellen.

Ging es dem Maler ähnlich? Glichen sich ihre Erwartungen? Ob er Kinder hatte? Wahrscheinlich nicht. Einer jener Männer, die alles dem Beruf geopfert hatten. Aus guten Gründen vielleicht: für Geld, für Erfolg, für Ansehen. Jene Entschädigungen, von denen Künstler nur träumen konnten.

Seine Bemerkung mit der Alp allerdings machte sie nervös. Der Maler war auf dem Weg zurück, er wollte sie treffen, sie wollte es auch, mit jeder Faser ihres Körpers. Nur wie? Zu einfach war es bis jetzt gewesen, da alles, mit Ausnahme ihrer Erregung, virtuell geblieben war. Nun konnte sie ihre Affäre nicht mehr als Spielerei abtun.

Worauf wartest du noch?

Er weiß, wo ich bin,
das irritiert mich.

Frag ihn einfach woher,
bevor du ihn triffst.

Ich soll wirklich?

Ja. Mann!

Und Peer?

Manchmal ist das, was wie
eine Flucht aussieht, die
Rückbesinnung auf das,
was zählt.

Kalenderspruch?

Hallo?
copyright Nyima Samten

OK. Und wie geht es dir so?

Rebin betrachtete durch das Fenster die Frau, die, in eine Decke gehüllt, auf dem Sofa saß, das Handy in der Hand, die eine Schulter bis auf einen schmalen Träger nackt. Ihr Gesicht konnte er im schwachen Licht nicht ausmachen. Wahrscheinlich die Mutter von Moritz. Er wollte sie nicht erschrecken und beschloss, es sich in der Scheune gemütlich zu machen.

14

Eine Wucht, dieses Bakers-Camp! Auch an diesem Morgen war das Stinas erster Gedanke, als sie sich schlaftrunken nochmals drehte, um sich herum die zerzausten Haarschöpfe ihrer Freundinnen. Keinen kümmerte es, wie lange sie schliefen. Durch das kleine Fenster fiel ein Strahl der schon hoch stehenden Sonne und ließ die Staubpartikel in der Luft glitzern. Heute war der große Tag. Der Contest. Ihre Nacht! Kaum hatte Stina es realisiert, war sie hellwach. Sie hatte ihren Plan, sie musste die Zeit nutzen, sie hoffte nur, das Geräusch ihres Rasierers in der kleinen Kellerdusche würde die anderen nicht wecken. Eine halbe Stunde später ging sie die Quartierstraße hoch zur Bäckerei an der Ecke. Sie wäre am liebsten wie Moritz über den Gehsteigrand balanciert und herumgehüpft, so federleicht fühlte sie sich. In der Nacht hatte es geregnet, jetzt war die Luft seiden und der Himmel wieder so blau wie an allen bisherigen Camptagen. Selbst hier, fast einen Kilometer vom Wasser entfernt, konnte sie den See riechen. Überhaupt hatte sich alles verändert, seit sie von zu Hause weg war, fand Stina. Sie blieben meist nicht lange in der Garage, der Lido lockte. Seit das Strandbad umgetauft worden war, hatte es etwas Weltläufiges, Südländisches. Gestern hatte sie dort sogar Nikos getroffen. Oben auf der Fünf-Meter-Plattform.

«Was machst du denn hier?«

Nikos konnte ihr schlecht erklären, was er eben ausprobiert hatte.

»Jump, I guess«, hatte er stattdessen geantwortet.

Stinas Freundinnen hatten sich bereits an den vorderen Rand

des Turms gedrängt. Zoe und Susa waren Hand in Hand und begleitet von gellendem Kreischen in die Tiefe gesprungen, Mo und Kerri folgten ihnen kurz darauf nicht weniger laut. Stina war vorsichtig nach vorn gegangen. Fehlte nur noch, dass Nikos ihr die Hand anbot. Dieser hatte ihren Gesichtsausdruck gesehen und lachte in sich hinein. Es würde eine Weile brauchen, bis Stina sich überwand.

»Du kannst ja wieder die Leiter hinunter«, hatte er vorgeschlagen, nur halb besorgt darüber, ob er in der fremden Sprache auch den richtigen Ton fand.

»Nie im Leben!«

Bist du doch jedes Mal, wenn ich dich hier gesehen habe. Nikos hatte es nur gedacht, er wollte sich nicht verraten.

»You don't always have to do, what you think you should do«, sagte er.

Stina, die unverwandt auf die kristallgrüne Wasserfläche hinabstarrte, hatte das Gesicht verzogen.

»Ich habe Ferien, Mann, erspar mir die guten Ratschläge«, hatte sie gesagt, ohne aufzublicken. Verdammt, so schwierig konnte das doch nicht sein! Zum ersten Mal seit Wochenbeginn war die alte Wut aufgeflammt, obwohl sie kilometerweit von ihrer Mutter entfernt war. Sie ebbte erst wieder ab, als das Wasser kühl über ihrem Kopf zusammenschlug.

Nikos hatte besorgt gewartet, bis sie wieder aufgetaucht war. Er wurde einfach nicht klug aus dem Mädchen. Zu unberechenbar war sie. Scheinbar gedankenversunken stand Nikos dann noch eine Weile am Rand des Sprungbretts, plötzlich federte er hoch. Der Aufprall im ungewohnten Süßwasser schien ihm deutlich härter und beim Auftauchen vermisste er die bissigen Kommentare seiner Freunde, die jetzt bei ihnen im Dorf wohl gerade neue Sprünge von der Klippe übten.

»Wer war denn der Typ auf dem Turm?«, hatten Susa und Mo aufgeregt gefragt, als sie Stina auf das Floß zogen.

»Wer jetzt?«

»Na, der Junge eben, der schwarzhaarige, der Wahnsinnige.«

»Zweifach mit Schraube!«

Nikos ein Kunstspringer? Stina blickte hinüber zum Turm. Er stand nicht mehr oben.

»Chill mal. Nur mein griechischer Halbcousin, von dem habe ich doch erzählt.«

»Nicht alles, scheint mir!« Zoes Blick hatte an Nikos geklebt, bis er aus ihrem Blickfeld verschwunden war.

Heute musste der Nachmittag am Lido ausfallen, dachte Stina, als sie die Bäckerei betrat. Heute ging sie mit Dirks Crew tanzen.

Seit sie ihm das Bild geschickt hatte, fragte er ohne Unterlass nach weiteren. Er bettelte geradezu darum, was Stina so süß fand, dass sie fast schwach geworden wäre. Irgendwann spät in dieser Nacht hatte sie ihm geschrieben, er solle ihr zuerst etwas von sich schicken, und sowieso, heute brauche er ja kein Foto mehr, das Original sei doch viel spannender. Danach hatte er sich nicht mehr gemeldet. Schlussendlich waren die Jungs Feiglinge, offensichtlich auch die älteren wie Dirk. Leider verspürten auch ihre Baker-Girls wenig Wagemut. Stina ahnte, dass sie am Abend alleine zur Party gehen würde. Ihre Freundinnen trauten sich nicht und tarnten ihre Angst mit der Behauptung, sie müssten doch in der Garage bleiben, Stinas Abwesenheit bei der Kontrolle vertuschen. Als ob das so schwierig wäre!, dachte Stina. Es reichte, die Schlafsäcke der Fehlenden auszustopfen. An den bisherigen Abenden war Zoes Mutter nur schnell in die Garage gekommen, hatte kurz nach dem Befinden gefragt, und ob alle da seien, richtig nachgeschaut hatte sie nicht. Es war nicht mal nötig, dass sie hierherkam, sie konnte vom Contest gleich mit auf die Party fahren. In Wahrheit waren ihre Freundinnen nur eingeschüchtert, hatten Angst, sie würden an der Party von den älteren Mädchen der Dance Crew gemobbt.

Dirk hatte recht, wenn er fand, Zoe und Co. seien einfach nicht reif genug, sie solle doch alleine kommen und sich nicht weiter darum kümmern, er kümmere sich dann schon.

Sie rief sich die Schrittfolgen in Erinnerung. Zuerst der Tanz, dann … Seit Monaten hatte sie davon geträumt. Mit aller Macht verdrängte sie aufkommende Zweifel. Zurückkrebsen ging nicht mehr, sie würde sich vor allen lächerlich machen und Dirk verlieren. Wer sich eine Chance wie diese entgehen ließ, bekam keine zweite, es waren genügend Mädchen wie Leandra zur Stelle, die nur darauf warteten, Stinas Platz in Dirks Gunst und in der Tanztruppe zu erben. Sie musste etwas riskieren. Obwohl dieses eine »erste« Mal gar nicht mehr so wichtig war, gestand sie sich in ehrlichen Momenten ein. Ihre seltsame Ungeduld, die sie in der Schule Tag für Tag begleitete und sie stetig antrieb, war im Camp verschwunden. Zum ersten Mal seit langer Zeit fühlte sie sich wohl in ihrer Haut. Gelegentlich erinnerte sie sich sogar an die Argumente, die Nyima in ihrer Diskussion vorgebracht hatte, und eben noch hatte Stina geträumt, sie spräche mit ihrer Mutter darüber. Deren Bild hatte sich beim Aufwachen glücklicherweise verflüchtigt. So schlimm stand es noch nicht, dachte sie lächelnd, während sie das Wechselgeld in Empfang nahm. Sie freute sich bereits auf die Gesichter ihrer Freundinnen, wenn der Duft der frischen Brötchen die Garage erfüllen würde. Wahrscheinlich schliefen sie noch. Das Telefon brummte, sie drückte die SMS ihres Vaters ungelesen weg. Ganz leise wollte sie sich in die Garage schleichen und auf ihren improvisierten Tischen alles bereit machen, bevor sie die Girls zur Feier des Tages mit *Lucky* von Bastian Baker aus dem Schlaf kitzeln würde.

Peer hatte die Nachricht mit etwas Verzögerung geschickt, Moritz war ihm mit seinem Anruf dazwischengekommen. Übersprudelnd hatte er vom Bienenzauberer erzählt. Im Gegensatz zu Rea fand Peer die Schilderung des Jungen ziemlich realistisch, und er riet Rea etwas zu schroff, Moritz beim nächsten Ausflug besser zu folgen. Sie hatte grußlos aufgelegt. In der SMS an Stina bat er seine Tochter, ab und an mal ihr Befinden zu melden und die betreffenden Nachrichten doch parallel auch der Mutter zu schicken, dann würde sich keiner unnötige Sorgen machen, und Stina könne ihre Woche ungestört genießen. Im Übrigen zähle er darauf, dass sie nichts tun werde, was sie vielleicht bereuen könnte. Mehr als diese Anspielung brachte er nicht zustande. Vielleicht half es ja. Nach der morgendlichen Büroarbeit stieg Peer in den Bus, der ihn zwei Stationen weiter zum Seebistro brachte. Paula aß bereits und entschuldigte sich dafür, ihre Mittagspause sei so kurz.

»Etwas Neues?«

»Die alte Melina ist erkrankt. Die Lieblingstante von Stelios. Im Moment scheint sie nicht mehr in unmittelbarer Lebensgefahr, aber die Ärzte wagen keine Prognose.«

»Wie alt ist sie denn?«

»Sechsundachtzig. Die älteste Schwester von Stelios Mutter.«

Peer dachte an seinen Vater, der ein ganzes Stück jünger war, aber schon seit Jahren im Pflegeheim lebte. In einem Dämmerzustand, der schon lange kein Gespräch mehr zuließ.

»Für Stelios ist es ein bisschen, als sterbe seine Mutter nochmal. Seit ihrem Tod sind Stelios und Melina unzertrennlich. Seine Patentante hat damals bei der Beerdigung getan, was sonst nie jemand auf der Insel gewagt hätte: Sie nahm Stelios bei der Hand und führte ihn vom Friedhof weg. Mitten in der Zeremonie! Ohne ein Wort zu sprechen, haben sie das Dorf verlassen, sind den Strand entlang, dann über den Felsenweg in die Lemoniaka-Bucht zu den damaligen Nistplätzen der Korallenmöwen, die mittlerweile längst von den Touristen vertrieben worden sind. Sie haben sich auf einen der großen

Felsen gesetzt, hat mir Stelios erzählt, stumm, unter ihnen nur das Geräusch der Wellen, die dort gegen das Riff klatschen. Irgendwann muss Stelios zu zählen begonnen haben. Eins beim Aufprall der Welle, zwei beim Zerstäuben der Gischt, drei beim Zurückwallen des Wassers, dann wieder von vorn. So lange, bis keine Tränen mehr kamen. Und Melina hat ihm die Nester mit den frisch geschlüpften Möwen gezeigt. Sie beobachteten, wie die Vögel ihren Jungen Futter brachten, genauso wie in jener alten Geschichte von Leonidas, und Melina sagte ihm, er solle sich nicht sorgen, sie bleibe immer bei ihm. In den folgenden Wochen ist Stelios offenbar jeden Tag zu den Möwen gegangen, er hat gesehen, wie die Jungen wuchsen, wie ihre Eltern unablässig über dem Wasser kreisten oder die Uferlinie entlangstolzierten, auf der Jagd nach Fischen und der Suche nach Fischresten. Er hat so erlebt, wie die Jungen für ihre ersten Flugversuche den Flaum abwarfen, und irgendwann muss er gespürt haben, dass sein Leben auch ohne die Mutter weitergehen wird.«

»Ich glaube, ich war mit ihm in dieser Bucht«, sagte Peer. »Sein liebster Platz.«

»Er hat nicht oft darüber gesprochen. Da fällt mir ein: Jetzt spielt es ja keine Rolle mehr, dass Sophie keine Arbeit für Stelios hat. Solange Melina im Krankenhaus ist, wird er nicht hierherkommen. Dafür hast du ihm offensichtlich eine Arbeit verschafft?«

»Die Musik für dieses Reisinger-Game.«

»Computermusik? Da sollte er sich mit Nikos zusammentun.«

»Bereits geschehen.«

»Ach ja? Wunderbar.« Paula schwieg lange. »Melina hat mich eigentlich nie richtig akzeptiert«, sagte sie dann. »Höchstens geduldet.«

»Eifersucht?«

»Wir haben einfach nie einen Draht zueinander gefunden. So viel muss man da auch nicht reininterpretieren.«

»Sie wollte ihn nicht teilen.«

Paula war bereits wieder einen Gedanken weiter. »Schon schräg …«

»Hm?«

»Die ganzen Diskussionen hier. Über die Kontingentierung der Zuwanderer. Wie sie verhindern wollen, dass diese ihre Familie mitbringen. Wie damals in unserer Jugend, mit den Gastarbeitern. Wer musste nicht alles schon als Sündenböcke herhalten, im Laufe der Jahrzehnte. Zuerst die Italiener, dann die Spanier, zu unserer Zeit die Portugiesen, dann die Türken. Erinnerst du dich? Ich praktiziere jetzt eine neue, moderne Version: Die Frau geht ins Ausland und schickt dann das Geld nach Hause, um dort ihren Mann über die Runden zu bringen.«

»Du warst schon immer eine Trendsetterin. Wie geht Nikos mit der Nachricht von Melina um?«

»Er hat mir heute geschrieben, Melina werde sich erholen, sobald sein Vater an ihrem Bett sitzt.«

»Vielleicht hat Stelios ihn so getröstet.«

»Ich weiß nicht. Nikos scheint nicht wirklich beunruhigt.«

»Er wirkt stets erwachsener, als er ist.«

»Stelios hat ihm irgendwie diese Selbständigkeit eingepflanzt.«

Beide schwiegen.

»Dafür ist mein Leben ein Wirrwarr«, sagte Paula dann. »Je länger ich hier bin, umso weniger verstehe ich, wovor ich damals aus der Schweiz geflüchtet bin.«

»Du hattest Gründe, meine Gute.«

»Findest du?«

»Hallo? Keinen festen Wohnsitz, dafür mehrere feste Freunde gleichzeitig, keinen festen Job, dafür einen festen Dealer … Alle waren froh, als du endlich abgereist bist, Mitleid hatten wir nur mit den Griechen.«

Paula lachte auf. »Jetzt bin ich zurück, und mit den Griechen habt ihr immer noch Mitleid.«

»Wieder. Dazwischen waren sie mal Europameister, da waren sie obenauf, trotz des lausigen Fußballs, den sie gespielt haben. Gibt uns die Hoffnung, wir könnten es auch mal schaffen.«

»Mit lausigem Fußball etwas gewinnen?«

»Genau.«

Sie stießen mit ihren Wassergläsern symbolisch an, dann aßen sie für eine Weile ohne zu sprechen, jeder hing seinen Gedanken nach.

»Vielleicht bin ich damals weg, weil Mutter so früh gestorben ist«, sagte Paula endlich. Es klang, als wäre sie eben erst darauf gekommen.

Peer wartete, bis sie weitersprach.

»Ich war verloren ... Du kannst dir das nicht vorstellen ... Ihr hattet schon eure Beziehung, Sophie die ihre, aber ich ... Dieses unwiderrufliche Verschwinden. Vom Erdboden verschluckt, ohne Vorwarnung. Ich tat erst recht all das, was Mutter nicht akzeptiert hätte. Wenn ihr sie mir schon wegnehmt, weshalb soll ich mich dann an irgendwelche Regeln halten? So in der Art.«

Peer war die Logik nicht fremd.

»Warum gerade Griechenland?«, fragte er.

»Zufall. Manchmal habe ich aber den Verdacht, es hatte etwas mit dem Schlager zu tun, den ich als Kind immer mit der Mutter gesungen habe. Nach ihrem Tod flüchtete ich an den einzigen gemeinsamen Ort, der uns irgendwie verband.«

»Sag jetzt nur nicht ... *Griechischer Wein* etwa?«

»Du erinnerst dich? Hat so wenig mit Griechenland zu tun wie Udo Jürgens mit meiner Punkmusik damals. Aber es war das Lieblingslied der Mutter. Eigentlich ein schöner Text über das Heimweh der Gastarbeiter.«

»Mein Lieblingslied als Kind! Und weißt du was? Ich habe es kurz vor eurer Ankunft heruntergeladen, auch um Rea zu ärgern.«

»Shit! Das ist dir gelungen, das Lied war immer mir und Mutter vorbehalten.«

»Deshalb ihre Reaktion! Später fand ich ja immer, das Lied tue dem griechischen Wein ein bisschen viel Ehre an, ich staunte immer, wie wenig gute Weine ich in Griechenland fand.«

»Sag das mal Stelios und seinem Onkel!«

»Sicher nicht.«

»Zeitweise war es wirklich paradiesisch, das Leben auf der Insel. Nur logisch, dass ich jetzt wieder hier bin.«

»Weil man sich das Paradies verdienen muss?«

»Ich hatte noch kein Recht darauf.«

»Klingt nach schlechtem Gewissen. Ziemlich protestantisch. Du bist doch eher die, die genießt.«

»Und ein kleiner Ablass hie und da bringt alles ins Lot. Nicht wie bei dir.«

»Hm?«

»Ein schlechtes Gewissen, noch bevor du was anstellst.«

»So extrem auch wieder nicht.«

»Nicht?«

»Was?«

»Der letzte Stand, bitte!«

»Ich habe mit Dordi darüber gesprochen.«

»Schau an!«

»Sie hat mal im Netz eine Art virtuellen Treffpunkt für Gleichgesinnte gemacht. *Temple of dreams*.«

»Deshalb das Passwort!«

»Genau. Schon mal was von Polyarmorie gehört?«

»Psychologie, das waren immerhin zwei Semester. Kam sogar in jener Zeit auf, der Ausdruck. Warte mal: gleichzeitige Liebesbeziehungen zu mehr als einem Menschen, in vollem Einverständnis aller beteiligten Partner?«

»Du siehst mich staunen.«

»Eine sehr graue Theorie, fand ich immer. Was heißt das nun auf das Schlosshotel bezogen: ein Swingerclub?«

Peer lachte. »Ein bisschen mehr ist wohl schon dahinter.«

»Swingerclub mit Anspruch also. Da willst du jetzt hin.«

»Eigentlich … schon.« Peer war erstaunt darüber, wie freimütig er es ihr und sich eingestand.

»Warum auch nicht.«

Peer blickte Paula überrascht an, doch bis auf ein übermütiges Blitzen in den Augen blieb sie so ungerührt, als habe sie ihn eben zu einem Museumsbesuch eingeladen.

»Du und ich?«

»Allein kommst du offenbar nicht in deinen Traumtempel.«

Peers Blick blieb zweifelnd.

»Oder wolltest du etwa mit Dordi dahin?«, fügte sie hinzu.

»Nein, ich dachte nur gerade … Ich weiß nicht.«

»Das wäre fatal für deine Arbeit.«

»Aber wir zwei, das wäre …« Peer sprach nicht weiter.

»Fatal fürs Familienleben?« Paula betrachtete ihn mit einem Schmunzeln. »Vielleicht sind Stelios und ich ja … wie sagtest du: polyamourös veranlagt?«

»Stelios?!«

»Oder nur ich?«

Peer wusste noch immer nicht, ob sie sich über ihn lustig machte.

»Nimm es als Angebot«, sagte sie. »Ich bin ein bisschen auf Entzug und brauche wieder mal einen Kick, bevor ich zu bürgerlich werde. Wir gehen gemeinsam dahin, drinnen schaut jeder für sich. Eine Regel: Wir zwei lassen schön die Finger voneinander, sonst werde ich gelyncht, und zwar nicht von Stelios.«

Nikos war hin- und hergerissen. Er fragte sich, ob er sich wirklich um Stina sorgte oder nur eifersüchtig war. Das Treueversprechen an seine Freundin Kira hatte er nicht vergessen, es schien ihm nur bereits überholt. Die Chance, dass er bald auf die Insel zurückkehrte, war verschwindend klein. Selbst wenn mit Melina das Schlimmste eintrat. Paula würde deswegen ihren Job nicht aufgeben. Zu gut fand sie sich hier in der Stadt zurecht, und sein Vater … war sein Vater. Geübt darin, Sehnsüchte zu pflegen. Er nährte sie noch, dachte Nikos manchmal, als wäre es das einzige Mittel gegen die Lethargie, die vielen im Dorf eigen war. Manchmal sehnte sich auch Nikos. Vieles hier war nur billiger Ersatz. Der kümmerliche Sprungturm für die Klippen bei Avlakia, der Lido für ihre unvergleichliche Tsamadou-Bucht. Die Sonne ging hier hinter den Bergen auf und hinter den Bergen unter, diese Stadt war so eng wie das Land darum herum. Er war Paula ja dankbar dafür, dass sie seit zehn Jahren versuchte, ihm Deutsch beizubringen, aber wirklich beherrschen würde er es nie. War auch nicht sein dringlichster Wunsch. Ein bisschen spannender schienen ihm Peers Programmierungskniffs, die wollte er wirklich verstehen. Offensichtlich hatte er Talent dafür, Peer bestätigte es ihm mit regelmäßigen, kleinen Aufträgen. Der wichtigste bisher bestand darin, ein ganzes Level des neuen Spiels zu gestalten. Nicht ganz einfach, denn die Welt, die dort dargestellt wurde, war Nikos so unverständlich wie Stinas Launen. Schnee hatte er nur einmal in seinem Leben gesehen, Freeriding war ihm komplett fremd. Offenbar war es aber genau dieses Unwissen, das Peer nutzen wollte. Er spiele doch ein Shootergame nach dem anderen, treibe sich im echten Leben aber auch nicht mit geladener Knarre auf der Straße herum, hatte er argumentiert. Und dieser Reisinger springe ja bloß Felsklippen hinunter, ohne Wasser darunter, einfach mit Brettern an den Füßen.

Vielleicht versuchte Peer auch nur, ihn zu beschäftigen.

Nikos holte Peers Bike aus dem Keller des Hochhauses und klettete das Handy auf die Lenkstange. Dann startete er die Navigationshilfe und folgte der freundlichen Frauenstimme, dankbar, wieder mal griechisch zu hören, dafür aber mit der Sorge, sie führe ihn über die Ringautobahn ans andere Stadtende. Eine Viertelstunde später entkam er heil den Straßenschluchten und ließ sich zur Adresse führen, die er zuvor eingegeben hatte.

Dirks Freund Pat am Steuer hatte als Erstlenker wenig Lust auf einen Ausweisentzug, er hielt sich an die Geschwindigkeitsbegrenzungen der Autobahn, obwohl es im Wagen hoch herging. Für den dritten Rang hatte es auch noch einen Pokal gegeben, der mittlerweile mit Sekt gefüllt war und die Runde machte. Stina war so stolz, als hätte sie mitgetanzt, obwohl zu ihrem leisen Erstaunen noch zwei weitere Ersatztänzerinnen mitgefahren waren.

»Man weiß beim Streetdance nie!«, hatte Dirk ihr erklärt. Und nach dem letzten, entscheidenden Battle hinzugefügt: »Du kriegst deine Chance, keine Angst. Jetzt gehörst du dazu.«

Nächstes Ziel war Dirks Wohnung. Stina konnte ihr Glück nicht fassen. Es war alles wie im Traum. Die Tanzduelle, der Jubel nach dem Erfolg, die überschäumende Freude im Wagen, Dirk, der Held, der nur Augen für sie hatte.

Und der Abend hatte noch nicht mal begonnen.

Eine leise Enttäuschung erwartete sie, als sie ankamen. Im Hinterkopf hatte sie das vage Bild einer Villa mit Garten, rund um den Pool tanzende Mädchen und Jungs im goldenen Abendlicht. Die Dreizimmer-Blockwohnung von Dirks Eltern machte etwas weniger her. Als Einzelkind hatte er wenigstens ein Zimmer für sich. Sie wollte es sofort sehen, er vertröstete sie mit vielsagendem Blick auf später und zog sie stattdessen in die Küche.

»Wir erwarten noch mehr Leute!«, kam er ihrer Frage zuvor. »Hilfst du mir mit der Bowle? Alles schon drin, bis auf den Ananassaft.« Er öffnete zwei Packungen.

»Jetzt wirst du den Alkohol kaum noch spüren, versuch mal!«

Vorsichtig nahm Stina einen Schluck, es schmeckte sommerlich fruchtig und gar nicht so fremd.

»Gut!«, sagte sie.

»Lass uns anstoßen!«

Dirk füllte zwei Gläser bis zum Rand und reichte ihr eines. Sie stießen an, er beugte sich zu ihr hinunter, ihre Lippen trafen sich, Stina öffnete ihre nach einem ersten Zögern leicht, aber da waren seine schon wieder weg.

»Los, wir müssen die Pizzas bestellen.«

Zusammen gingen sie ins Wohnzimmer, wo die anderen chillten. Zwei Neuankömmlinge fläzten sich auf dem Sofa. Wenn es so weitergeht, dachte Stina, sind hier mehr Jungs als Mädchen. Aber sie musste das nicht kümmern, sie war versorgt, es war ja ihr Freund, der die Party schmiss. Der Gedanke zauberte ein Lächeln auf ihr Gesicht. Sie ignorierte den Handyton in ihrer Tasche. Das war mit Sicherheit Zoe, die wissen wollte, was sie verpasste. Eben nicht, selber schuld! Sie half Dirk, allen Anwesenden ein Glas einzuschenken.

Es dauerte, bis Stimmung aufkam. Die Musik auf Dirks Playlist war dunkel und basslastig, das meiste davon Hip-Hop-Stücke. Keiner scherte sich darum, wie viel jünger sie war. Sie hörte nichts vom üblichen Getuschel unter den Mädchen, obwohl Stina ihre Antennen ausgefahren hatte. Mit jeder Minute, die verstrich, ohne dass jemand ihre Berechtigung, hier zu sein, anzweifelte, taute sie etwas auf. Die Jungs brachten sie zum Lachen, sie ging auf ihre oft anzüglichen Neckereien ein, geschmeichelt, weil sie wie die anderen Girls behandelt wurde. Ein Kurier brachte irgendwann Pizzas in der Größe von Wagenrädern, der Pegel der Sangria in der riesigen Schüssel sank, die Stimmung in der enger werdenden Wohnung stieg. Die Ersten begannen sich ein bisschen seltsam aufzuführen. Einer, der später gekommen war, stand plötzlich vor ihr und fragte sie mit dümmlichem Lächeln, wo ihr Cousin schon wieder stecke. Erstaunt fragte Stina, wen er meine, ein zweiter Junge zog den Fragenden schnell weiter. Kurz darauf kamen sie mit Dirk wieder herein. Er brachte ihr ein neues Glas, sie hätten in der Küche gerade einen neuen Drink kreiert, für sie extra ohne Alkohol, ob sie ihren Mojito spezial probieren möge. Sie nippte daran und war überrascht, wie gut er schmeckte.

»Kein Alkohol?«

»Ich schwöre es!«, sagte Dirk lächelnd.

»Und wenn schon!«, tat Stina abgebrüht und nahm einen großen Schluck. Mittlerweile waren gegen dreißig Gäste in der engen Wohnung, es war stickig und heiß geworden. Das eisgekühlte Getränk half ein wenig, denn Stina fühlte sich nach dem wenigen Schlaf in den letzten Nächten ziemlich matt. Glücklicherweise begann einer von Dirks Freunden, der sonst im Brazil auflegte, Musik zu machen. Fünf Minuten später tanzten alle, Stina mitten drin. Mit den Baker-Girls studierten sie stets neue Choreographien zu den aktuellen Hits ein, und der DJ bot ihr die Gelegenheit, einige davon zu zeigen. Bald tanzte sie mit den zwei besten Mädchen und drei Jungs der Combo zusammen, sie stachelten sich gegenseitig zu immer verrückteren, spontanen Choreos an, und Stina wünschte sich, der Abend würde nie zu Ende gehen. So war es in all ihren Filmen, genau so! Der DJ trieb sie so lange an, bis sogar einer der Hip-Hopper abwinkte und etwas zum Chillen verlangte. Stina fand sich zu *Under* von Alex Hepburn in Dirks Armen wieder.

Konnte es noch besser kommen?

Sie lehnte sich an ihn, sie fühlte sich etwas schwindlig.

»Ich muss dir ja mein Zimmer zeigen«, sagte Dirk in der Mitte des Songs.

»Stimmt! Ups, meine Tasche und mein Handy. Da auf dem Tisch!«

Dirk steckte das Handy in die Tasche und zog sie mit sich durch das Wohnzimmer und den Korridor. Sein Zimmer war eher klein, Stina setzte sich erst mal auf den Bettrand. Sie war noch immer leicht wacklig, zugleich wurde sie zu ihrem eigenen, trägen Erstaunen ganz ruhig. Sie betrachtete das Abercrombie-Poster an der Wand, es zeigte ein halbnacktes Mädchen und war das weibliche Pendant zum Poster, das bei ihr im Zimmer hing. Sie beide passten wirklich zusammen, dachte sie noch. Dann war ihr plötzlich so, als schaue sie sich selber beim Denken zu, dabei war es Dirk, der sich jetzt über sie beugte und wie durch Watte sagte, er mache einige heiße Fotos von ihr, das möge sie doch so, und keine Sorge, nur für sie, er nehme ja sogar ihr Handy. Er zeigte es Stina, sie antwortete, das wolle sie nicht, aber irgendwo zwischen Verstand und Mund ging ihre Stimme verloren.

Nikos saß schon den ganzen Abend auf einer Schaukel. Der Spielplatz war zwischen zwei gleichermaßen gesichtslosen Wohnblocks angelegt. Eine nette Nachbarschaft! Kein Mensch kümmerte sich um ihn, den fremden Jungen, der seit Stunden auf dem Kinderspielplatz mit seinem Computer herumspielte. Es war dunkel geworden und Nikos' Sorge galt allmählich dem Akku. Das Mobilemonitor-Programm fraß viel Strom. Zusammen mit Freunden hatte er die leicht zugängliche Spionage-Software für mobile Geräte ein wenig modifiziert. Nikos wusste schon länger, was damit alles möglich war, trotzdem war er jedes Mal wieder erstaunt, wie leicht er sich in Stinas Handy umschauen konnte. Sie hatte ihn schon fast eingeladen, ihr Gerät zu kapern, so oft wie sie es in der Wohnung verlegte. Nikos hatte es sich nach dem Streit im Badezimmer aus Rache für zwei Stunden ausgeborgt. Genügend Zeit zum kompletten Jailbreak. Mehr als Jux, er wollte Stina einige Ulkprogramme auf das Handy laden. Doch seit ihm klar war, wie naiv Stina mit ihren digitalen Daten und mit diesem Dirk umging, redete er sich erfolgreich ein, er beschütze sie ja nur. Nach einigen Anlaufschwierigkeiten hatte er auf fast alle Programme Zugriff. Gelegentlich schaltete er auch die Mithörfunktion ein, sie brauchte allerdings noch mehr Batterieleistung und alles, was man jetzt hörte, war die übliche Geräuschkulisse einer Party. Regelmäßig klickte er sich durch Stinas Video- und Foto-Ordner. Mehr noch als das Handy interessierten ihn die WLAN-Netze der Umgebung. Dirks Heimnetz war schnell gefunden, eine Abwandlung der Blackmart Alpha-Software spuckte ihm das kaum geschützte Kennwort aus: *SuperDirk*. What else, dachte Nikos nur. Er würde den Rest seiner Akkuladung brauchen, um Dirks Computer gründlich auszuspionieren. Bevor er damit begann, schaltete er noch einmal die Abhörfunktion für Stinas Handy ein. Er horchte auf. Die Musik war nur noch gedämpft hörbar.

»Zieh das ein wenig herunter, wunderbar, so gefällt mir das. Bleib noch schnell so, ja.«

Er kannte die Stimme mittlerweile. Bastard.

»So ist schön, öffne schnell die Augen, ich filme dich dann, komm Stina, mach die Augen auf! Ja, geil!«

Anweisungen für Fotos. Es klang, als würde Dirk mit Stinas Handy herumhantieren. Nikos öffnete den Foto-Ordner, verdutzt betrachtete er die Icons der eben aufgenommenen Bilder. Er benutzte tatsächlich ihr Handy! War der Typ raffinierter, als er gedacht hatte? So würde ihm niemand nachweisen können, dass ursprünglich er die Bilder gemacht hatte. Logisch:

Er würde sie sich selber schicken, und im Verlauf sah es später aus, als hätte Stina es getan. Freiwillig natürlich. Nikos schickte einen griechischen Fluch zum Himmel.

Und weshalb sagte er schon wieder, sie solle die Augen öffnen?

Nikos bekam Angst. Er musste etwas tun. Nur hingen da drin ein Dutzend älterer, betrunkener Jungs ab.

Er stopfte den Computer in die Tasche und rannte los. Im Eingang drückte er sämtliche Klingeln des Wohnblocks auf einmal. Irgendwer betätigte den Türöffner, er wartete nicht auf den Lift, sondern stürmte drei Treppen hinauf. Der Lärmpegel machte klar, wo die Party stieg. Diesmal klingelte er nicht, er ging einfach hinein und hoffte, ihm würde gleich etwas Gescheites einfallen. Im Korridor grüßte er beiläufig ein Mädchen, das offensichtlich eben aus dem Bad kam. Nikos orientierte sich. Ohne nachzudenken, drückte er die Klinke der einzigen verschlossenen Tür. Verriegelt. Ihm würde Dirk sicher nicht öffnen. Er eilte ins Wohnzimmer zurück und suchte sich ein Mädchen aus, das noch nüchtern aussah. Nikos rief ihr ins Ohr, er brauche sie, und zog sie auf den Korridor hinaus. Halb auf Englisch, halb auf Deutsch erklärte er ihr, er müsse Stina finden, ihre Eltern würden unten warten, sie würden noch heute Nacht in die Ferien nach Griechenland fahren und er sei ihr Cousin.

»Die kleine, geile Tänzerin?«, fragte das Mädchen.

»Yes«, sagte Nikos auf gut Glück.

»Ulkig, wie viele Cousins hat die noch?«

Nikos verstand nicht, was sie meinte. Er fragte, ob sie nicht Dirk herausrufen könne, er glaube, die beiden seien im verschlossenen Zimmer.

»Inzest auch noch?«

»Help me, please, ihre Eltern warten unten. Wenn sie hochkommen, ist die Party aus.«

»Shit. Okay!«

Sie schwankte neben ihm durch den Korridor und hämmerte mit aller Kraft gegen die Tür.

»Dirk?«

»Was?«

»Stinas Eltern sind unten, sie muss gehen. Ihr Cousin steht hier bei mir.«

»Cousin? Und was, verdammt noch mal … Moment!«

Es geschah nichts. Nikos fuhr fast aus der Haut. Er ahnte, was Dirk da drinnen noch tat, der schickte sich eben die Bilder von Stinas Handy zu. Nikos ließ sich auf die Fersen fallen, riss sein Laptop aus der Tasche und initiierte mit fliegenden Fingern eine Zwischensicherung aller Ordner von Stina.

Das Mädchen, das ihm geholfen hatte, verdrehte die Augen und ließ ihn mit einer abfälligen Handbewegung sitzen.

Um Dirks Computer konnte er sich immer noch kümmern, dachte Nikos, sobald Stina in Sicherheit war. Wichtig war, dass er Stina später beweisen konnte, was ihr süßer Freund mit ihr und ihrem Handy angestellt hatte. Es hatte sich nicht angehört, als sei ihr das wirklich bewusst.

Im selben Moment ging die Tür auf.

»Wer bist denn du, Alter?«, fragte Dirk. »Und was soll das da?«

»*Warcraft,* neues Level gerade. I'm her cousin.« Nikos machte auf gelangweilten Nerd. »Is she ready?«

»Mann, die Party hat eben erst begonnen.«

»Sie hat dir sicher gesagt, dass wir kommen. Ihre Eltern sind unten. Wir fahren gleich los, in die Ferien. Sind die ganze Nacht unterwegs, we gotta catch a ferry.«

»Mir hat sie was ganz anderes erzählt«, sagte Dirk argwöhnisch.

»Sure!« Nikos zwinkerte ihm zu. »Girlies-Camp in the garage? Ihr Alibi für die Eltern.«

»Alibi?« Dirk schien nachzudenken, aber offensichtlich glaubte er Nikos. »Sie ist ein bisschen … betrunken.«

Nikos sprang auf. »Are you nuts?«, rief er in nur halb gespielter Empörung. »Sie ist vierzehn. Wie soll ich das ihren Eltern erklären, damn it! Und was habt ihr da drin gemacht!« Er deutete auf das Zimmer.

»Nichts, nichts, ihr war schwindlig, deshalb habe ich sie aufs Bett gelegt.«

»Und die Tür verschlossen? For safety, or what?«

»Damit sie Ruhe hat. Was glaubst denn du, sie ist ja noch ein halbes Kind.«

»Sag ich ja, let me in. Now!«

Widerwillig gab Dirk die Tür frei. Stina lag auf dem Bett, angezogen zwar, doch das komplett zerknitterte Kleid entblößte mehr, als es verdeckte. Nikos zog es zurecht und verfluchte bereits seine Notlüge mit den Eltern. Wie sollte er Stina nach Hause bringen, er konnte ja schlecht ein Taxi rufen lassen. Dirk beobachtete Nikos misstrauisch, und dieser beschloss, er müsse zuerst aus der Wohnung raus, alles andere würde sich weisen.

Er rüttelte an Stinas Schulter, sie stöhnte unwillig, er zog sie hoch, sie fiel auf die Matratze zurück, er tätschelte mit Nachdruck ihre Wange, sie öffnete halb die Augen.

»Come on, we gotta go!«, sagte er beschwörend.

»Ich hole Wasser.« Dirk wetzte hinaus.

War Stina wegen des Alkohols so weggetreten? Nikos nutzte den Moment, er schaute, ob irgendwo ein verdächtiges Fläschchen herumstand. Nichts. Mit einem kurzen Blick erfasste er Dirks Computerausstattung. Die vielen externen Festplatten beunruhigten ihn, wenn sie nicht angeschlossen waren, hatte er keinen Fernzugriff darauf. Instinktiv griff er sich die Zweitoberste im Stapel. Bei ihm war das immer die wichtigste. Gerade noch bevor Dirk zurückkam, verschwand sie in seiner Tasche. Dirk reichte ihm das Glas, Nikos schüttete es Stina ohne

Umstände ins Gesicht. Sie zuckte zusammen, Nikos zog sie hoch, und Stina kam halb zu sich.

»Was ist?«, murmelte sie verwirrt.

»Ich komme dich holen. Deine Eltern warten unten.«

»Blödsinn!«, murmelte Stina.

»Forget the alibi, Dirk weiß Bescheid.«

»Es ist besser, wenn du gehst, bevor deine Eltern hochkommen«, bekräftigte dieser eifrig.

»Aber meine Eltern sind doch …«

»It's okay, Stina, ich habe ihm alles gesagt. Come on up.«

Gemeinsam stellten sie Stina auf die Füße. Nikos hakte sich bei ihr ein.

»Was hatte sie dabei: Tasche, Handy?«

Nikos schaute Dirk scharf an. Dieser ging zum Computertisch und kam mit Stinas Handy zurück, die Tasche lag neben dem Bett auf dem Boden.

»Funny, das Handy ist immer in der Tasche. Always. Ein Spleen von ihr.«

»Jetzt offensichtlich nicht«, antwortete Dirk unbeirrt.

An der Wohnungstür bot er an, er helfe Stina hinunterzubringen. Nikos winkte ab. Er wusste plötzlich, wie er ihn sich vom Hals schaffen konnte.

»Not so smart«, sagte er. »Stina sagte, sie sei mit Schulfreundinnen zusammen. Jetzt plötzlich ein Erwachsener wie du? Wie willst du das erklären?«

Dirk gab ihm sofort recht, er küsste Stina flüchtig in die Haare, dann klickte die Tür hinter ihnen zu. Stina wollte ihm in die Wohnung zurück folgen, Nikos zog sie zum Lift und bugsierte sie ungeachtet ihres Widerstands hinein. Unten brauchte er eine Ewigkeit, bis er sie zur Bushaltestelle geschleppt hatte. Er wusste glücklicherweise noch, welche Linie in die Nähe des Camps führte. Der letzte Bus würde in zehn Minuten fahren, verriet ihm der Fahrplan. Auf der Wartebank lehnte sich Stina schwer gegen ihn und war sofort wieder weg. Nikos nutzte die Zeit und besuchte über WLAN nochmals Dirks Computer. Er rief alle Fotodateien auf, sortiert nach Alter. Vergeblich, heutige Aufnahmen waren nicht dabei. Dasselbe bei den Videodateien. Er versuchte, in die Mailbox zu gelangen. Mit Sicherheit hatte Dirk sich die Bilder von Stinas Handy geschickt. Dieses Passwort ließ sich in der kurzen Zeit nicht knacken. Am Straßenende tauchte der Bus auf. Er schaffte es mit Mühe, Stina hineinzuverfrachten. Die kurze Fahrt erwies sich als unerwartet hilfreich. Kaum hatte Nikos Stina unter den missbilligenden Blicken etlicher Mitfahrenden wieder aus dem Bus gezerrt, übergab sie sich. Nikos blieb nichts anderes übrig, als sie dabei im Gleichgewicht zu halten und ihre Haare über den Kopf hochzuhalten. Er fragte sich, ob er sie nicht in eine Notaufnahme bringen sollte. Doch nachdem Stina herausgewürgt hatte, was immer sie außer Gefecht gesetzt hatte, war sie plötzlich ansprechbar und unerwartet kampflustig.

»Was machst du hier?«

»Had to save you.«

»Spinnst du?«

»Erinnerst du dich, was im Zimmer passiert ist?«

»Nein. Ja. Was denkst du denn, das wollte ich doch.«

»Eine Fotosession – that's what you wanted? Pornobilder fürs Netz? Dafür bist du hingegangen!?«

»Was laberst du da?«

»I'll show you. Wenn du wieder okay bist, dann wirst du merken, wie groß dein Problem ist.«

»Fuck, ich habe kaum getrunken.«

»Also hat er dir etwas anderes gegeben?«

Stina funkelte ihn nur wütend an, doch Nikos sah Angst und Unsicherheit in ihrem Gesicht aufscheinen. Dann übergab sie sich wieder.

KALTFRONT

15

Das Laken auf der nackten Haut verlängerte die Berührung jener Hand, im nächsten Moment brach ein Höllenlärm los. Rea fuhr auf, das Herz stand ihr fast still, sie wusste nicht, wie ihr geschah. Moritz hatte offensichtlich mit dem alten Ungetüm von Wecker herumgespielt. Hektisch suchte sie nach dem Abstellknopf. Moritz hatte draußen nur auf den Lärm gewartet, jetzt kam er grinsend ins Zimmer gerast. Mit einem simplen Handgriff sorgte er für Ruhe. Rea sank ins Kissen zurück.

»Himmel nochmal, Moritz. Das machst du nie wieder!«

»Ja ja.« Er kuschelte sich an Rea, und sie zog schicksalsergeben Laken und Decke über sie beide.

Eine Stunde später hatte Moritz seinen nächsten Streich ausgebrütet. Zauberer besaßen immer einen Kater, war ihm eingefallen. Oder einen Raben. Rebin nicht. Er zähmte Bienen und sprach sogar mit ihnen, aber irgendwie schien das Moritz nicht dasselbe. Rebin würde sich über die junge Katze freuen, war der Junge überzeugt, dann war der alte Mann nicht mehr so allein. Moritz selbst blieben ja immer noch Tigra und die anderen. Heimlich füllte er in der Scheune eine Schachtel mit trockenem Gras. Die Mulde, die er dabei im Stroh entdeckte, irritierte ihn. Es sah aus, als hätte ein Erwachsener hier gelegen. Vielleicht war Volkmar wieder mal ins Gewitter geraten und untergeschlüpft. Moritz öffnete die Ahle seines Taschenmessers und stach Luftlöcher in den Deckel der Schachtel. Er wartete, bis die Jungen getrunken hatten und sich auf ihrer morgendlichen Erkundungstour von der Mutter entfernten. In der Nähe der Türe nahm er das eine Fellbündel hoch und war mit ihm bereits draußen vor der schweren Tür, bevor das Kleine mit einem dünnen Miauen protestierte. Er steckte es in die vorbereitete Schachtel und diese in den Rucksack. Sicherheitshalber ließ er ihn draußen, als er nochmals ins Haus ging, um sich von der Mutter zu verabschieden. Rea merkte seinem ausweichenden Blick an, dass ihr Sohn etwas im Schilde führte. Widerwillig beschloss sie, Peers Rat zu befolgen. Sie würde Moritz nachgehen und herausfinden, was es mit den Zwergen, Trollen und dem Zauberer auf sich hatte. Es kam ihr vor, als drängte sie sich ungebeten in eine Welt, die ihm vorbehalten sein sollte. Ein Mindestmaß an Sicherheit brauchte sie aber, sonst hatte sie hier oben keine ruhige Minute mehr. Sie fragte Moritz, ob er alles dabei habe: Handy, Messer, Proviant, Wasser? Mit einer von Stinas genervten Gesten winkte er ab und war schneller zur Tür hinaus, als Rea nachhaken konnte. Sie eilte in ihr Zimmer, schlüpfte nach einem Blick zum Horizont in Shorts und Shirt. In der Küche klaubte sie einige Früchte zusammen und füllte die Feldflasche. Sie beobachtete dabei Moritz vom Fenster aus. Er war der Kiesstraße gefolgt, jetzt sah sie ihn zum Bach hin abzweigen. Erst als er aus ihrem Blickfeld verschwunden war, schulterte sie den Rucksack. Noch im WLAN-Bereich rief sie ein letztes Mal ihre E-Mails ab und warf einen Blick auf Facebook. Ließ er sie absichtlich zappeln? Er wolle sie auf der Alp besuchen … Wie stellte er sich das vor? Eigentlich war nur ein nächtlicher Besuch denkbar, doch auch diese Vorstellung fand sie wenig prickelnd. Sie, mit Sicherheit überfordert, und ein Stockwerk über ihr Moritz, der jeden Moment aufwachen konnte? Unvorstellbar. Aber sie musste ihn sehen. Sie wollte ihn endlich spüren. Was sich in ihrer Fantasie abspielte, wurde immer gewagter. Wenn sich die Kluft zwischen dem, was möglich schien, und dem, was möglich war, weiter vergrößerte, würde ihre Affäre einen ernüchternden Ausgang nehmen. Rea strebte zu jener Stelle der Straße, wo sich Moritz in die Wiese geschlagen hatte. Was dieser Moment auf dem Dach des Kurhotels alles ausgelöst hat!, dachte sie. Bei Südwind ist alles erlaubt, geschenkt, aber der Sturm war doch längst vorbei.

Solange Moritz vorankam, wanderte auch sie weiter, sobald er stehen blieb, was häufig geschah, kauerte sie sich vorsichtshalber ins Gras, bereit, sich flach hinzulegen, sollte er zurückschauen. Die Gefahr war nicht sehr groß, ihr Sohn war wieder in seiner Spielwelt versunken, sie erkannte es an seinem Verhalten. Bei jeder der kleinen Kiefern, die hier im Hochtal um ihr Überleben kämpften, ging er näher und wandte sich ihnen zu, als spreche er mit ihnen. Rea fragte sich, was er in den Bäumchen sehen mochte, dann erinnerte sie sich, wie er diese Gegend getauft hatte: Zwergental. Sie lächelte versonnen. Im Grunde musste sie sich nur an ihre eigene Kindheit erinnern, dann wusste sie, welche Spiele ihr Sohn hier erfand. Schade, dass er sie nicht mehr mit Stina teilen konnte. Noch im letzten Sommer hatte sie ihre Ballerinas und ihre Girlie-Attitüden hier oben abgelegt, mit Moritz die Spiele des Sommers zuvor aufgenommen und neue ersonnen. Zusammen hatten sie im Stroh geschlafen, waren mit jedem Tag verwilderter zu Tisch erschienen, und Rea hatte sich gewünscht, der Sommer würde nie zu Ende gehen, schon mit der Ahnung, wie schnell die idyllische Zeit für sie alle vorbei sein würde. Wie es ihrer Großen in ihrem Garagencamp wohl ging?

Moritz sprach wohl tatsächlich mit den Bäumen. Er hatte für jede der verstreuten Kiefern ein freundliches Wort. Rea wollte ihn später nach ihren Namen fragen. In den letzten Tagen hatte sie ihn vernachlässigt, gestand sie sich ein. Ihre Unterhaltungen mit dem Maler hatte sie nachts geführt, aber ihre Gedanken hatte er auch tagsüber beherrscht. Jedes Mal, wenn Rea und Nyima über fehlende Spannung, abebbende Leidenschaften und ausbleibende Überraschungen diskutiert hatten, empfahl Nyima zur Kompensation eine Affäre. Rea hatte immer nur darüber gelacht. Nun verlor sie den Kopf komplett und setzte gar ihr Familienglück aufs Spiel. Ohne wirklichen Grund, aber sie konnte sich nicht dagegen wehren.

Sie machte sich vor, sie lebe die Facetten ihrer Persönlichkeit aus, und nahm sich die eigene Ausrede nicht ab. Zu groß waren die Gegensätze. Mit Moritz war sie hier oben auf ihre Mutterrolle zurückgeworfen, viel stärker noch als im Arbeitsalltag, bewegte sich in der Welt eines Neunjährigen, doch kaum summte ihr Handy, las sie erotische Botschaften, die für eine Zwanzigjährige bestimmt schienen, fühlte sich sogar ein bisschen so und antwortete auf entsprechende Weise, gab den Vamp, die Verruchte, die Haltlose, die Mutige. Der Widerstreit zwischen Fantasie und Realitätssinn belustigte und belastete sie zugleich. Die Suchtsymptome waren unübersehbar: Jedes Mal, wenn ihr Account den Eingang einer Nachricht meldete, schnellte ihr Puls in die Höhe, so als würde schon das Tonsignal einen Adrenalinstoß auslösen. Ein längst vergessenes Gefühl.

Alles nur virtuell.

Moritz blieb stehen. Rea kauerte sich nieder, gerade noch rechtzeitig, denn er blickte zurück. Moritz hatte die Stelle erreicht, wo sich das Tälchen teilte. Als er weiterging, verschwand er hinter den Felsen. Rea sprang auf und ging schnell weiter. Fehlte noch, dass sie ihn verlor. Sie erreichte die Anhöhe, wo eine kleine Kiefer ihr Ausharren damit bezahlte, dass Wind und Wetter sie komplett zerzausten. Neugierig und etwas beunruhigt ging sie sogleich in Deckung: Fünfzig Meter unter ihr schüttelte Moritz eben einem alten Mann die Hand. Es gab ihn tatsächlich, diesen Zauberer! Rea erschrak, denn erst jetzt entdeckte sie die Bienenkisten. Ordentlich aufgereiht, etwas entfernt von der seltsamen Hütte des Mannes. Offensichtlich ein Imker, der hier im Freien ein Lager aufgeschlagen hatte. Sie beobachtete gespannt, wie er sich Moritz gegenüber verhielt. Ihr Sohn schnürte den Rucksack auf und entnahm ihm einen

Gegenstand. Dann reichte er ihn dem Mann. Grundgütiger, was verschenkte Moritz da? Der Mann setzte sich auf einen der vielen Felsbrocken und schien eine Schachtel zu öffnen. Aufgrund der Bewegungen begriff Rea. Himmel, Moritz, du kannst doch nicht die Katzen verschenken! Im nächsten Moment wies sich Rea zurecht. Vielleicht hatte er ja nur Tigra mitgenommen, um sie dem Bienenzauberer zu zeigen, auch das würde zu Moritz passen. Rea schob sich in die Deckung eines Felsens. Sie wollte sehen, was sich zwischen den beiden abspielte.

Rebin bedeutete Moritz, ihm zu folgen. Bei den Bienenkästen drückte er ihm das Rauchgerät in die Hand. Der Junge war geschickt, mittlerweile wusste er selber, wie das Brennmaterial nachzufüllen und anzuzünden war. Als Rebin einen Kasten öffnete, gab Moritz den ersten Rauchstoß ab, als wäre die Imkerei für einen Neunjährigen das Natürlichste der Welt. Rea hinter dem Felsen griff unwillkürlich an ihre Bauchtasche und ertastete die beruhigenden Umrisse der Atropinspritze.

Rebin erklärte Moritz auf Kurdisch, er müsse kontrollieren, ob das Bienenvolk keine Krankheit habe. Moritz verstand nur, dass es nicht die üblichen Zaubersprüche waren. Diese flüsterte Rebin immer vor sich hin, jetzt hatte er lauter gesprochen und seinen Namen genannt. Es klang, als erkläre er ihm den Bienenkasten, und einigermaßen begriff er auch, was Rebin meinte, obwohl er kein Wort verstand.

»Siehst du, hier drin sind alles Larven. Schau, so … Trau dich! Spürst du es? Das fühlt sich an wie ein feiner Stoff, frisch aus der Fabrik. Nicht? Das ist ein gutes Zeichen, die Bienen sind gesund. Und hier ist die Königin. Sie ist auf dem Rücken markiert. Siehst du den Punkt?«

Moritz beugte sich über den Kasten. Rea wurde nervös. Moritz sah, dass eine Biene etwas größer war und einen farbigen Fleck hatte.

»Die Königin?«, fragte er auf gut Glück.

»Königin, ja!« Rebin strahlte. Das war das Wort, das auch seine Imkerfreunde gebrauchten. In der Hoffnung, Moritz verstünde die Zusammenhänge, begleitete er seine Ausführungen mit lebhaften Gesten. »Wir haben vier verschiedene Farben für die Königin. Jedes Jahr nehmen wir eine andere Farbe. Diese Königin ist drei Jahre alt, siehst du? Drei Finger, drei Jahre! Ich habe sie selber gezüchtet. Ich sehe es dir an, ein wenig verstehst du mich, nicht?«

Er verstrubbelte dem Jungen, der ihn verschmitzt anlächelte, die Haare und deutete zu einem Steinblock hinüber. Zugleich führte er die Hand zum Mund, als halte er ein Teeglas darin. Dann schloss er den letzten Bienenkasten und hinkte mit einer Wabe Moritz hinterher.

Rea atmete auf, als die Kiste wieder verschlossen war. Es rührte sie, wie vertraut die beiden miteinander umgingen. Rebin erinnerte sie an ihren Vater. Hatte sie damals nicht hier im Tälchen mit ihm Pfähle gesetzt und Drähte gespannt, um das Vieh in der Nähe des Zwischenhofs zu halten? Und dort, in der Felskuhle des Baches, hatte sie an heißen Tagen mit Sonja und Paula gebadet. Jener blankpolierte Fels war ihre Rutschbahn gewesen. Erinnerungen kehrten zurück. Der Imker hatte sich einen guten Platz ausgesucht, kein Wunder, dass er hier sogar eine kleine Hütte aufgestellt hatte. Rea überlegte, wie sie vorgehen sollte. Wenn das Kätzchen nicht gewesen wäre, hätte sie sich unbemerkt wieder weggeschlichen, um Moritz sein Geheimnis zu lassen. Aber sie musste sicherstellen, dass ihr übereifriger Sohn nicht die Katze weggab. Rea stand auf und trat hinter dem Felsen hervor. Sie würde Moritz vorspielen, sie sei beim Wandern zufällig vorbeigekommen.

»Moritz!«

Verblüfft schaute Moritz auf.

»Mam?! Was tust du hier?« Aufgeregt sprang der Junge auf.

»Das ist meine Mutter, Rebin! Komm Mam, wir essen gerade!«

Er stürmte zu ihr hinüber und warf sich mit dem üblichen Überschwang in ihre Arme. Rea drückte ihn an sich, dann löste sie sich aus seiner Umklammerung.

»Ich habe nicht gewusst, dass du hier im Tälchen bist. Und das da ist jetzt dein Zauberer?«, fragte sie.

»Ja, komm mit!«

»Ich weiß nicht, ich möchte nicht zu nahe an die Bienenkästen.«

»Ich hab dir doch gesagt, Rebin hat ein Wundermittel!«

»Das hilft nur bei dir … Aber sei's drum, ich habe die Medikamente ja dabei.«

Je näher sie zu den Bienenkästen kam, umso vernehmlicher war das Summen. Weil gar nicht so viele Bienen herumflogen, wie sie gedacht hatte, hielt sich ihre Angst in Grenzen. Einige Meter vor Rebin, der aufgestanden war und sie erwartungsvoll anschaute, blieb sie stehen. Jetzt wusste sie, woran sein Hinken sie erinnert hatte.

»Aber … Moritz, ich kenne deinen Freund!«

»Was? Warum?«

»Von ihm hatte ich doch die Honigwaben, weißt du nicht mehr. Wir sind in der Stadt zusammengestoßen. Das gibt es doch nicht!«

Auch Rebin hatte Rea erkannt. Lächelnd erinnerte er sich an eine Redensart der kurdischen Kämpfer: Gott hat uns verlassen, aber manchmal spielt er immer noch ein wenig mit seinen gezinkten Würfeln.

Rea fragte beim Hinübergehen leise, wie sie sich denn unterhalten würden, der Mann könne doch gar kein Deutsch.

»Er spricht meistens in einer Zaubersprache, aber ich verstehe ihn schon. Und manchmal zeichnen wir, was wir meinen, ich habe immer Papier dabei.«

»Klar.«

Rea reichte Rebin die Hand.

»Meine Mutter!«

Ein Lächeln nistete sich in seinen Falten ein. Er deutete auf das Gesicht von Rea, dann auf das von Moritz.

»Moritz, Mutter. Ja ja!«

»Ich heiße Rea.«

»Rea? Rea gut! Rebin Diljan. Rebin!« Er deutete auf sich selbst.

»Rebin? Freut mich!«

Mit einer kleinen Geste lud er sie an den Tisch ein. Er nahm sein Glas, schüttete den Rest aus und füllte es für Rea neu. Sie kostete. Der Tee war ihr zu süß, deshalb trank ihn Moritz so bereitwillig. Rea deutete mit einem Lächeln auf die Honigwaben.

»Jetzt weiß ich, wo die entstehen. Wir mochten sie sehr!«

Rebin schob ihr das Fladenbrot hin, das er am Morgen über dem Feuer gebacken hatte. Rea nahm ein Stück und biss hinein. Es schmeckte vorzüglich. Sie überlegte sich, wie sie dem Imker ihre größte Sorge verständlich machen konnte, dann nahm sie Moritz' Arm und drehte ihn ein wenig. Die Einstichstelle war kaum noch zu sehen. Sie zeigte darauf und fragte: »Biene? War das wirklich eine Biene?«

Rebin nickte. »Biene, ja!« Er deutete das Herausziehen eines Stachels an.

»Das ist ja sehr gut!« Rea atmete erleichtert auf. Beim zweiten Stich seines Lebens war eine schlimmere Reaktion ausgeblieben. Moritz war offenbar nicht so allergisch wie sie. Sie nahm ihre Bauchtasche ab, öffnete sie und legte die Spritze und ihre Tabletten auf den Tisch.

»Für mich sind Bienen gefährlich!«, sagte sie und zeigte mit dem Finger auf sich selbst. »Wenn mich eine Biene sticht, muss ich sofort diese Spritze setzen und die Tabletten nehmen. Wenn nicht, werde ich ohnmächtig.« Sie begleitete alles, was sie sagte, mit erklärenden Gesten.

Offensichtlich verstand Rebin, was sie meinte, denn er nickte. Er wusste nur nicht, wie er der Frau erklären sollte, dass sie zu viel Angst vor Bienen hatte und sich deshalb falsch verhielt. Bienen stachen nur, wenn sie krank waren oder wenn sie sich bedroht fühlten, weil sich die Menschen falsch verhielten. Er tat so, als verscheuchte er mit den Händen eine Biene, dann schüttelte er den Kopf und sagte: »Nicht gut!« Wieder deutete er das Wedeln mit den Händen an.

»Er meint, die Bienen stechen nur, wenn man sie mit den Händen verscheucht«, übersetzte Moritz eifrig.

Rea nickte lächelnd. Der Imker musste erst mal eine Allergikerin finden, die ihre Hände ruhig hielt, wenn eine Biene sie umschwirrte. Aber sie würde sich fortan Mühe geben, sich ruhiger zu verhalten. Im selben Moment zuckte sie zusammen, weil etwas Weiches ihr Bein berührte. Als sie hinunterschaute kauerte Moritz bereits neben ihr und nahm das Katzenjunge mit schuldbewusstem Blick auf den Arm.

»Du hast das Kätzchen Rebin sicher nur zeigen wollen, aber es ist besser, ich nehme es nachher wieder mit zurück.«

»Könnten wir es ihm nicht schenken?«, fragte Moritz zaghaft.

»Auf keinen Fall. Erstens gehört es nicht uns, und zweitens ist es noch viel zu jung, es muss schnell wieder zur Mutter zurück. Vielleicht bleibt er gar nicht lange hier. Weißt du denn, wo er sonst wohnt? Dort kann er kaum eine Katze haben. Nicht mal wir haben eine.«

»Eben!«, sagte Moritz trotzig.

»Es geht nicht, Moritz, ich bitte dich. Die Katzen gehören Sophie. Wie hast du sie hergebracht? Ist das die Schachtel? Komm, ich nehme sie nachher wieder mit zurück. Willst du noch etwas hierbleiben?«

Moritz nickte etwas mürrisch. Gemeinsam verstauten sie die Schachtel im Rucksack. Sie hatte noch nicht viel über den seltsamen Einsiedler mit seinen Bienen erfahren, doch sie spürte, dass sie ihm Moritz ruhig anvertrauen konnte. Sie reichte ihm die Hand. Herzlich verabschiedeten sie sich.

»Moritz möchte noch hier bleiben, ich gehe zurück. Gut?«

»Moritz gut, ja. Danke, gut ja.«

Moritz zog Rea zur Hütte hinüber. Rea wusste bereits, welche Frage gleich folgen würde. Erstaunt schaute sie sich um. Nur eine Wolldecke lag akkurat gefaltet in der Ecke, kein Schlafsack, keine Campingmatte. Offensichtlich schlief der Imker auf dem nackten Boden. Er musste dieses Leben wirklich gewohnt sein.

»Darf ich mal bei Rebin übernachten?«

»Ich weiß nicht«, sagte Rea zögerlich.

»Bitte, bitte! Ich frag ihn.«

»Darüber reden wir noch, ich verspreche dir gar nichts, ich muss mir das noch genauer überlegen.«

Sie verließ sich auf ihre Menschenkenntnisse, aber Moritz gleich hier übernachten zu lassen, schien ihr doch ein wenig übertrieben. Hilfreich wäre es zwar. Diesen ungehörigen Gedanken verdrängte sie jedoch.

»Ich möchte ihn erst noch besser kennenlernen. In Ordnung?«

Widerstrebend nickte Moritz. Sie küsste ihn zum Abschied.

»Übrigens – hast du den Baumzwergen Namen gegeben?«, fragte sie zum Schluss noch.

»Klar.«

»Wie heißt der da oben, der euren Platz bewacht?« Rea deutete zur zerzausten Fichte hinauf.

»Strubbel.«

»Ich habe es gewusst. So hab ich ihn auch mal genannt!«

Rea machte vorsichtshalber eine großen Bogen um die Bienenkästen. Der Anfang des Tälchens gehörte noch zum Land der Richters, im Prinzip hätte der Alte um Erlaubnis bitten müssen, seine Kästen hier aufstellen zu dürfen. Sophie Richter hätte mit Sicherheit eingewilligt, angesichts des Bienensterbens gab es keinen vernünftigen Bauern mehr, der einen Imker in seiner Arbeit behinderte. Jetzt war Rea doppelt froh um Rebin. So hatte Moritz trotz Stinas Abwesenheit jemanden gefunden.

Zurück auf dem Hof ging sie sofort in die Scheune und ließ das Kätzchen frei. Kaum begann es zu miauen, stand die Mutter neben ihm. Sie beschnupperte das Kleine misstrauisch und fürsorglich zugleich. Rea ließ die beiden allein. Vor der Haustür stand ein großes Paket, anscheinend hatte Volkmar es für sie dorthin gestellt. Aufgeregt riss sie das Papier auf. Der Maler hatte das Bild bereits begonnen. Mit feinen Bleistiftstrichen war auf der Leinwand das Innere einer Scheune skizziert. Mitten drin ein Schaukelstuhl. Sonst nichts. Rea kontrollierte wieder ihr Handy und las, was er mit dem Stuhl anzustellen gedachte.

Rebin zeigte Moritz, wo er ihm ein zweites Wasserbecken bauen sollte. Stolz machte der Junge sich an die Arbeit. Es war das erste Mal, dass ihn der Zauberer alleine etwas bauen ließ. Die Überlegung, wofür dieser das zweite Becken brauchen würde, beflügelte seine Fantasie. Mit Feuereifer, aber auch mit jener Sorgfalt, die er dem Alten abgeschaut hatte, schichtete er Stein auf Stein. Aus dem Augenwinkel sah er, wie der Zauberer sich derweil bis auf die Unterhose auszog. Erstaunt schaute Moritz hinüber. Der Alte ging zur einzigen flachen Stelle im Fluss und legte sich ohne Umstände auf dem Rücken ins strömende Wasser, so, als wäre es seine Badewanne und nicht der eiskalte Bergbach. Er war wirklich ein Zauberer, dachte Moritz ehrfurchtsvoll. Er selbst scheute kaltes Wasser nicht, aber das, was Rebin da drüben gerade tat, hätte er nicht ausgehalten.

Während er weiterbaute, fragte sich Moritz, ob Rebin den Bach wärmer zaubern konnte oder ob er umgekehrt seine Haut unempfindlich gegen Kälte machte, denn drüben drehte Rebin sich jetzt sogar auf den Bauch, ließ das Wasser über sich strömen, wurde eins mit dem Bach, so wie oft in den sieben einsamen Bergjahren.

Es war bereits nach Mittag, als Nikos beim Garagencamp ankam. Aufgereiht wie die Steine eines Kobolois saßen die Mädchen auf der Einfahrtsmauer. Nur Stina nicht. Er erkannte Zoe, das Mädchen, das ihm nachts zuvor die Garage geöffnet und Stina in Empfang genommen hatte. Er hatte ihr lediglich gesagt, Stina habe zu viel getrunken oder auch etwas anderes erwischt, sie sollten sie die Nacht über etwas im Auge behalten. So wie er Stina einschätzte, durften nicht mal ihre Freundinnen etwas erfahren. Auch wenn sich das kaum verhindern ließ. Nicht nach dem, was er so alles auf der gestohlenen Harddisc entdeckt hatte.

Während Dirk ihn vor der Schlafzimmertür hatte warten lassen, hatte dieser sich die Fotos zugemailt und Stina das Kleid wieder angezogen. So musste es gewesen sein. Auf den Bildausschnitten, die Nikos im gespiegelten Handy-Ordner gefunden hatte, war Stina komplett nackt, und die Bilder wirkten so, als hätte sie bereitwillig mitgemacht. Kein Detail ihres Körpers war ausgespart, und selbst die pornographischsten Bilder waren so geschossen, dass auch ihr Gesicht zu erkennen war. Die Augen meist geschlossen, selten schaute sie mit entrücktem Blick in die Kamera. Man konnte ihn auch als lasziv interpretieren. Frühmorgens war Nikos nochmals zum Wohnblock gefahren und hatte sich in Dirks Homenet eingeloggt, doch er hatte die Bilder wieder nicht finden können. Dirk hatte sie mit Sicherheit auf einer externen Festplatte gespeichert, ähnlich jener, die Nikos ihm geklaut hatte. Wenn er wollte, konnte er mit Stina ein ganzes Pornoalbum gestalten. So etwas plante er mit Sicherheit. Und wer das Sammeln dieser Bilder so aufwändig betrieb, würde sich nicht so einfach überlisten lassen. Dirk war ein gefährlicher Gegner. Nikos wusste nicht, ob und wie er ihm das Handwerk würde legen können.

»Wie geht es ihr?«, fragte er, als er sich endlich ein Herz gefasst hatte und vor den Mädchen stand.

Zoe hob die Schultern. »Ich weiß nicht, sie spricht kein Wort, sie fühlt sich wohl noch zu schlecht.«

»Hat sie geschlafen?«, fragte Nikos.

»Erst zweimal erbrochen, dann wohl schon, ja.«

»Kann ich zu ihr?«

»Nur zu, vielleicht erzählt sie dir mehr als uns.«

Nikos wusste schon genug. Er ging zur Seitentür der Garage und öffnete sie. Nach dem grellen Sonnenlicht brauchten seinen Augen einen Moment, sich an das Halbdunkel im Raum zu gewöhnen. Von Stina war nur ein dunkler Umriss zu sehen. Als er sie antippte, erkannte er seinen Irrtum, es war bloß ein Kissen. Suchend schaute er sich um. Nichts. Er ging hinaus in die Sonne.

»In der Garage ist sie nicht.«

»Sie liegt doch auf ihrer Matratze!«, sagte Mo.

»Nein, das ist nur ein Kissen.«

»Vielleicht ist sie hinten in der Dusche«, sagte Susa.

»Kann jemand schnell nachschauen gehen? Please! Ich muss sie sprechen.«

Zoe sprang endlich von der Mauer und ging in die Garage. Einen Moment später kam sie verblüfft zurück.

»Sie ist weg. Und ihr ganzes Zeugs auch!«

16

In den zwei Jahren, seit Stina ihr Handy besaß, war es noch keine Sekunde lang ausgeschalten gewesen. Jetzt lag es mit schwarzem Display neben ihr auf dem Rasen. Stina wusste nicht weiter. Mit Sicherheit waren die Fotos schon im Umlauf. Die ganze Schule würde bald Bescheid wissen, mit dem Finger würden sie auf sie zeigen, jeder mit einem Bild von ihr auf dem Handy, nackt und in allen Details. Stina die Pornoschlampe.

Weshalb hatte er das getan?

Dieselbe Frage, immer wieder.

Weshalb hatte sie es getan?

Alle hatten sie doch gewarnt, Dirk selbst hatte ihr noch ein Bild von Leandra gezeigt … Wie dumm sie gewesen war! Selbst hier auf der Greisenwiese, wo kaum Jugendliche in ihrem Alter waren, wartete sie nur auf Getuschel, Blicke, Zeigefinger in ihre Richtung. Ein steter Schmerz pulsierte in ihrem Kopf, ihre Augen brannten, sie war komplett erschöpft und gleichzeitig hellwach. Stina legte ihren Kopf auf den Rucksack. Alles nur ein schlechter Traum, redete sie sich ein. Sie würde gleich erwachen, und alles war wieder so wie vorher. Dirk hätte ihr nichts vorgespielt, sie nicht als Sexspielzeug missbraucht, diese Bilder gäbe es nicht …

Klar erinnerte Stina sich nur an den Beginn der Party. Dann die Schüssel in der Küche. Der Gedanke an die Bowle erzeugte einen Brechreiz, der säuerliche Geschmack der vergorenen Früchte stieß ihr auf, obwohl sie doch längst alles von sich gegeben hatte. Später am Abend hatte sie sich amüsiert. Sie erinnerte sich an den Tanz mit den anderen der Combo, die ihre

Moves übernommen hatten, sie war sich vorgekommen wie Selena Gomez. Dann der Filmriss. Bei Mädchen wie Stina läuteten längst die Alarmglocken, sobald Jungs nur ein Handy auf sie richteten. Niemals hätte ich meinen Körper so zur Schau gestellt!, dachte sie. Trotzdem waren die Bilder auf ihrem Handy. Bei den gesendeten E-Mails hatte sie alle ein zweites Mal gefunden. Was hatte Dirk noch getan? Sie würde es doch körperlich spüren, wenn es geschehen wäre, mit Sicherheit! Würde sie? Stina merkte nicht, wie sich ihre Fingernägel in den Unterarm gruben. Und alle wussten es!

Dirk hatte ihr Leben zerstört. Seit sie heute Morgen erwacht war, hatte sie alle Möglichkeiten durchdacht. Es gab keinen Ausweg.

Seltsame weiße Wolkenschleier wanden sich um die Bergspitzen über dem See, die Kaltfront kam näher. Schon den ganzen Tag hatte Stina hier verbracht, geschockt, gelähmt. Die Sonne war am Untergehen, das Licht fiel zusammen. Sie schaute tränenblind Richtung Berge, dachte an ihre Mutter und Moritz, oben auf dem Zwischenhof, wie gerne sie jetzt dort gewesen wäre, wie sehr sich ihre Mutter für sie schämen würde. Sie streifte T-Shirt und Hosen ab. Darunter trug sie den Bikini. So hatten es die Baker-Girls ausgemacht: Es war Sommercamp, und sie würden die ganze Woche im Badezeug verbringen, komme, was wolle! Als hätten sie geahnt, wie es enden würde, dachte Stina verzweifelt. Sie ging durch die alten Leute auf der Wiese, die das Mädchen nicht weiter beachteten. Das Wasser war beruhigend kühl. Der Seegrund fiel hier schnell ab, schon nach drei, vier Metern reichte ihr das Wasser bis zum Kinn, gleich darauf schlug es über ihrem Kopf zusammen.

Nikos hatte mit Hilfe der Festplatte Dirks Vorgehensweise und dessen Netzwerk rekonstruiert. Das Panini-Projekt nötigte ihm widerwillig Bewunderung ab. So skrupellos es war, so aufwendig und witzig hatte Dirk sein Trophäenalbum umgesetzt. Ohne die Hintergründe zu kennen, hätte er es vielleicht gar gekauft, gestand Nikos sich ein, stattdessen wurde ihm klar, was es für die bloßgestellten Mädchen bedeutete. Natürlich hatten sie auch in Griechenland gelernt, wie vorsichtig man mit seinen Bildern sein musste. Doch nicht mal er selbst, der große Hacker, hatte Dirks Plan wirklich durchschaut. Auf der Harddisc fand er ein Bestellformular. Offensichtlich ein gutes Geschäft, dieses Panini-Heft. Und nur in gedruckter Form erhältlich, wenn er den Text richtig verstand. Hätte Dirk es elektronisch angeboten, wäre er wohl längst aufgeflogen. Das Album umfasste rund zwanzig Mädchen. Bis in die kleinsten Details hatte Dirk die Grafik und die Schriften der berühmten Fußballbildchen adaptiert. Die kleinen Teams waren nach den Eigenschaften der Mädchen zusammengestellt, sie ließen sich zudem nach Unterkategorien wie Haarfarbe, Körpermaß, ja sogar Nationalität konfigurieren. Erstaunt stellte Nikos fest, dass die hiesigen Mädchen in der Unterzahl waren, viele der Abgebildeten stammten aus Serbien, Kroatien oder Albanien. Noch manche Flucht landet wie ihre hier im Land der Verheißungen, dachte Nikos. Irgendwie war es dem Kerl auch gelungen, von jedem Mädchen ein frontales Brustbild zu machen, das sie in der typischen Fußballerpose mit den verschränkten Armen zeigte, ganz so, als würden sie für das Mannschaftsalbum posieren. Natürlich mit bloßen Brüsten. Für pornographische Fotos hatte er sich einen weiteren Kniff der Panini-Macher abgeguckt, denn bei jedem Mädchen gab es wie in den Fußballheftchen sogenannte »Action-Bilder«, allerdings waren hier nicht Tackling- oder Dribbelszenen gemeint.

Nikos durchforstete nochmals die Harddisc. Er wechselte immer wieder ins Internet, machte dort Stichproben mit all den Namen der Mädchen, fand aber außer Andeutungen von Dirks Freunden auf Facebook keinen öffentlichen Hinweis auf die Fotos. Die Jungs spielten sie sich offensichtlich direkt zu, über die Handys. Sie wussten sehr wohl, dass keines der Bilder auf den üblichen, unkontrollierbaren Plattformen landen durfte. Nikos peilte Stinas Handy im Viertelstundenrhythmus. Noch immer zeigte das Monitoringprogramm keinen neuen Standort an. Der letzte Ortungspunkt am Anfang des Nachmittags war eine Straße am See gewesen. Danach hatte Stina das Handy komplett ausgeschaltet. Nikos verstand, dass sie Zeit für sich brauchte, zugleich beunruhigte es ihn. Er würde sein Handy nie abschalten, in einer solchen Situation schon gar nicht. Er beschloss, sie suchen zu gehen. Er musste ihr Mut machen. Die Sonne stand schon tief, als Nikos wieder mal seine wichtigsten Gadgets in die Tasche zwängte.

Er radelte durch die Straßen, die ihm seine Navigationsapp vorgab, fünfzehn Minuten später erreichte er die angepeilte Stelle und stieg irritiert ab. Alte, herrschaftliche Häuser in Reih und Glied, die meisten größer als die Hotels bei ihnen auf der Insel. Was mochte Stina hier gewollt haben? Nikos versetzte sich in Stinas Lage. Er hatte ihr ja weder von der Disc noch von seiner E-Mail erzählen können. Noch in der Nacht hatte er Dirk ein Foto von der Harddisc geschickt. Er würde sie sofort der Polizei zur Verfügung stellen, sollte auch nur ein Foto von Stina oder von einem der anderen Mädchen über Dirks E-Mail oder per SMS verschickt werden, beides werde rund um die Uhr überwacht. Als Beleg hatte er einen Screenshot von Dirks eigenem Desktop angeheftet. Das gab seinem Widersacher zweifellos zu denken. Nikos hatte die Nachricht mit dem Hinweis beendet, der Absender würde sich mit neuen Anweisungen melden. Weitere Schritte musste Nikos erst mit Stina besprechen. Er wusste nicht weiter. In den alten Erpresserfilmen, die bei ihnen nachts über die Bildschirme flackerten, wurden die kompromittierenden Fotos jeweils gegen das Lösegeld zurückgegeben. Völlig wirkungslos bei digitalen Daten, wo jede Kopie ein nächstes Original war. Nikos würde nie kontrollieren können, ob Dirk die Bilddateien löschte. Im Gegenzug war seinem Widersacher klar, dass er nie wirklich erfahren konnte, was sie mit seiner Harddisc anstellten. Eine klassische Pattsituation mit dem Vorteil, dass nur Dirk etwas Verwerfliches und Illegales getan hatte. Wohl deshalb hatte er die E-Mail bis jetzt nicht beantwortet, er suchte fieberhaft nach einem Ausweg – den es hoffentlich nicht gab. Nikos durfte ihm einfach nicht in die Arme laufen. Er suchte wieder die Häuserfassaden der Straße ab. Dann rief er sich den Namen von Stinas engster Freundin in Erinnerung. Er fand Zoe in Stinas Datensätzen und rief sie an.

»Nikos. Der Cousin von Stina.«

»Ich weiß doch, Mann! Der Turmspringer. War geil, dein … doppelter …«

»Es geht um Stina.«

»Wo steckt sie?«

»Nothing new, just a hint: Rotwandstraße.«

»Da kenn ich niemanden.«

»Sie muss hier gewesen sein. Und der See ist nahe. Dort vielleicht?

»Da gibt es nur die Greisenwiese.«

»Excuse me?«

»Eine Wiese am Seeufer. Voll nur alte Leute da. Wir sind nie dort.«

»I'll check it out.«

»Nikos, warte! Gib Bescheid, sobald du sie findest! Um elf Uhr wird meine Mutter hier zur Kontrolle antraben, wenn ich dann nichts weiß, muss ich sagen, dass Stina abgehauen ist.«

Nikos verstand nicht, was »abhauen« bedeutete, aber er begriff, dass Zoes Mutter kontrollierte, ob alle da waren.

»I call you back«, versprach er. »Wo ist diese Wiese?«

»Geh zum Ende der Straße, vor dem letzten Haus führt ein kleiner Pfad zum Seeufer.«

Nach einigen Pedaltritten lehnte Nikos das Fahrrad gegen die Hausmauer und eilte an den Hecken entlang Richtung Wasser. Die tiefstehende Sonne blendete ihn. Nikos legte schützend die Hand über die Augen. Dieser Ort machte Sinn, dachte er. Stina würde hier keinen Bekannten treffen. Erst jetzt ging Nikos auf, wie gefährlich sein Zögern gewesen war. Stina brauchte sofort Hilfe. Nicht mal Zoe hatte sie sich anvertraut! Mit jedem Schritt wuchs Nikos Angst, dass Stina eine Dummheit anstellen könnte. Der Durchgang öffnete sich auf die Wiese, er eilte Richtung Ufer, sah plötzlich ihren Rucksack im Gras und im Wasser nur eine einzige dunkle Silhouette. War sie das? Das Mädchen watete hinaus und tauchte unter. Nikos raste zum Ufer und wartete voller Angst darauf, dass sie wieder hochkam.

»Nikos habe ich ja ewig nicht mehr gesehen«, sagte Peer, als sie die Vespa bereit machten. Er hatte Paula bei der Seepromenade abgeholt. Die Aussicht auf ihr bevorstehendes Abenteuer machte ihn nervös, auch wenn ihm die örtliche Trennung von Rea und die eher eisige Stimmung zwischen ihnen seine Entscheidung erleichtert hatte. Weshalb er überhaupt zögere?, hatte Paula gefragt, die Kinder seien weg, die Gelegenheit komme so schnell nicht wieder. Und ob er seine alte Vespa noch habe, etwas Verwegenheit stehe ihrem kleinen Abenteuer gut. Peer kam es recht, dass Paula die treibende Kraft war. Sie hatte auch seine Unentschlossenheit vor dem Kleiderschrank eben beendet, dafür war Peer jetzt besorgt, dass die Schutzabdeckung der Vespa sein bestes Jackett nicht verschmutzte.

»Er ist wieder mit Freunden unterwegs«, beantwortete Paula seine Frage. »Sie wollen ins Kino. Erst setzt Nikos wochenlang keinen Fuß aus dem Haus, jetzt treibt er sich nur noch auf der Straße herum.«

»Er entdeckt die Stadt.«

»Hast du was von Stina gehört?«

»Nein. Gutes Zeichen. Verdächtig wird es erst, wenn sie sich von selber meldet.«

Paula beobachtete Peer beim Versuch, den Motor per Kickstarter in Gang zu bringen. Ihr Ausbruchsreflex hatte auch etwas mit ihrem Stiefsohn zu tun, gestand sie sich ein. Unversehens schimmerte es auf, das Ende der »Operation Nikos«, wie sie und Stelios manchmal scherzhaft sagten. Der Umzug in die Schweiz konnte schon das letzte Kapitel sein. Schon bald brauchte der Junge sie nicht mehr. Manchmal fragte sie sich, was sich dann zwischen ihr und Stelios verändern würde. Nikos Mutter war vor langer Zeit auf das griechische Festland gezogen, der Junge war bei ihnen aufgewachsen, es hatte kaum je einen Moment gegeben, in dem sich nicht alles um Nikos drehte. Eine Schule der Demut für Paula, die zuvor immer alles und zwar sofort gewollt hatte. Über die Jahre war Nikos auch ihr Sohn geworden. Als die Nachrichten von jenem Studentenpärchen in Athen berichteten, das sich aus Verzweiflung über ihre anhaltende Arbeitslosigkeit gemeinsam umgebracht hatte, war die Entscheidung gefallen. Das Fehlen jeder Perspektive für ihren Sohn war unerträglich.

Beim fünfzehnten oder zwanzigsten Kickversuch brummte die Vespa auf. Paula fragte, ob sie fahren dürfe, er willigte zu ihrer Überraschung sofort ein. Stelios hätte das nie zugelassen, dachte sie. Paula schob die Vespa vom Ständer, er setzte sich hinter sie, sie manövrierte aus der Garage hinaus. Erst als sie draußen auf der Straße mehr Gas gab, spürte sie seine Hände auf ihrer Taille. Sie lächelte. Die Ungewissheit, was ihn dort erwartete, verunsicherte ihn spürbar. Und ein bisschen die Frage, weshalb ausgerechnet sie, seine Schwägerin, ihn dorthin begleitete.

Weil sie neugierig war. Ganz einfach.

Im Gegensatz zu Peer hatte Paula die Situation unter Kontrolle. Sie war schon lange nicht mehr die alte Herumtreiberin, doch Gelegenheiten zum Ausbruch, zu neuen Erfahrungen ergriff sie in homöopathischen Abständen, eher selten waren sie erotischer Natur. Das letzte Mal war schon eine Weile her, ein riskanter Segeltörn mit einer Freundin. Die Krise hatte ihre Extravaganzen und den Gefallen daran zwischenzeitlich erstickt. Vielleicht würde sie an diesem Abend etwas Außergewöhnliches erleben, vielleicht nicht. Hauptsache war, sie mutete sich wieder mal etwas zu. Auch wenn jeder dieser Trips bei ihr selbst endete. Paula machte sich nichts vor. Sie würde sich nicht mehr ändern. Sie war Mitte dreißig, sie würde nie Kinder haben, dieses Kapitel war abgeschlossen. Vor der Abtreibung hatte sie nicht gewollt, seither konnte sie nicht mehr. Stelios hatte Nikos und die Musik. Seine Verpflichtungen banden ihn an die Insel, Paula hingegen war in der kurzen Zeit hier zu einer überraschenden Erkenntnis gekommen: Sie war einst nach Griechenland geflüchtet, um hier wegzukommen und nicht um dort anzukommen. Ankommen lag nicht in ihren Genen.

Umso mehr erfreute sie sich ihrer kleinen Fluchten.

»Wann hast du zum letzten Mal so etwas Verrücktes getan?«, rief sie über die Schulter.

»Keine Ahnung.«

»Wie fühlt es sich an?«

»Weiß noch nicht.«

So sehr sie Peer mochte, manchmal hätte sie ihn am liebsten geschüttelt. Ihr Blut kreiste bereits schneller, ihre Wahrnehmung war geschärft, ihr Blick klar. Alles möglich, auch ohne Südwind! Sie beschleunigte den Roller ruckartig. Peers Hände griffen unwillkürlich fester zu. Na also!, dachte Paula mit einem Schmunzeln. Sie wollte ja nichts von ihm, das wusste er, sie beide brauchten bloß einen verlässlichen Komplizen für ein weiteres, vielleicht unnützes Abenteuer. Sie jagte die Vespa über die Stadtautobahn Richtung Schlossberg. Während der kurzen Fahrt passierten sie sechs Häuser, in denen Paula mal gewohnt hatte. Nur in einem davon legal. Hausbesetzungen waren nicht mal ein politisches Statement gewesen, einfach ihre Wohnform, ihre Lebensart damals, die ihrer Freunde. Bis zu der Geschichte mit Rolf, der mehr verdient hatte als sie Herumtreiber alle zusammen. Wenigstens bewies er heute den Humor, den er damals hatte vermissen lassen, öfter mal zogen sie sich mit dem fatalen, öffentlichen Ende ihrer damaligen Beziehung gegenseitig auf. Sie war sich sicher, dass Rolf ihr schon bald einen besseren Job anbieten würde, Andeutungen hatte er bereits gemacht. Vor kurzem noch hätte sie mit Handkuss angenommen, in der gegenwärtigen Verfassung steigerte diese Aussicht ihre Angst vor der nächsten Fremdbestimmung nach Nikos. Verdammt, dieses Land verführte jeden dazu, sich unterzuordnen, dachte Paula. Selbst Peer, eigentlich ein Seelenverwandter, war unbeweglich geworden, und nur dank der Beschäftigung mit seinen Games hatte er sich etwas von seiner Jungenhaftigkeit bewahrt.

Sie rollten in die Seitenstraße, die den Park des Schlosshotels begrenzte. Peer stieg ab.

»Und jetzt?«, fragte Paula.

Peer führte sie zum Eingang der Bar. Es waren diesmal weniger Besucher da, doch wieder saßen einige schwarz gekleidete Pärchen an den Tischen. Paula ließ Champagner bringen, auch wenn Peer ein Bier lieber gewesen wäre. Während sie an ihren Gläsern nippten, behielt Peer die Tür zu dem hinteren Korridor im Auge. Es dauerte tatsächlich nicht lang, bis ein Pärchen gemeinsam die Bar verließ und nicht mehr zurückkehrte.

»Wollen wir wirklich?«, fragte Peer endlich.

»Deshalb sind wir hier.«

»Wenn das Passwort nicht mehr gültig ist, kommen wir eh nicht rein.«

Paula musterte Peer amüsiert. »Das würdest du tun?«

»Was?«

»Kneifen.«

»Kneifen wäre das falsche Wort.«

»Ach ja?«

»Scheust du nie ein Risiko?«

Paula lachte leise. »Ich sollte mich ein bisschen zurückhalten? Vielleicht, ja. Aber schau dich an. Seit dem Abend, als wir angekommen sind und du mit Dordi hier gewesen bist, denkst du an nichts anderes mehr.«

»Behauptest du!«

»Gib es zu. Deine Fantasien drehen sich nur noch um das, was hinter dieser Tür geschieht, und solange du es nicht weißt, wird das Mutmaßen immer aufregender, der Drang hinzugehen übermächtig.«

Peer widersprach ihr nicht mehr. Die Verbindung zu Dordi und zum Second Life behielt er weiterhin für sich. Er konnte ihr schlecht sagen, dass er eine ziemlich klare Vorstellung davon hatte, was hier geschah.

»Weshalb seid ihr Männer solche Feiglinge?«

»Vielleicht setze ich mehr aufs Spiel als du.«

»Was denn, die Beziehung zu Rea? Oder dass du süchtig nach solchen Kicks wirst? Glaub ich weniger.«

Wenn du wüsstest!, dachte Peer.

Minuten später beneidete er Paula um die Leichtigkeit, mit der sie sich auf das Spiel einließ. Fast widerwillig gestand er sich die Wirkung ihrer Maskerade ein. Das Passwort *Dream Story* hatte sie ohne Probleme durch die blaue Tür in die Garderoben gebracht. Paula trug nun ein langes, schwarzes Gewand. Die Masken der Frauen waren kleiner, sie verdeckten nur die Augen, doch der Schleier an der Kapuze des Kostüms ließ den Rest des Gesichtes höchstens erahnen.

»Ich hoffe, ich trage darunter das richtige Wenige«, flüsterte Paula. Sie traten in einen großen Saal. Rund zwanzig Pärchen tanzten hier. Die Musik war moderner als die Kostüme, sphärisch, mit schleppenden, triphop-artigen Bässen, die den Tänzern einen langsamen Rhythmus aufzwangen. Die Bewegungen der schwarzen Silhouetten wirkte deshalb eigenartig verzögert, unter das Stück, das eben lief, war ein pulsierender Herzschlag gemischt. Die hohe Stimme, die leicht entrückt über dem Klangteppich schwebte, war geschlechtslos. Wohl ein Mann, entschied Peer beim zweiten Hinhören.

»Darf ich bitten«, sagte Paula leise.

»Du willst tanzen?«

»Wir sollten uns ein bisschen den Gepflogenheiten anpassen. Oder willst du auffallen?«

Widerwillig folgte Peer ihr auf die spiegelglatte Tanzfläche. Er gab sich in den Rhythmus und schaute sich dabei um. Eine reich verzierte Stuckaturdecke wölbte sich hoch über dem prachtvollen Saal, auf drei Seiten öffnete er sich in kleinere Nebenräume. Die maskierten, starren Gesichter wirkten irritierend und fremd. In den Augenhöhlen spiegelte sich immer wieder ein Lichtreflex, Blicke trafen sich, wenn zwei Paare sich näherten. Peer achtete auf die Arme der Frauen, nur sie waren unverhüllt und verrieten etwas über die Maskierten. Dordi schien nicht im Raum zu sein. Das Musikstück verklang. Wie auf Kommando gaben die Tanzenden die Saalfläche frei, die Frauen gingen zur einen Seite des Raumes, die Männer zur anderen.

»Na dann!«, sagte Paula munter.

Überrascht ließ er ihre Hand los und gesellte sich zu den Männern. In den Gucklöchern der Masken sah er Augenpaare, die jede seiner Bewegungen zu verfolgen schienen, als wüssten sie, dass er sich mit falschen Absichten eingeschlichen hatte. Welche Absichten sind hier schon richtig?, dachte Peer. Dann erklang das vertraute Intro des *Sacre du printemps*. Ein hohes, ruhiges Fagott-Solo, zögerlich gesellten sich die übrigen Holz- und Blechbläser des Orchesters dazu. Die leere Tanzfläche, die eben noch im Dunkeln gelegen hatte, wurde plötzlich von einem einzelnen Scheinwerferkegel zerschnitten. Er irrte über den Boden, bis er plötzlich eine Frau erfasste. Sie lag bäuchlings auf einem roten Tuch, im ersten Moment dachte Peer, sie sei nackt. Gleich darauf schwebte eine Tänzerin in die Szenerie, eine Zweite, eine Dritte, alle trugen dasselbe. Peer traute seinen Augen nicht und wähnte sich für Sekunden in einem Traum: Es war, als bewegte sich Rea in zehnfacher Ausführung zu den schneller werdenden Klangfetzen über die Fläche, denn die Tänzerinnen trugen alle ein hautfarbiges Baumwolltop und einen entsprechenden Slip dazu. Reas Lieblingsstücke. Hier, an den Körpern der sehnigen Tänzerinnen, wirkten sie eher archaisch als altbacken. Bedrohlich gar. Männliche Tänzer schwärmten aus, bis auf eng anliegende, kurze Shorts waren sie nackt. Ein seltsames Streiten begann, im einen Moment warben die Tänzer um ihre Gespielinnen, im nächsten Moment stießen sie die Frauen zurück, diese wiederum dienten sich ihnen an, gingen auf Distanz, ließen sich ein, vermeintlich nur sprangen die Männer dann an, schlugen plötzlich auf sie ein, so lange, bis der letzte Tänzer zu Boden sank und liegenblieb, während die Frauen durch sie hindurch – und über sie hinwegtanzten, triumphierend und hochfahrend zugleich. Wieder erklang das Fagott, etwas tiefer nun, die Streicher fielen ein, mit Wucht und in einem hämmernden Rhythmus, der die Tänzerinnen, die sich in einem Pulk formiert hatten, neu antrieb. Das rote Tuch war verschwunden, immer wieder löste sich eine Tänzerin aus der Formation, nur um gleich darauf wieder in der Masse zu verschwinden, worauf eine Zweite, eine Dritte denselben kurzen Ausbruch aus der Menge versuchte. Plötzlich war das Tuch wieder da, jene Frau, die sich gerade aus der Menge wagte, hielt es in den Händen, übergab es der nächsten, die ihrem Beispiel folgte, doch etwas daran war unheimlich, denn je länger dieses Spiel der Tänzerinnen ging, umso fiebriger versuchten sie, das Tuch wieder loszuwerden, als sei es mit einem Fluch behaftet. Die Choreographie erinnerte Peer an eine der Aufnahmen, die er beim Recherchieren auf YouTube gefunden hatte. War Dordi – oder dem Anlass angemessener: die Baronin – nicht Tänzerin gewesen? Sie hatte ihm in den Chats damals von ihrem Mädchentraum erzählt und von der fatalen Knieverletzung, die alles zunichte gemacht hatte. Tanzte sie hier mit? Möglich war es, die Tänzerinnen trugen Augenmasken, und die Scheinwerfer stanzten sie jeweils nur kurz aus der Dunkelheit heraus. Die Musik setzte neu ein. Peer hatte nicht mal gesehen, wohin die besiegten Männer verschwunden waren. Die Frauen tanzten unter sich aus, wer die Auserwählte oder das Opfer sein würde. Endlich sank eine in die Knie, barg das Tuch in ihrem Schoß. Als sei dies ein weiteres Zeichen, trat rund die Hälfte der zuschauenden Männer um Peer herum einen Schritt vor, dasselbe geschah drüben auf der Seite der Frauen. Peer hingegen wich an die Wand zurück. Die Musik war ruhiger geworden, sehnsuchtsvoll, verzweifelnd wiederholte sich dasselbe Streichermotiv, mit geschmeidigen Bewegungen glitten die Tänzerinnen zwischen jenen Frauen und Männern hindurch, die sich etwas vorgewagt hatten. Peer suchte Paula. Sicher war sie vorgetreten. Dann begriff er, dass die Tänzerinnen ohne jede Berührung, nur durch ihre Bewegungen, die Frauen und Männer in den vorderen Reihen über die Tanzfläche dirigierten, immer im Einklang mit der Musik, und sie so zu neuen Paaren zusammenführten. Die Musik wurde heftiger, die große Trommel setzte wuchtige Akzente und einen eigensinnigen Rhythmus, also wollte sie sich des restlichen Orchesters erwehren. Das erste Paar, eskortiert von zwei Tänzerinnen, verschwand im dunklen Teil des Saals. Dieses Ritual wiederholte sich nun Mal für Mal, bis alle Frauen und Männer der vorderen Reihe paarweise zusammengeführt waren, bis alle Tänzerinnen mit ihnen in der Dunkelheit verschwanden. Außer jener einen, die noch einige Sekunden lang mit dem roten Tuch im Spot des Scheinwerfers kauerte, das Orchester strebte einem Höhepunkt entgegen, dann riss die Musik jäh ab. Stille. Als das Licht wieder anging, war auch diese Tänzerin verschwunden.

Die undefinierbare, hohe Stimme setzte wieder ein. Peer folgte den verbliebenen Männern. Sie gingen durch einen Rundbogen, dahinter öffneten sich weitere, kleinere Säle. Der Erste diente offenbar der Erfrischung. Peer gaukelte sich etwas Normalität vor, wie die anderen bediente er sich bei den Gläsern, die auf einer weiß gedeckten Theke bereitstanden. Er leerte seines in drei Schlucken und ärgerte sich sogleich darüber, denn der Wein hätte mehr Aufmerksamkeit verdient. Seltsamerweise schien es keiner der Männer eilig zu haben. Peer hielt sich verlegen am Glas fest, in Ermangelung seines Handys, das im Garderobekästchen bei den Kleidern lag. Beim zweiten Glas trank er langsamer und genoss den Wein in angemessenen Schlucken. Noch brauchte er einen klaren Kopf. Endlich gingen die ersten einen Raum weiter, fast gleichzeitig und wieder so, als habe jemand ein geheimes Zeichen gegeben, das nur er nicht mitbekam. Als wäre er in eine Art Geheimgesellschaft eingedrungen, und doch sah keiner hier aus, als wache er über die Rituale. Die schienen ohnehin alle zu kennen. Nachdem er einen zweiten Raum durchquert hatte, der einzig mit schwarzen, ausladenden Lederquadern ohne Lehnen möbliert war, traf er im dritten erstmals wieder auf Frauen. Offensichtlich waren die Paare von den Tänzerinnen von der Gegenseite her in diesen Saal geführt worden. Diese Frauen hatten sich ihrer Umhänge entledigt, waren jetzt bis auf Gesichtsschleier und Maske nackt. Fast verstohlen betrachtete er einige von ihnen, dann fiel ihm ein, dass er eine Maske trug und schauen hier ja wohl erwünscht war. Neben ihm sank unvermittelt ein Mann auf die Knie und verharrte auf allen Vieren. Fast reflexartig wollte Peer ihm aufhelfen, als eine der Frauen sich rücklings auf den Mann legte und sich einem zweiten Mann darbot. Widerwillig fasziniert, schaute Peer einige Minuten zu, andere Männer und Paare gesellten sich zu ihnen, Peer löste sich aus der Gruppe. An weiteren Orten im Saal wurde das Geschehen eindeutiger, Seufzer und unterdrücktes Stöhnen gingen so nahtlos in die Musik über, als wäre sie nur zu diesem Zweck komponiert worden. Peer suchte unbewusst nach Paula, doch er sah oder erkannte sie nicht. In nächsten Saal beobachtete er eine kleine Gruppe, die einen der Lederquader umstand. Sie zogen gerade Lose. Dann traten alle bis auf zwei einen Schritt zurück, auf diese beiden war wohl das Los gefallen, sie legten sich auf den Quader, die Umhänge fielen zu Boden, sie begannen sich gegenseitig mit dem Mund zu verwöhnen, und Peer fragte sich, ob die beiden Männer das wirklich wollten oder ob ihnen nur das Los diese Spielart beschert hatte. Wieder verspürte er Widerwillen und Erregung zugleich. Wie hier fanden jetzt überall kleine Gruppen zusammen. Peer ging von der einen zur nächsten, verweilte als Zuschauer jeweils einen Moment, dann trieb es ihn weiter. Etwas später glaubte er Dordi erkannt zu haben, die geschmeidig in einem dunklen Durchgang hinter einem Vorhang verschwand, der Körper durchtrainiert und muskulös. Das musste sie gewesen sein! Oder eine der Tänzerinnen? Die beteiligten sich nicht am Geschehen, sie waren wohl nur für den Tanz engagiert. Ein lauter Gong nahm ihm eine Entscheidung ab. Ein nächstes Signal, das allen Befehl war, die Gruppen lösten sich sofort auf, alle strebten zurück in Richtung des großen Eingangssaales. Kaum waren sie dort angekommen, erklang die Musik des *Sacre*, der zweite Teil des Balletts begann. Die Scheinwerfer gingen an, die Tänzerinnen standen in einem dichten Kreis, die verhaltenen und doch fast panischen Bewegungen ihrer Körper verdeutlichten die innere Spannung im Pulk. Ein gewaltiger Paukenschlag, die Gruppe brach auseinander und offenbarte die Auserwählte. Einsam im Licht stand sie nun, die letzte Tänzerin. Sie zog das Baumwolltop aus. Besser so!, dachte Peer halb belustigt. Sie schlüpfte aus dem Slip, sie hob das rote Tuch über ihren Kopf, es entpuppte sich als kurzes Trägerkleidchen und fiel gleich darauf über ihre Brüste. Ihre Silhouette und ihre Bewegungen erinnerten Peer wieder an Dordi. Das Orchester begleitete die Verwandlung mit einem frenetischen Stakkato, die anderen Tänzerinnen zogen sich zurück und beobachteten aus dem Hintergrund den Opfertanz, diese letzte Auflehnung der Auserwählten gegen ihr Schicksal. Als renne sie gegen unsichtbare Wände, warf es die Frau immer wieder auf sich zurück, jeder Ausweg war versperrt, sie tanzte gut, sie machte ihren Kampf, ihre Verzweiflung greifbar. Immer mehr verfing sie sich in der schneller werdenden, gewalttätigen Spirale der Musik, verlor sich, brach endlich zusammen, ein letzter, brachialer Paukenschlag. Die Tänzer waren zurück, umringten die Frau, bückten sich, hoben sie gemeinsam hoch. Die Tänzerinnen ließen sich das nicht gefallen, sie attackierten die Männer von neuem, rangen mit ihnen, plötzlich waren sie es, die die Auserwählte auf hochgestreckten Händen zum dunklen Ende des Saales trugen. Als sei auch das abgesprochen, lösten sich die Männer von der Wand und folgten der Prozession. Peer schloss sich dem Zug der Maskierten an, in der Gewissheit, dass er diesmal dazu gehörte. Die Tänzerinnen trugen die Frau durch die kleinen Säle bis zu jenem dunklen Durchgang, wo Peer zuvor kehrtgemacht hatte. Ein Mann stand unter dem Rundbogen und ließ sie passieren.

Die Männer vor ihm verschwanden im Dunkeln. Noch konnte er umkehren, dachte Peer, aber die Versuchung war zu groß. Die Augen des Mannes im Durchgang durchbohrten ihn,

Peer blieb stehen, er hielt dem Blick stand, dieser stellte zu Peers Überraschung keine Frage, sondern ging ihm voran. Der Vorhang fiel hinter ihnen zu, Dunkelheit umgab Peer. Er wartete, bis sich seine Augen daran gewöhnen würden. Als noch einmal etwas Licht durch den Vorhang fiel, sah er, dass der Begleiter verschwunden war und der Raum bis auf eine riesige Matte am Boden leer war. Er machte Schatten von Körpern aus, die Musik war hier lauter, die hohe Stimme klang beschwörend, drängend und selbstanklagend zugleich, passend zu Peers Gemütslage. Er kannte diesen Raum, er war die exakte Umsetzung des *Temple of dreams,* unzählige Stunden hatte er dort einst mit der Baronin verbracht, beim Austausch von Poseballs, während nächtelangen Chats, in denen sie nichts ausgelassen hatten. Er wusste, was nun geschehen würde und die Berührung jener Hand war keine Überraschung mehr.

Als er später sein Handy aus dem Garderobekästchen nahm, versteinerte sein Gesicht. Sieben verpasste Anrufe und die Nachricht von Zoes Mutter sprangen ihm entgegen. Stina sei verschwunden, er solle sich sofort melden. Und die Frage von Rea:

Wo verdammt noch mal
bist du?

17

Noch in der Garderobe tippte er Rea die Nachricht, er melde sich gleich.

Gleich?!!!!!
Die Mutter von Zoe
antwortet nicht mehr!!

Die blitzartige Reaktion und die Anzahl von Reas Ausrufezeichen sprachen Bände. Peer eilte durch die blaue Tür. Angst packte ihn. Sie macht Party, nur Party, flüsterte er, während er Zoes Mutter anrief. Nach dem dritten Klingelton hob sie ab. Peer entschuldigte sich fahrig, dass er sich nicht früher gemeldet hatte. Im Grunde hoffte er noch immer, Stina und ihre Freundinnen seien bloß irgendwo hängen geblieben und hätten die Zeit vergessen.

»Ihre Tochter ist nicht mehr hier.«

»Was heißt das?«

»Die Mädchen wollten es vertuschen.«

Peer schloss die Augen.

»Was sagen sie denn?«, bemühte er sich um Ruhe.

»Tagsüber ist Stina bei einem Dance-Wettbewerb gewesen. Also gestern. Abends dann auf einer Party. Und seit heute Morgen ist sie verschwunden. Wann genau, können sie nicht sagen. Es muss Streit gegeben haben, danach ist Stina auf und davon. Irgendein Cousin muss auch noch involviert sein.«

Peer hörte Stimmengewirr am anderen Ende der Leitung, eines der Mädchen verlangte offenbar, mit ihm zu sprechen.

»Wer ist dran?«

»Ich bin's, Zoe.«

»Erzähl!«

»Wir haben uns ein bisschen gestritten, und irgendwie hat Stina den Lagerkoller gekriegt. Sie ist heute Morgen ausgezogen.«

»Wohin?«

»Keinen Plan!«

»Hör zu, Zoe: Gib ihr von deinem Telefon durch, wir würden sie alle suchen, sie soll sich sofort bei mir melden. Sofort, hörst du! Es sei verdammt ernst. Vielleicht liest sie ja wenigstens deine SMS.«

»Mach ich. Ihr Cousin hat sie heute auch gesucht, vielleicht weiß der was.«

»Cousin?«

»Der süße Grieche.«

»Wir fragen ihn. Und du gibst sofort durch, wenn du etwas hörst, versprochen?«

»Easy.«

Peer drückte sie weg und sackte auf den Korridorboden. Paula kam im selben Moment aus der Garderobe und war sofort neben ihm.

»Was hast du?«

»Stina ist weg.«

»Weg?«

»Aus dem Camp verschwunden. Irgendein Streit. War offenbar gestern noch an einem Dance-Contest mit anschließender Party, was weiß ich, und ist heute früh verschwunden.«

»Oh fuck!«

»Nikos habe sie heute auch gesucht, sagen sie.«

»Was hat der damit zu tun?«

»Weiß nicht. Rea macht mir die Hölle heiß.«

»Erzähl ihr, was du weißt, ich versuche, Nikos zu erreichen.«

Sie eilten durch die Bar hinaus auf die Straße. Jeder hängte sich an sein Telefon. Rea antwortete sofort und ohne Begrüßung.

»Wo ist sie?«

»Das versuch ich gerade herauszufinden.«

»Zoes Mutter schickt mir eine SMS, Stina sei weg, und nachher nimmt sie meine Anrufe nicht mehr entgegen. Ich drehe gleich durch. Ich bestell ein Taxi.«

»Das bringt doch nichts.«

»Warum antwortest du nicht! Unsere Tochter verschwindet, und du bist nicht erreichbar?«

»Ich hatte keinen Empfang.«

»So ein Schwachsinn. Wo bist du?«

»In einer Bar. In der Bar vom Schlosshotel, Paula hat mich mit ein paar Leuten hierher eingeladen.«

Peer machte ein entschuldigendes Zeichen zu Paula hin, die Nikos offenbar nicht erreichte.

»Paula? Hätte ich mir denken können. Ihr sauft rum oder was weiß ich, und meine Tochter verschwindet.«

»Es gibt sicher eine Erklärung. Ich versuch, mich grad schlau zu machen. Offenbar haben die Mädchen Krach gekriegt, und Stina ist abgehauen, vielleicht ist sie sogar zu Hause.«

»Ruf sie an!«

»Dafür muss ich erst auflegen. Aber sie wird nicht antworten. Ist ihr wohl zu peinlich, dass dieses Camp doch nicht das Wahre ist.«

»Quatsch nicht rum! Leg auf! Tu was, Peer!«

Rea warf ihr Handy auf das Sofa und schmetterte dann das Koboloi an die Wand. Sie wusste nicht wohin mit ihrer Angst, und Peer trieb sich irgendwo mit Paula herum? Jetzt hatte sie genug. Endgültig.

»Was ist?« Verschlafen stand Moritz auf dem Treppenabsatz.

»O nein, es ist mitten in der Nacht. Komm, ich bringe dich wieder ins Bett.«

»Spinnt sie wieder?«, fragte er, als sie die Decke über ihn zog.

»Stina? Sie hatten Streit im Lager, und jetzt muss Peer sie suchen gehen. Aber schlaf du ruhig weiter, morgen ist alles wieder in Ordnung.«

»Paps.«

»Was?«

»Du sagst sonst immer Paps, nicht Peer.«

Rea hielt es fast nicht aus, ruhig neben Moritz sitzen zu bleiben, bis dieser wieder eingeschlafen war. Sie rettete sich mit der Ausrede, sie müsse aufs Klo und schlich hinunter.

Verzweifelt schaute sie erst auf das Handy, dann auf die Uhr. Eine Stunde nach Mitternacht. Wenn sie bis um zwei keine Entwarnung hatte, würde sie ein Taxi rufen und mit Moritz hinunterfahren und selber nach dem Rechten sehen. Dieser fahrlässige Kindskopf. Ein Mal, ein einziges Mal musste er achtgeben, und was war das Resultat?

Peer drehte im selben Moment vor dem Schlosshotel Kreise. »Sie antwortet niemandem.«

»Nicht so ungewöhnlich bei ihr, wenn ich das richtig mitbekommen habe.« Paula zog ihn Richtung Vespa.

»Sonst ja, aber in einer solchen Situation?«

»Wer weiß.«

»Du warst wie sie. Versetz dich mal in sie hinein!«

»Sie wollte eine Freinacht und hat gehofft, ihr Fehlen falle nicht auf. Nehm ich mal an.«

»Freinacht?«

»Sie hat einen Freund, sagt Moritz.«

»Deswegen verschwindet man doch nicht.«

»Ich soll mich in sie hineinversetzen, hast du gesagt. Mit einer Mutter wie Rea wäre auch mein Freiheitsdrang grenzenlos.«

»Heißt?«

»Sie will in dieser Woche im Schnelldurchlauf erleben, was ihr vermeintlich verwehrt ist.«

»So schlimm ist Rea nicht.«

»Ich sage ja: vermeintlich. Sie will so viel Zeit wie möglich mit ihrem Freund verbringen.«

»Dann ist sie jetzt bei ihm.«

»Wer immer das ist. Reiß dich zusammen, wir finden sie bestimmt. Fahren wir erst Mal nach Hause, vielleicht ist sie doch dort.«

Die Wohnung war dunkel und leer, als sie ankamen.

»Nikos ist auch weg? Seltsam.« Paula sah nun schon etwas besorgter aus.

Alles kühl, alles still, so friedlich plötzlich. Stina war nach dem Eintauchen sofort ruhiger geworden. Früher hatte sie mit solchen Spielen ganze Nachmittage verbracht. Sie liebte das Wasser, genauso wie Rea, das verband die beiden. Wohl wegen der Geburt, die mehrheitlich unter Wasser stattgefunden hatte, scherzte Rea manchmal. Sie hatte die Schmerzen nur im entspannenden Wasser der Badewanne auf der Gebärabteilung ausgehalten. Stina presste den letzten Rest Luft aus der Lunge, langsam sank sie ganz auf den Grund hinunter. Das Grün des Wassers wurde undurchdringlich. Schon als kleines Kind hatte sie die Angst davor abgelegt. Sie war die ungekrönte Meisterin darin, sich flach auf den Grund zu legen. Im Schwimmbecken hatte sie über sich noch den Wasserspiegel und einen Schimmer des Himmels gesehen, später hatte sie das Spiel zum Entsetzen der Eltern in den See verlegt. Der erste Versuch hatte sie überwältigt, die Stelle war tiefer gewesen als erwartet, Dunkelheit hatte sie umgeben, nur noch ein diffuser Schimmer hoch über ihr. Aber sie hatte sich dabei seltsamerweise immer geborgen gefühlt.

Ihre Lunge begann zu schmerzen. Sie war nicht mehr trainiert. Ihr Rücken sank in die weichen Algen auf dem Seegrund. Mutter würde sich nicht für sie schämen, erkannte sie im selben Moment. Im Gegenteil, sie würde wütend werden, stinkwütend, wütend auf sie, aber noch mehr auf Dirk, den würde sie sich vorknöpfen. Und genau das, beschloss Stina, wollte sie selbst vorher tun. Noch gab sie nicht auf, sie würde vor diesem fiesen Arschloch nicht wegrennen.

Sie bekräftigte ihren Entschluss, indem sie sich vom Seegrund abstieß. Bevor sie an die Luft kam, prallte etwas Dunkles gegen sie und drückte sie zurück. Sie strampelte und schlug um sich, weil ihr der Sauerstoff nun wirklich knapp wurde. Endlich kam sie über Wasser, ein Kopf tauchte neben ihr auf.

»Spinnst du eigentlich!«, rief sie wütend und drückte Nikos' Kopf gleich wieder unter Wasser. Prustend kam er hoch.

»Dammit! Thought, you needed help.«

Noch immer aufgebracht starrte sie ihn an. Es brauchte einen zweiten Gedanken, bis ihr klar wurde, wie er die Situation interpretiert hatte. So falsch lag er nicht. Wieder Nikos. Er hatte sie schon dort herausgeholt. Sie fragte sich, was er gesehen hatte.

»Gotta talk!«, sagte er, nach Luft schnappend.

Stina verließ die eben gewonnene Kraft bereits wieder.

»Stimmt doppelt. Wir müssen reden, und ich brauche tatsächlich Hilfe.«

Was Nikos inzwischen über Dirk herausgefunden hatte, machte Stina sprachlos. Sie schaffte es kaum, einen Blick in das Panini-Album zu werfen, sie sah dabei bereits ihre eigenen Bilder auf dieselbe Weise aufbereitet. Als Nikos ihr erklärte, was er bereits unternommen hatte, und die E-Mail zeigte, die er Dirk noch in der Nacht geschrieben hatte, hellte sich ihr Gesicht ein bisschen auf.

»Du meinst, es hat noch gar keiner die Bilder gesehen?«

»Ich glaube nicht.«

»Und wir können ihn davon abhalten, meine Bilder zu verschicken?« Stinas zweite Frage klang zaghaft. Zu viel Hoffnung gestattete sie sich nicht.

»Er wird es nicht wagen, etwas zu unternehmen.«

»Bist du sicher?«

»Yes. Nein. Er würde dafür bestraft. But some of those guys like that.«

Sie drückte ihm einen Kuss auf die Wange. »Danke schon mal.«

Er hielt ihr die andere auch noch hin und zeigte darauf.

»Übertreib nicht.«

»Tu ich nicht. He's such an asshole.«

»Ich hätte es merken müssen.«

»Ja.«

Stina zog fröstelnd die Schultern hoch. Sie trug noch immer den nassen Bikini, doch die Sonne war längst untergegangen, und der abendliche Seewind hatte aufgefrischt.

»Zieh dich an, I'll get my stuff.«

Nach der vergangenen Nacht war Stina dankbar für jede Art von Feingefühl. Nikos ging ans Ufer, wo er die Schuhe hatte stehen lassen. Schnell schlüpfte auch er in seine anderen Shorts, dann ließ er sicherheitshalber noch einige flache Steine über das Wasser tanzen, um nicht zu früh zurückzukommen. Seine Sorge war unbegründet, einen Moment später stand sie neben ihm. Sie setzten sich auf den Steg.

»Gefällt es dir eigentlich bei uns?«

Überrascht schaute Nikos auf.

»In dieser Stadt, meinst du?«

»Hätte ich schon lange fragen sollen.«

Nikos nickte. »Einiges gefällt mir, anderes ist bei uns besser. Es ist weniger schlimm, als ich dachte.«

»Schon etwas Neues von Melina?«

»Sie hat sich ein bisschen erholt. Wie vermutet. Mein Vater ist ja auch bei ihr.«

Lange hingen beide ihren Gedanken nach.

»Ich war nicht sehr nett«, sagte Stina endlich.

»No.«

»Eklig sogar.«

»Eklig?«

»Disgusting?«

»Right: eklig.«

»Manchmal solltest du widersprechen.«

Stina hatte gelacht. Zum ersten Mal, dachte Nikos, seit er sie in jenen Bus gezerrt hatte. Er setzte sich neben sie.

»Was sollen wir tun. Polizei?«

»Bist du verrückt?«

»Why not? K.O.-Drops, Fotos, du bist noch nicht sechzehn …«

»Keiner darf es erfahren.«

»Got it. Aber dann findet er das nächste Opfer. Soon.«

Das hatte Stina nicht bedacht. Ihre Unruhe ließ sie wieder aufspringen. Sie sammelte Kieselsteine und warf sie mit der ganzen Kraft, die sie aufbrachte, in den See hinaus.

»Du musst etwas tun!«, sagte Nikos.

»Aber was?«

»Keinen Plan.«

»Wir brauchen Hilfe.«

»Zurück in die Garage?«

»Nie im Leben!«

»Those are your friends.«

»Das geht gar nicht.« Niemals würde Stina ihren Freundinnen beichten, was auf der Party geschehen war. Nicht, solange sie es verhindern konnte. Nikos sah, wie sie fieberhaft nachdachte, während sie mit Daumen und Zeigefinger unaufhörlich ihre Lippen knetete. So wie sie es auch beim Spielabend vor jedem schwierigen Entscheid getan hatte. Nikos schaute auf die Uhr. Elf war längst vorbei.

»Solltest du nicht schon dort zurück sein?«

»Scheiße. Scheiße, Scheiße!« Mit fliegenden Fingern schrieb sie Zoe, sie müsse sie decken, sie käme nicht mehr ins Camp zurück.

Dreht es dir?
Wie soll ich das anstellen,
sie kommt jeden Moment.

Mach ihr vor, ich schlafe
schon.

Und wenn sie es merkt?

Sag ihr, wir hätten uns
gestritten und ich wär
abgehauen.

Ach ja? Und wohin?

Später, hilf mir einfach,
OK?

Du schuldest mir was.

Stina steckte das Handy weg. »Wir brauchen Hilfe, und zwar schnell«, sagte sie. Ratlosigkeit stand ihr ins Gesicht geschrieben, dann hellte es sich plötzlich auf.

Peer verdrängte mit aller Macht seine Horrorvorstellungen und zwang sich zu logischem Denken. Paula glaubte, der Freund von Stina sei der Schlüssel zu allem. Dann wusste er doch, wo seine Tochter zuerst Zuflucht suchen würde! Glücklicherweise fand er Nyimas Nummer unter seinen Kontakten. Sie antwortete sofort.

»Peer?«

»Tschau. Sag mal, hast du …?«

»Stina und Nikos werden gleich hier sein,« unterbrach sie ihn. »Sie haben sich eben angemeldet.«

Peers Beine gaben nach, er fiel mit einem unterdrückten Ausruf der Erleichterung auf das Sofa. Paula schaute ihn fragend an, Peer hielt den Daumen hoch.

»Was ist bloß bei euch los?«, fragte Nyima.

»Das wollte ich dich fragen.«

»Sie hat per SMS gefragt, ob ich zu Hause sei und ob sie bei mir unterschlüpfen könne.«

»Offenbar haben sich die Girls in ihrem Garagencamp verkracht.«

»Wenn's nur das ist!« Nyima Samten war sofort klar, dass mehr dahintersteckte und Stinas Probleme etwas mit dem Jungen zu tun hatten. Aber möglicherweise wusste Peer gar nichts von dieser Geschichte.

»Können sie bei dir bleiben, oder soll ich sie abholen?«

»Kein Problem, ist vielleicht besser, sie erzählt alles erst mal mir und schläft sich hier aus.«

»Gibst du mir durch, wenn sie wirklich da sind?«

»Natürlich. Warte schnell, jetzt wohl, das ist die Türklingel. Ja. Sie sind es, und sie leben offensichtlich noch.«

»Nikos auch?«

»Ja.«

»Gut. Gib sie mir.«

Nyima deutete auf das Telefon, Stina winkte erschöpft ab.

»Lass mal, Peer. Ich hör sie erst ab, unter Frauen sozusagen. Das ist gescheiter, vor allem wenn es um einen Zickenkrieg geht.«

»Eines kannst du der Dame aber gleich mal stecken: Wenn das Camp aufgelöst ist, wird sie ganz schnell auf der Alp bei Rea und Moritz landen.«

»Okay. Wir telefonieren morgen.«

»Ich sage es Rea.«

»Halt ja den Ball flach.«

»Schon klar.«

Peer drückte Nyima weg. Während er Paula auf den neuesten Stand brachte, schrieb er Zoes Mutter, alles habe sich geklärt, er rufe sie gleich morgen an. Dann wählte er Reas Nummer.

»Wir haben sie, alles in Ordnung.«

»In Ordnung?« Reas Stimme klang unversöhnlich, aber erste Tränen der Erleichterung mischten sich schon in jene der Angst.

»Die Mädchen haben sich verkracht. Nikos muss sie da irgendwo abgeholt haben, und jetzt sind beide bei Nyima gelandet, weil Stina sich wohl nicht hierher traut. Nyima versucht mal herauszufinden, was eigentlich los war, sie schlafen bei ihr.«

»Okay.«

»Wirklich?«

»Nein. Verdammt, was denkst du, wie ich mich fühle, hier oben!«

»Es tut mir leid.«

»Genau. Mir auch.«

Sie drückte ihn ohne ein weiteres Wort weg. Sie war zu keinem weiteren Satz mehr im Stande. Das waren die längsten zwei Stunden ihres Lebens gewesen. Das würde sie Peer nicht verzeihen.

Nyima Samten hatte Stina und Nikos mit wachsender Empörung zugehört. Nun ließ sie sich von Nikos Dirks Album zeigen. Sie hatte schnell genug gesehen und sprang wutentbrannt auf.

»Dieser verdammte kleine Wichser!«

Ihre Augen funkelten. Nikos wich unwillkürlich zurück.

Stina war an Nyimas Ausbrüche gewohnt, sie klappte den Computer zu, zu erschöpft, um sich schon wieder aufzuregen.

»Ich hätte auf dich hören sollen, Nyima.«

»Hättest du, ja. Aber auf so was wär nicht mal ich gekommen. Der ist kriminell, der Typ.«

»Was machen wir?«, fragte Nikos.

»Wir übergeben die Harddisc der Polizei, wir nageln den fest. Ich habe eben erst einen Artikel in der Zeitung gelesen – so etwas gilt als Verbreiten von Kinderpornografie und wird entsprechend bestraft.«

»Ich habe die Harddisc aber gestohlen«, wandte Nikos zaghaft ein.

»Egal, Notwehr«, sagte Stina.

»Nein, das könnte auf Nikos zurückfallen«, antwortete Nyima. »Er ist Ausländer. Ihm glaubt erst mal keiner.«

»Und falls wir ihn anzeigen«, fiel Stina ein, »wird Dirk sich rächen, dann wird er die Fotos erst recht streuen.«

»Noch ein Risiko«, räumte Nyima ein. »Aber die Polizei könnte das verhindern.«

»You're sure? Seine Freunde haben die Bilder vielleicht schon. There's got to be another way.«

»Dafür brauchen wir einen kühlen Kopf. Du hast ihn zum Glück mit deinem Mail blockiert, Nikos. Ich denke, wir haben etwas Zeit. Stina, du siehst schlimm aus, du gehst jetzt sofort schlafen. Drüben im Gästezimmer ist alles bereit. Nikos, nimm das Sofa hier! Ich spreche mal mit Leuten, die mehr von solchen Dingen verstehen.«

»Jetzt noch?«, fragte Stina, bereits unterwegs zum Gästezimmer.

»Ich ruf ja nicht bei der Kirchgemeinde an, verlass dich drauf. Dieses Arsch weiß nicht, mit wem er sich angelegt hat.«

Nyima wusste selbst nicht, an wen sie sich wenden sollte. Als sie die Tür ihres Zimmers hinter sich zuzog, vibrierte ihr

Handy. Rea hatte sich von ihrem ersten Schreck erholt. Auch das noch.

Streit im
Sommercamp??!

Nicht so schlimm.

Nyima zögerte. Das war nun eine jener Geschichten, die sie Rea nicht verheimlichen konnte. Aber sie musste ihre Freundin auch nicht mitten in der Nacht beunruhigen.

Ein bisschen Liebeskummer
ist auch noch dabei.

?

Dieser Junge ist Geschichte.
Hab Stina jetzt ins Bett
geschickt, ich erfahre
morgen mehr. Geb dir dann
Bescheid.

Wie viel Sorgen
mache ich mir?

Wieder wusste Nyima nicht, was antworten.

Nicht mehr als immer.
Schlaf jetzt.

Nyima Samten ließ sich in den alten Polstersessel fallen, der ihrem Bett gegenüberstand und sonst weniger zum Nachdenken bestimmt war. Sie versuchte, sich in Dirk hineinzuversetzen. In einen Achtzehnjährigen, der vor keinem Mittel zurückschreckte, um junge Mädchen gefügig zu machen. Nicht auszudenken, was er mit Stina noch angestellt hätte, wäre nicht

Nikos auf der Bildfläche erschienen. Wovor fürchtete sich einer wie der? Wenn ihn die Polizei hochnahm, drohte ihm eine ordentliche Strafe, aber der Ruhm unter seinesgleichen wuchs. Bei einer Untersuchung würde Stina mit hineingezogen und immer wieder mit dem Geschehenen konfrontiert. Vielleicht ließ sich das ja umgehen. Sie überlegte, wer von ihren Freunden ihr nützlich sein könnte, zugleich blätterte sie in ihrer vollgeschriebenen Agenda. Morgen begannen die Vorbereitungen für die Modeschau, sie würde den ganzen Tag eingespannt sein und konnte sich nicht wirklich um die Sache kümmern. Es sei denn … Sie richtete sich im Stuhl auf. In ihrem Kopf nahm eine Idee Gestalt an, wie sie Dirk mit seinen eigenen Mitteln schachmatt setzen konnten. Sogleich war klar, wer den perfekten Lockvogel geben würde. Sie wählte Raffaels Nummer, er antwortete sofort. Raffael war ihr Musiker, Tänzer, Choreograph, Stylist, Modedesigner, je nach Bedürfnis, und für Nyima unersetzlich. Kurz vor der Schau saß er immer rund um die Uhr am Computer, tüftelte an neuen Melodien herum oder ersetzte schon mal auf den letzten Drücker den ganzen Soundtrack. Seit ihn sein Freund sitzen lassen hatte, hielt Raffael ohnehin niemand mehr von der Arbeit ab. Ohne Stinas Namen zu erwähnen, erzählte sie ihm die ganze Geschichte, von den K.O.-Tropfen bis zu Dirks Bildchensammlung. Raffael hörte zu, ohne sie zu unterbrechen, was für die sonst so flattrige Diva untypisch war.

»Bist du noch da?«

»Das gibt es ja nicht! Die Mädchen aus dem Album tun mir leid. Wie geht es Stina?«

»Verdammt, habe ich sie etwa erwähnt?«

»War doch klar.«

»Sie übersteht es. Ich glaub, er hat sie wirklich nur fotografiert.«

»Was tun wir?«

»Ich hatte gehofft, dass du das sagst. Wir bekämpfen ihn mit seinen eigenen Waffen.«

»Wie?«

»Wir laden ihn zum Casting ein.«

»Wir brauchen keine Männer.«

»Weiß der ja nicht.«

»Ach so. Wird er darauf einsteigen?«

»Du weißt, wie begehrt unsere Shows bei Teenies sind.«

»Und dann?«

»Spielen wir ein Spielchen.«

Als Nyima fünfzehn Minuten später auflegte, hatten sie das Wichtigste besprochen. Wie sie vermutet hatte, wusste Raffael etliche Quellen, wo man die Tropfen beziehen konnte, für den Fall, dass sie die überhaupt brauchen würden. Raffael war ohnehin überzeugt, hetero seien Männer nur aus mangelnder Erfahrung und Mangel an Gelegenheiten. Sonst war da auch noch Nyima als weiterer Lockvogel. Beide hatten das Bild, das diesen Dirk aus dem Verkehr ziehen würde, klar vor Augen.

Nach dem Chat mit Nyima war Rea zu Moritz in die Kammer hinaufgestiegen. Lange saß sie neben ihm, betrachtete sein vollkommen entspanntes Gesicht. Welche Ängste würde er ihr in Zukunft bescheren? Ihre Augen füllten sich wieder mit Tränen. Sie legte sich neben Moritz, er kuschelte sich an sie. Erst Stunden später schlief Rea auch ein.

Peer erging es nicht besser. Zuerst war es die Vorstellung von Stina, die durch die leeren nächtlichen Straßen der Stadt rannte, auf der Suche nach ihm, die ihn Mal für Mal aus dem Schlaf aufschreckte. Dann mischten sich auch noch die Bilder des Abends in seine Träume. Die verhüllten Männer, die enthüllten Frauen, die Tänzerinnen, alle in Reas Unterwäsche, wie absurd! Alle gesichtslos, ihre Gefühlsregungen hinter den Masken verborgen, eine Nacht der Ekstasen, der Erstarrung. Die

Interpretation des *Sacre du printemps*. Das Opfer jener Frau, die sich allen hingab, damit jeder frei war zu tun und lassen, was er wollte. War das der Sinn der Inszenierung? Hatte sie überhaupt einen Sinn? War Dordi diese Frau? Peer fielen die Augen zu. Die Bilder aus den kleinen Sälen begannen sich mit jenen zu vermischen, die er sich im Dunkeln selbst gemacht hatte. Aufgrund von Geräuschen zuerst, dann Berührungen. Er war nicht aktiv geworden, aber er hatte alles mit sich geschehen lassen, so wie jetzt, im nächsten Traum. Paula flüsterte ihm etwas zu, dann war es die Stimme von Rea, sie wollte sich den Tänzerinnen anschließen, sie gehöre doch zu denen, die sähen doch aus wie sie, er müsse ja nur hinschauen. Peer hielt sie mit aller Kraft zurück, voller Angst, sie würde auserwählt. Sie wolle das Opfer sein, der man das rote Kleid überstreifte, die man auf Händen hinaustrug, jetzt, in langsamen Schritten, hinüber auf den dunklen Altar, und er an allem schuld.

Wieder wachte er schweißgebadet auf.

Er hatte sich schon im Saal gefragt, ob die Paare dort auch im richtigen Leben Paare waren. Versuchung und Schicksal zugleich hatten die Tänzerinnen gespielt, sie hatten die Männer und Frauen getrennt und in neuen Kombinationen zusammengeführt. Dordis *Temple of dreams* war in jener Zeit entstanden, als ihre Ehe auseinandergefallen war. Und er ihr Gefährte, der sie in stundenlangen Chats bestärkte, ihren Mann zu verlassen. Heute, in der Dunkelheit, war nichts geschehen, dachte Peer, was nicht damals schon geschehen war.

18

Rea fasste den ersten Entschluss an diesem Morgen nach reiflichem Nachdenken. Sie hatte gleich nach dem Aufstehen ihren Koffer gepackt, wild entschlossen, sofort in die Stadt hinunterzufahren und sich dort Peer und dann Stina vorzunehmen. Als ihr die Samten-Dessous in die Hände gekommen waren, hatte sie sich endlich eines Besseren besonnen. Sie würde sich von Stina nicht länger verrückt machen lassen, beschloss sie. Gerade in solchen Situationen durfte sie nicht mehr in die Rolle der ewigen Beschützerin zurückfallen. Offenbar war der Zwischenfall glimpflich verlaufen, und aus Nyimas Andeutung las sie, dass auch der Junge Geschichte war. Was Peer betraf, gab sie ihm noch diese eine Chance, seinen Fehler auszubügeln. Aber sie zweifelte nicht mehr daran, dass ihnen eine Trennung guttun würde.

Moritz kam im Schlafanzug aus dem Haus gerannt, wetzte wie jeden Morgen zur Scheune, um seine Katzen zu begrüßen, dann setzte er sich auf ihren Schoß und schmiegte sich an sie. Rea verbarg ihr Gesicht in seinen dichten Haaren.

Die hatte er von Peer, wie so vieles andere.

Was hatte ihr Mann mitten in der Nacht im Schlosshotel verloren? Da wäre er von sich aus nie hingegangen. Paula. War die Spekulantenbude überhaupt wieder in Betrieb?

»Mam, warum steht der alte Schaukelstuhl in der Scheune?«

»Was?«

»Da steht ein Stuhl mitten in der Scheune!«

»Ach so, den hab ich aus dem Gerümpel gerettet.«

»Wozu?«

»Der ist doch schön, aus dem kann man noch etwas machen. Geh dich anziehen. Wir wollten doch später etwas unternehmen.«

»Aber der Zauberer?«

»Morgen, Moritz. Morgen darfst du wieder hin, versprochen.«

Er verschwand murrend im Haus, Rea ging in die Scheune. Der Schaukelstuhl stand mitten im Raum, verlottert, einige Sprossen angeknackt, aber einladend zugleich. Sie warf einen Blick zum Haus, dann setzte sie sich hinein und fotografierte sich.

Etwas später saß sie wieder am Morgentisch und legte sich einen Plan für die nächsten Tage zurecht. Stinas Camp war zu Ende, es blieben ihr nicht mehr viele Gelegenheiten. Der Nationalfeiertag stand vor der Tür, er fiel dieses Jahr auf einen Montag, bis dahin waren noch drei Tage. Dann würden sich alle treffen. So hatten sie es ausgemacht, es ließ sich nicht mehr ändern, auch wenn Reas Vorfreude verflogen war. Nur der Ort war noch offen: unten, irgendwo am Lido, wo sie das große Feuerwerk der Stadt sehen konnten, oder drüben beim Höhenfeuer, am kleinen See, der Volkmars Alp vom Zwischenhof trennte. Rea wollte eigentlich nicht hinunter. Andererseits gäbe es in der Stadt mehr Gelegenheiten. In einem Hotel vielleicht. Falls sie bis dann wusste, wer der Maler war. Nyimas Rat kam ihr wieder in den Sinn. Sie meldete sich auf Facebook an und schickte ihm das Bild vom Schaukelstuhl, die Scheune kenne er ja offenbar, morgen dort, kurz nach Mittag. Sie wüsste vorher nur gern, wer er sei. Zuletzt deutete sie an, er solle doch seine Malutensilien nicht vergessen.

Dann stieg Rea mit dem Computer zur Fahne hinauf und schaute auf den See hinab. Was, wenn sie im letzten Moment den Mut verlor? Oder gar die Lust? Lange hatte sie nicht wissen wollen, wer hinter den Bildern steckte. Ein verhinderter Künstler wie sie. Oder wollte sie in ihm nur ihren eigenen Zwiespalt gespiegelt sehen? Letztendlich ging es ihnen allen doch gleich, keiner konnte nur das tun, wozu er sich bestimmt fühlte. Auch Peer nicht. Bisher nicht.

Der Status des Malers blieb unverändert. Sie klappte den Laptop zu.

Unter dem Vorwand, sie mache sich Gedanken über Paula, fragte sie ihre ältere Schwester an, wie lange der Umbau des Schattenhofes im Tal noch dauerte. Zu ihrer Überraschung kam die Antwort sofort. Mitte August sei alles bereit und Paula könne ruhig dort unterkommen, bis sie von der Alp herunterkämen. Gut zu wissen, schrieb Rea zurück. Natürlich hatte sie sich selbst im Sinn. Fragte sich, wer von ihnen beiden ausziehen würde, Peer oder sie. Die Vorstellung war bisher sehr theoretisch gewesen, doch die vergangene Nacht hatte etwas verändert. Sie konnte so nicht weitermachen. In den schlaflosen Stunden hatte sie erkannt, dass ihre Affäre mit dem Maler nur ein Symptom war. Das echte Problem war die zerbröckelnde Beziehung zu Peer. Zu lange hatte sie das nicht wahrhaben wollen, hatte nichts dagegen getan, er noch weniger, nun war es zu spät.

Über ihr öffnete sich das Fenster des Schlafzimmers.

»Mam!«

»Ja?«

»Wann kommt eigentlich Paps herauf?«

Noch bevor Peer vom Frühstückstisch aufstand, hatte er sich mit Paula und per SMS auch mit Nyima abgesprochen. Sie würden frühestens am übernächsten Tag auf die Alp hinauffahren. Oder erst nach dem Nationalfeiertag, sollte das Picknick doch unten am See stattfinden. Nyima schrieb, Stina wäre noch nicht wirklich mit der Sprache herausgerückt. Die beiden könnten aber gerne noch ein, zwei Tage bei ihr bleiben, danach hätten sich alle beruhigt, auch Rea. Peer fiel auf die Ausrede hinein. Seine Tochter war oft so verstockt, dass Rea und er tagelang nichts aus ihr herauskriegten. Einer weiteren Konfrontation mit Rea wich er aus. Seit den Second-Life-Tagen hatte er nicht mehr diese kalte, abweisende Härte in ihrer Stimme gehört. Peer schickte ihr nur eine SMS mit den nötigsten Informationen. Er ging ohnehin davon aus, der Austausch zwischen Nyima und Rea würde so rege sein wie immer, nicht ahnend, dass Nyima die Fotogeschichte auch Rea verheimlichte. Stina hatte ihre Lektion jedenfalls gelernt, so viel war sicher.

Peer öffnete seine E-Mails, die letzte war von Stelios. Melina sei aus dem Koma erwacht und habe ihn sofort erkannt. Peer lächelte. Genauso, wie Paula prophezeit hatte. Eine Sekunde lang fragte auch er sich, ob die gute Melina gar nicht so krank war und Stelios so an die Insel binden wollte. Und vielleicht war es ja doch nicht nur Neugier gewesen, die Paula am Abend zuvor angetrieben hatte. Er versagte sich jeden weiteren Gedanken. Nur weil bei ihm und Rea alles ein wenig aus dem Ruder lief, musste es bei anderen nicht so sein. Er zog den Anhang, eine aiff-Musikdatei auf die Festplatte. Die erste gemeinsame Komposition von Nikos und Stelios Paenopoulos! Offenbar hatten die beiden genügend Zeit gefunden, die Datei hin und her zu mailen. Jetzt war das Resultat da, im idealen Moment, Peer brauchte erste Sounds. Vom Korridor her rief Paula, sie gehe. Peer steckte den Kopf aus der Tür.

»Hat dir Stelios auch geschrieben?«

»Melina erholt sich, wie es scheint.«

»Alles klar bei dir?«

»Ich mache die brave Gastarbeiterin, habe eben Geld nach Hause überwiesen. Bei dir?«

»Rea ist sauer.«

»Sie hätte sogar einen Grund.«

»Wegen Stina.«

»Das allerdings ist der falsche.«

Sie winkte ihm mit einem schiefen Lächeln zu. Heute waren beide etwas befangen. Grund dafür war nicht der gemeinsame Ausflug an sich, sondern eher dessen ernüchterndes Ende.

Im Büro angekommen, transferierte Peer die Datei von Stelios neuster Musikversion auf seinen schnellen Arbeitscomputer. Alpsegen – schon der Titel ließ ihn ahnen, dass Stelios auf etwas Unerwartetes gestoßen war. Er nahm die Freeride-Abfahrt des Mini-Reisingers, die am weitesten fortgeschritten war, und legte das Tonfile einfach darunter. Dann schob er den Stuhl zurück und startete den Film. Das Resultat machte ihn sprachlos. Die pure Magie! Ein treibender Elektrobeat, mit sphärischen Synthesizerklängen aus den 80er-Jahren unterlegt. Reisinger stieß sich vom Gipfelkreuz ab und sprang in den ersten Couloir, im selben Moment brach ein Scratching-Effekt den Rhythmus auf. Nikos! Zu Peers Verblüffung hörte er im Hintergrund nun das »Ave, Ave Maria, es walte Gott und Maria«. Wie war das möglich? Klar erkennbar die Stimme seiner Frau! Peer begriff. Seine Aufnahme von einst war über Moritz offensichtlich bei Nikos und Stelios gelandet. Dazu der Hall einer elektrisch verzerrten Gitarre, die klang nun klar nach Stelios, sie schwoll an, trug in den nächsten Vers »der Name des Herrn sei gebenedeit, von hier an in alle Ewigkeit«, ein neuer Drumloop, exakt zum Schnitt auf Reisingers subjektive Kamera. So perfekt, als hätte ein Sounddesigner die Musik framegenau aufgespielt, dabei hatten die beiden die genaue Bildfolge noch gar nicht gekannt. Wenn Peer Dordi Larsson nicht komplett falsch einschätzte, würde sie diese Idee lieben. Es war die perfekte akustische Umsetzung der Old-School-Modelinie, die Lindmark-Chef Söderberg ihnen im Kurhaus angekündigt hatte. Im besten Fall hätte er nun einige Wochen freie Hand, und Stelios käme zu einem ersten lukrativen Auftrag. Peers heimliche Sorge, er würde etwas Unpassendes liefern, war unbegründet gewesen. Stelios hatte sofort erfasst, was die Ästhetik des Games verlangte, Nikos hatte das seine dazu beigetragen, und der Alpsegen war genau jenes zusätzliche Augenzwinkern, das sich Peer erhofft hatte. Vielleicht konnten sie kommende Woche Rea mit einem Spezialisten professioneller aufnehmen, gleich oben beim Hof oder am Fuß der Felswand, wo der Widerhall am besten einzufangen war. Was für eine Überraschung! Peer fragte sich, ob Moritz Rea erzählt hatte, wofür ihre Stimme verwendet wurde. So wie sie im Moment auf ihn zu sprechen war, würde sie es glatt verbieten.

Peer verspürte keine echten Schuldgefühle, er hatte nur gesucht, was zwischen ihm und Rea nicht möglich war. Wie alle, die schon so lange wie sie zusammen waren. Er kannte niemanden seines Alters, der wirklich treu war, weder die Frauen noch die Männer. Das Internet hatte alles verändert, es machte jede Art von heimlicher Begegnung leicht. Was leicht zu haben war, besaß wenig Gewicht. Peer bedauerte insgeheim, dass er und Rea solche Gelegenheiten wie im Schlosshotel nie zu zweit nutzen würden. Es hatte Peer verblüfft, wie Dordi Larssons *Temple of dreams* aus dem Second Life in die Realität transponiert worden war. Teleportiert, hatte sie gesagt. Vielleicht weil der Unterschied gar nicht so groß war. Was im Schlosshotel gespielt wurde, hatte wenig mit der Realität zu tun. Sie inszenierten auf hohem, fast künstlerischem Niveau die erotischen Träume und Fantasien ihrer Gäste. Peer hatte nichts bezahlt, er wurde allerdings das Gefühl nicht los, dass Dordi ihn bevorzugt behandelt hatte. Das Spektakel war aufwendig. Die Kostüme, die Getränke, das Essen, und vor allem diese Tanztruppe! Die hatte sich den Auftritt fernab von allen offiziellen Bühnen, in eher zweifelhafter Umgebung, wahrscheinlich fürstlich bezahlen lassen. Peer öffnete den Webbrowser und die Eintrittsseite zum Second Life. In Sekundenschnelle und ganz automatisch hatten seine Finger den Benutzernamen und das Passwort eingegeben, so wie er es damals tausendfach getan hatte. Bevor er die Ausführtaste drückte, zögerte er. Beim Rauchen, das wusste er, würde ein einziger Zug an einer Zigarette reichen, und er wäre wieder süchtig. Peer verließ die Maske, er öffnete ein zweites Fenster und googelte die Suchbegriffe »Temple of dreams« und »Second Life« ein. Zu seinem Erstaunen fand er eine normale Homepage. Er klickte sie an. Der Hintergrund der Grafik war die Silhouette einer Gestalt mit Cape und Kapuze, das Logo der Site eine Gesichtsmaske. Treffer. Als Peer die Seite betreten wollte, schimmerte ein Eingabefeld auf. »Eintreten mit Second-Life-Login« stand im einen Feld, »Eintreten mit Temple-Login« im anderen. Peer wählte das Zweite, auch hier wurde er aufgefordert, seinen Benutzernamen und sein Passwort einzugeben. Die Möglichkeit, sich neu zu registrieren bestand allerdings nicht, egal, was Peer versuchte. Eine sehr exklusive Seite. Spaßeshalber gab Peer seinen Namen ein und als Passwort *dream story*. Vergeblich. Peer hatte es nicht anders erwartet. Zutritt zur Site und damit zum Schloss fand nur, wer persönlich eingeladen war. Und kräftig dafür bezahlte. In Zeiten, wo alles erhältlich war, blieb die Fantasie das teuerste Gut, das wusste Dordi Larsson so gut wie er. Ihr wahr gewordener Tempel der Träume zog eine zahlkräftige Kundschaft an. Peer blickte auf die Uhr. Noch zehn Minuten blieben ihm. Er fürchtete sich immer ein wenig vor den Begegnungen mit ihr, in der ständigen Erwartung, sie durchschaue ihn und wolle sich für Vergangenes rächen.

Sie empfing ihn aber mit der gewohnten Mischung inniger Vertrautheit und unkomplizierter Sachlichkeit. Dordi trug diesmal enge Jeans, ein knappes Oberteil und ein Gilet darüber. Die Ärmel hatte sie hochgestreift. Peer musterte unauffällig ihre sehnigen Unterarme und ihre Hände.

»Ready for the next level?«, fragte sie.

»Bei welchem Spiel?«, antwortete er ebenso mutwillig.

»Bei unserem. Du wirkst ein bisschen – wie heißt es: übernächtigt.«

Er suchte ihren Blick. Mit einem Mal hatte er das Versteckspiel satt.

»Du weißt, wo ich war.«

Sie schaute mit einem amüsierten Lächeln auf.

»Weiß ich das?«

»Ja.«

»Ich hab dir gesagt, du seist willkommen. Nur deine Begleitung war eine Überraschung.«

»Hat sich so ergeben.«

»Verstehe.«

Es wurde still. Dordi schien komplett entspannt, offenbar trennte sie klarer zwischen ihren Nächten und Tagen als er. Peer hätte sie am liebsten ausgefragt, über den Zugang zur Temple-Site beispielsweise, doch er durfte sich nicht verraten.

»Wie auch immer, du bist jederzeit willkommen. Rea natürlich auch. Hier dein Temple-Login, da findest du alles weitere. Und unsere Clubs in bald jeder größeren europäischen Stadt!«

Sie reichte ihm einen Zettel.

Benutzername: Fridolin

Passwort: Albertine

»Sollte mir das etwas sagen?«, fragte Peer vorsichtig.

»Tut es nicht? Ich wollte erst Peer und Rea nehmen, war mir aber nicht ganz sicher. Du kannst beides nach dem ersten Login ändern.«

Weshalb war sie bloß so auf Rea fixiert?, fragte sich Peer zum wiederholten Mal.

Wieder war sie ihm einen Schritt voraus. »Ich habe den Temple im Second Life begonnen, als meine Ehe in Schwierigkeiten war. Ich dachte, ich könne damit etwas retten. Ich habe mich damals falsch beraten lassen, doch das wurde mir erst viel später klar.«

»Beraten lassen?«, fragte Peer bemüht arglos.

»Von einem Freund, der mir sehr nahe war. Ein Fehler.«

Nichts in ihrem Gesicht verriet, ob sie ihm etwas sagen wollte.

»Warst du mal Tänzerin?«, fragte er mehr zur Ablenkung.

»Tänzerin? Nach der Kunstschule habe ich Videoinstallationen gemacht. Später mit Freunden wie Matteo digitale Kunstprojekte. Interaktive Geschichten mit realen gesellschaftlichen Bezügen. Mach ich heute noch, nur fehlt mir ein bisschen die Zeit. Du weißt schon: All meine Hobbys … Deshalb: Kümmern wir uns ein wenig um unser anderes Spiel?«

Sie zeigte lächelnd auf den Laptop, den er auf ihr Pult gestellt hatte. Es war klar, dass sie das Thema Schlosshotel soeben beendet hatte, trotzdem schwang ihr Wissen über das, was dort geschehen war, in jedem Satz mit. Wie eine unterschwellige, kaum hörbare Drohung, dachte Peer. Aber vielleicht überschätzte er seine Bedeutung. Als Hausherrin des *Temple of dreams* hatte Baronin D. bestimmt weitere Second-Life-Beziehungen gepflegt. Peer fühlte sich brüskiert und zugleich erleichtert, dass sie nicht mehr von ihm erwartete und die Bremse zog, bevor er in die nächste Abhängigkeit schlitterte.

»Zum neuesten Stand«, sagte er. »Die Beta-Version kommt näher. Ich habe auch ein erstes Musik-Layout.«

»Moment, ich möchte jemanden dazuholen.«

»Dan?«, fragte Peer hoffnungsvoll.

»Der ist leider zu unberechenbar. Wir haben gutes Wetter, er gondelt irgendwo in den Bergen rum.«

»Müsste er nicht mal sein grundsätzliches Einverständnis geben?«

»Hat er. Er sagt, dass er dir zu hundert Prozent vertraut. Eine Ehre übrigens, das habe ich von ihm noch nie gehört, Dan Reisinger ist sonst ein Kontrollfreak. Es reiche, hat er gesagt, wenn Matteo einen Blick draufwerfe.«

Schon wieder dieser Name, dachte Peer. »Matteo?«

»Dans Manager, sein Sidekick. Partner in Crime und Ersatzvater, was immer du willst. Haben sich vor Jahren in den Bergen kennengelernt, beim Strahlen, soviel ich weiß. Seither tun sie alles zusammen. Ich hätte ihn dir im Kurhaus vorstellen sollen. Du wirst ihn mögen, ein Künstler wie du, er könnte vielleicht etwas zum Spiel beitragen. Und: Er ist gesprächiger als Dan.«

Im selben Augenblick klopfte es an die Tür, ein drahtiger Mann, nicht viel älter als Peer, kam herein. Peer erinnerte sich wieder: das braungebrannte Gesicht, die kurz geschorenen Haare, die hellen Augen. Sie durchdrangen Peer, als Matteo ihn mit einem kräftigen Händedruck begrüßte. Dordi Larsson küsste er auf die Lippen, so flüchtig und selbstverständlich, wie sich befreundete Künstler und alte Ehepaare begrüßten.

Jedes Mal, wenn er in der Nähe dieser Frau war, dachte Peer, fand er sich im Zustand der kompletten Verwirrung wieder.

»Peer hat eine neue Version«, erklärte Dordi dem Neuankömmling.

Spätestens als sich Reas Alpsegen in die Elektrobeats mischte, hatte er die beiden auf seiner Seite, spürte Peer. Am Ende des Clips wartete er gespannt auf ihre Reaktion.

»Kommt sehr gut«, sagte Matteo. »Gefällt mir. Wirklich. Und die Musik öffnet eine zusätzliche Dimension.«

»Find ich auch«, bestätigte ihn Dordi. »Das ist jetzt schon von deinem Musiker oder noch Layout?«

»Das ist von meinem Freund Stelios und dessen Sohn Nikos. Er hat in Griechenland daran gearbeitet, Nikos hier. Hast du die Stimme erkannt?«

»Sollte ich?«, fragte Dordi überrascht.

»Das ist Rea. Ihr täglicher Alpsegen, wenn sie den Sommer über auf der Alp ist.«

»Wirklich?« Überrascht schaute Dordi zuerst ihn an, dann warf sie Matteo einen schwer zu deutenden Blick zu. »Gefällt uns ja immer besser, deine Frau. Erinnerst du dich an sie, Matteo?«

»Gimme a hint.«

»Schlank, lange Haare, fein geschnittenes Gesicht. Und auffällige Schuhe.«

»Mit denen sie allen die Show stahl.«

»Right! Sie saß an unserem Tisch, gleich neben Dan. Richte ihr unseren Glückwunsch aus, Peer!«

Etwas verwirrt hatte Peer ihnen zugehört. »Sie weiß noch nicht mal, dass Stelios ihre Stimme verwendet hat. Heißt das jetzt, wir können so weitermachen? Ist die Musik genehmigt?«

»Selbstverständlich. Ich bin schon mal begeistert. Matteo, willst du noch etwas ergänzen?«

Matteo hatte den Clip ein zweites Mal gestartet. »Das ist alles schon sehr weit, die Animation von Dans Figur gefällt mir. Zwei Vorschläge: Ich würde die realen Aufnahmen noch ein wenig bearbeiten, so dass sie einen Hauch von Künstlichkeit erhalten.«

Peer stimmte ihm sofort zu. Er hatte selbst schon überlegt, was für Filter er darauflegen konnte, damit die animierten und die gefilmten Teile nahtloser ineinander übergingen. Offensichtlich verstand Matteo etwas vom Handwerk.

»Die Übergänge bieten die größte Schwierigkeit. Ich wüsste eine Möglichkeit, wie du den Übergang der graphischen Hintergründe und der Fotos in die bewegten Videobilder raffiniert gestalten könntest. Hier das Prinzip!«

Matteo holte ein Airbook aus seiner Freitag-Tasche und klappte es auf. Blitzschnell navigierte er mit zwei Fingern auf dem Trackpad, gab via Tasten einige Befehle ein, dann drehte er den Bildschirm Peer zu.

»Ausgangslage ist eins meiner Bilder. Eine Skizze, das macht den Übergang noch schwieriger als bei dir. Stell dir vor, diese Skizze wäre eine Fotografie von Dan. Oder ein Standbild deiner animierten Figur. Schau, was jetzt passiert!«

Verblüfft betrachtete Peer die Bleistiftstudie einer Frau, eher leicht bekleidet, schlafend in einem Sessel. Matteo drückte auf die Leertaste, im ersten Moment geschah nichts, dann bewegte sich die Frau plötzlich ein wenig. Peer traute seinen Augen nicht. Sie wurde plastisch, farbig, dreidimensional fassbar, sie räkelte sich, die Skizze wurde zum Gemälde, das Gemälde zum bewegten Bild. Während sich die Frau erhob, umkreiste die Kamera sie und zeigte dann von hinten, wie sie davonging. Im nächsten Sekundenbruchteil spazierte sie auf einem Feldweg, der in einen lichten Wald hineinführte.

Kein Ruckeln in der Bildbewegung, kein Hacker beim Übergang zwischen Gemälde, Computeranimation und Film, nicht mal während die Hintergründe wechselten.

»Hier ist das Ausgangsmaterial eine Skizze, aber das Prinzip ist immer dasselbe. Wenn du mir die entsprechenden Ausgangs- und Endbilder gibst, egal was, Fotos, Filme, Grafiken, kann ich dir die Übergänge von den Fotos in die Fahrten ziemlich schnell gestalten.«

»Das ist doch für ein so kleines Spiel viel zu aufwändig. Das hier ist Hollywood!«

»Ach was, das habe ich für meine Videoinstallationen entwickelt. Dan darf ruhig davon profitieren, er hat selbst in die Entwicklung des Effekts investiert. Indirekt, irgendwie.«

Ein geheimnisvolles Lächeln umspielte Matteos Lippen.

»Wollen wir es so machen, schickst du mir Material?« Matteo reichte ihm Kärtchen mit Name und E-Mail-Adresse. Peer revanchierte sich mit seinem, sie reichten sich die Hände.

»Das kommt mir bekannt vor«, sagte Peer und deutete auf das Leder- und Silberarmband, das sich gleich mehrfach um sein Handgelenk schlang.

»Ein Hopi-Schmuck aus der Wüste Arizonas. Bald fünfzehn Jahre alt. Dan hat denselben.«

Er küsste Dordi auf dieselbe Weise wie zuvor und verschwand durch die Tür.

»Warum habe ich das Gefühl, ich kenne ihn?«, fragte Peer.

»Seine Installationen stehen in den besten Museen der Welt.«

»Überrascht mich jetzt nicht mehr.« Peer war wirklich beeindruckt.

»Ihr werdet ja noch öfter miteinander zu tun haben. Verkehren wir alle in nächster Zeit per Mail? Ich bin drei Wochen in den Ferien und dann eine Woche in Schweden.«

»Wohin fährst du?«

»Ein Segeltörn durchs Mittelmeer.«

»Nicht schlecht.«

»Ach ja, das wollte ich fragen: dieser Doppelfischer, von dem du mal erzählt hast: Kennst du seinen Namen?«

Die Frage überraschte Peer. »Keine Ahnung. Den rufen alle nur bei seinem Spitznamen. Kann ich herausfinden. Gib mir zehn Minuten.«

»Ich möchte den Mann noch kennenlernen, bevor ich abreise. In den Ferien bin ich nur gelegentlich online, aber treibt das Game in der Zeit doch einfach so weit, dass wir Ende August die Endversion programmieren können. Schafft ihr das?«

»Wenn nichts dazwischenkommt.«

»Gut.«

Dordi Larsson kam um den Schreibtisch herum und zog Peer an sich. Es war eine rein freundschaftliche Umarmung, doch bevor sie sich löste, küsste sie ihn leicht auf den Mund.

»Es ist mir ein Vergnügen, mit dir zu arbeiten, Peer Großen.«

»Ich weiß nicht, wie ich dir danken soll.«

»Nicht nötig, du tust genug für mich.«

Ihre Lippen streiften seine noch einmal, dann löste sie sich von ihm.

Dieselben Lippen? Dasselbe Parfüm? Peer nahm seinen Laptop vom Tisch.

»Und grüß mir Rea!«

Paula erwähnte Dordi Larsson mit keinem Wort mehr, fiel Peer auf.

»Gibt es bei dir auch jemanden zu grüßen?«, fragte er.

»Einen, Peer?«

Wieder ein vieldeutiges Lächeln.

»Ich werde aus dir einfach nicht schlau.«

»O doch«, sagte sie. »Es gibt kaum jemanden, der mich so sehr durchschaut.«

Raffael parkte den Samten-Kastenwagen einige Schritte von Dirks Wohnblock entfernt. Er zwinkerte Stina und Nikos zu und stieg aus. Stina setzte sich so, dass sie den Eingang zur Siedlung im Blickfeld hatte und Raffael warnen konnte. Nikos nutzte die Gelegenheit und loggte sich nach kurzen Schwierigkeiten in Dirks Netzwerk ein. Das neue Passwort hatte seinem Entschlüsselungsprogramm nicht lange Widerstand geboten. Als Erstes ließ Nikos das Suchprogramm alle jpg-Bilddateien aufrufen und scrollte sie durch, doch kein einziges Nacktbild war darunter. Dem Typen saß der Schreck in den Knochen, er hatte ordentlich aufgeräumt. Heute würde er nichts Kompromittierendes mehr finden. Er schaute sich an, welche Musikvideos Dirk zuletzt auf YouTube angeschaut hatte, zu seinem Erstaunen stammten die meisten von Katy Perry. Durch das offene Seitenfenster gab er die Information an Raffael weiter, der sie zuvor nach Dirks Vorlieben gefragt hatte. Im selben Moment pfiff Stina leise durch die Zähne. Dirk trat eben auf die Straße und kam direkt auf den Lieferwagen zu. Stina und Nikos rutschten vorsichtshalber auf den Boden. Raffael wollte Dirk direkt vor dem Wagen ins Gespräch verwickeln, damit sie zuhören konnten.

»Alter, hast du mal Feuer?«

»Gleich.«

»Ich habe mich verfahren. Eine Ahnung, wo die Alte Stanzerei ist?«

»Wohl nicht von hier«, sagte Dirk etwas abschätzig. Es gab keinen angesagteren Club in der Stadt.

»Nö. Wir haben eine Show da. Morgen Abend.«

»Eine Show?«

Stina schaute hoffnungsvoll zu Nikos. Dirk biss an.

»Kennst du den Wagen nicht?«, hörten die beiden Raffael sagen, diesmal klang es bei ihm von oben herab. »Nyima Samten? Die Dessous-Queen? Kein Begriff?«

»Doch, schon gehört. Krass.«

»Die neue Kollektion wird morgen in der Stanzerei vorgestellt. Die große Party ›To the nation‹, wie jedes Jahr. Das Spezialding vor dem Nationalfeiertag. Mit Topmodels, mit Promi-Gästen und so.«

»Zum Beispiel?«

»Katy Perry, munkelt man. Könnte tatsächlich sein, die tourt gerade durch Europa und ist eh Stammkundin von Nyima.«

»Ohne Scheiß?«

»Weshalb sollte ich es sonst sagen, mich interessiert die Tante doch nicht.«

»Okay. Du fährst die Straße zurück auf die Ringautobahn, nimmst die Ausfahrt Zentrum und biegst beim See rechts ab. Das dritte Gebäude nach der alten Anlegestelle ist die Stanzerei.«

»Danke.«

»Easy.«

Stina und Nikos schauten sich fragend an. Offensichtlich hatte sich Dirk bereits etwas entfernt, Raffael rief ihm plötzlich halblaut hinterher.

»He, Mann, warte!«

»Was?«

»Bist ziemlich kräftig, schon mal gemodelt?«

»Ne.«

»Tanzt du?«

»Wer nicht.«

»Eben. Wir machen heute das letzte Casting für die Show morgen, wir brauchen noch Jungs, die die Models auf die Bühne führen. Würd dich das interessieren?«

»Springt dabei was raus?«, tat Dirk uninteressiert.

»Spesenvergütung und Zweihundert.«

»Warum nicht.«

»Heute Abend um sechs in der Stanzerei, Nyima Samten wird dich auschecken.«

»Die selbst? Was soll ich anziehen?«

»Ausziehen, meinst du? Nur Jeans und oben ohne, reicht.«

»Okay.«

»Zeig mal dein Sixpack!«

»Warum?«

»Ich will nicht, dass du vergeblich kommst.«

»Meinetwegen.«

»Oh, schon mal nicht schlecht. Kurzer Check!«

»He, was … was soll das?«

»Easy, ich bin der Choreograph, im Showbiz weißt du nie, was echt ist und was nicht, da wird immer angefasst. Du bist doch nicht etwa prüde oder so?«

»Eh nicht.«

»Also um sechs.«

»Okay.«

»Verpenn es nicht, du wirst Nyima gefallen, ich kenne ihren Geschmack.«

Kurz darauf öffnete sich die Fahrertür, Raffael sprang auf den Sitz und schlug die Tür zu.

»Angebissen hat er mal«, sagte er grinsend. »Und reinlegen

werden wir den auch. Ein anderer hätte mir eben eine geklebt!«

Rea bereitete alles vor. Nur die Aussicht auf einen gemeinsamen Ausflug hatte Moritz davon abhalten können, sofort wieder zu seinem Imker zu rennen. Sie schnürte den Rucksack. Sie wusste, dass es noch viel zu früh für ihre traditionelle Heidelbeersuche war, und Moritz hatte ihr nicht glauben wollen, aber Rea war jeder Vorwand recht, um ihn bei sich zu haben, so war sie sich sicher, er würde am nächsten Tag um jeden Preis zu Rebin wollen, und sie hätte einige Stunden freie Hand. Noch war keine Antwort gekommen, offenbar fiel es dem Maler schwer, die Maske fallen zu lassen. Moritz kam aus der Scheune gerannt, sie brachen auf. Die erste ihrer geheimen Sammelstellen lag zehn Minuten unterhalb des Zwischenhofes, mitten in einem Fichtenwäldchen. Sofort war klar, dass die Suche hier aussichtslos sein würde, alle Beeren waren noch grün.

»Erinnerst du dich an die Stelle beim Wanderweg, unterhalb der einen Hütte, da wo das Kreuz steht?«, fragte Rea. »Wenn schon Beeren reif sind, dann dort in der Sonne. Und sonst ist es der ideale Platz für unser Feuer.«

Sie wanderten weiter. Es war zwar Hochsommer, im Schatten der Fichtenwälder jedoch empfindlich kühl. Kein Vergleich zu jenen Tagen im Juni, als der Südwind die Stadt in Atem gehalten hatte, und Rea und Peer für das folgenschwere Wochenende ins Kurhaus gefahren waren. Beide hätten sich nicht träumen lassen, was folgen würde. Je mehr sie an den nächsten Tag dachte, umso ungeduldiger wurde Rea. Sie würden nicht mehr lange ungestört sein. Stina sei schon wieder tatendurstig, hatte Nyima Rea geschrieben, sie spanne das Mädchen für die letzten Vorbereitungen ihrer Modeshow ein, und übermorgen, nach der Show, käme sie mit Nikos hoch. Vielleicht hatte ihre

Tochter aus dem missglückten Camp ja etwas gelernt. Sie hütete sich, Stina zu schreiben. Das musste schon von der jungen Dame selbst ausgehen.

Sie schüttelte unmerklich den Kopf. Jetzt tat sie wieder so souverän, und eben noch hatte sie sich in den Schlaf geweint. Sie vermisste ihre Tochter, gestand sie sich ein. Sie waren sonst immer zu viert in die Heidelbeeren gegangen. Ein Familienritual. Waren sie noch eine Familie? Nur Moritz rannte vorneweg und machte eben seinem Ärger Luft, denn natürlich waren die Beeren auch hier grün und hart.

»Doch zu früh, so schade. Aber mach dir nichts draus. Du bist jetzt der Feuerchef!«

»Zuerst brauchen wir Holz!«, befahl ihr Sohn, sofort bereit für das nächste Spiel.

»Dann los. Du da drüben, ich hier.«

Rea sammelte rund um die Heidelbeerbüsche Reisig ein, Moritz würde sich ohnehin nur auf dickere Holzprügel konzentrieren. Ein weiterer Ort ihrer Kindheit. Damals war immer die ganze Sippschaft losgezogen, angeführt von Großvater Richter, alle mit den Handrechen ausgerüstet, die er eigens dafür gezimmert hatte. Eine Art Kiste mit Schaufelgriff und stählernen Zinken. Rea erinnerte sich noch genau, wie mühsam es gewesen war, die vielen Blättchen aus den Rechen zu blasen. Das Schönste an den Heidelbeertagen war das Mittagessen draußen im Wald gewesen und das Holzscheite-Versteckspiel danach. Einer der seltenen Tage, an denen sich auch die Eltern Zeit nahmen, mit ihnen zu spielen.

Sie hatte nun beide Arme voll und rief Moritz hinüber, er solle am gewohnten Ort einen Steinring für das Feuer vorbereiten. Einige Minuten später entzündeten sie mit Zeitungspapier das Reisig, die Flammen fraßen sich zu den dickeren Ästen vor. Rea gab Moritz das Taschenmesser, und er spitzte die beiden Ruten zu. Einträchtig hielten sie ihre Würste über die Glut, stets bemüht, der Rauchfahne und der Hitze auszuweichen, weil der Wind immer wieder drehte.

Eine halbe Stunde später schob Rea Moritz das letzte Stück der süßen, heißen Äpfel aus der Alufolie in den Mund.

»Wunderbar, und was tun wir jetzt?«

»Siesta!«, sagte Moritz mit seligem Lächeln. Nichts liebte er mehr als das haargenaue Abspulen von lieb gewonnenen Ritualen.

Er nahm ein Buch aus dem Rucksack und machte es sich auf einem großen, moosbewachsenen Felsen bequem. Rea legte sich zwischen den Heidelbeerbüschen auf einen Flecken Gras. Hier, wo es windgeschützt war, wurde es richtig heiß. Sie zog das Shirt aus und legte sich in die Sonne. Kaum war sie eingedöst, träumte sie, ein riesiger Vogel kreise über ihr, sie hörte sogar seinen Flügelschlag, es klang ein wenig wie das Sirren des Südwindes in ihren Jalousien. Sie wunderte sich, dass sie im Bett einen Büstenhalter trug, und wollte ihn schon aufhaken, als Moritz' Stimme zu ihr durchdrang.

»Der spinnt, schau mal!«

Rea öffnete die Augen. Das seltsame Flattern kam von einem Gleitschirm, begriff sie endlich, er war vielleicht zwanzig Meter über ihnen und setzte nochmals zu einer Schleife hangwärts an. Rea richtete sich auf. Suchte der etwa hier Aufwind? Das war bei Nordwind aussichtslos. Der Pilot schien es eben auch zu merken, er drehte in einer engen Pirouette zum Tal, es war Rea, als könne sie nach seinen Füßen greifen. Das kantige Gesicht hinter der Sonnenbrille kam ihr bekannt vor. Im nächsten Augenblick war der Spuk vorbei, der Gleitschirm schoss über die Geländekuppe mit den Heidelbeerbüschen hinaus, verlor seewärts schnell an Höhe und verschwand hinter den Tannen aus ihrem Blickwinkel.

»Blödmann!«, sagte Rea.

»Mega!«, jubelte Moritz dem Schirm hinterher. »Das will ich auch mal machen.«

»Heute und morgen noch nicht.«

Moritz zwängte sich auf ihre Knie und lehnte sich an sie. Sie stützte ihr Kinn auf seine sonnenwarmen Haare.

»Wann kommt Paps endlich?«, fragte er.

»Geduld, Geduld, bald. Wir sehen ihn spätestens am Montag zu unserem großen Picknick.«

»O ja, zum Feuerwerk!«

»Wenn sie etwas mit hinaufbringen. Oder wir gehen runter. Wo wärst du denn lieber, hier oben am Bergsee und beim Höhenfeuer oder unten in der Stadt?«

»Ich weiß doch nicht, Mam. Unten gibt es das große Feuerwerk, aber hier oben ist es viel schöner.«

»Dann schreib deinem Vater nachher eine SMS, er soll ein bisschen eigenes Feuerwerk heraufbringen, du möchtest hierbleiben.«

»Vielleicht, ja.«

Moritz klang noch nicht sehr überzeugt, und auch Rea wusste nicht, ob sie nach dem morgigen Tag wirklich noch auf der Alp sein wollte. Doch egal wo, wurde ihr schmerzlich bewusst, für Moritz zählte nur das gemeinsame Feuerwerken mit dem Vater. Unvorstellbar, wie sie ihm jemals die Trennung beibringen konnte.

In der Stanzerei zog Raffael alle Register. Nyima musste an sich halten, sonst hätte sie zu laut gelacht. Sie war hinter den Kleiderständern versteckt. Dirk versuchte gerade mitten im kleinen Proberaum, bei durchgestreckten Beinen mit den Fingerspitzen den Boden zu berühren. Das Shirt hatte er auf Raffaels Geheiß bereits ausgezogen. Dieser wiederum trug ein passendes Kostüm. Es bestand aus einem Trikotleibchen und kurzen, eng anliegenden Shorts. Er tat so, als helfe er Dirk, hieß ihn im Lot zu bleiben, legte ihm beide Hände auf die Hüfte, und Nyima machte das erste Bild, das sie sofort im Display überprüfte. Für den Anfang war es nicht schlecht, aber es konnte als sportliche Aufwärmübung durchgehen.

»Gut, Dirk, mach weiter, ich hole Nyima.«

Raffael kam zu Nyima.

»Erhöhst du die Temperatur?«

Nyima hatte bereits die High Heels und den Einteiler angezogen, der im Grunde aus einem Halscollier, einem Verbindungsstrap und einem Mikroslip bestand. Er würde beim Finale der Dessousshow für Furore sorgen. Den Rest ihres Körpers hatte sie in ein Strandtuch gehüllt.

»Versteck dich rechtzeitig in der Dusche, ich lotse ihn in die Garderobe.«

»Nur zu. Verlieb dich nicht in unser Schätzchen.«

»Bei mir besteht die Gefahr nicht, Raffael, bei mir nicht!«

Schon ganz Diva umrundete sie mit Schwung die Kleiderständer und rief schon auf Distanz: »Da bist du ja, Darling. Raffael ist hin und weg, du seist ein ganz Schlimmer, wie gemacht für uns, also lass dich anschauen. Sehr schön, ja, doch, dreh dich um, wunderbar, und wieder zurück.«

Dirk war nicht mehr fähig, ganze Sätze zu artikulieren, er punktierte Nyimas Wortschwall mal mit Ja und mal mit Nein, den Rest der Zeit folgten seine aufgerissenen Augen Nyimas Fingern, die erst seine Bauchmuskeln zu überprüfen schienen und ihn dann aus für Dirk nicht ganz ersichtlichen Gründen in die Brustwarzen kniffen, sie zwirbelten, gleich darauf tätschelten.

»Sehr schön, draußen auf der Bühne müssen die stehen. Dein Körper reagiert sofort, hier schon, aber da bitte nicht zu sehr. Das prüfen wir jetzt. Stell dich hierher. Das Model, das im Finale läuft, wird Folgendes tun.«

Gleich zu Beginn der Posse hatte Nyima dafür gesorgt, dass

ihr Strandtuch strategisch günstig verrutschte. Die Wirkung auf Dirk war unübersehbar.

Nyima wich von ihm zurück, durchmaß den Raum, als sei sie auf dem Catwalk, kehrte am Stirnende um, ließ exaltiert das Tuch fallen und stelzte auf Dirk zu, nicht zu schnell, damit er Zeit hatte, sie zu betrachten. Als sie bei ihm war, legte sie ihre Arme um seinen Oberkörper, ihre Brüste drückten sich an seine Arme, sie hob das Bein und tat, als wolle sie es in Lendenhöhe um ihn herumschlingen.

»Dumm, da unten ist etwas im Weg!«, tat sie überrascht. »Keine Angst, du gefällst mir ja auch. Raffael! Raffaello!! Er wird gleich da sein, komm mal mit in meine Garderobe.«

Überrumpelt ließ sich Dirk in die Garderobe ziehen. Nyima gab ihm einen Schubs. »Leg dich aufs Sofa, das haben wir gleich, normalerweise macht ja Raffael so Sachen weg, aber du gefällst mir wirklich. Mich anschauen darfst du nicht, beim ersten Mal nie, okay? Versprochen? Zieh dich aus, verbinde deine Augen damit, ich komme gleich wieder. Magst du doch?«

»Ja, schon«, brachte Dirk heraus.

Nyima zögerte kurz, aber sie hatte den Eindruck, dass sie das ganze Programm durchziehen konnte, so erregt wie Dirk war.

»Tust du mir einen Gefallen?«

»Ja.«

»Zieh das da an, es macht mich an, wenn Männer meine Stücke tragen.«

Nyima deutete auf den Stuhl, auf dem alles bereit war.

»Schnell, ich halte es kaum noch aus.«

Sie schlüpfte in die Dusche und zog die Tür zu. Raffael stand in der Wanne und biss sich in den Handrücken, um keinen Laut von sich zu geben. Sie ließen Dirk eine Minute Zeit, dann rief Nyima, ob er so weit sei.

Sie wartete die Antwort nicht ab. Tatsächlich lag Dirk in einem transparenten Frauenslip, der mehr enthüllte als verbarg, und mit verbundenen Augen auf dem Sofa.

»Ah, wunderbar.«

»Der andere Teil passte mir nicht«, sagte Dirk mit gepresster Stimme.

»Schade, aber ich weiß, was wir damit tun. Hände hoch! Hierher, so ist schön.«

Mit dem Büstenhalter umschlang sie seine Handgelenke und zurrte sie an der Lehne des Sofas fest. Sie kontrollierte, ob die Augenbinde richtig saß, denn in ihrem Rücken hatte sich bereits Raffael in den Raum geschlichen. Nyima berührte Dirk ohne Unterlass, damit er keinen Verdacht schöpfte, und kommentierte jede Berührung neckisch, erst recht, als es Raffaels Hände waren, die das Berühren übernahmen, nachdem er ihr das Handy gereicht hatte. Raffael positionierte sich so, dass es aussah, als verwöhne ihn Dirk oral. Nyima fotografierte die beiden in allen möglichen Stellungen, kommentierte alles so, dass Dirk stets das Gefühl hatte, er spüre noch immer ihre Berührungen, zuletzt bei gegenseitigen Küssen, spätestens diese Bilder bestätigten, dass der Mann mit den verbundenen Augen Dirk war.

Nyima gab Raffael ein Zeichen. Jetzt mussten sie den Ausweg aus ihrer Inszenierung finden.

Raffael nahm die Kamera und schlich zur Tür, die sich glücklicherweise lautlos öffnen ließ. Er steckte das Handy weg, dann donnerte er von außen gegen die Tür und rief: »Zwei Minuten, Nyima!«

»O nein, ich muss zur Probe, mein Engel. Zu schade, machen wir morgen weiter, Dirk? Oder soll dir doch Raffael das da weg machen. Komm, ich rufe ihn!«

»Bist du verrückt?«

»Weshalb, das macht doch auch mit Raffael Spaß. Und es geschieht dir ja nichts, gleich vor der Tür steht immer ein

Security-Mann, ein Berg von einem Kerl, der beschützt dich. Raffaello!!«

»Spinnst du, mit einem Mann?! Mach mich los!«

Nyima streifte sich einen Bademantel über, dann löste sie Dirks Fessel und wich sicherheitshalber zur Tür zurück.

Doch Dirk rastete nicht aus, die Situation und vor allem der Slip waren ihm zu peinlich.

»Ich muss wirklich, Dirk. Komm morgen um elf zum Haupteingang, dann sehen wir bei den letzten Proben, wo wir dich einsetzen. In Ordnung? Und danach machen wir weiter, wo wir unterbrochen wurden … oh, schau dich an, ich kann es kaum mehr erwarten … Küsschen, Küsschen. Den Slip darfst du behalten!«

Sie schlüpfte hinaus. Draußen hatte Raffael bereits den Sicherheitsmann geholt, der Dirk hinausbringen würde.

»Ich denke, der junge Mann wird gleich leicht verwirrt hier rauskommen, helfen Sie ihm doch, den Ausgang zu finden.«

Sie zog Raffael in die nächste freistehende Garderobe. Die beiden warteten, bis sie draußen Gemurmel und Schritte hörten, Raffael linste Dirk und dem Wachmann durch den Spalt nach, dann gab er grinsend Entwarnung.

»Du trägst mein Parfum gar nicht schlecht, Raffael!«

»Es war schrecklich. Sind die Fotos gut geworden?«

»Gut? Die könntest du sofort auf den Markt werfen!«

Nyima drückte sich durch die Bilder. Drei, vier davon waren perfekt. Pornographische Bilder vom hübschen Dirk, der sich sichtlich erregt in Damenunterwäsche einem Mann hingab. Stina brauchte sich wegen ihrer Bilder keine Sorgen mehr zu machen, davon war Nyima jetzt überzeugt.

19

Eine E-Mail des Malers blieb aus, aber Rea ließ sich nicht beirren. Er trieb nur das Spiel auf die Spitze. Sie hatte ihm genügend Möglichkeiten zum Rückzug gegeben, er hatte keine ergriffen. Rea trat aus dem Windfang in die Sonne. Sie und Moritz hatten länger geschlafen. Es war wärmer geworden. Die Kaltfront fiel in diesen Tagen zusammen, aufkommender Südwind würde ihnen noch zwei, drei Tage lang das angekündigte Regenwetter vom Hals halten. Wenigstens bis die Höhenfeuer erloschen waren. Seit sie Moritz erlaubt hatte, den Imker auch zum Fest-Picknick einzuladen, war der Junge kaum mehr auszuhalten. Nun fieberten beide dem Mittag entgegen. Der Butterzopf, den sie am Abend zuvor für Rebin gebacken hatten, stand auf dem Tisch bereit. Rea würde mitgehen, um Rebin zum Picknick einzuladen. Zu ihrem Erstaunen hatte Moritz sich selbst zu einer Entscheidung durchgerungen, die er seither nicht widerrufen hatte. Er wollte hier oben am Bergsee feiern, gleich neben dem Höhenfeuer, und verzichtete damit auf das große Feuerwerk in der Stadt. Ihm war klar geworden, dass er seinen Zauberer nur hier oben allen anderen vorstellen konnte. Am Abend zuvor waren die SMS-Nachrichten hin und her geflogen. Nyima hatte geschrieben, sie würde Stina und Nikos am Sonntag, wenn sie sich von der Party erholt hätten, zu Peer bringen und selber am Montag hochkommen. Offensichtlich zog es nun plötzlich alle auf die Alp. Als hätten sie ein schlechtes Gewissen, dachte Rea. Sie hätte gern auf das Fest verzichtet, nach allem, was geschehen war. Stina und Nikos wollten dann gleich für länger oben bleiben, Peer überlegte es sich noch. Er müsse als Nächstes Hand in Hand mit Stelios arbeiten. Sofort und in knappen Worten hatte Rea vorgeschlagen, er solle doch drei Wochen nach Griechenland fliegen, dort könne er sich ungestört in seine Spielereien vertiefen und hätte Stelios in der Nähe.

Das sei ja wohl nicht ihr Ernst, hatte Peer gereizt geantwortet.

War es. Aber das konnte sie ihm wohl erst hier oben verständlich machen.

»Wann gehen wir?« Moritz hatte die Katzen in der Scheune gefüttert, jetzt schaute er ungeduldig durchs Küchenfenster herein.

»Erst Frühstück?«

»Krieg ich beim Zauberer ja eh. Fladenbrot mit frischem Honig!«

»Trotzdem. Es ist warm genug, wir setzen uns draußen hin. Mindestens einen Kaffee brauche ich.«

Sie trug das Tablett hinaus und stellte Moritz die Schokoladenmilch vor die Nase. Wie sie vermutet hatte, tunkte er sofort ein Stück des Butterzopfs hinein.

»Der Zauberer wartet sicher schon, ich war gestern nicht da.«

»Er ist das Alleinsein gewohnt, er wird das schaffen.«

»Warum ist er allein?«

»Vielleicht ist seine Frau gestorben. Und seine Kinder müssen arbeiten.«

»Alle alten Leute sind allein.«

»Ach was!«

»Stimmt! Weil die Leute um sie herum sterben.«

»Vielleicht werden die ja ebenso alt.«

»Und warum sind sie auf der Straße immer allein?«

»Es gibt doch auch alte Paare.«

»So wie ihr.«

»Wir?«

»Ihr seid auch alt.«

»Ich weiß. Aber noch nicht arg alt.«

»Geht so.« Er dachte eine Sekunde nach. »Aber vielleicht kein Paar mehr?«, sagte er dann.

Rea horchte auf. »Wie kommst du jetzt darauf?«

»Die meisten Eltern lassen sich ja scheiden.«

Rea zog fröstelnd die Schultern hoch. »Die Hälfte etwa.«

»Wann lasst ihr euch scheiden?«

»Haben wir denn einen Grund zur Scheidung?«

»Braucht es das?«, fragte Moritz überrascht.

»Man lässt sich doch nicht einfach so scheiden.«

»Nicht?«

»Sicher nicht. Weil … schon gar nicht wenn man Kinder hat, die wollen ja immer, dass die Eltern zusammenbleiben. Willst du doch auch!«

»Glaub schon.«

»Du glaubst es?«

»Manche Sachen sind an einer Scheidung gut.«

»Tatsächlich?«

»Ja!«, sagte Moritz im Brustton der Überzeugung. »Wie bei Nick.«

»Der aus deiner Klasse?«

»Die halbe Zeit ist er beim Vater und hat da ein eigenes Zimmer voller Spielsachen, und an den anderen Tagen ist er bei der Mutter und hat da noch mehr Zeugs.«

»Aber es gibt viele, die ihren Vater nur alle zwei Wochen sehen. Das würde dir kaum gefallen.«

»Das kann man besser einrichten.«

»Kann man nicht immer.«

»Warum nicht?«

»Weil zwei, die sich scheiden, oft verkracht sind und sich nicht einig werden.«

»Seid ihr denn verkracht, du und Paps?«

»Himmel, Moritz. Du hast doch mit der Scheidungssache angefangen.«

»Seid ihr?«

»Ach was. Manchmal halt.«

»Nick hat es gesagt.«

»Dass wir streiten?«

»Dass ihr euch scheiden lasst.«

Jetzt war Rea sprachlos.

»Ich habe ihm erzählt, dass wir zwei allein in die Ferien auf die Alp gehen, nur wir und ganz lange. Da hat er gesagt, das ist, weil ihr euch scheiden lasst.«

»So ein Blödsinn, komm her!«

»Und du sagst zu Paps Peer, und du hast geweint im Bett und ...«

Sie zog ihn an sich.

»Wir sind alleine hier, weil Stina in ihr Camp wollte, Paps muss auf sie aufpassen. Jetzt hat er gerade etwas viel Arbeit, und er hat zu wenig gut aufgepasst, da musste ich mit ihm schimpfen. Logisch, oder nicht?«

»Schon.«

Das Thema war bereits wieder erledigt, merkte Rea. Für den Moment. Das nächste Mal konnte sie einen Schritt weiter gehen. Es konnte noch von Nutzen sein, dass ihr Sohn in einer Scheidung auch Vorteile sah. Moritz sprang von ihrem Schoß.

»Gehen wir jetzt?«

Moritz stürmte mit seinem leeren Teller in die Küche. Er wollte los, der Zauberer brauchte seinen Gehilfen.

Während sie das Tälchen hochstiegen, bemühte sich Rea, das Gespräch mit Moritz nicht mit ihrem Vorhaben in Verbindung zu bringen. Moritz lenkte sie bald selbst vom Grübeln ab, er stellte ihr jeden Baum persönlich vor. Zu seiner Freude ging Rea auf das Spiel ein, sie schüttelte jedem Troll den Ast und fragte ihn nach dem Befinden, wie es der Familie so ginge und wie die allgemeine Wetterlage war.

»Nach allem, was sie mir so erzählen«, sagte sie nach halber Strecke zu Moritz, »war dieser Winter wirklich hart für sie. Und im Frühling kam noch das Wild und knabberte sie überall an. Dafür genießen sie den schönen Sommer jetzt umso mehr. Haben sie dich auch gefragt, wo das nächste Schwimmbad sei? Es werde nämlich jeden Sommer trockener hier.«

Moritz' Lachen hallte von der Felswand zurück. Er machte sofort ein neues Spiel daraus und rief nach seinem Echo. Rea tat es ihm nach, dazwischen schielte sie auf ihr Handy. Im einen Moment fand sie ihr Verhalten unangemessen, Sekunden später verwünschte sie diese urweibliche Tugendhaftigkeit. Einem Mann käme es nie in den Sinn, eine Affäre in Frage zu stellen, nur weil er Kinder hatte. Peer mit Sicherheit auch nicht. Wohin war er in jenen Phasen geflüchtet, in denen zwischen ihnen gar nichts gelaufen war? Oder jetzt, da es nur noch selten funkte? Wenn selbst sie sich verlor, war er noch weniger davor gefeit. Rea schätzte die Gefahr einer Internetsucht bei ihrem Mann allerdings höher ein als die Wahrscheinlichkeit einer realen Affäre. Mit Ausnahme von Dordi Larsson, die beschäftigte Peer, das war unübersehbar.

Unterschätzten sie sich beide gleichermaßen?

Seit Jahren hatte Rea an Peer keine Eifersuchtsregung mehr festgestellt. Was sie mit dem Maler getan hatte und erst recht, was sie für heute plante, würde Peer niemals für möglich halten, davon war Rea überzeugt. Zu Beginn hatte sie sich noch überlegt, ihn mit Andeutungen absichtlich zu verunsichern, nun war alles zu ernst geworden.

Als sie beim Imker ankamen, mussten sie ihm erst mal verständlich machen, dass sie wirklich nichts essen wollten, das gelte insbesondere für Moritz, der im Moment mehr in die Breite als in die Höhe wuchs. Rebin verstand sie, aber sie war sich sicher, dass er Brot und Honig auftischen würde, sobald sie den beiden den Rücken zugewandt hätte. Dafür waren Großväter ja schließlich da. Der Gedanke überraschte sie nicht sehr, Rebin hatte unzweifelhaft etwas von einem Bilderbuchgroßvater.

»Bienen!«, sagte er gerade und machte eine Handbewegung. Moritz verstand sofort und ging hinüber, um das Rauchgerät zu entfachen.

Rea bedeutete Rebin, sie müsse wieder gehen, aber sie wolle ihn zu sich zum Essen einladen. Er schien die Gesten zu begreifen, zumindest nickte er eifrig. Sie nahm ihr Handy hervor, zeigte ihm den heutigen Tag, ging langsam weiter zum Nationalfeiertag und scrollte auf 17.00 Uhr. Dann machte sie wieder das Essenszeichen.

»Essen? Gut?«, sagte er dann.

»Drei Tage. Zweimal schlafen«, sagte Rea. »Hier!«

Sie startete Moritz' heißgeliebte Zeichenapp auf dem Handy und bildete mit schnellen Strichen ein Bauernhaus.

»Danke, danke!« Rebin begriff, dass sie sich beim Bauernhaus treffen würden, für ein Essen offenbar.

»Ich danke Ihnen, Rebin! Dafür, dass sie Moritz hüten.«

»Moritz gut!«

»Ich weiß, er mag sie auch!«

Wie beim letzten Mal schaute Rea oben bei der Kiefer zurück. Rebin ging die Kisten entlang und öffnete die zweitletzte. Moritz war sofort bei ihm und blies Rauch hinein. Zu seiner Erleichterung fand Rebin nach kurzer Suche die Königin. Er hatte diesen Sommer schon ein Volk verloren, weil es geschwärmt war. Aus einem Kästchen entnahm er eine gezüchtete Königin, zeigte sie erst Moritz und setzte sie dann in eine neue, leere Kiste. Dann gab er die Hälfte des zu groß gewordenen Volkes hinzu und verschloss den Spalt der Kiste.

Rea winkte den beiden von oben nochmals zu und machte

sich mit leisen Gewissensbissen auf den Weg. Die Würde, mit der Rebin sein offensichtlich schwieriges Los trug, beschämte sie. Sie fühlte sich verpflichtet, mehr über diesen Mann zu erfahren, der so unerwartet in ihr Leben und das ihres Sohnes getreten war. Über seine Familie, über seine Frau, über die Gründe seiner Flucht hierher. Das Sprachproblem schien allerdings unüberwindbar. Um wirklich etwas zu erfahren, bräuchte sie einen Übersetzer. Nach den Ferien würde sie sich unten in der Stadt darum kümmern. Sie gelangte in den unteren Teil des Tälchens, wo der Weg durch weiche Alpwiesen führte. Reflexartig wollte sie ihr Handy herausholen, fand es aber ungehörig. Nicht nur wegen des Alten. Sie musste erst Distanz zwischen sich und ihren Sohn bringen.

Beim Hof angekommen, erlöste sie sich und rief ihr Facebook-Konto auf. Der Nachrichteneingang vermeldete eine Message vom Maler. Also doch. Aufgeregt öffnete Rea sie, geschrieben hatte er nichts, nur ein Betreff: *Samstag, 14.00 Uhr.* Bis dahin blieben knapp zwei Stunden. Das Bild von ihm, endlich. Rea öffnete es sofort, doch das Bild ließ sie ratlos. Es war weiß und leer. Offenbar eine falsche Formatierung.

Stina bestand darauf, Dirk am Eingang der Stanzerei zu empfangen und ihm den Stick mit den Fotos selbst zu übergeben. Nyima gefiel die Idee nicht. Sie fand es unklug, wenn Stina so direkt mit ihrer kleinen Erpressung in Verbindung gebracht wurde. Nikos hatte dafür gesorgt, dass nichts am Stick auf seinen Computer rückschließen ließ. Andererseits begriff sie Stina gut und war stolz auf sie. Es war nicht selbstverständlich, dass ein vierzehnjähriges Mädchen den Mut für eine solche Konfrontation aufbrachte. Nach allem, was gewesen war. Wenn sie es schaffte, wäre ein großer Teil dieser unseligen Geschichte gleich verarbeitet. Sie erlaubte es Stina letztendlich und ließ zwei Security-Männer in der Nähe Aufstellung nehmen. Noch blieb fast eine Stunde Zeit, und Stina wusste bald nicht mehr, wie sie die totschlagen sollte. Sie chattete zur Überbrückung ein wenig mit Zoe. Etwas an der ganzen Sache war ihr noch immer unklar. Stina bedachte Nikos mit einem schwer zu deutenden Blick. Dieser spürte, wie sich zwischen ihnen etwas veränderte, aber er hielt seine Hoffnungen im Zaum. Er gehörte zu denen, die gerne tiefstapelten, um sich vor Enttäuschungen zu bewahren. So wie er Stina kannte, würde in einer halben Stunde sowieso wieder alles anders sein. Mädchenlaunen.

Nikos ahnte nicht, wie grundsätzlich Stina ihre Meinung geändert hatte. Mit jeder Stunde, die sie Nikos näher kennenlernte, gefiel er ihr besser. Er schien für alles eine Lösung zu haben, er war anders als die Jungs ihrer Klasse. Cooler. Ein Computerfreak zwar, aber eben doch kein Nerd. Würde er sonst einen doppelten Salto vom Sprungturm hinkriegen? Solche Sachen. Und wenn er mit den Haaren etwas Gescheiteres anstellen würde, wäre er sogar hübsch. Es gab nur eines, das sie irritierte, und sie versuchte es gerade mit Zoe zu klären. Sie hatte Nikos am See gefragt, wie er die Party überhaupt hatte finden können. Er hatte dort behauptet, Zoe hätte es ihm gesagt, doch deren SMS eben strafte Nikos Lügen. Danach hatte er sie auch am See gefunden. Ortete er ihr Handy? Was konnte er sonst noch? Ihre Nachrichten lesen? Diese Vorstellung lenkte sie sogar von Dirk ab. Sie wusste auch bereits, wie sie ihm auf die Schliche kommen könnte. Vorsichtshalber entfernte sie sich einige Schritte von ihm und schrieb Zoe.

Übrigens, täusch ich mich,
oder findest du meinen
Griechen süß?

Deinen? Den findet jede süß.

Aber?

Schon vergeben.
Ist komplett verknallt

:-(

Dabei hat die nur Augen
für einen anderen.

Doof

Bist du, ja.

Stina lief rot an, zugleich legte sie die Hand als zusätzlichen Schutz über ihr Handy.

Ich?

Hast nur Augen für DD.

?

Dämlicher Dirk.

Der ist Geschichte.

Plötzlich? Gut, ich lass dir
deinen Nikos, aber nur,
damit du DD wirklich in
die Wüste schickst.

Schon geschehen. Jetzt
müsste mir Nikos nur
noch ein Zeichen geben.

Zeichen?

Sagen, was er will.
Was er empfindet.
Dass er mich will.

Träum weiter, tun Jungs nie.

Dieser schon. Wenn ihre Theorie mit dem Handy stimmte, würde er ihr den Gefallen tun und sich damit verraten. Stina verkniff sich ein Schmunzeln und steckte das Handy mit einem verstohlenen Blick auf Nikos weg.

Nervös frotzelnd verbrachten sie eine weitere Viertelstunde, bis Nikos plötzlich zur Bushaltestelle hinüberzeigte. Dirk stand auf der anderen Seite der vierspurigen Straße an der Fußgängerampel und wartete auf Grün.

Stina wurde übel, ihre Beine waren plötzlich aus Gummi.

»Geht's?«, fragte Nikos, der ihr kreideweißes Gesicht sah. Er legte den Arm um ihre Schulter.

»Geht schon.« Stina lehnte sich einen Moment lang an ihn.

»Ich mach das für dich.«

»Muss ich selber tun, sonst kriege ich doch noch Angst vor diesem Arschloch.«

Stinas Rücken straffte sich. Nikos zog seinen Arm zurück. Er glühte so heiß wie das Eisen im Essenfeuer seines Großonkels in Aflaki.

Stina wollte die Tür öffnen.

»Warte, bis er kurz vor der Treppe ist. Noch nicht. Jetzt!«

Stina stieß die Tür auf, ihr Schwindelgefühl verdrängend, und stellte sich Dirk auf der Treppe in den Weg. Nikos blieb hinter der Tür, hielt sie aber einen Spalt offen, damit er alles hören konnte. »Das ist er«, zischte er den Wachmännern zu.

Dirk realisierte erst im letzten Moment, wer ihm den Weg versperrte, dann aber prallte er zurück.

»Du?«

»So ein Zufall!« Stina verfluchte das Zittern in ihrer Stimme. »Ich hab was für dich.«

»Was?«

»Willst du mir nicht vorher etwas beichten?«

»Ich hätte dich heute angerufen. Ja genau, ich wollte dich zur Show einladen, ich trete da auf.«

»Das hättest du getan?«

»Klar.«

»Und was ist mit der Party?«

»Welche Party?«

»Deine Party. Wolltest du mir dazu was sagen?«

»Easy. Du warst einfach betrunken.«

»Scheint so. Vor allem das eine Glas, das du mir aus der Küche gebracht hast, weißt du noch!? Das bekam mir nicht.«

»Wusste ja nicht, dass du keinen Alkohol verträgst.«

Je länger Stina mit Dirk sprach, umso ruhiger wurde sie, ungeachtet ihrer wachsenden Wut.

»Ich kann mich fast nicht mehr erinnern, was danach geschehen ist. Hilf mir doch mal!«

»Ich muss da rein!«

»Das hat noch Zeit.«

»Nyima Samten hat mich auf elf bestellt.«

»Echt?«

»Sie will mich in der Show.«

»Nochmal: Was war danach im Zimmer? Was habe ich denn so angestellt, als ich betrunken war?«

»Wir haben dich ins Bett gelegt.«

»Damit mir auch nichts geschieht.«

»Genau. Lässt du mich jetzt ...«

Stina schnitt ihm den Weg ab. Ihr Herz hämmerte, um ein Haar hätte sie die Beherrschung verloren und ihn angesprungen.

»Was will der hier, verdammt!«

Dirk war etwas zurückgewichen und deutete an Stina vorbei auf Nikos, der sicherheitshalber vor die Tür getreten war.

»Nikos? Ein guter Freund. Und weißt du was – ein Computergenie! Aber das hast du ja schon gemerkt.«

»Der hat mir was geklaut! Diesen Wichser nehm ich mir vor, gleich jetzt.«

»Würde ich nicht. Ja, er hat sich da was ausgeborgt. Hast du es mit den anderen Mädchen auch so gemacht? Musstest du Loser jede betäuben, damit sie dich überhaupt in ihre Nähe ließen?«

Dirk hatte genug, er verstellte sich nicht länger. »Fick dich, du hast darum gebettelt, dass ich dich fotografiere.«

»Tatsächlich, so eine Schlampe bin ich?« Stina kämpfte mit aller Macht gegen die Tränen an. »Solche Schlampen sind wir alle?«

»Du hast ja keinen Plan, weshalb habe ich dich wohl auf diesen Contest mitgenommen!«

»Und wenn wir all den anderen Schlampen dein Panini-Album zeigen? Erst ihnen, dann der Polizei?«

»Vergiss die Bullen, dann landet sofort alles im Netz.«

»Und das zuerst.« Stina zog den Stick aus ihrer Jeans.

»Was ist das?«

»Schnallst du es langsam? Meinst du, hier wartet irgendeiner auf dich? Wir haben längst, was wir von dir wollten. Wird alle brennend interessieren, die ganze Stadt! Sie werden Schlange stehen, glaub mir. Nur nicht mehr die Mädchen, kein Einziges, die magst du ja gar nicht so sehr. Es werden eher ältere Männer sein, tippe ich mal.«

Weil Dirk zu keiner Regung mehr fähig war, steckte sie ihm den Stick in die Hemdtasche.

»Ach ja, eins davon habe ich ausgedruckt. Du warst fast so weggetreten wie ich auf der Party, ich kenne das Gefühl, wenn man nachher plötzlich solche Bilder sieht. Mit dem Unterschied, dass du nicht betäubt warst. Schau mal.«

Sie hielt ihm das Bild hin. Zuerst begriff Dirk gar nichts, dann auf einen Schlag alles.

»Nimm es nur und zier dich nicht so. Weißt du, wenn zwei Männer so was machen, ist das völlig in Ordnung. Das ist eine moderne Stadt, du darfst ruhig dazu stehen.«

Stina warf ihm das Foto vor die Füße, machte auf dem Absatz kehrt und ging die Treppe hinauf zu Nikos.

Es schien, als wollte Dirk sie angreifen. Beide Security-Männer machten gleichzeitig einen Schritt vorwärts. Dirk blieb stehen.

»Du vernichtest die Fotos von Stina und die aller Mädchen im Panini-Album«, sagte jetzt Nikos oben auf der Treppe. »Wenn irgendwas davon wieder auftaucht, wenn du zu Hause auch nur daran herumbastelst, geht deine Festplatte an die Polizei und die Bilder von dir und Raffael ins Netz.«

»Hast du es jetzt kapiert, du Arsch?«, schickte Stina hinterher.

Dirk starrte sie sekundenlang an, eher fassungslos als wütend, dann nahm er das Bild vom Boden auf, steckte es ein, ohne nochmals darauf zu schauen, und machte kehrt.

Stina und Nikos schauten ihm nach, bis er drüben bei der Bushaltestelle in der Menschenmenge verschwand.

Nyima und Raffael, die vom Fenster aus alles verfolgt hatten, kamen zu ihnen raus. Die Anspannung fiel von Stina ab, Tränen rannen ihr über das Gesicht. Nyima nahm sie in den Arm.

»Meinst du, das funktioniert?«, fragte Nikos Raffael.

»Todsicher. In dem Alter sind alle homophob, sogar die, die sich selbst noch etwas vormachen. Die Sache ist erledigt.«

Zehn Minuten später hatte sich Stina etwas erholt und beklagte sich vor Nyimas Garderobenspiegel bereits wieder darüber, wie mies sie aussah. Nyima verkniff sich ein Lächeln. Als Stina im nächsten Satz auch noch Nikos zusammenstauchte, weil der ihr nicht sofort widersprochen hatte, war Nyima sich sicher, Stina würde die Sache gut überstehen.

Sie gab Rea durch, dass ihre Tochter trotz leisem Liebeskummer bereits wieder Licht am Ende des Tunnels sehe, wie es denn um ihre Mutter stünde. Rea antwortete postwendend. Sie wisse noch immer nicht, wer er sei, aber das spiele jetzt keine Rolle mehr. Nyima war nach der Erfahrung mit Stinas Fotos zum ersten Mal versucht, ihre Freundin zu bremsen, ließ es dann aber und steckte ihr Handy weg. Im selben Moment starrte Nikos offensichtlich aufgewühlt auf seines.

Nyima zog Stina vom Sofa hoch.

»Jetzt gehen wir in die Schminke, die Maskenbildnerinnen sind sicher schon da. Die bringen dich in Bestform, und nachher kannst du ihnen helfen, die Models zu schminken. Okay?«

Stina nickte begeistert.

»Und was machen wir mit Nikos?«, fragte Nyima.

Dieser winkte ab. Er gehe ins Restaurant hinüber, da gäbe es WLAN, er müsse noch einige Dinge erledigen.

Stina ahnte, was es war.

»Du klebst viel zu viel an deinem Computer, hat dir das schon mal jemand gesagt?«

»Du bist die Erste«, antworte er wie aus der Pistole geschossen, aber er traute sich nicht, Stina anzusehen, deshalb entging ihm ihr Lächeln auf seine ironische Antwort.

Wir haben denselben Humor, dachte sie, als sie mit Nyima hinausging.

Nikos schaute ihr hinterher. Am liebsten wäre er ihr gefolgt und für den Rest des Tages und Lebens nicht mehr von ihrer Seite gewichen. Stattdessen fragte er sich beunruhigt, was Stina wusste und ob ihre SMS eine Falle war.

Peer legte den Notizblock neben die Kaffeetasse und das Handy beiseite. Seit Nyima Entwarnung gegeben hatte, brauchte er nicht mehr alle zwei Minuten auf das Display zu schielen. Paula saß ihm gegenüber am Esstisch, in einem ihrer langen T-Shirts, sie hatte die Beine angezogen und das Ende des Shirts über die Knie gespannt. Glücklicherweise hatte Rea die beiden noch nie in dieser Vertrautheit gesehen, ihre latente Eifersucht auf die jüngere Schwester wäre noch gewachsen. Grundlos. Es mochte manchmal etwas knistern, aber Peer und Paula wussten, dass zwischen ihnen nichts geschehen würde. Wichtiger waren ihnen Gespräche, die sie mit keinem anderen führen würden.

»Ehrlich jetzt: War's gut?«

»Kommt darauf an, was du unter gut verstehst«, sagte Paula.

»Was wohl!«

»Männer!«, sagte Paula abschätzig.

»Diese Tanzgeschichte?«

»Das war das Spannendste. Und ich wurde aufgefordert, sozusagen.«

»Du hast dich in die vordere Reihe gestellt?«

»Hab wohl einen Moment nicht achtgegeben.« Paula lächelte maliziös.

»Und dann?«

»Da waren Augenlöcher in der Maske, du hättest ja schauen können. Warst du überfordert?«

»Dich habe ich sofort aus den Augen verloren.«

»Da bin ich ja beruhigt. Dann warst du sicher auch nicht derjenige.«

»Wer?«

Sie lächelte schief.

»So weit bist du gegangen?«

»Wir müssen diese Liste zusammenstellen und dann all das Zeugs einkaufen gehen. Was brauchen wir für dieses Picknick?«

»Wie weit?«

»Fleisch zum Grillen brauchen wir sicher. Würste?« Sie schaute Peer mit einem so unschuldigen Blick an, dass dieser kopfschüttelnd kapitulierte. Irgendwann war die Liste lang genug und Peer überlegte, was er Moritz mitbringen konnte. Raketen und Böller passten schlecht zu einem Höhenfeuer. Er würde sich auf bengalische Hölzer beschränken und eine Batterie Vulkane, nur nichts, das knallte und heulte. Moritz würde im ersten Moment enttäuscht sein, aber die Magie der nächtlichen

Feuer am See und auf den Berggipfeln würde auch ihn erfassen. Ihn zuallererst.

»Warst du die auf dem Rücken des knienden Mannes?«, fragte er unvermittelt.

»Ich verrate mich nie, mein Lieber. Mir scheint aber, du möchtest etwas loswerden. Erzähl doch mal von Dordi?«

Sogar wenn er es versuchte, Peer würde für jenen seltsamen Moment im Darkroom, den er wie in Trance erlebt hatte, keine passenden Worte finden. Zu sehr hatte sich dort alles vermischt, jede Berührung, jeder Körperkontakt war aufgeladen von Begebenheiten und Fantasien aus dem Second Life. Hundertfach hatten er und Dordi sich damals geschildert, was sie miteinander tun würden, was sie mit sich selbst taten, bis zu den letzten Details hatten sie sich die Umstände und die Umgebung, in denen sie sich vermeintlich trafen, beschrieben, versessen darauf, den anderen noch weiter anzustacheln, bis die gemeinsame Fantasie zum gleichzeitigen körperlichen Erlebnis wurde, aller Virtualität zum Trotz. Peer wollte Paulas Ansicht hören und behielt seine Entdeckung nicht mehr für sich. Unter dem Siegel größter Verschwiegenheit offenbarte er Paula, dass er Dordi schon lange kannte. Er erzählte vom virtuellen Vorbild, dem *Temple of dreams,* und wie Dordi den virtuellen und den realen Tempel verknüpft hatte. Paula hörte ihm mit wachsendem Erstaunen zu, als er ihr das Ausmaß seiner Second-Life-Vorgeschichte schilderte.

»Wenn du mir das früher gesagt hättest, hätte ich dich nicht dorthin begleitet. Niemals.«

»Weshalb?«

»Mit so was solltest du nicht spielen.«

»Das Risiko war mir bewusst.«

»Deshalb hast du gebremst.«

»Nichts passiert.«

»Wirklich nicht?«

»Nur Hände im Dunkeln.«

»Dordis Hände?«

»Wer weiß.«

»Und jetzt, bei der Arbeit?«

»Sie hat nichts erwähnt.«

»Stell dir vor, deine Baronin hat herausgefunden, wer du bist!«

»Das frage ich mich ständig.«

»Wenn ich richtig verstanden habe, hast du sie sitzen lassen. Im schlimmsten Moment, auf den Scherben ihrer zerbrochenen Ehe.«

»Sie macht mich doch nicht dafür verantwortlich.«

»Nicht?«

»Nein.« Mit Unbehagen erinnerte sich Peer nun an Dordis Anspielung, wie gut er sie kenne.

»Ist doch alles ein bisschen seltsam. Sie baut diesen *Temple of dreams* im Second Life. Eine virtuelle Fluchtburg.«

»Schön gesagt.«

»Sagte ich doch: In Psychologie waren es zwei Semester. Dann verliebt sie sich in dich. Du lässt sie im schlimmsten Moment hängen. Ihre Ehe ist nicht mehr zu retten. Jahre später überträgt sie das Experiment dann in die Realität. Ganz zufällig in dieser Stadt? Die Szenerie im Hotel, der Tanz, die Wahl – hast du dir schon mal überlegt, dass vieles nur darauf angelegt ist, Paare auseinanderzubringen?«

»Eben nicht. Paare leben dort die Fantasien aus, die sie sonst auseinanderbringen würden.«

»Unsinn. Wenn ich da mit Stelios hinginge, wären wir übermorgen geschieden. Ohne ihn kommt es mir im besten Fall zugute, falls nicht, bin ich einfach um eine Erfahrung reicher.«

»Ich bin mir sicher, ich könnte mit Rea dahin, und es würde uns beiden weiterhelfen.«

Früher wäre es so gewesen, korrigierte er sich.

»Das möchte ich mir jetzt nicht so genau vorstellen.« Paula sprang auf. »Höchste Zeit zum Einkaufen!« Sie ging zur Badezimmertür. »Nur eines erschüttert mich ja wirklich«, sagte sie, zog plötzlich das T-Shirt aus und stand nackt vor ihm. »Dass du dieses Prachtstück hier nicht erkannt hast!«

Sie drehte sich um die eigene Achse, klapste sich neckisch auf den Hintern und verschwand im Bad.

Peers Handy vibrierte. Erstaunt las er Dordis Frage, ob er sie und Matteo spontan oben auf dieser Alp treffen könne. Sie hätten eben eine Marketingidee ausgetüftelt, sie wären schon mit der Kamera unterwegs zum Ort des Alpsegens, da könnten sie doch gleich Reas Erlaubnis für die Benutzung des Segens einholen. Ob er es bis fünfzehn Uhr schaffen würde?

Klang nicht so, als hätte Peer wirklich eine Wahl. Es war ihm zwar ein Rätsel, was die beiden da oben wollten, aber er erklärte Paula, sie müsse alleine einkaufen gehen.

Die jpg-Endung der Datei widerlegte Reas Verdacht. Die Formatierung war richtig, er hatte tatsächlich nicht sich, sondern eine leere, weiße Fläche fotografiert. Hieß wohl, er wollte weiterhin ein unbeschriebenes Blatt bleiben. Wunderbar. Andererseits war dieses Bild wirklich überraschend. Sie hatte sich im Stillen schon gewundert, wie gegenständlich und für Künstlerverhältnisse uninspiriert ihr Maler arbeitete. Vielleicht war es ja das, was ihn von einer echten Karriere trennte: Er bildete nur ab, er schuf nichts Neues, Eigenes. Seine Abbildungen hatten es immerhin in sich, Rea war durchaus damit zufrieden. Bis auf dieses eine Bild. Oder entging ihr der tiefere Sinn? Minutenlang saß sie bewegungslos auf der Bank vor dem Haus. Die Schatten wurden kurz, der Wind stündlich wärmer, die Sonne näherte sich dem Zenit.

Sie schielte zur Uhr. Würde er jetzt noch reagieren, wenn sie ihm absagte? Sie öffnete die Facebook-Seite, er war offline.

Trotzdem schickte sie ihm die Nachricht, das alles sei vielleicht doch nicht so eine gute Idee. Womöglich sah er es ja auf dem Handy.

Eine Antwort blieb aus.

Sie öffnete die Homepage des Malers. Sie war unverändert, dieselbe Schrift noch immer: He's what you want / I'm what you need. Der Song, den sie mittlerweile liebte und fast auswendig kannte.

Den sie ohne ihn nie gehört hätte. Nicht ihre Generation.

Er war zu jung für sie.

Keine E-Mail.

Sich davonstehlen und sich später entschuldigen … Ihr Sohn hätte sie gebraucht. Die ganze Geschichte einfach versanden lassen … Aber morgen würden alle anderen heraufkommen, ab morgen würden die Gelegenheiten rar.

Keine Antwort, verdammt.

Sie wollte eigentlich auch nicht mehr zurück, seit der Geschichte mit Peer schon gar nicht. Sie war nur etwas nervös. Rea klappte den Laptop zu. Es war unumkehrbar. Zu sehr hatte sich alles zugespitzt, zu lange sehnte sie sich schon danach, das Spiel in der Realität fortzusetzen. Sie würde es tun, um etwas über sich zu erfahren. Wie groß ihr Mut war, beispielsweise.

Groß genug, um neu zu beginnen?

Sie ging ins Haus. Sonst aß sie immer etwas Kleines um die Mittagszeit, doch sie wusste, dass sie keinen Bissen hinunterbringen würde. Ein leerer Magen hatte auch seine Vorteile, befand sie gleich darauf, als sie nackt vor dem Spiegel stand. Nach dem Duschen zog sie im Schlafzimmer alle Schubladen heraus. Das kurze Sommerkleid war unbestritten. Sie hatte es bei ihrem letzten Urlaub an einem Straßenstand in den Cinque Terre gekauft. Im Grunde ein Stück für Teenagerinnen, doch zu ihrem Erstaunen hatte sie darin ganz passabel ausgesehen. Der Stoff war hauchdünn und im Licht leicht transparent und mit einer einzigen Handbewegung hochgestreift. Die Wahl der Unterwäsche gestaltete sich schwieriger. Sie nahm jene Stücke aus Nyima Samtens Kollektion, die sie dabei hatte, und legte sie auf dem Bett aus. Eigentlich ist die Wahl offensichtlich, dachte sie plötzlich. Es musste etwas sein, das sie noch nie getragen hatte und vielleicht nie wieder tragen würde. Sie nahm den Mikro-Stringsuit, den Nyima mit ihrem Flair für sinnige Namen »Animal« genannt hatte, und öffnete vorsichtig den Klettverschluss des Halsbandes. Wie immer in solchen Momenten hatte sie das Gefühl, ihr Vater betrachtete über ihre Schulter hinweg vorwurfsvoll ihr Spiegelbild. Der untere Teil der Kombination bestand aus einem Stringslip mit winzigem Stoffdreieck, ein vertikaler Stoffstreifen verband es mit dem Halsband. Die Wirkung im Spiegel war verblüffend, aber Rea fand den Stringsuit nun doch zu explizit. Sie blieb bei Nyimas Stücken, doch diesmal wählte sie eine dezentere Kombination aus. Selbst die kam mit einem Bruchteil der Stofffläche von herkömmlicher Wäsche aus. Rea zog Slip und Büstenhalter an und warf einen Blick in den Spiegel. Sie konnte sich eine SMS nicht verkneifen, obwohl sie wusste, dass Nyima sie nur von neuem verunsichern würde.

Demonical.

Fast etwas brav.

Er ist jünger.

Und du bist mal vor dem
Spiegel erwischt worden.

Die Bauerntochter, ich weiß.
Er ist Jahrzehnte jünger.

Jahrzehnte …? Witzig,
vor mir stöckelt gerade ein
Model in Demonical vorbei.

Schon nicht schlecht,
das Metallplättchen ...

Eigenlob? Hab hier grad
keinen Modelkörper.

Schon vergessen, ist nur
dein Komplex? Er kennt
ja schon jeden Millimeter
deines Körpers.

Das war virtuell.

Halbreal.

Surreal.

Stell dich nicht an.
Schließ die Augen,
wenn es zu echt wird.

Toller Rat. Gute Show euch!

Gib Zeichen.

Küss Stina.

Wo ist Moritz?

Bei seinem Zauberer.

Dann vergiss die Kinder
mal einen Moment.

OK.

Als wäre das möglich! Nyimas Ratschlag, die Augen zu schließen, hatte allerdings etwas für sich. Ihr Blick fiel wieder auf den Einteiler. Weshalb war sie nicht mutiger, wenn sie ohnehin schon ein solches Risiko einging? Sie wog ab, verwarf, probierte nochmal, als sie sich endlich entschieden hatte, ging sie zur Scheune hinüber. Beim Tor schaute sie hinüber zur Alp von Volkmar. Wenn nur der nicht plötzlich auftauchte! Ihr Blick irrte Richtung Bergsee und dann zum Tal der Trolle. Kein Mensch war zu sehen, auch nicht auf der Kiesstraße, die vom Tal herauf zum Hof führte. Sie würde sein Auto ja hören. Sie ließ die Tür leicht angelehnt und stellte den Schaukelstuhl in die Mitte, dann lehnte sie die Leinwand so an eine Holzbeige, dass er die begonnene Skizze bequem weiterführen konnte. Der Stuhl schaukelte sanft unter ihr.

20

Rebin machte Moritz alles vor. Er zog Schuhe und Socken aus und rollte die Hosen hoch. Vorsichtig balancierte er dann über die Steine des Baches. Bei jedem Schritt vergewisserte er sich, dass er guten Halt hatte. Erst dann fischte er den nächsten verkeilten Ast heraus, das nächste Rindenstück und was der Bergbach sonst noch angeschwemmt hatte und warf das Treibgut mit großem Schwung aus dem Bachbett. Moritz machte sich mit Feuereifer an die Arbeit. Rebin bedeutete ihm, so sei es genau richtig, er solle weitermachen, und setzte sich selbst ins Wiesenbord. Endlich ließen die Schmerzen in seiner Brust wieder nach.

Nach einer Weile winkte Moritz ihm zu. Rebin ging neugierig an den Rand des Baches. Das Holzstück, das der Junge ihm entgegenstreckte, war ein schmaler Fichtenstamm. Die Rinde war an den meisten Stellen beim Ritt den Bach herunter abgeschmirgelt worden. Das Holz war hell und glitschte Rebin aus den schwieligen Fingern, so glattpoliert war es. Er winkte Moritz aus dem Bach und suchte die Steine am Ufer ab. Moritz folgte ihm zum Grasstück unter den Bienenkästen. Der Zauberer legte das Holzstück in die Wiese und kniete sich darüber.

»Kelek!«, sagte er. Vergeblich fragte er seine verstorbene Frau nach dem entsprechenden Wort in Deutsch.

Neugierig hörte Moritz dem leisen Flüstern des Alten zu. Es vergingen keine zehn Minuten, die er ohne Zaubersprüche auskam. Jetzt bedeutete Rebin ihm, er wolle etwas aufzeichnen. Moritz rannte zur Hütte und holte das Notizbuch und den Stift. Der Zauberer setzte sich ins Gras. Er zeichnete zuerst ein Boot.

»Kelek!«

»Kelek? Schiff? Boot.«

»Kelek, ja«, sagte Rebin. Er bedeutete ihm, das sei noch nicht alles, und zeichnete daneben eine Biene.

»Biene?«, fragte Moritz.

Rebin bedeutete ihm mit einer Handbewegung, es sei kleiner. Als Nächstes strichelte er um den Körper des Insektes eine Art Sonne. Er sah, dass Moritz noch nicht verstand. Aus der Hosentasche angelte er Streichhölzer, er zündete eines an und bildete mit den Händen eine kleine Höhle darum. Dann deutete er wieder auf das Insekt, Moritz begriff.

»Licht? Glühwürmchen?«

Als Nächstes zeichnete der Zauberer ein Halbrund, das einem Vogelkäfig ähnelte. Er tat, als würde er das Glühwürmchen hineinsetzen. Dem Schiff zeichnete er denselben Käfig auf die Planken, dann schwärzte er mit dem flachgelegten Bleistift das Blatt um das Boot herum und zeichnete um den Käfig herum Lichtstrahlen wie zuvor. Moritz erahnte, was der Alte meinte. Ein Boot, das von Glühwürmchen erleuchtet würde? Nur ein Zauberer kam auf solche Ideen! Moritz sah vor sich, wie sie zwei beim Höhenfeuer sitzen würden und dann das leuchtende Boot auf den See hinausschickten. Er zeigte aufgeregt und fragend auf das Holzstück, das den Alten offensichtlich auf die Idee gebracht hatte. Rebin nahm die beiden faustgroßen Steine. Jetzt sah Moritz, dass der eine länglich war und spitz und flach auslief. Den länglichen setzte Rebin in den Riss, der sich längs durch den Stamm zog. Mit einigen kräftigen Schlägen verbreiterte er ihn, das Holz gab mit einem Knacken nach, der Stamm spaltete sich in zwei Hälften. Rebin nahm die Schönere, er setzte den spitzen Stein wie einen Meißel an und schlug mit dem anderen auf das hintere Ende. Die Spitze drang mit erstaunlicher Leichtigkeit in das Holz, der Zauberer wuchtete mit einem Ruck das erste Stück heraus. Jetzt begriff Moritz und platzte fast vor Stolz, als ihm der Alte seine Werkzeuge anvertraute und bedeutete, er sei dran.

Rebin Diljan beobachtete aus den Augenwinkeln und mit einem verschmitzten Lächeln, mit welchem Feuereifer Moritz auf das Holz losging. Er nahm die Zeitung, die er tags zuvor aus der Stadt geholt hatte, und richtete sich im Gras zwischen den Bienenkästen und Moritz ein. Er fühlte sich seltsam matt. Es war zwei Tage vor Vollmond, die halbe Nacht war er unruhig im silbergrünen Licht herumgeirrt. Er legte sich die Zeitung als Sonnenschutz wie ein Dach über den Kopf und schloss lächelnd die Augen. Sein Schlaf war unruhig, er träumte bald von einer anderen Mondnacht, damals, als Zelal ihren Entschluss gefasst hatte, weil sie das Leben ohne ihn nicht mehr ertragen hatte. Er schreckte auf. Die Tränen wischte er mit der Innenfläche der Hand ab, ohne Hast, so wie er es immer tat. Ein Weilchen schaute er noch dem eifrigen Moritz zu, dann schlug er die Zeitung auf.

Alles würde so sein, wie letzthin im Chat, beruhigte sich Rea. Er würde durch die Tür kommen, er würde sich erst an das dämmrige Licht gewöhnen müssen. Durch die Ritzen in den Holzwänden drangen schmale, goldene Streifen, in denen die Staubpartikel tanzten.

Sie schloss die Augen, es war, als höre sie schon seine Stimme.

»Hey!«

»Du bist das?«

Wer er auch sein würde, er war ihre Fantasie.

»Stopp, bleib stehen!«

Er würde gehorchen. Nichts tun, was sie nicht wollte.

»Die Leinwand ist dort.«

»Ich soll …?«

»Mal mich.«

Er würde sofort verstehen, dass sie etwas brauchte, um die Nähe zwischen ihnen auch im richtigen Leben zu verankern.

Rea hatte ihm einen Bleistift auf die Ablage gelegt. Sie hörte schon das feine Rattern des Stiftes auf der groben Leinwand, spürte bereits, an welchen Stellen er länger verweilte und über welche er flüchtig hinwegging. Sie hob das eine Bein ein wenig, behielt die Augen geschlossen.

»Ich muss da etwas genauer nachschauen«, hörte sie ihn sagen.

Er würde plötzlich dicht vor ihr stehen.

Ohne die Augen zu öffnen, stand Rea auf. Sie schob die Träger des Sommerkleides über die Schultern und streifte es ab, sie setzte sich wieder in den Stuhl, sie glaubte zu hören, wie sich sein Atem beschleunigte, das machte ihr Mut.

Er wird etwas über ihre Augen legen. Ihr Kleid? Eine Augenbinde, so wie in ihrem Chat? Es wird ihr gefallen, dass er einen weiteren Wunsch erraten hat.

»Mal mich«, wird sie nochmals sagen.

Die erste Berührung! Etwas Weiches und Spitzes streicht an der Außenseite ihres Beines entlang.

»Gehört der Pinsel nicht auf die Leinwand?«

»Ich bin gar kein Maler.«

»Dafür stellst du dich aber geschickt an.«

Zuerst ihre Silhouette. Langsam, ohne Eile, erkundet die Pinselspitze Millimeter um Millimeter, streicht vom Oberschenkel über ihre Hüfte, dann über die leicht vorstehenden Rippen, als wollte er sie zählen, rund um ihre eine Brust herum, von der Innenseite des Armes zur Außenseite, jedes Härchen richtet sich einzeln auf. Er zeichnet ihre Halsbeuge nach, Rea saugt die Luft ein. Weiter zum Kinn, seidenweiche Pinselhaare umspielen die Lippen, steuern endlich abwärts, jetzt dasselbe auf der anderen Körperhälfte. Beim Knie wechselt er zur

Innenseite des Oberschenkels, sie presst die Beine zusammen, er erkundet den schmalen Spalt zwischen ihren Beinen, dann wandert der Pinsel ihre Lende entlang zum Hüftknochen. Ihre empfindlichste Stelle, er erkennt es sofort. Er weiß, wie sich der vertikale Stoffstreifen zwischen Halsband und String ausfädeln lässt, er löst ihn, und Rea weiß, was er mit dem Band gleich tun möchte, er hat es ihr bereits einmal vorgeführt, virtuell, sie widersetzt sich, die Vorstellung ist verlockend, aber bedrohlich, und er wird spüren, dass es für Fesseln zu früh ist.

»Die Brüste sind beim Akt immer das Schwierigste, weißt du das? Nichts bringt einen so sehr ins Schwitzen.«

»Dann zieh dich aus!«

Er wird die Kleider abstreifen. Der Schaukelstuhl bewegt sich unter ihr. Der Pinsel wird sie jedes Mal berühren, wenn der Stuhl leicht nach vorne wippt. Die Berührung kitzelt nicht, es ist, als löse sie elektrische Impulse aus, die ihren Körper durchzucken. Er umkreist immer wieder die eine Brustwarze und kümmert sich mit der Zunge um die zweite. Dann sind es plötzlich seine Finger, die Pinsel und Zunge ablösen und Rea, den Druck nur ein wenig verstärkend, zu einem ersten Höhepunkt treiben. Es geschieht völlig unerwartet, sie braucht einige Sekunden, um sich wiederzufinden. Ihre Beine öffnen sich leicht. Er wird die Aufforderung verstehen. Sie sind wie füreinander geschaffen, keine unnötigen Gefühle, keine zementierten Machtverhältnisse, ihre Vorlieben ergänzen sich, erst der Pinsel, dann die Hände. Finger sind nicht so schlimm, Finger können alles, und doch bleibt ihr ein Rest Intimität. Auch den wird sie preisgeben, alles erlaubt, sie werden sich brauchen und missbrauchen, die angestaute Lust der letzten Wochen bringt sie auf immer ausgefallenere Ideen, auf Dinge, die sie sonst nie tut, obwohl das Miauen der Katze sie warnt und ein Telefon läutet.

Das Signal, das Moritz und seinem Notruf vorbehalten war.

Rea eilte zur Tasche hinüber.

»Moritz?!«

Sie hörte sein Schluchzen, das Herz blieb ihr stehen.

»Der Zauberer, Mam, komm schnell. Schnell!«

»Was ist denn passiert?«

»Er ist umgefallen, er steht nicht mehr auf, er sagt nichts, er bewegt sich nicht.«

»Ich komme, ich … nein, ruhig, Moritz, ganz ruhig! Erinnerst du dich an die Beatmungsübungen, als du mir geholfen hast, für diesen Kurs, weißt du noch, wie? Versuch es! Er ist nur bewusstlos, keine Angst. Doch, du kannst das, ja, in die Nase, versuch es nur, ich bin sofort da.«

»Meine Schuld, meine Schuld!«, brach es aus ihr heraus. Im Schlafzimmer schnappte sie sich Slip, Shorts und T-Shirt, im Windfang schlüpfte sie in die Turnschuhe, dann sprintete sie los. Im Augenwinkel sah sie drei Gleitschirme, die eben talwärts entschwanden. Sie bog vom Feldweg ins Tälchen ab und hetzte bergwärts. Sie hatte noch nichts getan, aber sie hatte es herausgefordert! Sie würde es sich nie verzeihen, wenn Moritz etwas zustieß.

Endlich und keuchend erreichte Rea die zerzauste Kiefer. Der Alte lag mitten in den Bienenkisten. Aber wer war der Mann bei ihm? Und Himmel, die Bienen! Hunderte flogen herum, eine Kiste lag umgestürzt am Boden. Rea griff vergeblich nach ihrer Spritze. Vergessen! Dann erst sah sie den Gleitschirm im Gras. Derselbe wie tags zuvor bei den Heidelbeeren, registrierte sie. Und der Mann bei Rebin trug einen Overall.

Dan Reisinger.

Rea war fassungslos.

Reisinger?

Alles war plötzlich klar. Die Berührung auf dem Dach, die Alphütte, Südamerika, der Gleitschirmflieger. Das weiße Bild war der weiße Horizont, weshalb war sie nicht darauf gekommen?

Alles unwichtig jetzt.

»Mam! Mami!!!«

Moritz warf sich weinend in ihre Arme. Sie drückte ihn an sich, strich beruhigend über seinen schluchzenden Rücken.

»Er sagt nichts, Mam, er spricht nicht!«

»Alles wird gut, Moritz, ganz ruhig. Atmet er? Er atmet doch? Ja? Gut, siehst du, er wird bewusstlos sein, aber jetzt sind wir ja hier. Dieser Mann weiß, was er tut, schau, er kann deinem Zauberer sicher helfen. Einem Zauberer passiert doch nichts, Moritz, was denkst du denn!«

Widerstrebend folgte Rea Moritz durch die herumschwirrenden Bienen.

Dan Reisingers Ohr lag auf Rebin Diljans Brust. Er schaute kurz auf, seine Augen weiteten sich.

»Du hier?«, fragte er erstaunt.

Das hatte auch sie gedacht, aber warum war er überrascht?

»Ein Helikopter ist unterwegs. Ist das dein Sohn?«, fragte er, wandte sich aber bereits wieder dem Alten zu. »Und er? Der Großvater? Herzkrank?«

»Ein Bekannter. Ich weiß nicht.«

»Er atmet, sein Herz schlägt noch und regelmäßig, scheint mir, aber er kommt nicht zu sich. Ich trage ihn da auf die Kuppe hinauf, da kann der Helikopter landen.«

»Hörst du Moritz, alles wird gut, sein Herz schlägt. Erzähl mir, was passiert ist.«

Moritz klammerte sich noch immer an sie. »Er hat Zeitung gelesen, dann hat er plötzlich gezittert und so komische Geräusche gemacht, und ich habe zuerst gemeint, er würde weinen, und dann ist er umgefallen und dann ist der Bienenkasten umgestürzt und dann hat er einfach nicht mehr gesprochen.«

»Hörst du den Helikopter? Komm mit!«

Rea war froh, dass sie von den Bienen wegkamen. Wer wusste schon, wie die auf den Rotorwind reagierten.

Sie führte Moritz in einem großen Bogen um die Kästen herum auf die Geländekuppe oberhalb des Bachbettes. Dan Reisinger bedeutete ihnen, sich niederzukauern, im selben Moment erfasste sie der Abwind des Rotors. Noch bevor der Helikopter richtig aufgesetzt hatte, sprang der Notarzt heraus und begrüßte Dan mit einem freundschaftlichen Schlag auf die Schulter. Der schrie ihm etwas ins Ohr, der Arzt nickte und kümmerte sich sofort um Rebin. Rea blieb mit Moritz sicherheitshalber auf Distanz. Kurze Zeit später hatten der Arzt und der Helfer eine Infusion gelegt, Rebin bekam Sauerstoff und wurde auf eine Bahre gehievt.

Der Arzt hatte sein Ohr an Rebins Mund gelegt. Er verharrte einige Momente so, dann winkte er sie heran.

»Bist du Moritz? Sag deinem Freund auf Wiedersehen«, rief er Moritz durch den Lärm zu. »Er hört dich sicher, er hat gerade von dir gesprochen. Wir bringen ihn ins Krankenhaus.«

Dan trat zu Rea. »Ich fliege mit. Dann kannst du dich um den Kleinen kümmern. Okay?«

Sie sahen, wie Moritz an der Bahre zaghaft Rebins Hand streichelte. »Ich werde das Boot fertig machen, versprochen!«, flüsterte er ihm ins Ohr.

Die Bahre wurde in den Helikopter gehoben.

»Welche Überraschung!«, sagte Rea schnell.

»Ich war am Fliegen, als ich die beiden von oben sah – den Jungen und den Mann am Boden.«

»Und … jetzt?«

»Was?«

»Na, wir zwei, wie machen wir das?« Sie konnte nicht deutlicher werden, Moritz drückte sich bereits wieder an sie.

»Du meinst wegen des Gleitschirms?«

»Genau. Den musst du ja mal holen.«

»Morgen vielleicht. Oder ich schicke jemanden.«

»Du schickst jemanden?« Verblüfft schaute Rea ihn an.

Der Rotor des Helikopters wurde lauter.

»Ich habe ihn beschwert, er wird nicht wegfliegen.«

Hatte er den Doppelsinn nicht verstanden? »Ich nehme ihn mit zum Hof«, sagte sie bedeutungsvoll.

»Gut, wir fliegen ins Seepark-Krankenhaus.«

Schon war er beim Helikopter.

»Ich war doch in der Scheune, eben!«, rief sie ihm hinterher, als müsse sie sich entschuldigen.

Er deutete auf seine Ohren und verschwand durch die Luke. Dieser hob ab, einige Sekunden später war er hinter der Bergschulter verschwunden.

»Schnell, wir müssen das Volk retten. Die Königin darf nicht aus der Kiste, sonst schwärmen sie aus.«

»Moritz! Ich kann doch nicht, ich habe meine Medikamente nicht dabei.«

»Es sind seine Bienen!« Jetzt liefen die Tränen in Sturzbächen über das Gesicht ihres Sohnes. Sie wollte ihn an sich ziehen, er stieß sie weg. »Er hat nichts anderes, Mam! Er hat nur die Bienen! Wir müssen helfen.«

»Er wird sie doch zurückzaubern können, meinst du nicht?«

Schon bevor sie seinen Blick sah, wusste Rea, dass sie das Falsche gesagt hatte. Es konnte in einer winzigen Zeitspanne geschehen, sie wusste es von Stina her, und ein Kind war plötzlich nicht mehr ein Kind. Seit eben glaubte ihr Träumer nicht mehr an Zauberer und Trolle.

»Ich mache es selber.«

Moritz drehte sich um und rannte den Abhang zu den Kästen hinunter.

Rea folgte ihm einige Meter, dann blieb sie stocksteif stehen. Das Summen der Bienen war ohrenbetäubend. Der Schweiß rann über ihr Gesicht, zugleich gefroren ihre Beine. Moritz machte sich an den Utensilien des Imkers zu schaffen, dann stand er wieder vor ihr.

»Hier!«

Er streckte ihr das Rauchgerät hin und entzündete es.

»Drück diesen Hebel. Siehst du die Rauchwolken? Immer wieder da drücken, dann sind sie von unserem Geruch abgelenkt. Komm jetzt!«

Moritz ging zur umgestürzten Kiste und schielte hinein. Wenn er sie aufstellte und die Rahmen wieder einhängte und wenn die Königin noch drin wäre, würde alles wieder gut werden, dann konnte Rebin in aller Ruhe gesund werden.

Rea zitterte am ganzen Körper, aber sie durfte Moritz nicht enttäuschen. Nicht nach dem, was sie sich geleistet hatte. Moritz würde den letzten Rest Achtung vor ihr verlieren. Und sie selbst auch. Ihre Angst hielt sie gefangen, ihre Beine waren gelähmt, sie fürchtete, sie würde in Ohnmacht fallen, wenn sie sich nur noch einen Schritt weiter auf die Bienen zubewegte. Hätte sie nur die Medikamente dabei!

Wem half es, wenn sie auch noch zusammenbrach?

Mehrere Stiche wären tödlich. Der Arzt hatte es nie bestätigt, aber er hatte es ihr auch nie ausgeredet.

Moritz schaute zu ihr hinauf.

Ihm konnte doch dasselbe geschehen, wenn sie nicht half, ging ihr in diesem Moment auf, und es war diese noch viel größere Angst um ihn, die sie antrieb. Schritt für Schritt näherte sie sich der offenen Kiste, beim Anblick des dunklen Gewusels darin wurde ihr schlecht. Du musst Moritz schützen, redete sie sich ein. Es geht nur um ihn. Ich muss ihm helfen. Tu es, jetzt!

»Rauch!«, fuhr Moritz sie an.

Endlich betätigte sie den Hebel, so oft und schnell, bis der Rauch beide umhüllte.

»Reicht, reicht, ich muss noch was sehen.«

»Ist die Kiste schwer?«

Ihre Frage kam zu spät, Moritz hatte sie bereits in die Senkrechte gewuchtet und auf ihren alten Platz geschoben. Er nahm den Besen, so wie es der Zauberer immer getan hatte, und wischte die Bienen von den Ecken des ersten Rahmens weg, damit er ihn fassen, herausziehen und wieder richtig verkeilen konnte. Es funktionierte, auch dank seiner Mutter, deren Hände sich um das Rauchgerät krampften.

»Da!«, jubelte Moritz plötzlich. »Die Königin!«

Nimm um Himmels willen den Finger da weg, hätte Rea am liebsten gerufen. »Wunderbar«, sagte sie stattdessen, obwohl sie nur Bienen sah, Hunderte von Bienen, Bienen, wohin sie auch schaute.

Moritz hängte die Rahmen ruhig wieder ein. Der Letzte war zerbrochen. Moritz wischte alle Bienen davon ab, er brach die Wabe heraus, legte sie auf einen Felsen und holte bei den Werkzeugen des Zauberers einen neuen Rahmen. Mangels einer besseren Idee setzte er die alte Wabe hinein und den Rahmen in den Kasten.

»Fertig! Nochmal Rauch drüber, ich hol den Deckel.«

Kaum war die Kiste verschlossen, reichte Rea ihrem Sohn das Rauchgerät und stolperte zum Bach hinab, wo sie fast hinfiel. Mal für Mal schöpfte sie mit beiden Händen Wasser und ließ es eiskalt über ihr Gesicht rinnen. Dann bemühte sie sich, mehr Luft aus- als einzuatmen. Sie kannte die Symptome, sie hyperventilierte. Zu viel Sauerstoff im Blut. In ihren klamm gewordenen Fingerspitzen spürte sie ein Kräuseln, und die Augenlieder zuckten und zogen sich zusammen.

»Schnell, die Einkaufstasche dort, die farbige! Bring sie mir! Bitte Moritz, schnell.«

Ihr Gesichtsfeld verkleinerte sich.

Er brachte ihr Rebins Tasche und sah erstaunt, wie seine Mutter sie sich über den Kopf stülpte.

Der Drang, immer heftiger nach Luft zu schnappen, war

überwältigend, sie zwang sich stattdessen, die eigene Atemluft ruhig einzuatmen. Das half. Als die Symptome endlich nachgelassen hatten, schmiss sie die Tüte ins Gras.

»Das tut man nur, wenn man in der Angst falsch geatmet hat. Nie nachmachen, Moritz.«

Er schaute sie traurig an.

Was jetzt?

Rea konnte sich nicht vorstellen, dass es harmlos war, wenn jemand so lange bewusstlos blieb. Führen Herzrhythmusstörungen zu einem Koma?, fragte sie sich unwillkürlich. Zu einem Hirnschlag?

»Wir sollten zurückgehen, Moritz. Willst du etwas aufräumen? Die Hütte schließen, vielleicht?«

»Wer schaut jetzt nach ihm?«

»Das Krankenhaus wird sicher seine Verwandten benachrichtigen.«

»Er ist doch alleine!«

»Das ist nicht gesagt.«

Rea stand auf. Um ein Haar hätte ein Schwindelanfall sie aus dem Gleichgewicht gebracht, doch sie fing sich. Es war nicht der Moment für eine Schwäche, redete sie sich zu. Dann ging sie zu Moritz hinüber. Sie nahm ihn nochmals in die Arme, eng umschlungen standen sie lange vor der Hütte.

»Hast du alles in Ordnung gebracht?«, fragte sie endlich.

»Ja.«

»Wo ist diese Zeitung?«

»Dort bei der Hütte.«

Sie falteten den Gleitschirm so gut sie es konnten zusammen, die Zeitung steckte sie in Rebins Rucksack und reichte diesen Moritz.

»Warum lässt du sie nicht da?«

»Der Wind würde sie wegtragen.«

Moritz nahm ein Holzstück vom Boden auf.

»Das muss mit?«

»Ja.«

»Was wird das?«

»Ein Geheimnis.«

»Ist gut.«

»Wird er … lange im Krankenhaus sein müssen?«, fragte Moritz, als sie an den Trollen vorbei heimwärts gingen.

»Ich weiß nicht, Moritz. Dein Zauberer ist ein alter Mann.«

»Sag nicht, dass er stirbt!« Neue Tränen schossen Moritz in die Augen.

Rea zögerte.

»Ich weiß es nicht, Moritz.«

21

Peer bog von der Bergstraße in den Feldweg ab, der zum Zwischenhof führte. Es stand kein Auto auf dem Parkplatz. Irritiert verband er sein Handy mit dem WLAN-Netz des Hofes, sofort kamen zwei Nachrichten herein, die Dordi offenbar schon früher abgeschickt hatte. Ihr Wagen hätte leider eine Panne, Matteo versuche noch zu reparieren, es werde etwas später. Die zweite Nachricht war noch nicht alt. Sie würden es leider nicht schaffen, es sei ihr sehr peinlich, falls er vergeblich hinaufgefahren sei. Aber wenigstens sehe er Rea wieder einmal. Ein Fragezeichen und ein Smiley mit Schamröte zierten die Nachricht. Peer steckte das Handy kopfschüttelnd wieder ein. Was für ein unsinniger Ausflug hier herauf. Und Rea wusste doch nicht mal, dass jemand hatte kommen wollen. Er hatte vergessen, ihr Bescheid zu sagen. Wie es aussah, war sie mit Moritz unterwegs.

Er stieg aus dem Wagen und ging auf das Haus zu. Auf dem Vorplatz sprang ihm eine der jungen Katzen entgegen. Er nahm sie hoch.

»Ich bring dich besser zurück.«

In der Scheune setzte er sie ab. Es dauerte einen Moment, bis sich seine Augen an das Halbdunkel gewöhnt hatten. Den Schaukelstuhl hatte er noch nie gesehen, das Sommerkleid kannte er, das Gewirr von Bändeln und wenig Stoff stammte offensichtlich aus der Näherei von Nyima Samten. In seiner Verblüffung übersah er die Leinwand, die etwas im Schatten stand.

Rea in Samten-Dessous? Hier in der Scheune?

Er eilte zum Haus hinüber. Die Tür war unverschlossen, das war noch nicht außergewöhnlich. Das Haus schien leer. So leise es ging, schlich er zum Schlafzimmer hinauf, die Tür war angelehnt, er schob sie auf. Niemand da, stellte er halb beruhigt fest. Sein Blick fiel auf den Stuhl neben dem Spiegel. Noch ein Samten-Slip.

Er bemühte sich um eine neutrale Formulierung.

Alles OK bei euch?

Einen Moment später schienen die Pünktchen auf. Allerdings schien sie zu zögern, was sie schreiben wollte. Es dauerte eine ganze Weile, bis die Antwort kam.

Nein. Der Imker ist
zusammengebrochen,
Moritz war allein bei ihm,
er hat mich angerufen.
Ein Helikopter hat Rebin
geholt.

Moritz OK?

Den Umständen
entsprechend.

Wo seid ihr?

Im Zwergentälchen.
Wir machen uns jetzt
auf den Rückweg.
Ich ruf dich später an.

Peer wollte erst weiterschreiben, hielt dann inne. Nun verstand er Reas überstürzten Aufbruch. Aber noch lange nicht, wobei sie gestört worden war.

Fünf Minuten lang blieb Peer mitten im Hof stehen. Wer

war ihr Liebhaber? Wo war er jetzt? Unwichtig, redete er sich ein. Er selbst hatte es ja auch getan.

Er würde nicht auf Rea warten, beschloss er endlich. Den unumgänglichen Streit konnten sie nicht vor Moritz austragen. Schon gar nicht nach dem, was dieser durchgemacht hatte. Peer ging zum Auto, wendete und fuhr los. Moritz hätte ihn jetzt gebraucht, doch er konnte nicht bleiben. Besser, sie wusste nicht, was er wusste.

Als sie zurück waren, sorgte Rea zuerst dafür, dass Moritz unter die Dusche kam. Das gab ihr die Gelegenheit, die Scheune aufzuräumen. Der Stringsuit hing noch immer an der Armlehne. Sie wollte ihn lösen, zögerte, konnte der plötzlichen Eingebung nicht widerstehen. Sie schlüpfte aus den Kleidern. Ihre Haut schimmerte golden im letzten Abendlicht. Sie schlang die Bändel des Stringsuits so um die Hand, dass man seinen eigentlichen Zweck noch erkennen konnte, und schoss einige Fotos für den Maler. Für Dan, fügte sie in Gedanken bei. Nur zur Erklärung, machte sie sich vor, und fand sich dabei selbst pietätlos. Eilig zog sie sich wieder an und brachte alles wieder in Ordnung. Zurück im Haus schrieb sie Dan eine E-Mail, er solle ihr doch seine Handynummer und weitere Informationen aus dem Krankenhaus schicken. Dan hatte sich seltsam verhalten, da oben, fand sie. Offenbar hatte er mit dem Gleitschirm hierherkommen wollen. Was für eine Idee! Dann wiederum war er überrascht gewesen, als sie am Unfallort aufgetaucht war und sich Moritz als ihr Sohn entpuppt hatte. In dem Moment hatte er verständlicherweise nichts mehr sagen können, geschweige denn sie küssen, oder was immer sie sich auch ausgemalt hatte. Sollte Rebin überleben, hatte er es Dan Reisinger zu verdanken. Rea suchte die Nummer des Krankenhauses heraus. Sie fragte sich bis zu einer verständnisvollen Stationsschwester durch, schilderte ihr die Zusammenhänge und hinterließ ihre Nummer für den Fall, dass sich Angehörige von Rebin im Krankenhaus melden würden.

Die E-Mail-Antwort vom Maler kam eine Stunde später, als sie mit Moritz beim Abendessen saß. Der Zustand sei leider unverändert, schrieb Dan. Die Ärzte würden bei Komapatienten selten Prognosen wagen, und für eine Diagnose sei es auch zu früh. Sein Freund, der Rettungsarzt, habe versprochen, ihn bestmöglich auf dem Laufenden zu halten.

Alles andere zu seiner Zeit. D.

D. für Dan.

Kurz darauf meldete sich Peer. Er war kurz angebunden. Moritz solle ihm doch alles erzählen. Der Kleine konnte so alles besser verarbeiten und ihm wäre es möglich, die Versionen von Moritz und Rea später zu vergleichen. Rea reichte Moritz das Telefon und hörte sich dessen Schilderung mit an, während sie vom Fahnenmast aus auf den See hinunterblickte. Moritz schilderte Rebins Zusammenbruch exakt so, wie er es ihr erzählt hatte. Noch immer wurden seine Sätze dabei kurzatmig und zum Schluss überschlugen sich seine Worte. Dann sprach er lange nicht mehr und hörte seinem Vater zu. Neugierig schaute Rea hinüber. Dem Gesichtsausdruck nach zu urteilen, fand Peer wieder einmal die richtigen Worte. Wie immer bei seinem Sohn, dachte Rea, seltener bei ihr. Sie fürchtete das Gespräch mit ihm. Sie hatte geplant, sie würde ihn erst anderntags wieder und nicht am Telefon sprechen, sie hatte sich schon mehrfach ausgemalt, wie sie es ansprechen sollte, erst mal beiläufig, als Option, nur auf Zeit, selbstverständlich, sie müsse sich klar werden, wie sie ihre Zukunft gestalten wolle. Und jetzt?

Peer verbrachte die Zeit, bis Moritz eingeschlafen war und er Rea sprechen konnte, vor dem Computer. Mit der Arbeit kam er keinen Schritt weiter, seine Gedanken waren bei der Scheune.

Zugleich fragte er sich, was Dordi geritten haben mochte. Auf seine Frage, wann sie denn das Treffen auf der Zwischenalp nachholen wolle, hatte sie geschrieben, die Idee sei vielleicht doch nicht so gut gewesen und vor ihren Ferien klappe es nicht mehr. An diesem Abend wolle sie – auf seine Empfehlung übrigens – zur Dessousshow, und die verbleibenden beiden Tage wäre sie schon ausgebucht. Sie entschuldigte sich noch einmal für die Umstände, und Peer getraute sich nicht nachzuhaken. Entgegen ihrer eigenen Aussage hatte Dordi Rea offenbar nicht über ihr Vorhaben informiert.

Seine Frau war zu diesem Zeitpunkt ja auch mit anderem beschäftigt gewesen.

Als Rea endlich anrief, war er entschlossen, sich nichts anmerken zu lassen. Er hätte ihr keine Affäre zugetraut, umso mehr fürchtete er nun, die Wahrheit zu hören. Seine eigene Erfahrung war harmlos gewesen, eher ein Spiel. Bei Rea war es eine Liebesgeschichte, im schlimmsten Fall. Ihre Bemerkung, er solle in den Ferien doch zu Stelios nach Griechenland, hatte er mit ihrer Wut und ihrer Angst um Stina abgetan, nun sah er jenen Satz in einem neuen Licht. Sie hatte ihn loswerden wollen.

»Ich habe bei Moritz alles verstanden, bis auf den Teil mit dem Fallschirmspringer«, sagte er zuerst.

»Natürlich, ja.« Rea bemühte sich, so natürlich wie möglich zu sprechen. »In dem Moment, als der Imker zusammenbrach, flog tatsächlich ein Gleitschirmpilot über das Tälchen. Er sah, was passierte, landete sofort in der Nähe und kümmerte sich um Rebin. Du wirst niemals erraten, wer der Pilot war.«

»Nämlich?« Peer horchte auf.

»Dan Reisinger.«

Rea hatte eine Reaktion erwartet, doch die Leitung blieb still.

»Bist du noch dran?«

Schon möglich, Reisinger ist ja an jedem schönen Tag in den

Bergen, dachte Peer. Dordi hatte das letzthin erwähnt. Weshalb nicht am Staffelhorn über der Zwischenalp? Das Mekka aller Gleitschirmflieger hier.

»Lustiger Zufall«, sagte er abwartend.

»Ich habe meinen Augen nicht getraut. In dieser Situation! Ich habe ihn zuerst gar nicht erkannt, er mich auch nicht wirklich, bis ich ihm gesagt habe, ich sei die Mutter von Moritz, und wir hätten uns im Kurhaus getroffen.«

»Das hat er nicht mehr gewusst?«

»Er hat mich wohl nicht unterbringen können, weshalb auch.«

»Ihr habt doch da miteinander getratscht.«

»Getratscht, mit diesem Langweiler?« Rea versuchte ein überhebliches Lachen, es gelang ihr nicht schlecht.

»Er hat also geholfen.«

»Ja, er hat erste Hilfe geleistet und sofort die Rettungsflugwacht alarmiert. Der Rettungsarzt entpuppte sich zudem als Freund von ihm. Ich habe mittlerweile im Krankenhaus angerufen und die Zusammenhänge erklärt. Ich weiß nur nicht, ob die mich wirklich anrufen würden, wenn etwas wäre. Dan versuchte, über seine Kanäle etwas zu erfahren, aber sie wagen keine Prognose. Er liegt im Koma.«

»Wo warst eigentlich du?«

Rea hielt den Atem an.

»Auf dem Hof natürlich.«

»Und was hast du getan?«

»Keine Ahnung, Küche geputzt, warum?«

»Hab ich mich nur gerade gefragt.«

»Klingt aber vorwurfsvoll. Wo warst du, als Stina gesucht worden ist?«

»In dieser Bar.«

»Eben. Mit Paula.«

»Mit deiner Schwester, ja. Ich versuche noch immer zu verstehen, was eigentlich geschehen ist. Wie lange hat es gedauert, bis du bei ihm gewesen bist?«

»Zehn Minuten vielleicht, weiß ich doch nicht. Bin gerannt, so schnell ich konnte. Du kennst den Weg.«

»Und du hast dir ja noch was anziehen müssen.« Peer bemühte sich wieder um einen beiläufigen Ton und hoffte, Rea verrate sich.

»Anziehen?!«

»Klar. Ich meine … Schuhe zum Rennen, ein Shirt, so was.«

»Weil ich nackt in der Sonne gelegen bin oder wie?«

»Bist du?«

»Weshalb die Frage?«

»Ich will nur wissen, wie lange Moritz alleine gewesen ist.«

»Dann frag das und nicht irgendwelchen Blödsinn«, versetzte Rea gereizt.

»Wie lange?«

»Wenige Minuten wohl, Reisinger war ja schon bei ihm, als ich angekommen bin.« Und sei froh, dass du nicht weißt, weshalb der da war, fügte sie in Gedanken hinzu.

»Schon komisch, fliegt der gerade in dem Moment vorbei.«

»Sagtest du schon.«

Beide fanden die Stille, die sich breitmachte, unbehaglich. Peer war der Erste, der es nicht aushielt. »Ich komme morgen hoch. Mit Stina und Nikos. Dann müssen wir über Griechenland sprechen.«

»Griechenland?«

»Du wolltest, dass ich da hingehe.«

»Ist eine Idee, ja.«

»Ich frage mich weshalb. Wobei würde ich denn stören?«

Er hatte doch Verdacht geschöpft, dachte Rea. Wann? Weshalb?

»Beim Nachdenken«, sagte sie.

»Worüber?«

»Wie es weitergehen soll.«

»Womit?«

Mit uns. Jetzt müsste sie es sagen, dachte Rea, aber sie brachte es nicht über die Lippen. Heute nicht.

»Ich habe immer mehr das Gefühl, einiges läuft schief.«

»Genau.«

»Du sagst aber nie etwas.«

»Du bis jetzt auch nicht.«

»Deshalb brauche ich ja Zeit zum Nachdenken. Vielleicht hat es auch mit meiner Arbeit zu tun.«

»Ich habe meine gewechselt.«

»Kann ich nicht.«

»Natürlich kannst du. Wenn die Arbeit das Problem wäre.«

»Ich habe nicht dein Glück.«

»Wirfst du mir das vor?«

»Nein.«

»Ich werde nicht nach Griechenland fahren.«

»Okay.«

»Weißt du weshalb?«

»Weshalb?«

»Weil es verdammt noch mal keinen schlechteren Moment gibt, um Moritz und Stina allein zu lassen.«

Peer merkte, dass er die Fassung verlor. Wenn er weitersprach, würde er verraten, was er wusste. Er drückte das Gespräch ohne ein weiteres Wort weg.

Rea starrte fassungslos auf ihr Telefon. Er hatte es wieder mal geschafft, ihr ein schlechtes Gewissen zu machen. Schlimm war nur, dass es diesmal einen Grund dafür gab. Gerade Peer, gerade er hielt den Finger auf den wunden Punkt. Er hatte doch Stina allein gelassen.

Und sie Moritz.

Das war das Absurde an der Situation. Sie mussten ja gerade lernen, die beiden allmählich alleine zu lassen.

Oben im Zimmer hörte sie Moritz. Es klang wie ein Schluchzen.

Der Wetterumschwung hatte Reas Nacht noch unruhiger gemacht. Als sie frühmorgens an Moritz' Ellbogen vorbei zum Fenster hinausschaute, sprangen sie die Bergketten von der anderen Seeseite fast an. Moritz war bei ihr im Bett eingeschlafen, sie hatte Slip und Leibchen anbehalten und ging nun so durchs Haus. Den Kaffee nahm sie mit hinaus an den Tisch und setzte sich in die ersten Sonnenstrahlen. Südwind, wieder einmal. Den hätte es nicht gebraucht, sie war schon nervös genug. Vom Krankenhaus war keine Nachricht gekommen. Ein gutes Zeichen, redete Rea sich ein. Übernächtigt blinzelte sie in die Sonne. Im selben Moment ging die Scheunentür auf und ein Mann trat heraus. Er sah sie und hob sofort beruhigend die Hand.

»Ich komme wegen Dans Schirm!«, rief er ihr halblaut zu.

Rea ging irritiert hinüber. Erst als sie vor ihm stand, fiel ihr auf, wie spärlich sie angezogen war. An den Namen des Mannes erinnerte sie sich nicht mehr, aber sie erkannte ihn. Dordi Larssons Freund und Dans Manager. Den Kontrast zwischen den kurzen, weißen Haaren, der dunklen Haut und den verblüffend hellen Augen hatte sie hingegen nicht vergessen. Sein Blick klebte nicht an ihr, aber er schaute auch nicht weg. Sie legte einen Arm über ihre Brust.

»Matteo.«

»Stimmt, entschuldige. Wenn Dan dich angemeldet hätte, wäre ich jetzt angezogen.«

»Ich sehe das ja nicht zum ersten Mal.«

Ziemlich schiefe Redewendung, fand Rea. Er schien die Bemerkung auch schon zu bereuen. »Bin auch nicht gerade salonfähig«, fügte er schnell hinzu und deutete auf seine Läuferhose und das Trägerleibchen. »Dan kann im Moment nicht hochkommen, muss aber den Schirm zurückgeben. Die Leinwand kann ich auch mitnehmen.«

»Wozu?«

»Wäre vielleicht dienlich, meinte er.«

»Sehr umsichtig.«

»Den Schirm habe ich bereits verpackt.«

»Komm mit!«

Der Schaukelstuhl stand immer noch so dort, wie sie ihn hatte stehen lassen, sein Anblick machte Rea verlegen. Sie griff hinter die Holzbeige und zog die Leinwand hervor.

Er warf einen Blick darauf. »Nur eine Skizze? Sehr fleißig war er nicht.«

»Er ist gar kein Maler.«

Matteo hob die Augenbrauen. »Sagt wer?«

»Hat er kürzlich geschrieben.«

»Er untertreibt gerne.«

»Kann ich nicht beurteilen.«

»Du kennst doch seine Bilder! Nur schon wie er den Schaukelstuhl umrissen hat, mit wenigen Strichen, siehst du? Wie die Scheune angedeutet ist, der Lichteinfall … » Er schaute sich um. »Allerdings nicht exakt dieser Raum hier, aber trotzdem.« Er vollzog die Bewegung mit seiner eigenen Hand nach. »Dieser Schwung, die Leichtigkeit …«

»Nimm es mit«, sagte Rea. Sie fragte sich, woher er wusste, dass sie schon Bilder von Dan gesehen hatte. Und was sich die beiden sonst noch alles erzählten.

»Gut. Dann bin ich wieder weg.«

»Zu Fuß?«, fragte Rea noch verwundert. Einer dieser Manischen also, war vor dem Frühstück eben mal hier heraufgejoggt. Vorsichtshalber warf Rea einen Blick aus dem Fenster, doch von Moritz war weit und breit nichts zu sehen. Zum Glück, der Ärmste hatte in der Nacht ewig keinen Schlaf gefunden. Matteo reichte ihr die Hand, nach einem kräftigen Druck und einem letzten, schwer zu deutenden Blick, ging er hinaus. Sie wartete, bis er auf den Feldweg einbog, der Rucksack mit dem Gleitschirm klebte ihm wie ein grotesker Buckel am Rücken.

Ihr Kaffee war kalt geworden. Sie machte sich einen neuen und setzte sich wieder in die Sonne. Offensichtlich waren Dan und dieser Matteo enge Freunde, wenn sie sich schon bei Tagesanbruch solche Dienste erwiesen. Sie trugen zudem dieselben merkwürdigen Armbänder, war Rea aufgefallen, wohl deshalb hatte sie der Anblick seiner Hand seltsam berührt, als er elegant den Schwung des Skizzenstrichs nachempfunden hatte. Ein undurchschaubarer Mann. Seine Augen hatten Wärme ausgestrahlt, was bei dieser hellen Farbe fast widersprüchlich war. Ich sehe so was nicht zum ersten Mal … Frechheit! Rea lächelte. Was für ein Macho!

Oder ein Arzt, dem nichts fremd war?

Ihr Gesicht wurde wieder ernst. Immer wieder kreisten ihre Gedanken um Rebin und Moritz. Eigentlich sollte sie im Internet Dan Reisinger googeln, müsste mehr erfahren über diesen seltsamen Mann, der ihr so nahe gekommen war und von dem sie selbst nichts wusste. Und darüber, was dieses seltsame Trio, Dordi, Dan und Matteo, verband.

Alles plötzlich zweitrangig.

Sie holte aus Rebins Rucksack die kurdische Zeitung. Rebin Diljan war sein voller Name. Sie hatte ihn in seinem Ausländerausweis gefunden. Ob einer der Artikel ihn so geschockt hatte? Beim ersten Durchblättern fiel ihr nichts auf, dann blieb ihr Blick an einem der Gesichter in der seltsamen Bildergalerie hängen. Jetzt erst begriff sie, was die beigefügten Jahreszahlen bedeuteten. Unter dem vierten der gefallenen PKK-Kämpfer stand: *Akam Diljan, 12.12. 1969 – 21. Juli 2014.*

Lange betrachtete sie ihn. Rebins Sohn, kein Zweifel. Die Ähnlichkeit war unübersehbar. Trotz des ernsten Gesichtes war sein Blick verschmitzt und gütig.

Gestorben wenige Tage zuvor.

Moritz stand plötzlich neben ihr, blinzelte schlaftrunken und zwängte sich auf ihren Schoß.

»Hast du etwas gefunden?«

»Nein.« Rea schob die Zeitung schnell weg.

»Hat jemand angerufen?«

»Nein.«

»Ist das gut?«

»Zumindest nicht schlecht. Möchtest du erst zu den Katzen oder etwas essen?«

»Ich esse, nachher muss ich in der Scheune arbeiten.«

»Dein Geheimnis?«

»Ja.«

»Gut. Was möchtest du essen? Nein, sag nichts, ich weiß es.«

Sie schnitt ihm drei Brotscheiben, und als sich der Duft der ausgepackten Honigwabe ausbreitete, wurde ihr heiß und kalt zugleich. Sie wusste immer noch nicht, wie sie jenen Moment überstanden hatte, aber das Hämmern in ihrem Kopf zeigte ihr, dass sie sich wohl nur unter Aufbietung aller Willenskraft aufrecht gehalten hatte: Ihr Körper war komplett verspannt.

Rea brachte den Teller und eine Schokoladenmilch hinaus und setzte sich neben ihren Sohn. Sie merkte, dass er wie oft am Morgen nicht sprechen wollte. Auch in dieser Beziehung kam er nach seinem Vater. Rea lehnte sich an die Holzsparren der Hauswand. Immer wieder ging ihr das seltsame Gespräch mit Peer durch den Kopf. Er hatte nicht ein einziges Mal nach ihrem Befinden gefragt.

»Hast du Paps erzählt, wie du die Bienenkiste wieder aufgestellt hast?«

Moritz nickte.

»Wie sehr ich Panik hatte?«

»Du bist ja auch allergisch.«

Peer hatte kein Wort über das Risiko verloren, das sie eingegangen war. Eigentlich hätte sie ihm das erzählen wollen. Wie sie bereit gewesen war, ihr Leben zu riskieren, damit es Moritz besser ging. So pathetisch das klang. Etwas, das sie nur Peer sagen konnte. Umso mehr verletzte sie sein Desinteresse. Stattdessen hatte er jene Fragen gestellt, die sie am meisten gefürchtet hatte.

Sie hatte Dan ja nicht verheimlichen können. Früher oder später wäre Moritz in Peers Game auf Reisingers Gesicht gestoßen, spätestens dann hätte Rea erklären müssen, weshalb sie die Identität des Retters nicht erwähnt hatte. Wer wusste schon, was noch folgen wird, dachte Rea. Vielleicht kamen ja die vom Sozialamt hier herauf und wollten mehr über Rebins Zusammenbruch wissen. Oder gar die Polizei?

Sie hatte heimlich auf eine SMS von Dan gehofft. Auf die Frage nach einem neuen Date, das sie dann empört über sein mangelndes Feingefühl abgelehnt hätte.

Suchte sie bereits einen Ausweg aus der Geschichte?

Angenommen, sie würde Peer eines ihrer Fotos schicken, wie würde er reagieren? Würde es ihn erregen, oder würde er ihr eine Weichzeichner-App empfehlen? Er hatte ja nicht mal jenes morgendliche Nacktbild von ihr behalten. Dan hingegen hatte ihr im richtigen Moment das Gefühl gegeben, sie sei die begehrenswerteste Frau, die er kannte. Und mit seiner Malerei hatte er es bewiesen.

Stellte sich die Frage, ob ihr diese Bestätigung reichte. Oder ob sie die immer von neuem brauchen würde.

Die Sorge um Moritz gewann bald wieder Überhand. Sie konnte nicht entscheiden, ob der Anstand einen Besuch gebot oder ob es anmaßend war. Sie hatte gerade zweimal mit dem alten Mann gesprochen, sie wusste nicht mal, ob man sie zu ihm lassen würde, auch wenn sie vielleicht die Einzigen waren, die sich um ihn sorgten.

Zur selben Zeit hörte sich Peer mit geschlossenen Augen den *Sacre du Printemps* an, die Kopfhörer auf den Ohren, vor Augen die Bilder des Opfertanzes. Ein Opfertanz war es erst in der zweiten Hälfte gewesen, korrigierte sich Peer. Zuvor hatten die Tänzer Schicksal gespielt. Peer ging immer noch davon aus, dass die Paare dort auch im richtigen Leben Paare waren. Die Tänzerinnen hatten sie getrennt und zu neuen zusammengeführt. Raffiniert, dachte Peer jetzt, so konnte später keiner dem anderen einen Vorwurf machen, er oder sie hätte sich jemand Schöneres, Erotischeres ausgesucht. Die Masken trugen das ihre dazu bei. Der Zufall entschied über die jeweils neue Konstellation. Oder unterschätzte er Dordi Larsson? Vielleicht steuerte sie das Geschehen dort gezielter, als er dachte. Gewann ihre Lust daraus, das Sexleben anderer zu manipulieren. Macht- und Abhängigkeitsverhältnisse hatten einst ihren virtuellen *Temple of dreams* bestimmt. Oder sie lebte einfach ihre eigenen Fantasien aus. Die anderen Paare taten genau dasselbe, gingen wahrscheinlich regelmäßig hin, vielleicht durfte sich mal der eine, dann der andere in die vordere Reihe stellen. Oder sie einigten sich beide auf eine passive Rolle. Er fand das im Grunde weit ehrlicher als alles, was er und Rea gerade anstellten. Mit ihrer Affäre würde er sich nicht einfach so abfinden, aber Peer war weniger eifersüchtig, eher überrascht, dass Rea solche Abenteuer überhaupt interessierten. Sie beide waren quitt. Er hatte sich auf Dordi eingelassen, das war noch gefährlicher. Bisher war es gut gegangen. Hätte Dordi seine Second-Life-Identität wirklich aufgedeckt und gewusst, wer er war, würde sie sich anders verhalten, sich rächen, revanchieren zumindest, und hätte ihm niemals mit diesem Game eine neue Zukunft eröffnet. Die Erklärung für ihr Verhalten war viel banaler, beschloss Peer. Sie hatte eine etwas exzentrische Vorliebe, nicht mehr und nicht weniger. Peer glaubte ihr, dass dieselben Veranstaltungen auch an anderen Orten lanciert worden waren. Filialen des *Temple of dreams* gab es vielleicht überall, wo Dordi Larsson öfter weilte. Kein schlechter Zeitvertreib für eine Managerin, die ständig durch Europa jettete. Diese Erklärung machte Sinn, auch wenn Peer das Gefühl nicht los wurde, er übersähe etwas.

Die Musik verstummte und setzte dann wieder ein. Peer dachte an Moritz. Er hatte die Fantasie seiner Mutter und deren Fähigkeit, sich in etwas hineinzusteigern. Wenn er diesen alten Mann wirklich als seinen Großvater adoptiert hatte, würde er auch wie um einen Großvater trauern. Das Schlagen einer Tür drang bis in die Muschel seiner Kopfhörer. Stina und Nikos waren offensichtlich zurück. Er eilte ins Wohnzimmer und breitete eher scherzhaft die Arme aus, zu seinem Erstaunen ließ Stina sich tatsächlich hineinfallen, sekundenlang drückte sie sich an ihn, zum ersten Mal seit Jahren.

Irgendetwas musste in diesem Camp gründlich schiefgelaufen sein.

Als sie sich von ihm gelöst hatte, schaute sie verlegen zu Nikos hinüber. »Nyima hat uns abgesetzt«, erklärte sie. »Sie muss in die Stanzerei und überprüfen, ob die ganzen Aufräumarbeiten fertig sind, sie kommt so schnell wie möglich auf die Alp nach. Wann fahren wir denn?«

»Sobald ihr bereit seid. Paula arbeitet noch bis zwei Uhr, sie fährt selber hoch. Nikos kommt mit uns.«

Peer hatte erwartet, dass Stina diese letzte Information mit der üblichen Grimasse quittierte, doch nichts dergleichen, Stina nickte nur und sagte, sie gehe umpacken.

»Wirklich alles in Ordnung?«, fragte Peer, bevor sie ihm entwischte.

»Jetzt schon, Paps.«

»Willst du mir etwas erzählen?«

»Ich weiß nicht. Später mal?«

Sie wirkte verändert, fand Peer. Ihm fiel ein, dass er selbst noch gar nicht gepackt hatte. Wenn er länger oben blieb, musste er die nötigsten Utensilien für das Game und die Aufnahmegeräte für den Alpsegen mitnehmen. Er benutzte den Esstisch als Zwischenlager und breitete alles aus. Nikos kam herein. Sofort fragte er nach dem neuesten Stand des Spieles.

»Du weißt ja noch gar nicht … warte, ich habe eine Überraschung für dich.«

Er öffnete den Clip mit ihrer Musik und startete ihn. Der Alpsegen ertönte und fünf Sekunden später stand auch Stina im Esszimmer, erstaunt hörte sie zu.

»Das ist doch Mam!«

»Mit der Musik von Stelios und diesem jungen Mann hier.«

»Cool!«, sagte Stina und meinte es sogar.

Peer war auch aufgefallen, wie sie sich beim Schauen leicht auf Nikos Rücken abgestützt hatte. Die Geschichte mit Moritz und dem Alten haben sie noch gar nicht gehört, dachte Peer. Er würde sie den beiden nachher im Auto erzählen müssen.

Stina ging in ihr Zimmer zurück. Nikos hatte den Clip neu gestartet. Begeistert wippte er im Takt der Musik und strahlte Peer an.

»Das passt ja wirklich!«

»Wollen wir doch hoffen. Wir arbeiten oben daran weiter, du kannst mir dann helfen. Stelios schickt uns weitere Einfälle, du bearbeitest sie, ich mach die Videos. Ich muss nur noch ein paar Fotos auf die Harddisc kopieren, dann können wir alles einpacken.«

»I knew it!«

Nikos deutete auf eines der Bilder von Reisinger.

»Was?«

»Das ist der echte Skifahrer, dieser Reisinger, nicht? Er war gestern auf der Modeschau und der Party danach.«

»Da war wohl die halbe Stadt, nehme ich an.«

»Gut möglich. Er war mit seiner Frau da.«

»Reisinger?«

»Ja.«

»Hast du sie gekannt?«

»No, but she looked … awesome. Wahrscheinlich eine Sportlerin, dunkles Gesicht, aber sehr helle Haare. Strange.«

Peer blickte ihn sekundenlang verblüfft an. Dann öffnete er die Lindmark-Page und suchte nach einem Bild von Dordi.

»Genau die.«

»Das ist meine Chefin.«

»That woman?«

»Die beiden arbeiten zusammen, er hat sie wohl einfach begleitet.«

»Not exactly«, sagte Nikos mit schelmischem Gesicht.

»Sondern?«

Nikos küsste stürmisch seine Hand vom Unterarm bis zu den Fingerspitzen und wieder zurück. Dann ging er in sein Zimmer.

Peer blieb konsterniert zurück. Dordi und Reisinger? Er fragte sich, was das nun wieder bedeutete. Oben im Kurhaus, beim folgenden Abendessen und in der Bar des Schlosshotels war Reisinger doch dabei gewesen, und Peer hatte keinen Moment der Vertrautheit zwischen den beiden wahrgenommen. Stattdessen gab es diesen Matteo, der war doch Dordis Freund! Hatte Peer bis anhin gedacht. Oder … nur der Dritte in einem seltsamen Bunde? Denn jetzt sah es aus, als sei Reisinger Dordis Freund. Und oben in den Bergen fiel dieser als Helfer in der Not vom Himmel, exakt zu dem Zeitpunkt, da Rea ihren Liebhaber erwartet hatte … Zu gerne hätte Peer Paula von seinen Überlegungen erzählt. Er würde es erst auf der Alp tun können. Peer ging nachdenklich in den Abstellraum und holte den Hartschalenkoffer für die empfindlichsten technischen Geräte.

Nikos schloss die Tür seines Zimmers hinter sich und startete den Computer. Etwas blieb noch zu tun, bevor sie in die Berge fuhren. Er durchsuchte die Back-Ups von Stinas Handy und fand den gesuchten Wortwechsel zwischen Stina und Zoe.

Schon geschehen.
Jetzt müsste mir Nikos
nur endlich mal ein
Zeichen geben.

Zeichen?

Sagen, was er will.
Was er empfindet.
Dass er mich will.

Träum weiter, tun Jungs nie.

Müsste er doch schaffen, oder nicht? Er tippte etwas, löschte es, begann von vorne, verzweifelter jedes Mal, weil er die richtigen Worte nicht fand. Nach zehn Anläufen war er so weit zufrieden, dass er die Nachricht ins Zimmer nebenan schickte.

Es war schön, der Abend
gestern. Ich hätte dich
beim Tanz gerne geküsst.
Was hättest du getan?

Sie waren sich während dieser ganzen Geschichte näher gekommen, hatten aneinander geklebt, jede Sekunde auf Tuchfühlung, tanzend, wie ein frischverliebtes Paar, was brauchte es da noch Worte!

Auf dem Bildschirm tat sich etwas. Wie erwartet, berichtete Stina postwendend ihrer Freundin Zoe. So viel diskreter als er mit seiner Software waren die Mädchen ja auch nicht, fand er, nun doch etwas peinlich berührt.

Er ist süß. Sagt, er hätte mich küssen wollen und so.

Wer? Bieber?

Bitch. Nikos.
Ich lass ihn noch etwas zappeln.

Du lernst es nie.

Nikos öffnete seinen Internet-Übersetzer und gab das Wort zappeln ein. Er ahnte die Bedeutung schon, aber man wusste bei den Mädchen nie, welchen Doppelsinn sie hineinpackten. Die Übersetzung war klar, sie wollte es spannend machen. Egal, Hauptsache, sie wollte! She wanted him, yes! Er ballte beide Fäuste und stieß sie in einem grotesken, stummen Jubel in die Luft. Im Spiel des Hinauszögerns kannte er sich aus, das war bei ihnen auf der Insel erfunden worden. Sein Handy hupte.

Jetzt wirst du es nie erfahren.

Was du getan hättest?
Ich könnt es ja einfach probieren.

Ob du dich traust?

You bet.

Ob ich das zulasse?

I bet.

Ich versteh kein Englisch.

Won't be an English kiss.

Stina lachte leise und stopfte ihre Fleecejacke in die Tasche mit den Schuhen. Dafür, dass er ihre Sprache nicht so beherrschte, war er ganz schön schlagfertig.

Nicht?

Rather French.

Da bin ich auch nicht gut.

Küssen oder im Sprechen?

? :-)?

I could teach you.

Teach heißt enseigner auf Französisch. Schon gepackt?

Nein.

Dann mach schnell.

Warum?

Ich muss später noch lernen.

Beide konnten kaum mehr erwarten, dass sie in die Berge kamen. Zuvor löschte Nikos die Software und alle Daten, die er von Stinas Handy gespiegelt hatte. Als die Ordner verschwanden, atmete er auf. Dirks Harddisc hatten ihm vor Augen geführt, wie verwerflich seine eigene Bespitzelung war. Im Grunde mochte er Stinas Unberechenbarkeit, das machte die Sache spannend. Auch wenn es ihm manchmal schwerfallen würde, fortan wollte er nur noch das sehen und hören, was für ihn bestimmt war.

Kaum auf der Autobahn, stellte Peer das Radio aus, Stinas Protesten zum Trotz. Er erzählte die Geschichte von Moritz und seinem neuen Freund. Er musste etwas ausholen, die beiden hatten ja nichts von Zauberer, von den Bienen und vom Lager des Imkers oben im Tälchen mitbekommen. Peer schilderte, wie Moritz sich mit dem Fremden angefreundet und bald jeden Tag mit ihm verbracht hatte.

»Wundert mich nicht«, unterbrach ihn Stina. »Er hat in letzter Zeit ständig von Nicks Großvater geschwärmt und wie gemein es sei, dass er nicht auch so einen habe.«

Peer erzählte vom Zwischenfall mit dem Bienenstich, den der Alte anscheinend mit rätselhaften Zaubermitteln geheilt hatte.

»Dann ist er nicht allergisch«, kommentierte Stina. »Aber Mam ist sicher ausgetickt. Sie hat ihn wirklich allein dahin gelassen?«

»Das macht sie sich jetzt zum Vorwurf.«

»Warum?«

Peer fasste die Ereignisse vom Vortag zusammen. Er schloss damit, dass der Imker nun im Krankenhaus liege und die Ärzte offenbar nicht wüssten, weshalb er nicht aus dem Koma erwachte.

Stina wischte Tränen aus den Augenwinkeln. Sie kannte ihren Bruder, sie liebte ihn über alles, auch wenn es oft nicht den Eindruck machte. Nur zu gut konnte sie sich seinen Schrecken vorstellen, als der alte Mann zusammengebrochen war. Seine Ohnmacht, seine Verlassenheit.

»Wie lange ist er allein mit ihm gewesen?«, fragte sie.

Peer, nichtsahnend, was Stina in den letzten beiden Tagen durchgemacht hatte, war erstaunt, wie nahe ihr die Geschichte ging. »Wie lange braucht man, um vom Hof da hinaufzusprinten? Zehn, fünfzehn Minuten? Da war Reisinger wohl gerade gelandet.«

»Eine Ewigkeit«, sagte Stina und verstummte. Lange war es still im Auto, dann drehte sich Stina plötzlich zu Nikos.

»Wir müssen uns um ihn kümmern. Du weißt, wie er ist. Er wird sich erst recht an dich hängen.«

»Jetzt sind Ferien«, sagte Peer. »Wir haben alle Zeit der Welt. Und morgen ist das Fest, das wird Moritz ablenken. Ich habe Feuerwerk dabei. Vulkane und so.«

Stina hatte Nyima beim Abschied gefragt, ob sie ihren Eltern beichten müsse, was geschehen war, Nyima hatte erwidert, das solle sie selber entscheiden.

»Ich muss auch was erzählen, Paps.«

Peer warf ihr einen schnellen Blick zu. Kann ja heiter werden, dachte er, als sie sich ihm zuwandte.

»Wegen dem Camp?«, fragte er möglichst unbekümmert.

»Indirekt.«

Sie erzählte ihm die ganze Geschichte, nur in einigen Details leicht abgemildert, dafür mit der Vorbemerkung, er solle sich nicht zu sehr aufregen, sie sei eine dumme Tusse gewesen, aber dank Nikos und Nyima habe sich alles schon eingerenkt.

Peer glaubte, er höre nicht richtig, aber er ließ sie ausreden und fragte nur einmal nach, als sie erzählte, wie sie die Vor- und Nachteile einer Anzeige gegeneinander abgewogen hatten und wie sie auf die Lösung mit den kompromittierenden Bildern gekommen waren.

»Und ihr meint, damit ist die Sache wirklich erledigt? Die Bilder von dir bleiben wirklich unter Verschluss?« Peer hätte Dutzende von weiteren Fragen stellen wollen, doch die Art, wie Stina alles beichtete, zeigte, dass Nyima auch schon alle Möglichkeiten durchdacht hatte. Und seine Tochter hatte ihre Lektion gelernt, schien ihm. Er musste sich nur beherrschen, nicht mitten auf der Autobahn zu wenden, um sich diesen Scheißkerl vorzunehmen.

»Bei einer Anzeige hätte er die Bilder doch erst recht verbreitet«, mischte Nikos sich ein. »For sure. An die wäre auch die Polizei nicht rangekommen, die sind längst auf irgendeinem Server, up in the Cloud. Oder er hat einem Kollegen eine Disc gegeben, wenn er wirklich schlau ist. Das hinterlässt gar keine Spuren.«

»Die Polizei hat auch ihre Mittel«, sagte Peer. »Aber vielleicht habt ihr recht. Ohne dich wären die Bilder längst im Netz. Du weißt, Stina, was du dem Jungen dahinten zu verdanken hast, ich hoffe, das ist dir klar!«

»Ja ja. Ich werde nie mehr eklig sein.«

Stina zwinkerte Nikos unauffällig zu.

»Nicht mehr so oft«, schränkte sie ein.

Peer nahm die ersten Serpentinen in Angriff. Es war still geworden im Auto. Auf halber Höhe zum Hof fragte Stina zaghaft: »Und was davon erzählen wir Mam?«

»Vorerst nichts«, sagte Peer, der dieselben Gedanken wälzte. »Du weißt, wie sie bei solchen Dingen reagieren kann. Sie hat mit Moritz schon genügend zu tun.«

Und mit allem anderen, dachte er. Erst jetzt wurde ihm bewusst, wie viel Einschneidendes in den letzten Tagen passiert war. Bange fragte er sich, was sich davon flicken ließ. Er hatte gespielt. Nur gespielt. Alle anderen wohl nicht.

Der Wagen stotterte das letzte Stück hinauf und bog dann in den Feldweg zum Zwischenhof ein.

Stina sprang als Erste aus dem Wagen und rannte aufs Haus zu. Peer hob die Hand, als Nikos aussteigen wollte.

»Sag mal – etwas ist mir nicht klar. Weshalb hast du gewusst, dass sie auf dieser Party war? Und wie hast du sie bei diesem Dirk gefunden?«

Nikos Gesichtsausdruck bestätigte seinen Verdacht.

»Ihr Handy?«, fragte Peer nur.

Nikos nickte. »Sie hat mich ständig so genervt, mich ständig angegriffen und mich behandelt, wie …«

Per winkte ab. »Ich habe es mitbekommen. Aber jetzt scheint alles ein wenig anders.«

»Ja.«

»Und die Handygeschichte? Welches Programm?«

»Mobile Monitoring. Done. Alles gelöscht.«

»Das rate ich dir auch.«

Rea fiel aus allen Wolken, als ihre Tochter sie stürmisch umarmte, aber sie ließ es sich gern gefallen.

»Wunderbar, endlich seid ihr hier«, sagte sie, als sich Stina von ihr löste.

»Ich hab es kaum erwarten können!«

Rea musterte Stina misstrauisch, aber ihre Freude wirkte echt.

»Du wolltest doch eigentlich gar nicht …«, sagte sie dann.

»Jetzt schon. Wo ist Moritz?«

»Moment mal, junge Dame.«

»Was?«

»Wäre es nicht Zeit für ein längeres Mutter-Tochter-Gespräch?«

Stina lehnte sich an sie. »Ich habe Blödsinn gemacht, Mam.«

»Ein Junge?«

»Der Falsche.«

»Und jetzt?«

»Es ist vorbei.«

»Nichts passiert?«

»Nichts mit Folgen.«

Rea glaubte ihr. Nyima hätte sie sonst informiert. Sie legte den Arm um Stina.

»Okay. Wir reden später mal. Moritz ist ein bisschen traurig.«

»Paps hat alles erzählt.«

»Vielleicht könnt ihr ihn ja ablenken, er ist in der Scheune.«

Sie gingen vor das Haus. Stina löste sich von ihr, packte Nikos am Arm und zog ihn Richtung Scheune.

»Wo ist Moritz?«, fragte Peer sofort.

Sie küssten sich nicht.

»Da drüben.«

Natürlich in der Scheune, dachte Peer. Er riss sich zusammen.

Moritz hatte sich nur widerwillig von seiner Arbeit ablenken lassen, aber Stina hatte nicht locker gelassen, und jetzt kroch er sogar hinter den Holzstapel, wo sich das letzte der jungen Kätzchen versteckt hatte.

Stina, ganz verzückt von den zarten Fellknäueln, konnte nicht genug von ihnen kriegen.

»Welche gefällt dir am besten?«, fragte sie ihren Bruder.

Er deutete auf die Getigerte. »Wir haben sie Tigra getauft.«

»Oh, die ist ja süß. Die nehmen wir zu uns, einverstanden?«

»Man sollte zwei nehmen. Aber Mam will nicht«, sagte Moritz.

»Mam überreden wir. Das schaffen wir locker! Dafür hast du eine große Schwester.«

Im selben Moment kamen Peer und Rea in die Scheune. Der Anblick ihrer Kinder, die einträchtig mit den jungen Katzen spielten, hier in der Scheune, berührte Rea seltsam. Peer schaute angestrengt am Schaukelstuhl vorbei.

»Schaut mal, die zwei anderen, wie die sich streiten!«

Die Geschwister von Tigra hatten sich in etwas verkrallt. Nikos ging hinüber und nahm die beiden hoch, doch selbst in der Luft verkrallten sie sich in ihre Beute.

Nikos brachte sie zu Moritz und begann, sie mit dem umkämpften Stoffstreifen zu locken, so, dass sie im Übereifer die wildesten Sprünge versuchten und bei der Landung jedes Mal hinkullerten. Moritz lachte zum ersten Mal an diesem Tag. Rea hingegen hatte für Sekunden gemeint, es sei eine Augenbinde, und fragte sich irritiert, woher der schwarze Stoff kam.

22

Es gab nur drei Schlafzimmer im Zwischenhof. Die Aufteilung wurde mit großem Hallo begangen. Stina verblüffte alle mit dem Vorschlag, sie drei könnten doch ein Kinderzimmer machen, oder besser gesagt ein Teenagerzimmer. Rea und Paula staunten. Paula fragte Nikos vorsichtig, ob ihm das denn recht sei, was dieser zu ihrer Überraschung sofort bejahte. Peer sagte nichts. Er wusste, dass Stina nicht ein zweites Mal Mist bauen würde, und er vertraute Nikos. Moritz wiederum hätte Nikos am liebsten für sich gehabt, aber er wusste, dass der Platz zu knapp war.

»Mam hat gesagt, wir dürfen auch im Stroh übernachten«, versuchte er es auf eine andere Art.

»Ups?«, machte Stina. »Bei den Mäusen?«

»Wenn Katzen da sind, hat es keine Mäuse, ist doch klar!«, erklärte ihr Moritz halbherzig.

Rea griff ein. »Übt doch erst mal im Zimmer für die Scheune, wir müssen da eh eine Matratze auf den Boden legen. Stina kommt aus dem Campen nicht mehr heraus.«

»Kein Problem«, sagte diese schnell.

»Dann los, für Moritz wird es Zeit.«

Die drei stürmten die Holztreppe hoch, Peer folgte ihnen. Er war darum besorgt, dass die zusätzliche Matratze zwischen den beiden Betten zu liegen kam, und machte klar, dass sie für Moritz bestimmt war. Dann trennte er eine Ecke des niedrigen Zimmers mit einer Schnur ab und hängte ein altes Laken darüber. Wenn man es auseinanderzog, entstand eine akzeptable spanische Wand, deren Notwendigkeit nur Moritz nicht ganz einleuchtete. Als alles eingerichtet war, gingen sie noch einmal hinunter. Paula und Rea saßen draußen am Tisch. Ihr Gespräch war versiegt, beide hingen ihren Gedanken nach. Mit der Ankündigung, er müsse ihnen noch etwas zeigen, klappte Peer seinen Laptop auf und startete den Clip, den er Nikos und Stina bereits vorgeführt hatte. Als Reas Stimme erklang, horchten die beiden Schwestern verdutzt auf.

»Woher hast du das?«, fragte Rea misstrauisch.

»Von mir!«, verriet Moritz stolz.

»Genau. Nikos hat den Segen gehört und ihn Stelios geschickt.«

»Der kann doch dieses Elektrozeugs gar nicht«, sagte Paula verblüfft.

»Du hörst eben die erste professionelle Zusammenarbeit von Nikos und Stelios Paenopoulos«, entgegnete Peer. »Hast du doch selbst angeregt. Dordi Larsson hat es bereits gehört und ist überzeugt davon, und Matteo, der Manager von Reisinger, auch. Der war so begeistert, dass er einige seiner Videotricks beisteuern will.«

Rea horchte auf. Matteo? Sie erinnerte sich an den eleganten Schwung, mit dem er Dans Skizze nachgezeichnet hatte.

»Ein wahrer Künstler.« Am liebsten hätte Peer ihr vom Special Effect erzählt, mit dem Matteo eine Skizze in eine dreidimensionale Figur verwandelt hatte, aber seine Frau hatte sich für solche Spielereien noch nie interessiert.

»Heute hast du den Segen nicht gemacht, Mam. Und gestern auch nicht!«

»Ich weiß, Moritz. Aber es ist schon spät.«

»Heute musst du doch!«

Rea sah das Flehen in seinen Augen und begriff. Mit der Warnung, diesmal werde nichts aufgenommen, nahm sie den Milchtrichter vom Haken an der Wand und erklomm die Graskuppe. Dan gestern hier, Dan in Peers Game, mit ihrer Stimme unterlegt, mit Videotricks von diesem seltsamen Matteo, auch er offenbar ein Künstler: Alles wurde nur noch verworrener.

Tief unter ihr begann der See im Mondlicht zu glitzern.

Ave, Ave Maria, es walte Gott und Maria, der Name des Herrn sei gebenedeit, von hier an in alle Ewigkeit …

Kaum hatte sie den Alpsegen angestimmt, wurde sie ruhiger. Sie bat um Schutz für ihre Familie, die sich hier auf der Alp zusammenfand, für Sophie und ihre Familie auf der oberen Alp, für Stelios und Melina auf der Insel, für alle Sennen rundherum und besonders für einen, der jetzt der Hilfe des Allmächtigen bedürfe: Rebin, der Imker.

Sie lauschte lange ihrer Stimme nach. Moritz kam zu ihr hinauf und drückte sich an sie. Rea beschloss, dass sie morgen Rebin besuchen würden, mit oder ohne Erlaubnis.

Kaum waren Stina, Moritz und Nikos in ihrem Zimmer, nahm der Kleine Nikos in Beschlag. Der brachte es nicht übers Herz, ihm die Bitte nach einer Leonidas-Geschichte abzuschlagen.

Er setzte sich auf die Matratze am Boden, Moritz kuschelte sich an seinen großen Freund, und Nikos suchte im Leonidas-Fundus nach einer geeigneten Geschichte. Es fiel ihm schwer, Stina zog sich hinter dem behelfsmäßigen Vorhang gerade um und ahnte nicht, wie genau ihr Schattenwurf ihre Figur nachzeichnete, jede Bewegung mitvollzog. Als sie die Arme hob, um in ihr Schlafshirt zu schlüpfen, sah es aus, als hätte sie Flügel. Es weckte in Nikos eine Erinnerung. Leonidas in der Korallenmöwenbucht. Eine traurige Geschichte, aber irgendwie passend, vielleicht sogar hilfreich.

»Dann hör dir jetzt an, …«

»… was Leonidas, dem Fischer, einmal geschehen ist«, beendete Moritz den Satz begeistert.

»Once upon a time … da ging es Leonidas so schlecht, dass er nicht mehr weiterleben wollte. Seine Frau war gestorben, und Leonidas wusste nicht weiter. Er fuhr jeden Morgen zum Fischfang hinaus, kehrte mit vollem Netz zurück, verkaufte die Fische und besserte die Netze aus.«

»Die halbierten Netze!«, warf Moritz ein.

»You remember that, right? Hat dir meine Geschichte gefallen?«

»O ja, die Geschichte vom Schiffsmotor!«

Stina hatte sich zu den beiden gesetzt, die Zahnbürste im Mund. »Könnt ihr mir mal verraten, wovon ihr sprecht?«

»Von Leonidas, dem Fischer, was sonst!«, sagte Moritz

»What else!«, sagte Nikos lächelnd. »Just listen. And help, whenever I search for the words. Früher war Leonidas nach dem Flicken der Netze zum Essen nach Hause gegangen, jetzt wartete dort niemand mehr, und er fürchtete die Stunden alleine zu Hause. He was lonesome, right? Also, jeden Nachmittag war er im Kafenion auf der Platia und trank. In der Nacht, wenn er alleine in seinem Häuschen an der Mole war, wurde es noch schlimmer. Dann besuchte ihn seine Frau.«

»Als Gespenst?«, fragte Moritz gespannt.

»Kind of. Ein Schatten nur, aber Leonidas erkannte darin seine Frau. Und er hörte ihre Stimme, her sighing …«

»Ihre Klagen«, half Stina aus.

»Leonidas verstand sie nicht, aber er spürte, wie sehr sie litt. Nach einigen Wochen hoffte er nur noch, der Geist seiner Frau würde verschwinden. Er wollte endlich wieder schlafen. But … he couldn't let go. Schließlich fuhr er wieder aufs Meer hinaus, er stellte den Motor ab, dann baute er sich im Bug des Schiffes auf und rief, so laut er konnte: ›If you help me, I help you!‹«

»Wenn ihr mir helft, helfe ich euch auch!«, übersetzte Moritz gleich selbst.

»Du weißt, was passiert.«

»Der silberne Wolfsbarsch.«

»Er tauchte vor dem Boot auf: ›Wie können wir dir helfen, Leonidas?‹«

Zu Moritz' Entzücken verstellte Nikos seine Stimme genau so, wie er es beim letzten Mal auch getan hatte.

»Leonidas sagte: ›Ich weiß nicht weiter. Meine verstorbene Frau … ich mache kein Auge mehr zu, sie zerreißt mir das Herz. Was soll ich tun?‹ Der Barsch überlegte lange, bevor er mit seiner tiefen Stimme sagte: ›Ich will dir helfen, weil du uns auch geholfen hast.‹ Er erklärte Leonidas, was er tun sollte. Dieser hörte aufmerksam zu, dann bedankte er sich beim Wolfsbarsch und kehrte sofort zurück in den Hafen.«

»Hallo!«

»What?«

»Was hat er ihm gesagt?«, fragte Moritz fast empört.

»Easy, easy.«

Stina lachte. »Er macht es doch absichtlich spannend, Moritz, lass ihn erzählen!«

»Leonidas brauchte zuerst die Hilfe der anderen Fischer. Denn für das, was er vorhatte, würden sie die Korallenmöwenbucht für einen Tag lang von Touristen befreien müssen. Fast unmöglich, es war einer der beliebtesten Strände, for nudists.«

»Oh-oh!«, machte Stina. »Für Nacktbader, Moritz!«

»Das mochten die alten Fischer auch sonst nicht. And they had a pretty good idea: Drei von ihnen fuhren in den Süden und zogen ihre feinsten Netze durch die Gewässer der Quallenbucht.«

»Ich ahne etwas!«, sagte Stina.

»Was?«

»Gleich, Moritz.«

»Sie fingen Feuerquallen. Viele Feuerquallen. Und sie ankerten damit über Nacht vor der Korallenmöwenbucht. Am anderen Tag ließen sie die Quallen wieder frei, sie wurden sofort gegen den Strand gespült, und schon bald hörten sie erste Schreie.«

»Warum, was ist passiert?«

»Weißt du doch, Moritz, letztes Jahr in Südfrankreich. Diese Verbrennungen von Quallen. Als wir in Collioure auf das Floß hinaus sind!«

»Ah, die. Das ist aber gemein! Das hat so wehgetan.«

Nikos grinste nur. »But it worked. Viele Leute sind sofort geflüchtet, und sie haben es weiterzählt. Leonidas sperrte zudem den Zugang zur Bucht ab und hängte Tafeln auf, die vor den Quallen warnten. Und so, am nächsten Tag, mitten im Hochsommer, war er ganz allein in der Bucht, genau so, wie es der Wolfsbarsch geraten hatte.«

»Aber wozu?«

»I tell you now. Sie sagen, dass die Toten nur friedlich ins Totenreich gehen können, wenn sie nicht zurückgehalten werden. Man soll um die Toten trauern, doch man soll sie gehen lassen. Dorthin, wo wir ihnen irgendwann auch folgen werden. Jeder, Moritz. Ich, du, Stina. We all will meet there, wenn unsere Zeit gekommen ist.«

»Dann wirst du Leonidas wieder treffen!«

»Ja.«

»Ich auch?«

»Du auch, du gehörst ja auch zur Familie. Sie wirst du da wiederfinden und all deine guten Freunde.«

»Und wenn man einen Freund noch gar nicht lange kennt?«

Stina ertrug Moritz' bekümmerten Blick fast nicht.

»Auch dann. Freund ist Freund. Soll ich weitererzählen?«

Moritz nickte. Er kuschelte sich jetzt in Stinas Arme.

»Der Wolfsbarsch hat Leonidas erklärt, er habe seine Frau zurückgehalten. Vielleicht ohne es zu wollen. Nun wäre sie zwischen unserer Welt und der Welt der Toten gefangen. Es gibt nur einen Weg, wie Leonidas sie befreien kann. Er muss an jenen Ort zurückkehren, wo sie sich zum ersten Mal geküsst hätten, zur selben Uhrzeit, und alles muss so sein wie damals.«

»Deshalb!«, sagte Stina.

»Was?«, fragte Moritz.

»Leonidas hat seine Frau zum ersten Mal in der Lemoniaka-Bucht geküsst. Und kein Mensch war sonst dort. Also musste die Bucht jetzt auch wieder verlassen sein, stimmt's?«

»Genau«, bestätigte Nikos sie. »Nur einige Korallenmöwen sind beim ersten Kuss dabei gewesen.«

»Und was machte er jetzt da in der Bucht?«, fragte Nikos.

»Auf Anweisung des Wolfsbarsches hat Leonidas eine Art Boot gebaut.«

Stina wich etwas zurück, weil Moritz plötzlich stocksteif aufrecht saß.

»Auf das Schiff musste er Dinge von seiner Frau legen, die ihm am liebsten waren. Leonidas wählte ihr Hochzeitskleid, den getrockneten Hochzeitsstrauß, das Taufkleid von Stelios. And different other things. Then he did what the fish had told him to do. Er zündete alle Gegenstände an und stieß das brennende Floß ins Wasser. Es wurde hinausgetrieben, immer weiter, hinaus aus der Bucht, und das Feuer, so hatte der Wolfsbarsch versprochen, würde Leonidas' Frau den Weg zu Charon weisen, den Weg zu den Toten. Als Leonidas das Boot nicht mehr sah, blieb er lange auf dem Riff über der Bucht sitzen. Für einen Tag war sie wieder so still wie damals, when Leonidas spent his days there. Als Kind, mit den Möwen. Am Abend legte er sich zur üblichen Zeit ins Bett. Prompt tauchte der Schatten wieder auf. Jetzt aber lächelte ihm seine Frau zu, ein letztes Mal, dann verschwand sie, und Leonidas schlief zum ersten Mal seit ihrem Tod die ganze Nacht durch. Er wusste, er musste sie nicht zurückhalten, sie würde drüben auf ihn warten. Er hatte auf den Wolfsbarsch gehört und die Touristen mit einer List aus der Bucht vertrieben. So war einmal mehr bewiesen: …«

»… Leonidas war der klügste Fischer unter allen Fischern«, beendete Moritz den immer gleichen Schlusssatz, diesmal aber mit nachdenklichem Gesicht.

»Genau, und jetzt ab unter die Decke«, sagte Stina. Sie warf Nikos einen Kuss zu. Im Bett richtete sie sich so ein, dass Moritz zum Einschlafen ihre Hand halten konnte, so wie früher.

Unten am Abendtisch fragte Rea die anderen nach ihrer Meinung, doch Paula und Peer konnten nicht weiterhelfen. Rea sei die Einzige, die den Imker kannte und einschätzen könne, was er Moritz wirklich bedeutete. Wie der Kleine einen Krankenhausbesuch verkraften würde, wagte niemand vorherzusagen.

»Der Mann liegt auf der Intensivstation, der ist überall an Schläuche angeschlossen und nicht ansprechbar«, sagte Paula. »Wenn er stirbt, wäre es schöner, Moritz behält ihn so in Erinnerung, wie er ihn hier erlebt hat.«

»Vergiss nicht, dass er mit dem Bewusstlosen allein gewesen ist.«

»Aber nicht lange«, nahm Peer Reas Argumentation vom Telefongespräch auf. Er bereute es, als er ihren Blick sah.

»Ohne deine Schuld.« Paula wurde unerwartet energisch. »Das ist Schicksal, das hat mit dir gar nichts zu tun. Die anderen Tage ist ja auch alles gut gegangen, da hast du dir auch keine Gedanken gemacht, es gab keinen Grund dazu, du hast das nicht ahnen können!«

Ich hätte es ahnen müssen!, dachte Rea für sich. »Wir haben Rebin sogar zum Fest eingeladen«, sagte sie stattdessen verzweifelt.

Alle drei verstummten. »Wir überschlafen es«, sagte Peer nach einer langen Pause. »Und wenn wir am Morgen finden,

Moritz solle besser hier bleiben und du alleine gehen, werde ich ihn schon auf andere Gedanken bringen.«

»Gut.«

»Du weißt eh nicht, ob sie dich zu ihm lassen würden.«

»Das werde ich schon schaffen.«

Peer widersprach nicht. Wieder registrierte er diese neue und harte Entschlossenheit.

Rea hoffte, Paula würde noch ein wenig sitzen bleiben, sie wollte nicht mit Peer alleine sein.

»Und bei dir?«, fragte sie ihre Schwester.

»Rolf hat mir eine Ganzjahresstelle angeboten.«

»Das ist wunderbar!«

»Ich überlege es mir.«

»Aber das wolltest du doch, diese Sicherheit!«, sagte Rea fast vorwurfsvoll.

»Ein Traumjob sieht anders aus.«

»Sag ihm das besser nicht«, warnte Peer.

»Darüber, Schwesterherz, zerbreche ich mir ständig den Kopf. Ach ja, noch eine Neuigkeit: Ich habe eine Wohnung. In einem der Mietshäuser von Rolf. Gar nicht so schlecht, Ende dieses Monats können wir rein.«

Sie beglückwünschten Paula zum zweiten Mal. Peer wunderte sich im Stillen, dass sie ihm nichts etwas davon erzählt hatte.

Paula stand auf. Sie wolle noch ein wenig lesen. Peer ging mit ihr hinein, um eine neue Flasche Wein zu holen.

»Du wirst mir fehlen«, sagte Peer in der Küche zu Paula.

»Ich? Du meinst das da!« In Anspielung an ihr Gespräch kürzlich wackelte sie mit dem Hintern.

Peer deutete einen Klaps an. »Dordi Larsson ist mit Dan Reisinger zusammen, habe ich heute gehört«, sagte er.

»Dieser Retter in der Not? Ist ja seltsam!«

»Sie haben sich nie etwas anmerken lassen.«

»Sehr seltsam sogar. Heißt was?«

»Weiß nicht. Noch nicht.«

»Hilft ja vielleicht sogar.«

»Meinst du?« Peer wusste nicht weshalb, aber er vermutete das Gegenteil.

»Halt mich auf dem Laufenden. Wirst du denn wieder hingehen?«

»Hm. Du?«

»Ich kann ohne.«

»Komm schon, Paula: Hast du oder hast du nicht?«

Schlagartig mimte sie die Unschuldige. »Ich, ich habe doch nicht mal hingeschaut!«

Sie winkte ihm neckisch zu und verschwand.

Peer ging mit der Flasche hinaus. Rea hielt sofort ihre Hand über das Glas, sie gehe auch bald schlafen. Peer lehnte sich an die Bretterwand, die jetzt in der Nacht die gespeicherte Sonnenwärme abstrahlte. Rea betrachtete ihn durch halb geschlossene Augenlider. Er wirkte abwesend, als beschäftigte auch ihn etwas. Oder wollte sie es bloß so sehen, damit ihre eigene Befangenheit nicht auffiel? Sie war noch immer wütend auf ihn, doch jetzt, nach dem Unglück mit dem Imker, fühlte es sich verlogen an. Alles war plötzlich zu kompliziert, zu verworren, der aufkommende Südwind und der Vollmond schürten ihre Nervosität, es war die fatalste Mischung, jeder am See wusste das. Tausend Gedanken schwirrten gleichzeitig durch ihren Kopf, sie war hellwach und todmüde zugleich. Peer seinerseits überlegte fieberhaft, wie er das Gespräch eröffnen sollte, doch dann war es bereits wieder zu spät.

»Ich schau noch schnell nach Moritz«, sagte Rea, damit es weniger nach Flucht klang.

»Ich trinke noch aus.«

»Lass dir Zeit.«

Deutlich genug, dachte er.

Sie schielte durch die halb offene Tür der Kinder. Zu ihrer Erleichterung schlief Moritz bereits, die letzte, kurze Nacht hatte ihren Tribut gefordert. Dann sah sie, dass er wie früher Stinas Hand hielt. Ihre Große war noch wach. Rea steckte den Kopf ganz ins Zimmer.

»Ich kann die Hand nicht zurückziehen«, flüsterte Stina mit einem Lächeln. »Er klammert sofort.«

»Versuch es trotzdem.«

»Geht schon. Das hat er schon seit Jahren nicht mehr gemacht.«

»Du weißt weshalb. Gute Nacht.«

Rea zog behutsam die Tür zu und ging in ihr Zimmer. Der Mond stand hoch, silbernes Licht flutete durchs Fenster in den Raum, der Südwind blähte die altmodischen Vorhänge. Sie zog sich bis auf Top und Slip aus. Draußen hörte sie ein Klirren, das sie innehalten ließ.

Peer räumte die Gläser, die Karaffe und die Flaschen ab, die auf dem Tisch standen. Sein Glas war immer noch halb voll. Er nahm es mit hinauf zu der Stelle, die Rea für den Alpsegen benutzte. Irgendwann würde er eine Bank zimmern und hier aufstellen, beschloss er. Er setzte sich für die letzten Schlucke ins Gras. Reas Segen hatte anders geklungen als sonst, dachte er. Hilfloser. Dringlicher. Sie hatte ein schlechtes Gewissen wegen Moritz. Und wegen des anderen? Wegen ihm? Hatte sie sich verliebt? Er blickte zum Haus und sah sie oben im Schlafzimmer. Das unvermeidliche Top schimmerte im Mondlicht.

Diesmal erinnerte es Peer an die Tänzerinnen.

Die Lichter der Stadt zogen sich auf ihrer Nordseite bis zum Horizont, auf der anderen schnitt der See einen Halbkreis aus dem Lichtermeer. Seit der Mond fast senkrecht stand, hatten sich die Schatten der Berge vom Wasser zurückgezogen, der See warf das unheimliche Licht zurück. Sein unruhiges Glitzern wirkte im Vergleich zum gelblichen Widerschein der Häuser und der Straßenbeleuchtung wie eine kühne Installation. Peer versank minutenlang in das Bild, das sich ihm bot. Endlich stemmte er sich hoch. Was er Tag für Tag tat, diese Spielereien, das war einfach nicht genug, dachte er. Irgendwann musste er etwas erschaffen, das Bestand hatte. Aber er hatte nicht die leiseste Ahnung, was es sein könnte.

Als er die Zimmertür hinter sich schloss, blieb er stehen. Ihre Haut schimmerte grün, das Mondlicht akzentuierte die Form ihrer Brüste und den Schwung ihrer leicht aufgestellten Hüfte. Sie war komplett nackt und unwiderstehlich erotisch, aber keine Sekunde lang kam Peer auf die Idee, es sei eine Einladung. Seine Frau hatte noch nie so unnahbar gewirkt.

Es war noch viel zu früh, um aufzustehen. Rea beobachtete, wie ein erster Schimmer von draußen durch die Vorhänge fiel. Fröstelnd schaute sie an sich hinab. Aus reiner Gewohnheit hatte sie nackt geschlafen, aber Peer hatte es glücklicherweise nicht als Aufforderung verstanden. Ihre Gedanken waren wieder bei Rebin. Sie hielt die Ungewissheit nicht mehr aus. Sie musste hinunter und erfahren, wie es um ihn stand, dann wüsste sie auch, wie mit Moritz umgehen. Leise glitt sie aus dem Bett. Sie warf sich achtlos etwas über und huschte aus dem stillen Haus. Im Leerlauf ließ sie den Wagen anrollen und startete den Motor erst ein Stück vom Haus entfernt. Das erste fahle Morgenlicht erhellte die gefährliche Bergstraße. Rea fuhr vorsichtig. Als sie sich der Stadt näherte, wunderte sie sich über den spärlichen Verkehr, dann fiel ihr ein, dass ja Feiertag war. Entsprechend leer war die Eingangshalle des Krankenhauses. Sie ging zum Empfangsschalter. Eine ältere Frau mit strenger Frisur eilte geschäftig hinter der Glasscheibe hin und her, zeigte kurz auf die Uhr, deren Zeiger zwei Striche vor Sieben standen, erst als diese weitergewandert waren, öffnete sie das Fensterchen.

»Guten Morgen. Ich möchte wissen, wie es Rebin Diljan geht.«

»Jetzt ist keine Besuchszeit.«

Eine jüngere Frau, offensichtlich noch in Ausbildung, trat ebenfalls in den Empfangsraum, sie nickte Rea freundlich zu.

»Ich weiß. Aber wir warten auf Bescheid.«

»Und deshalb kommen Sie hier vorbei?«

»Ja, ich … ich habe gehofft, dass ich ihn vielleicht schnell sehen kann. Später dann, natürlich. Zur Besuchszeit.«

Die ältere Frau schaute sie misstrauisch an, die jüngere neugierig.

»Ich muss Ihnen das erklären.« Sie erzählte, wie sich die Geschichte zugetragen hatte, wie sehr ihr kleiner Sohn um den alten Mann zitterte und dass sie nicht wisse, ob es Angehörige in der Schweiz gebe, und sie würden sich einfach große Sorgen machen.

»Wie heißt er, sagten Sie?«, bequemte sich die Empfangsdame endlich.

»Rebin Diljan. Wurde mit dem Rettungshelikopter vorgestern gebracht.«

Der Finger der jungen Frau lief über eine Patientenliste, stockte, dann schob sie die Liste der anderen Frau hin. Sie schaute nur kurz darauf.

»Ausländer?«

»Ja.«

»Illegal wohl?«

»Ich habe seinen Ausweis dabei!«

»Lassen Sie, ich sehe es hier. Nur das Sozialamt darf Auskunft geben, Sie müssten sich da melden. Im Stadthaus Zwei. Bürozeiten.«

Konsterniert sah Rea, wie sie das Fenster vor ihr schloss. Einen Moment lang überlegte sie, ob sie sich das bieten lassen sollte, dann drehte sie sich weg und ging zum Café hinüber.

Sie ließ sich einen Espresso geben, als sie ihn schon fast geleert hatte, setzte sich plötzlich die junge Frau von eben neben sie, sichtlich bedacht, dass sie vom Empfang aus nicht gesehen wurde.

»Es tut mir leid.«

»Schon gut, Sie hätten mir sicher geholfen.«

»Wir dürfen leider nicht. Aber ich kenne die Geschichte. Der alte Mann, das ist der mit den Bienen, nicht?«

»Woher wissen Sie das?«

»Von der Weiterbildung gestern. Verhalten in Notfällen an der Unfallstelle. Einer der Notärzte berichtete von seinem letzten Einsatz, weil er typisch und ungewöhnlich zugleich war. Der Patient, der kein Deutsch spricht, der einzige Zeuge ein Kind und ein zufälliger Helfer.«

»Das gibt es ja nicht! Dann wissen Sie ja, wie es meinem Sohn geht.«

»War er mit dem alten Mann befreundet?«

»Ja.«

Rea sah der Frau an, wie sie mit sich kämpfte und abwog, ob sie den Vorschriften oder ihrem Herz folgen sollte.

»Wir haben in der Ausbildung auch über die Verhältnismäßigkeit von Krankenhausvorschriften diskutiert. Kommen Sie!«

Die junge Frau führte sie zum Lift und drückte den Knopf für die Intensivstation. Oben angekommen, musste Rea im Gang warten; ihre Begleiterin sprach im Stationszimmer mit einer Schwester, zeigte durch das Glas kurz auf sie und redete weiter auf die Kollegin ein.

Endlich kamen beide heraus.

»Nur ein paar Minuten. Ich dürfte das nicht tun, aber hier scheint es sich wirklich um besondere Umstände zu handeln. Ich muss Ihnen aber sagen: Es sieht nicht gut aus.«

Rea atmete tief ein. Sie hatte es gespürt. »Ich danke Ihnen. Ihnen beiden. Haben sich keine Angehörige gemeldet?«

»Nein. Deshalb lasse ich Sie zu ihm.«

Die junge Frau verabschiedete sich, die Schwester führte Rea zu den Betten, die eher Computerkojen glichen, auf drei Seiten blinkten lebenserhaltende Geräte. Die Schwester schob einen Stuhl zu einem der Betten. Rea ging näher. Rebins Augen waren geschlossen. Ein feiner Schlauch in die Nase führte ihm Sauerstoff zu. Der grüne Monitor zeigte seinen Puls an. Rea setzte sich und bemühte sich, nicht auf die Geräte zu schauen. Vorsichtig ergriff sie seine Hand. »Ich weiß, Sie hören mich, Rebin. Sie verstehen mich, auch wenn Sie die Sprache nicht sprechen. Moritz ist sehr traurig, er hat Angst um Sie. Wir wüssten so gerne mehr über Sie. Woher kommen Sie? Wie sind Sie hier gelandet? Wo ist Ihre Familie? Sie hätten stets zwei Worte wiederholt, hat mir Moritz erzählt. Akam und Zelal. Akam ist Ihr Sohn. Und Zelal? War sie Ihre Frau? Waren sie glücklich zusammen? Auch das hatte ich Sie fragen wollen. Was Sie auseinandergebracht hat. Wovor Sie geflüchtet sind. Ich weiß nichts von Ihnen, nur eines: Sie sind ein guter Mensch. Ich habe es schon im ersten Moment gewusst. Damals, als wir ineinandergerannt sind. Wissen Sie, wie Moritz Sie nennt? Den Bienenzauberer. Wegen mir hat Moritz viel zu sehr Angst vor Bienen, deshalb haben Sie ihn so beeindruckt. Wie Sie mit den Bienen umgegangen sind. Und mit ihm. Ich habe Sie beide beobachtet. Die Zuneigung zwischen Ihnen und Moritz …«

Rea brach ab und wischte sich die Tränen aus dem Gesicht, bevor sie wieder nach Rebins Hand griff. Im selben Moment glaubte sie, seine Stimme zu hören. Sie beugte sich über ihn und brachte ihr Ohr nahe an seine Lippen. Als sie den Namen ihres Sohnes hörte, im selben Atemzug wie jenen von Akam, schnürte es ihr die Kehle zusammen. Sie lauschte noch angestrengter, doch Rebins Flüstern war verstummt. Im selben Moment schreckte ein grelles Pfeifen sie auf, und Rea sah den grünen Strich, wo zuvor eine Kurve gewesen war.

Wie bei der Mutter.

Sofort stand die Schwester bei ihr. Sie drückte einen Knopf am Überwachungsgerät. »Es tut mir leid. Wir haben das stündlich erwartet. Es ist vorbei. Gehen Sie jetzt bitte, sonst bringen Sie mich in Schwierigkeiten.«

Rea wusste nicht, wie sie aus dem Krankenhaus gefunden hatte. Die Vorstellung, wie sie es Moritz sagen würde, brachte neue Tränen.

Später nahm sie die Autobahn und verließ sie bei der ersten Ausfahrt wieder. Langsam fuhr sie durch das Dorf, in dem sie aufgewachsen war. Sie parkte vor dem alten Seebad unter den Ulmen. Hier würde sie keiner stören. Rea setzte sich ans Ufer, lange und bewegungslos blickte sie hinaus. Der Seespiegel glich seine Farbe dem Morgenhimmel an, die Bergspitzen waren bereits von der Sonne beschienen.

Trotz allem! Das mit dem Maler war kein Fehler gewesen! Fast trotzig dachte sie es. Dan hatte ihr unerwartete Perspektiven eröffnet, selbst jetzt spürte sie die neue Energie. Sie würde anhalten. Rea beobachtete, wie drüben am anderen Seeufer das Wasser zu glitzern begann, sie machte ein Foto und schickte es Nyima.

Der Imker ist gestorben.

O nein!

Muss es Moritz beibringen.

Wie soll ich helfen?

Mir geht grad so einiges durch den Kopf.

Der Maler? Denk nicht mal dran. Es ist keine Gottesstrafe.

Ich weiß nicht. Ich habe
mich nie geschämt …

?

Außer wenn ich Moritz
und den Imker zusammen
gesehen habe.

Logisch, wegen Moritz.

Nein, wegen des Alten.

Ach ja. La vita non è

facile. Vasco, ich weiß.

Manchmal ordnet
man Symptomen falsche
Ursachen zu.

Medizinerlatein?

Überleg mal.

Ich schmeiß das
Falsche über Bord?

Alte Matrosenregel.

OK. Kann grad nicht mehr
denken.

Lass dir Zeit.

Es gibt noch mehr
Neuigkeiten, aber ich
muss zu Moritz.

Komme möglichst
schnell zu euch.

23

Obwohl die Sonne schon hoch stand, war noch niemand auf, als Rea zurückkam. Sie setzte sich an den Morgentisch und verbarg den Kopf in den Armen. Es war nicht nur die Trauer, die ganze Spannung der letzten Tage fiel nun von ihr ab.

»Mam?«

Moritz stand neben ihr, auch er mit Tränen auf den Wangen. »Rebin?«

»Nicht weinen, nicht. Ich muss dir etwas erzählen. Da oben, auf unserem Lieblingsplatz. Komm!«

Sie setzten sich unter die Fahnenstange. Rea legte den Arm um ihn.

»Hat der Zauberer dir jemals von einem Akam erzählt?«

»Das ist ein Name?« Moritz blinzelte erstaunt die Tränen weg.

»Sein Sohn.«

»Dann hat er viel von ihm geredet. Immerzu.«

»Du weißt, dass Rebin wohl aus einem Land geflüchtet ist, wo er schlecht behandelt worden ist. Das habe ich dir erzählt, nicht? Und Akam ist sein Sohn, der dort geblieben ist. In den Bergen. Er kämpfte gegen das Regime und die Armee.«

»Gegen die Bösen?«

»Genau. Dabei ist er gestorben. Letzte Woche. Als Rebin gestern die Zeitung aufgeschlagen hat, hat er Akams Foto gesehen. So hat er von seinem Tod erfahren. Das hat er nicht ertragen, und er hat sich deswegen auch nicht mehr gegen den Tod gewehrt. Heute Morgen ist er gestorben. Nein, nein, schhh … Nicht weinen, ich muss dir noch mehr erzählen.«

Sie legte den Arm um die zuckenden Schultern ihres Jungen.

»Wenn man so alt ist wie der Zauberer, wird man müde. Nach einem Leben wie seinem bleibt nicht mehr viel Kraft. Dann will man vielleicht gar nicht länger leben. Du hast doch immer gesagt, er sei ein Zauberer. Glaubst du noch ein bisschen daran?«

Moritz nickte schluchzend.

»Wirklich?«

»Vielleicht.«

»Dann hat er sich doch einfach weggezaubert, meinst du nicht? Da wollte er hin: zu Akam, zu seiner verstorbenen Frau, mehr als alles andere. Das verstehst du doch?«

Moritz dachte an eine andere Geschichte. Jene von Leonidas. Rebin hatte gemerkt, dass er seinen Sohn nicht zurückhalten durfte. Und weil er das nicht schaffte, war er Akam gefolgt. Ganz einfach.

»Um ein Haar hätte er sich anders entschieden. Wegen dir! Ich war im Krankenhaus. Ich war bei ihm. Am Schluss hat er leise mit sich selbst gesprochen.«

»Dann hat er wirklich gezaubert!«

»Ein letztes Mal. Er hat sich zu Akam gezaubert, aber dich nicht vergessen. Sein letztes Wort war dein Name, Moritz.«

»Er wird nicht mehr zurückkommen.«

»Nein.«

Moritz wand sich aus ihrem Arm.

»Er hat es wohl so gewollt, Moritz.«

»Ich weiß.«

»Wo gehst du hin?«

»In die Scheune, ich muss etwas machen.«

»Hat er das auch gewollt?«

»Ja.«

»Schaffst du es allein?«

»Ja. Mam. Gibt es hier Glühwürmchen?«

»Hier oben? Nein. Warum?«

»Einfach so.«

Moritz machte auf dem Absatz kehrt. Rea fiel erst jetzt auf, dass er bereits angezogen war.

Die traurige Nachricht erstickte zu Beginn jedes Gespräch am Morgentisch. Nur zögerlich begann man den Abend zu planen, jeder aber überzeugt, dass der Imker es nicht anders gewollt hätte. Es musste festgelegt werden, wer was für das Festessen am See vorbereitete. Dann kam endlich Nyima auf der Alp an. Ihr Lieferwagen hielt in einer Staubwolke unterhalb des Hauses, und Rea war es sofort wohler. Peer bedeutete ihr, er gehe nach Moritz schauen. Sie nickte. Zumindest die Sorge um den Kleinen verband sie.

Noch geblendet vom hellen Sonnenlicht, sah Peer Moritz erst gar nicht. Er saß in der hintersten Ecke der Scheune, die jungen Katzen hatten sich an ihn gekuschelt. Er war über ein Stück Holz gebeugt, das er mit heftigen Schlägen bearbeitete. Ein glattgeschliffener Baumstamm, erkannte Peer. Es sah aus wie Schwemmholz, die Rinde war abgescheuert.

»Kommst du voran?«

Moritz nickte nur.

»Ich könnte dir einen Stechbeutel und einen Hammer holen.«

»Nein, ich muss es so machen.«

»So wie der Zauberer.« Peer setzte sich zu ihm und schaute zu. »Ein Boot!«, sagte er nach einer Weile. »Das wird wunderschön. Für heute Abend?«

Moritz schaute plötzlich auf. »Aber ich habe keine Glühwürmchen.« Die Tränen rannen über sein Gesicht, sein T-Shirt war bereits nass.

Peer tat, als sähe er es nicht. »Haben wir denn einen Plan?«

Moritz zögerte. Dann griff er plötzlich in sein Hemd und zog einen Zettel heraus. Er entfaltete ihn, legte ihn mit einer fast ehrfurchtsvollen Bewegung auf den Boden. Sie beugten sich beide darüber, ihre Haarschöpfe berührten sich, wie immer, wenn sie gemeinsam etwas ausknobelten.

»Hat er das gezeichnet?«

»Ja.«

»Da hast du aber noch viel zu tun.«

»Ich weiß ja!« Wieder traten Moritz die Tränen in die Augen.

»Dein Freund hätte die Glühwürmchen einfach herzaubern können. Eigentlich geht es ja darum, dass dein Boot leuchtet. Hattest du denn schon eine andere Idee?«

»Kerzen?«, fragte Moritz, der schon die halbe Nacht daran herumstudiert hatte.

»Die müssten hinter Glas, sonst bläst sie der Wind aus.«

»Siehst du!«

»Wir brauchen also wirklich Glühwürmchen?«

»Ja«, sagte Moritz trotzig.

»Besorg ich dir.«

Moritz schaute ihn mit großen Augen an. »Wirklich?«

»Probieren geht …«

»… über studieren«, ergänzte er wie gewohnt.

»Wir kriegen das hin. Du machst weiter am Rumpf. Ich hole drüben im Keller eine Säge, damit machen wir Bug und Heck, und wenn ich mich nicht täusche, liegen dort noch Drahtgitter herum, das gibt dann den Käfig für die Leuchtkäfer.«

»Aber wir haben doch keine.«

»Wart's ab.«

Er rief die Nummer des Biologielehrers an, für den er das Bienengame programmiert hatte. Dieser antwortete sofort, als er jedoch hörte, was Peer von ihm wollte, wurde er zögerlich. Peer deutete Moritz an, er solle weiterarbeiten, reckte zugleich den Daumen hoch und ging zur Scheune hinaus. Als er seinem

Freund die Zusammenhänge erklärte, war dieser bereit, alles andere liegen zu lassen. Er wisse sogar, wie er an die Dinger herankomme, ein Freund vom Ökoforum beschäftige sich mit Leuchtkäfern. Peer verabredete sich für den Nachmittag mit ihm zur Glühwürmchenübergabe und hielt ihn von einer längeren Ausführung ab, weshalb die Käfer überhaupt leuchteten. Dann eilte er über den Hof und rief dort Rea zu, er sei den ganzen Tag mit Moritz beschäftigt und müsse später nochmals in die Stadt runter.

»Weshalb?«, fragte sie erstaunt.

»Unser Geheimnis. Ihr schafft den Rest auch ohne mich.«

Im Keller hatte er schnell eine Säge gefunden. Und eines der Gitter war so feinmaschig und biegsam, dass es für ihren Zweck wie geschaffen schien. Peer zog es vorsichtig hinter der Waschmaschine hervor, einige Kleidungstücke der bereitliegenden schmutzigen Wäsche verfingen sich darin. Etwas Gelbes blitzte auf. Zwei Sekunden später hielt Peer den Einteiler, der nur aus Bändern bestand, in der Hand. Rea war nicht eben diskret. Aber großzügig mit dem Fremden. Keine Baumwolle für den, verdammt. Für den nicht! Als er fünf Minuten später mit dem Gitter über den Hof zur Scheune zurückging, hatte er sich wieder gefasst, aber sein Gesicht war immer noch bleich. Das fiel auch Rea auf. Sie wusste, wo das Gitter gestanden hatte, und ging neugierig in den Keller hinunter. Ihr Blick fiel sofort auf die Wäsche. Die Samten-Dessous lagen jetzt zuoberst auf dem Haufen.

Peer hatte seine Schlüsse daraus gezogen.

Sie plumpste auf die hölzernen Stufen und verbarg ihren Kopf in den Händen.

Von den Ereignissen um Rebin abgelenkt, war sie unvorsichtig geworden. Minutenlang starrte sie auf den feuchten Kellerboden. Es hatte ja passieren müssen. Fast so, als hätte sie es gewollt.

Drüben in der Scheune zeigte Peer Moritz noch etwas konfus, wie sie aus dem Drahtgeflecht einen Käfig formen würden. Moritz schlug mit neuem Mut seinen Stein in den Holzstamm, Peer schnitt mit der Drahtschere das Gitter zurecht. Er war machtlos. Er saß im Glashaus, durfte nicht mal daran denken, irgendwas zu werfen. Aber wieder wunderte er sich, dass er nicht ins Bodenlose fiel. Er war aufgewühlt, aber noch größer als die wiederkehrende Eifersucht war jedes Mal sein leises und gar lustvolles Erstaunen, was Rea sich plötzlich traute.

Bei Volkmars Hütte angekommen, tat Rea das, was sie hier immer tat. Sie ging mit Nyima über die kleinen, parallel laufenden Kuhpfade das Wiesenbord hinunter, setzte sich hin und schaute aufs Wasser hinaus. Ihr zweiter See, viel kleiner als jener unten, seit der Kindheit aber genauso lieb und vertraut wie der im Tal. Fjordartig ruhte er zwischen zwei steil hochstrebenden, felsigen Hängen. Der See sah keine zwei Sekunden gleich aus, die sanfteste Brise schaffte es, der Oberfläche stets eine neue Struktur zu geben, was das ganze Spiegelbild sofort veränderte. Dank eines unterirdischen Abflusses hatte er sonst keine sichtbare Strömung. Bei Windstille wurde er spiegelglatt, die Trennlinie des gegenüberliegenden Ufers verschwand, dann erkannte man den Unterschied zwischen realem und gespiegeltem Bild nur, weil das untere seitenverkehrt war.

»Ewig könnte ich hier sitzen«, sagte sie.

»Scheint fast, du hättest gewollt, dass er dahinterkommt.« Nyima ließ sich ins Gras zurückfallen.

»Gestern ja.«

»Und heute?«

»Heute ist Moritz' Freund tot, und wir haben kein Recht, uns zu streiten. Und uns zu trennen schon gar nicht.«

»Ja nicht!«

»Ich hatte mich bereits dazu entschlossen.«

»Blödsinn! Sag ich schon die ganze Zeit.«

»Schien mir unumgänglich. In der Nacht, in der Stina verschwunden ist, habe ich die Geduld endgültig verloren. Er hat mir noch immer nicht sagen können, was an dem Abend genau geschehen ist.«

»So wie du ihm nie genau erzählen möchtest, was gestern geschehen ist.«

»Eben.«

»Womöglich hat sich die Geschichte schneller erledigt, als du denkst.«

»Hat sich vielleicht schon erledigt.«

»Was soll dann der Quatsch mit der Trennung.«

»Auf Zeit, warum nicht? Ich muss wirklich etwas ändern, ich fühle mich so nutzlos. Verstehst du? Daran ändert auch Dan nichts.«

»Dan?«

»Der ist ja erst … Ach so, haben dir die anderen das gar nicht erzählt?«

»Was?«

»Dan. Es ist Dan. Dan Reisinger! Der fliegende Nothelfer gestern. Der war unterwegs zu mir.«

Nyima begriff. »Reisinger ist der Maler? Das hätte ich ihm nicht zugetraut. Der, wirklich? Das ist eine Überraschung. Der war an unserer Modeschau. Mit seiner Freundin übrigens!«

»Toll.«

»Willst du sie sehen?« Sie zog das Handy aus der Tasche.

»Hilft mir das?«

»Schaden tut's nicht.«

Sie öffnete die Fotos und wischte durch die Bilder, die Raffael auf der Afterparty der Modeschau geschossen hatte.

»Da!«

Rea blickte auf das Display und lachte belustigt auf.

»Dordi? Mit der arbeitet er nur, das ist nicht seine Frau.«

»Das täuscht wohl.«

Jetzt war Rea verunsichert.

»Ich habe die beiden sogar gefragt, ob sie sich erst kennengelernt hätten. Sie haben gesagt, sie wären schon ewig zusammen, aber sie hätten sich gerade an diesem Tag wieder mal neu verliebt. Sie hätten da so ihre Mittel. Die beiden sind sogar Nikos aufgefallen, frag ihn mal. Waren schräg drauf, fand sogar ich. Haben den halben Abend vom Doppelfischer erzählt. Manisch!«

Rea wurde alles plötzlich zu viel.

»Wer von beiden hat das gesagt?«, fragte sie plötzlich wütend. »Das von frisch verliebt und so.«

»Sie.«

»Diese Frau ist die neue Chefin von Peer. Ich hab dir von ihr erzählt.«

»Hör auf!« Nyima ließ sich ins Gras zurückfallen. »Jetzt wird's ja spannend. Ein bisschen viele Zufälle, scheint mir. Das ist ja ein Ding! Da lässt du dich endlich mal auf was ein, und prompt bleibt kein Stein auf dem anderen. Mist, jetzt versteh ich auch, was sie mir sagen wollte, als sie sich verabschiedete. Das war ein Kaufangebot!«

»Was? Wer?«

»Die wollte mich kaufen! Sie sagte, sie arbeite für einen schwedischen Konzern, der immer interessiert sei an aufstrebenden Unternehmen im Modebereich. Und sie hätte ein sehr persönliches Interesse an Nyima Samten.«

»Tatsache?«

»Ich hielt sie für eine Schwätzerin.«

»Und?«

»Was?«

»Würdest du verkaufen?«

»Spinnst du? Würde mich ja selbst verkaufen.«

»Wer tut das nicht.«

»Ich. Und du hoffentlich auch nicht.« Sie lächelte. »Ausleihen darfst du dich mal ein bisschen, von mir aus auch an diesen Dan, aber gleich verkaufen?«

Sie starrten beide in den Abendhimmel, vergeblich bemüht, eine Logik in die neuesten Erkenntnisse zu bringen. Schließlich brach Nyima die Stille. »Ich werde mich über die beiden ein wenig umhören.«

»Tu das.«

»Und du bist nicht schuld. Das mit Rebin, meine ich.«

»Ja doch!«

»Wir organisieren jetzt für Moritz den schönsten Abend, den er sich vorstellen kann.«

»Peer will nochmal in die Stadt hinunter, es gehe um diese Überraschung.«

»Ist doch gut. Schau mal das viele Holz, der Funken sieht schon mal grandios aus.«

Volkmar hatte einen gigantischen Turm aus Fichtenästen hochgezogen, drei Meter Durchmesser, drei Meter hoch. Sobald es dunkel wurde, würde er entfacht, so wie alle Höhenfeuer auf den Gipfeln rundherum.

Nyima legte Rea den Arm um die Schulter.

»Bei Stina haben wir alles geregelt.«

»Sie ist wie ausgewechselt.«

»Sie hat mit diesem Jungen einen riesigen Fehler gemacht, das weiß sie. Sie hatte Glück. Sie wird dir bald alles erzählen, nehme ich an. Schau da, Nikos, hast du es gemerkt? Stina orientiert sich schon neu. Aber wie gesagt, heute kümmern wir uns nur um Moritz. Der alte Mann hätte sich gewünscht, dass wir ohne ihn genauso feiern wie mit ihm. Meinst du nicht?«

»Geh vor. Ich brauche mal zehn Minuten für mich.«

»Dann übernehme ich oben das Kommando.«

Rea legte sich ins Gras zurück. Dordi und Dan. D. und D.

Wunderbar. Und frisch verliebt. Prächtig. Das war der Unterschied, dachte sie plötzlich. Die waren Spieler! Alle. Dordi. Dan. Matteo wohl auch. Genauso wie Peer. Sie nicht. Sie hatte nicht gespielt, hatte alles zu ernst genommen, hatte dem Maler eine absurde Bedeutung zugemessen. Wurde ihr das wirklich erst jetzt klar? Vielleicht hatte sie die Dessous ja deshalb Peer vor die Nase gelegt. Damit sie auffliegen würde. Egal, dachte Rea im nächsten Moment trotzig. Solange sie selbst auf ihre Kosten kam. Wenn es nicht mehr als eine Affäre war, konnte sie sich auch bedenkenlos hineingeben. Das würde sie, beschloss sie im selben Moment. Diesen Dan rannehmen, bis ihm das Hirn schmolz. Und sie ihres ausschaltete. Danach in die Wüste schicken, Ende der Geschichte!

Sie sprang wütend auf und ging den See entlang. Unvermutet nahm eine Idee Gestalt an, die in ihr keimte, seit sie sich überlegte, wo sie nach einer Trennung von Peer unterkommen sollte. Sie blickte auf das Wasser hinaus. Dann hinauf zu Volkmars Hütte und zur Straße Richtung Zwischenhof und wieder zurück zum Wasser. Die Eingebung, auf die sie so lange gewartet hatte. Sie sah den Lichterweg von der Anhöhe hier herab bereits vor sich. Die Fackeln. Die Stuhlreihen, auf den See ausgerichtet. Die Leinwand, aus dem Wasser ragend.

Ein Freilichtkino. Hier würde sie ihre Filme zeigen!

Mach sie nur, deine Filme, hatte ihr Vater gesagt.

Die würde sie im Winter drehen. Kurze, längere, mit Freunden, alleine.

Ein Hotel der anderen Art. Ein Kulturhotel.

Wanderer erwünscht, Autofahrer vielleicht geduldet. Massenlager in der Scheune. Zwei, drei Zimmer.

Filme, Konzerte von Stelios, zu denen die Zuschauer zu Fuß oder mit der Bahn heraufkamen.

Rea ging immer schneller den Seeweg entlang. Jeder Schritt generierte eine neue Idee, als breche sich etwas Bahn, das schon längst Form angenommen hatte. Betriebssaison von Juni bis Oktober. Oder früher schon, falls Sophie den Hof nicht mehr brauchte. Die wäre froh darüber, Rea wusste es. Also. Und an Weihnachten würden alle mit Schneeschuhen kommen. Lesungen, kleine Theaterinszenierungen, Slam Poetry, Comedy, alles war möglich. Das Open-Air-Kino aber blieb das Wichtigste, es verpflichtete sie zum Filmen.

Sie würde ihre Stelle kündigen. Morgen. Noch nie in ihrem Leben hatte Rea eine weitreichende Entscheidung so schnell und in einer solchen Klarheit getroffen, all der Konsequenzen bewusst und bereit, sie zu tragen.

Sie musste Peer nicht verlassen, sie bekäme ihre Trennung auf Zeit in Zukunft jedes Jahr. Juni bis Oktober.

Der Maler durfte auch kommen. Für eine Live-Mal-Performance, in der nächtlichen Scheune, vor sehr kleinem Publikum.

Mit einem breiten Lächeln machte Rea kehrt, den Südwind, der eben noch ihre Augen gereizt hatte, endlich im Rücken.

Moritz war ein wenig enttäuscht, als Peer die Kiste mit den Glühwürmchen öffnete.

»Die leuchten ja gar nicht!«

»Wart ab, erst in der Dämmerung. Gelbgrün, wie LEDs.«

»Sieht nicht so aus.«

»Geduld. Komm, wir setzen sie gleich mit all diesen Blättern und Gräsern in den Käfig.«

Sie schlossen das Gitter, obwohl das nicht mal nötig wäre, wie Peers Freund versichert hatte. Die Weibchen könnten zwar leuchten, nicht aber fliegen. Doch Peer wusste, was das Leuchtkäferboot seinem Sohn bedeutete. Es durfte nichts mehr schiefgehen.

»Komm, wir probieren im Brunnen schnell aus, wie gut es schwimmt, vielleicht braucht es einen Kiel.«

»Es darf uns aber keiner sehen.«

»Sag mal, bist du heute schon mal aus der Scheune herausgekommen? Die anderen sind längst drüben am See.«

Der Test verlief zu ihrer Zufriedenheit. Peer holte im Haus eine große Plastiktasche, vorsichtig hoben sie das Schiff hinein und ließen oben einen Spalt für die Luftzufuhr offen.

»Alles so, wie dein Freund es sich gewünscht hat?«

Moritz nickte und lächelte seinen Vater zum ersten Mal an diesem Tag an. Der Zauberer wäre zufrieden mit ihnen, da war er sich sicher. Er nahm das Blatt, das Rebin ihm gezeichnet hatte, faltete es sorgsam und steckte es in die Brusttasche.

»Nächster Programmpunkt: ab in den See!«

Ihr ritueller Sprung ins eiskalte Bergwasser durfte niemals fehlen. Daran hatte Moritz in seinem Kummer gar nicht mehr gedacht. Begeistert stürmte er los, Peer folgte mit der Tasche hinterher.

Die Sonne verschwand schon halb hinter dem Stockhorn. Der Südwind zog warm durch die Talsenke, trotzdem trauten sich nur die Männer ins Wasser. Peer überlegte nicht lang, er war sofort aus den Kleidern und spurtete splitternackt mit Moritz in den See hinein. Nikos zierte sich, aber schließlich gab er dem Drängen der anderen nach und ließ die Kleider fallen, Stina quittierte es mit dem lautesten Johlen. Es sollte davon ablenken, wie sehr sie gehofft hatte, dass er mitzog, und wie peinlich es ihr zugleich war. Nyima beobachtete sie lächelnd.

Volkmar hatte ein zweites, kleines Feuer vorbereitet und darüber einen behelfsmäßigen Grillrost installiert. Als endlich alle mit Essen versorgt waren, begann es zu dämmern. Peer gab Moritz die ersten bengalischen Hölzer, damit war er eine Weile beschäftigt. Rea nahm Glas und Gabel und machte sich bemerkbar. Sie habe eben etwas entschieden. Mit wachsendem Erstaunen hingen ihr alle an den Lippen, als sie schilderte, wie sie den Zwischenhof sanft umbauen würde, wie sie über den

Winter in der Scheune ein Massenlager bauen wollte, wo sie nach Schneeschmelze die Freiluftbühne aufstellen würde, wie dem Alpaufzug ein zweiter, musikalischer folgen würde, kurz: wie aus dem Zwischenhof von Mai bis Oktober ein kultureller Treffpunkt für Veranstaltungen entstehen würde, Freilichtkino inbegriffen. Für die Gäste würde der Hof vor allem zu Fuß oder mit der Seilbahn erreichbar, da gebe es nämlich irgendwo sogar eine Bewilligung für Personentransporte. Unter der Woche könnten sie zudem Ferien auf dem Bergbauernhof anbieten, den Materialschuppen hinter dem Haus wolle sie dann bald in ein kleines Tonstudio umbauen, damit junge Bands für wenig Geld hier ihre ersten Aufnahmen machen könnten. Rea warf Paula einen schnellen Blick zu. Oder für Stelios, fügte sie hinzu. Ihre Schwester schien als Einzige von der Idee weniger begeistert, sie hatte noch keinen Kommentar abgegeben. Doch wie so oft täuschte sie sich in ihrer Schwester, die nun das Wort ergriff.

»Etwas vorneweg: Stelios hat mir eben geschrieben. Melina geht es besser. Jetzt überlegt er sich tatsächlich, hierherzukommen. Nur für die Ferien, sozusagen.«

»Nicht nur«, korrigierte Peer. »Wir haben da ein kleines Projekt laufen.«

Paula stand auf und ging um den Tisch herum zu Rea. »Das heißt, ihr werdet uns nicht so schnell los. Und ich sage dir auch, was ich von deinem Plan halte: Es ist die verdammt nochmal beste Idee, die ich mir vorstellen kann. Ich will mitmachen!«

Alle am Tisch quittierten ihren Jubel mit Gejohle und Applaus.

»Du ziehst das wirklich durch?«, fragte sie Rea noch.

»Nach den Sommerferien kündige ich.«

Nur mit einem Auge schaute Rea auf Peer. Sie hätte ihn zumindest vorwarnen sollen, schoss ihr durch den Kopf. Zu ihrer

Überraschung grinste der alte Kindskopf nur und klatschte ihr wie alle anderen zu. Ihm war wohl noch nicht ganz klar, was das für ihn bedeutete.

»Vereinfacht gesagt: Ich mache im Winter Filme und zeige sie im Sommer in meinem Kulturhotel. Klingt doch gut?«

Stina traute ihren Ohren nicht. Sie erwartete ständig den üblichen, relativierenden Nebensatz ihrer Mutter, sie mache nur Spaß, so könne man sich natürlich nicht ins Unglück stürzen, dafür brauche es schon den einen oder anderen Gedanken mehr. Nichts davon. Irgendwas war mit ihrer Mutter in den letzten Wochen passiert, dachte Stina. Schande, sie hatte es schlicht nicht mitbekommen.

Sie spannen eifrig weiter, was aus dem Zwischenhof noch alles werden konnte, wenn sie es richtig anstellten. Endlich gab Volkmar Peer ein Zeichen. Gemeinsam mit Moritz gingen sie zur Holzbeige. Volkmar entzündete eine Wachsfackel und reichte sie dem erstaunten Jungen. Er zeigte ihm die dürren Reisigbündel, die er in regelmäßigen Abständen im untersten Holzstoß platziert hatte. Stolz entzündete Moritz das Erste, dann das Zweite, das Reisig brannte lichterloh, die Flammen leckten hoch und fraßen sich in die dicken Fichtenäste. Die anderen trugen die Festbänke näher und stellten sie in einem Halbrund auf. Nikos' und Stinas Schultern berührten sich wie zufällig.

»Hast du heute schon gelernt?«, fragte er leise.

»Französisch? Wenig.«

»Das geht nicht.«

»Wir haben Feiertag. Nationalfeiertag sogar.«

»Französisch gehört doch zu den Landessprachen!«

»Stimmt eigentlich. Und … wir haben Südwind.

»Das hat mir Paula erklärt: Alles erlaubt bei Südwind.«

»Die hat sich nie gekümmert, woher der Wind kam.«

Mittlerweile brannten die Höhenfeuer rundum. Moritz und Peer reihten die Vulkane genau gegenüber den Festbänken auf. Rea beobachtete sie. Peers Bemühen, den Jungen mit allen Mitteln von Rebins Fehlen abzulenken, rührte sie mehr, als sie wollte.

»Achtung Vulkan«, schrie ihr Kleiner eben, steckte den Ersten an und rannte in Sicherheit.

Sie quittierten den Glitzerreigen mit Ahs und Ohs und trieben ihn mit Anfeuerungsrufen in die Höhe. »Komm, wir zünden zwei zusammen an!«, rief Peer Moritz im Überschwang zu. Als kein Vulkan mehr übrig war, legte sich Peer mit Moritz einen Moment auf den Rücken, so wie sie es hier immer taten. Die Hitze des Feuers war verblüffend, ein steter Funkenschleier stieg hoch und wurde vom Südwind mitgenommen. Die gelben Flammen waren nur die eine Lichtquelle, der Mond tünchte die Berge dahinter in Silber, und nur die schattigen Hänge verschwanden in einem unergründlichen Schwarz.

»Paps?«

»Wir schielen mal in die Tasche.«

Peer folgte Moritz und hoffte inständig, dass sich die Leuchtkäfer so verhielten, wie sein Freund versprochen hatte. Auf halbem Weg brummte sein Handy. Es war eine Nachricht von Dordi. Verstohlen öffnete er sie. Ihr Foto zeigte zwei kleine Boote auf dem See, davor standen sie, Dan Reisinger und dieser Matteo, alle drei, Arm in Arm!

Wir haben heute einen
Seelenverwandten besucht.
Der ist noch raffinierter
als wir! Dan hat sich den
Gameentwurf angeschaut,
er lässt dir gratulieren.
Du sollst dich in den
nächsten Wochen darauf

konzentrieren. Auf bald,
nach den Ferien spielen wir
weiter. Grüß Rea von uns.
D. + D. + M.

Was hatte sie nur mit dem Doppelfischer? Sie musste auf eine List anspielen, auf ein Ablenkungsmanöver, etwas in der Art. Was wollte sie ihm damit sagen? Und natürlich würde er sich auf das Game konzentrieren, blieb ihm ja nichts anderes übrig. Ebenso übertrieben schien ihm der Gruß von allen, Rea hatte Dan zweimal kurz getroffen, Matteo seines Wissens gar nie. Peer blickte zu Rea hinüber. Ihre große Enthüllung eben hatte ihn überrascht. Doch er kannte ihre Sprunghaftigkeit, vielleicht würde er sie schon bald an ihre Kündigung erinnern müssen. Spätestens dann, wenn sie ausrechnete, wie viel ihnen am Ende des Monats mit nur einem Verdienst noch blieb. Sonst auch gut, sie würden es irgendwie schaffen. Heimlich hatte er ja schon lange auf einen solchen Schritt gehofft. Wenn sie wieder mit Filmen beginnen würde, wäre er auch das schlechte Gewissen los, er sei schuld an ihrer verpassten Karriere.

Moritz gestattete ihm keine weiteren Überlegungen, aufgeregt rief ihn der Junge zu sich. Sein Strahlen verriet alles. Der Anblick war aber auch verblüffend. Mindestens zwanzig gelbe Pünktchen tauchten das Schiff in ein sonderbares Licht.

»Übrigens sind es nur die Weibchen, die leuchten«, erklärte Peer Moritz.

»Warum denn?«

»Damit die Männchen sie finden!«

»Ach so, für den … Sex!«

»Das Wort darfst du noch gar nicht kennen«, sagte Peer nicht zum ersten Mal und lächelnd.

»Aber weshalb, sind die Männchen blind oder was?«, fragte Moritz.

»Auf einem Auge immer«, sagte Peer. »Los jetzt, der Wind ist günstig, er wird das Schiff mitnehmen.«

»Gehst du die anderen holen?«

»Willst du ihnen noch etwas sagen?«

»Wir schicken einfach nur das Schiff los.«

»Gut.«

Rea hatte die beiden aus der Ferne beobachtet, als ihr Handy brummte. Sie öffnete die E-Mail. Es war ein seltsames Foto. Dan stand mit Dordi und Matteo am See, im Hintergrund sah man zwei Boote, sie waren mit Seilen aneinandergebunden.

Wir drei machen gerade
einen Feiertagsausflug,
aber ich denke viel an dich.
Hoffe, Moritz geht es
besser Du meldest dich,
wenn du so weit bist. D.

Rea begann zu tippen, brach ab und besann sich anders. Eure Spielchen beherrsche ich schon lang, dachte sie lächelnd. Und sie würde mit ihrem sogar zwei Fliegen mit einem Schlag treffen. Sie scrollte durch die Fotos und suchte aus den Bildern vom Schaukelstuhl das Beste heraus.

Als der Notruf von Moritz
kam, war ich gerade
mit Fotografieren für dich
beschäftigt. Eine Einladung
für nachher – du weißt wo.
Samten ist die Nacht. R.

Rea schickte die Nachricht samt Foto ab. Dann steckte sie das Handy in die Jeans, in die hintere Tasche, dorthin, wo der Maler sie im Kurhaus berührt hatte. Mit derselben Erregung wie damals beobachtete sie den Flug der Funken, nur diesmal flogen sie von einem echten Feuer auf.

Peer scheuchte drüben alle ans Seeufer hinunter.

»Der Imker hat Moritz einen Auftrag für heute Abend gegeben.«

Endlich und noch etwas atemlos von ihrem viel zu kurzen Fremdsprachenkurs tauchten auch Nikos und Stina unten auf, in der Dunkelheit sah keiner ihre verschränkten Hände.

Rea hörte einen Brummton. Die übliche Verzögerung hier oben, dachte sie lächelnd. Peer zog sein Handy aus der Tasche. Erstaunt über die Absenderin und nach einem verstohlenen Seitenblick öffnete er die Nachricht. Rea, im Schaukelstuhl, nackt, gefesselt mit diesen Samten-Dessous! Nur fotografiert hatte sie sich dort. Für ihn! In einem Satz war alles erklärt. Wie sehr er sich getäuscht hatte! Irritiert, erleichtert und beschämt zugleich schielte er hinüber, doch Rea hatte noch rechtzeitig ihren Blick abgewandt. Mit einem kleinen Lächeln half sie Moritz, den weiß geschliffenen Holzstamm aus der Tasche zu heben. Das Schiff sei wirklich wunderschön geworden, sagte sie. Den Aufbau in der Mitte erhellten rätselhaft gelbe Punkte, die manchmal leicht zu blinken schienen. Hatte Moritz sie nicht nach Glühwürmchen gefragt? Nun begriff sie, wozu Peer in die Stadt gefahren war. Wo um alles in der Welt trieb man auf die Schnelle Glühwürmchen auf? Manchmal überraschte ihr Mann sie noch immer. So wie sie ihn gerade mit ihrer Einladung.

Sie freute sich auf ihren Moment in der Scheune.

Moritz trug das Schiff vorsichtig ein Stück ins Wasser hinein. Er setzte es ab und gab ihm einen leichten Stoß. »Geh nur, ich halte dich nicht«, flüsterte er.

Dann watete er ans Land zurück.

Auch Stinas Schultern zuckten. »Schau dir das an! Fast wie in deiner einen Geschichte!« Sie drückte sich an Nikos.

Peer nahm Moritz bei der Hand. »Das Boot des Zauberers! Genauso, wie er es gezeichnet hat.«

»Wird es helfen?«, fragte Moritz verzagt.

»Was denkst du?«, fragte Rea und nahm seine andere Hand. »Rebin findet den Weg.«

Der Südwind kräuselte die Wasseroberfläche, das Glühwürmchenboot nahm Fahrt auf, und Moritz ließ seine Eltern erst los, als das Licht von ihrem Ufer aus nicht mehr zu sehen war.

Die Figur des Rebin Diljan ist eine Hommage an den Film »Der Imker« (CH, 2013) von Mano Khalil.

Filme und Materialien zum Buch finden Sie unter
www.kleinefluchten-das-buch.com

Urs Augstburger dankt
Judith Zimmermann, Mara und Lina Augstburger
Lore Augstburger
Mano Khalil und Anna Kampouri
Der Livetruppe: Hendrix Ackle, Roberto Caruso, Hanspeter Stamm, Sven Furrer, Anja Kofmel, Pat Wettstein, Urs Zimmermann, und Monika Schärer, wie immer.
Pedro Lenz
Gabriela Bloch Steinmann
Urs Fitze, Nathalie Wappler, Yasmin Bahrami, Barbara Zulauf, Karin Stamm, Denise Miserez, Claudia Piani, Christian Siegenthaler, Tinu Heiniger, Büne Huber, Dominik Steinmann, Nicolò Krättli, Claudio Cassano, Sebastiano Bucca, Lukas Anliker, Maria Wagner von aSS, die Samten schon längst erfunden hat, und der Montag/Mittwoch-Runde.

Das Buch und das Liveprogramm »Kleine Fluchten – auch ein erotischer Abend« wurden unterstützt von der UBS Kulturstiftung, von der Stadt Baden, von der Gemeinde Ennetbaden, vom Migros Kulturprozent und von der Ernst Göhner Stiftung.